新☆ハヤカワ・SF・シリーズ

5014

オ　マ　ル

—導きの惑星—

OMALE

BY

LAURENT GENEFORT

ロラン・ジュヌフォール

平岡 敦訳

TOKYO
HAYAKAWA
BOOKS

A HAYAKAWA
SCIENCE FICTION SERIES

OMALE
by
LAURENT GENEFORT

Translated by
ATSUSHI HIRAOKA
First published 2014 in Japan by
HAYAKAWA PUBLISHING, INC.
This book is published in Japan by
direct arrangement with
LES ÉDITIONS DENOËL
through THE ENGLISH AGENCY (JAPAN) LTD.

カバーイラスト　鷲尾直広
カバーデザイン　渡邊民人（TYPEFACE）

目次

オマル

——導きの惑星——

序　オマルについて

　多くの惑星がそうであるように、オマルの世界は平野や川、山、谷、大洋、砂漠などからなっている……しかし地平線をふり返る者の目に入るのは、視界《ヘリアル》の端から端までまっすぐに伸びる完璧な直線だ。太陽はつねに天頂から動かず、昼から夜、夜から昼へは一瞬のうちに移り変わる。季節は雨季と乾季のふたつしかない。

　オマルの特徴は何よりもまず、その巨大性にある。測量器械を使わねば、地平線がごく緩やかなカーブを描いているとはわからない。オマルの住民にとって、そこは平らな世界だ。三種の知的種族《レー》、すなわちヒト族（これについては贅言《ぜいげん》の必要はないだろう）、シレ族、ホドキン族がそれぞれの棲域《エリア》のなかで共に暮らしている。

　ヒト棲域の面積はおよそ二百ガイア（原注1：二百ガイア＝十の十一乗（千億）平方キロメートル。一ガイアは地球の面積、五億平方キロメートルにあたる。しかしながら、オマルでもっともよく使われているのはシレの計測単位である。一リスク＝〇・三四メートル。一アンジャル＝千二十四ジャル（千二百七十二キロメートル））、シレは三百ガイアを、ホドキンは五十ガイアを占めている。こうした棲域は、ほとんどがまだ未開のままだ。さらにその外には、生物の影すらなく、むき出しの鋼炭《カルブ》がひたすら続く広大な荒野が広がっている。

　シレ族は身長が二メートル四十、三種族のなかではもっとも大柄で力が強い。顔は左右が不均衡で鼻はひしゃげ、その下には口が縦にひらいている。こめかみのあたりにある斑点が視覚器官だ。青地に赤い大理石模様のはいった皮膚は一面硬く角質化し、体を保護している。それゆえ彼らを傷つけるのは容易なことではない。腕の役目をしているのは、九つの関節を持つ一対の長い突起である。胴体は十二に分割され、その内部に内臓器官が収められている。

ホドキン族はヒトと同じくらいの背丈で、鱗状の皮膚に好んでペインティングを施す。足の関節はヒトと反対方向に曲がる。尖った頭部のうえから、四本の眼柄が突き出ている。性は雄、雌、保者の三つに分かれている。

ヒト族において精神世界を司る二大宗教は、汎回教《パンスラム》と第五福音教《エスコバリスム》だが、太陽崇拝派《ヘリアル》も完全に淘汰されたわけではない。彼らの教えには、《創建者《ヴァングク》》なる言葉が繰り返しあらわれる。ホドキン族の宗教はすべて共心《エトフラグ》に基づいているが、それは宗教的というより哲学的な概念である。シレ族のなかでは関係性と形象のゲームであるフェジイが、宗教に代わるものとして大きな位置を占めている。何世紀ものあいだに、オマルの住民たちは外宇宙のことをすっかり忘れ去ってしまった。

正史は《オマル創造》ののち、三種族《レー》が同時にやって来たときから始まる。

『オマル—導きの惑星—』の物語が展開するのはシレ《C》暦《C》十六世紀。当時、種族間の大きな争いは過去のものとなり、三種族は平和的共存の合意に至っていた。第二作『オマル—征服者たち—』（仮題）はその七百年前、九世紀の出来事を描いている。各地で種族間の紛争が勃発し、のちに暗黒時代と呼ばれるときのことである。

第一部　黒岸

ひとりのシレがヒト族の庭に。
すると庭は枯れ果てる。
ひとりのヒトがシレ族の庭に。
すると庭は枯れ果てる。
ひとりのシレがホドキン族の庭に。
すると庭は枯れ果てる。
ひとりのホドキンが他種族の庭に。
するとホドキンは息絶える。

1

八隻の飛行船が見えたためだろうか、列車のなかは興奮に沸き立っていた。子供たちは歓声をあげ、大人の乗客もみな叫び声を抑えかねている。アメス・シクステド・ヴォルサルはコンパートメントの窓からシレ族の飛行船を眺めた。いくつも並ぶ飛行船の丸い背は、地平線にむかって凹凸を描いていた。一隻の全長が少なくとも一ジャル、約千二百メートルはあるだろう。

列車は昨日から少しずつ速度を落とし、大港に沿って走っていた。線路の脇には赤樹《オラヴィエ》の並木が続いている。赤樹は赤みを帯びた樹皮、細く尖った枝、浅く切れこんだ葉をしている。プラットフォームジャンクション駅が近づくと、微風《そよかぜ》が早くも泥の臭いをそっと運んできた。百二十両もの客車を引いているだけあって、機関車は徐行するにも一日がかりだった。アメスが乗っている車両は温室車と三階建ての食堂車に挟まれていた。この百五十年のあいだに、大港は断崖沿いをケー河口にむかって二百ジャルに渡り建ち並ぶすべての町を呑みこんでいった。ティエルスリュー、ヘスターン、ジャノスク、プラットフォームジャンクション、ハウラールピラー、セント＝コキンボ、そして仕上げは太平湖のほとりに建つ《地の辺》市だ。これらの町は移民の流入により、絶えず拡大を続けていた。ヒト族とシレ族が共存していれば、もちろん政治的緊張は常にある。しかし彼らが共栄するさまに引かれ、移民たちが大挙して押し寄せた。大港の中軸上のもっとも古い住民は、八世代から十世代も遡る。駅の標示板は三つの言語で書かれているが、よく使われるのはそのうちひとつだけだ。例えばハウラールピラーという町の名は、断崖を示す《風止め》という意味のシレ語だが、ヒト族が大多数を占める住民たちのなかに残っている。

アメスはこの三週間ずっと、列車の《かちかちクラス》コンパートメントでヒト族の男といっしょにいた。彼らは順番に、互いの荷物を見張った。ホドキン族のアメスは脚の関節が逆方向に曲がるせいで、足先は体の下に折りこまねばならなかったが、それでも立ったままでいるのに比べれば、多少窮屈でもこのほうがましだった。

《かちかちクラス》車両は二層に分かれていて、天井は恐ろしく低い。アメスのコンパートメントは下層にあった。料金の高い《ふわふわクラス》ならば、革のシートには詰め物がなされ、特別製の車両には換気装置がついている。シレ族は好んでそちらの席を取った。背が高いせいばかりでなく、彼らは支払い能力も充分にあったからだ。


そろそろ夕方が近い。アメスはプラットフォームジャンクションの場末のむこうに停泊する空の巨獣を眺めた。飛行船は一列になって、錨泊地と風よけ代わりの断崖にじっと身を寄せている。絶壁に打ちこんだ鉄輪や係留柱につないだロープがウインチにぴんと引かれ、まるで巨大な蜘蛛の巣でも張ったように、大港の空に網目模様を描いていた。

アメスはいちばん手前の飛行船を見つめた。

きっと、あれだな。アメスは頭から足首に巻いたゲートルのところまですっぽり体を覆っている麻のコートの皺を伸ばした。皮膚から剝がれた何週間ぶんもの鱗《りん》屑《せつ》が体じゅうにこびりついて、むずがゆかった。

垂直に切り立った断崖は、黒水晶のようにすべすべとしている。それがナイフの刃さながら、目もくらむ高さで太平湖まで続いていた。太平湖とクラル湖のふたつだけが湖《みずうみ》と呼ばれているのは、あまりの広大さを認めまいという気持ちからだろうか。いまのところ大洋は、わずかに雲がたなびく白っぽい空と大地のあいだに引かれた藍色の線にすぎない。アメスはこれほど近くから太平湖を眺めたことはなかった。当初は黒岸まで行き、ケー河口沿いを走る路線の沿岸終着点である《地の辺》市を訪れたいと思っていたが、飛行船に乗り遅れるわけにいかない。

食堂車で聞きかじったところによると、《地の辺》という名前の由来は今から五百年前、そこがオマルの最西方に位置する植民地《コロニー》だったからだそうだ。大昔の話だ。もっとも太平湖の大部分は、いまだ未開であるけれど。

「ホドキン族は旅行嫌いだっていうじゃないか。いったい何だって、こんな地の果てまで来る気になったんだい?」とコンパートメントの連れはたずねた。

アメスが口吻をV字型に曲げると、相手の表情が緩んだ。笑顔がヒト族に及ぼす効果には、いつもながら驚かされる。こうした顔の形状は、ホドキン族にとって何の意味もないとわかっている者たちですらそうなのだ。

アメスがはるばるプラットフォームジャンクションまでやって来た理由は、ポケットの奥にしまいこまれた嗅ぎ煙草入れのなかにある。内側にメッセージの刻まれた品だ。けれどもこの男に、それを打ち明けるわけにはいかなかった。アメスは答える代わりに、自分の身なりを指さした。先の尖った帽子、ダブルのコート、紐のついたゲートル。

「ああ、あんたは商人か。何を売っているんだ?」と男はたずねた。

「わたしはここで降りる」とだけアメスは言った。

列車は止まる必要がないほどゆっくりと周回を始め、貨車には折りたたみ式の荷揚げ用スロープが取りつけられた。アメスは旅の連れに別れを告げると、ふたつのトランクにまとめた荷物を持って、線路沿いに広がる鋼炭《カルブ》の舗石に降り立った。

鋼炭《カルブ》とは、オマルの世界を支えて無限に広がる不変性の基盤岩である。黒いダイヤモンドを思わせるこの鉱物については正確な成分も、どれくらいの厚みをなしているのかも不明だった。鋼炭《カルブ》を穿つ行為は、どこの地においても常に冒瀆的犯罪とみなされていた。鋼《カル》炭《ブ》を覆う岩板層は、そのさまざまな形状に応じて山や渓谷、丘陵、川筋、湖をかたちづくっていた。鋼炭《カルブ》が露出していることは稀だった。けれども海抜ゼロメートルのあたりでは、岩板層はほとんどないに等しい。陽光に照らされた煤色のガラスさながらすべすべとして、草一本生えていない景色が広がるばかりだ。ふつう海辺の断崖絶壁は、地形変化の最終段階を示している。それゆえ周囲には石灰のような柔らかい岩しか見られない。けれども大港の沿岸地帯は浸食によってではなく、鋼炭《カルブ》の変形によって作られていた。オマル全土の規模からすればほんのちっぽけな地域だが、世界一大きな空港のひとつを擁している。

道路に降り立つや、アメスはよろけそうになった。三カ月間続いた旅のせいで、脚の筋力がすっかり衰えてしまったらしい。たちまち客引きが殺到し、安い宿や豆芋《シヴレ》のクッキー、人力車、ありとあらゆる楽しみ事を持ちかけてきたが、アメスはそれを無視して港へむかった。

プラットフォームジャンクションの大通りは、ゆるやかな坂道になっていた。道の両側に並ぶ木骨作り《ハーフティンバー》の家々には奇怪な動物の彫刻が施され、四段に傾斜する屋根には舷窓のような丸いクロスめっきのガラス窓がついていた。アメスはしばし立ち止まって、樋嘴《ガーゴイル》の仕上がりを眺めた。その隙に乗じてひとりの少年がアメスの腕をつかみ、片言のホドキン語で話しかけてきた。

「フファジ・エン・ホドケエネン・ィウトダレエン・ヴィ」

「ヒト語を話せ」アメスはふり返ると、そっけない口調で言った。

少年は見るからに貪欲そうだった。びくつきながらも、何とかつけ入ろうと必死になっている。その様子から目を背けようとするあまり、アメスは苛立ちをつのらせた。怒りの衝動が共心《エトフラグ》を遮った。オマルに暮らす種族はみな、共心を必要とする。知的生物は意識の幅を広げるため、他者と共感しなければならない。ホドキン族の多くが、共心を不要な遺物だと思っていることは、アメスとて知らないわけではなかったが。

しかしこの苛立ちが、かつて体験した断腸の思いに呼応していることも、アメスにはよくわかっていた。それは他族の言葉を体得し、仲間とは決定的に違ってしまったときに生じた思いだった。

今はこんなこと考えている場合じゃない。けれども目的達成が近づくにつれ、余計な考えがますます頭に浮かんできてしまう。それは遠い先祖から受け継がれて彼の意識に残っている、純粋にホドキン的な部分に由来するものだった。

少年は十歳にもなっていないだろう。黄色っぽい肌、ぴんと立った耳、小柄な体軀は西境のヒト族の特徴だ。少なくとも、種族的な特徴に敏感なシレの連中はそう言っている。

フファジ・エン・ホドケエネン・ィウトダレエン・ヴィ。「お食事はいかがですか、ホドキンの旦那さま？」と少年はヒト語になおして言った。

アメスはただ首を横にふっただけだった。食事なら、昨日列車のなかですませている。ヒト族は気の毒なもんだ。日に二回、ものを食べねばならないなんて。年がら年中、食べ物や水を摂取しては大便や小便を排出し、汗をかいているのは、何につけ熱しやすい彼らの性格と関係があるのだろう。

少年は断られると、三種族の言葉をごちゃまぜにした捨て台詞を残して立ち去った。道路は辻馬車や乗り合いバス、運搬車で文字どおりあふれかえっていた。アメスは人波のあとについて四つの門を抜けた。黄土色の石でできた重々しいアーチ形の門は、正面から見ると列柱が三眼蜥蜴《オーニッド》の形をしている。プラットフォームジャンクションの発展期を示すこの巨大なアーチには、誇大式《メガリック》と呼ばれる古い様式が見て取れた。並はずれて広大な世界に張り合おうとした時代のものだ。

やがてあたりは群衆で埋め尽くされた。アメスは中心街を迂回し、直接大港の埠頭にむかうことにした。プラットフォームジャンクションは活気にあふれる多種族都市だ。ヒト族は我がもの顔でいられなくなり、他種族にも成功の機会が広がってきた。この地域一帯は共同統治区《チュテラ》となり、ヒト族の保護領もいずれは移管されていくだろう。

自動清掃機がところどころ欠けた脚をムカデのように動かしながら、大通りを這い進んでいく。とりつけたブラシがゴミや塵を掃き取る仕掛けだ。これがシレ族の発明品であることは、側面に書かれたシレ語の回路《シルコ》文字と、頂部に取りつけた水晶体の十二面体人工頭脳《ドデカエドル》を見ればわかる。化石化した不思議な葉脈を思わせる優雅な回路文字のロゴは、四世紀の勇壮な詩の一節だった。自動清掃機は戦車のようなどっしりとした形をしていて、螺鈿細工の装飾が施されている。これほどの機械は、ヒト族にもホドキン族にもとうてい作れるものではない。

シレ族とヒト族が一組になって、自動清掃機に付き添っていた。近所の悪ガキどもが進路に置き石でもして、十二面体人工頭脳に負荷がかかるのを避けようというのだろう。ヒト族の警備官は顔がわからないよう、マスクをかぶっている。相方のシレ族はつなぎの作業着を着て、のこぎり状の歯がついた槍をもっていた。アメスはしばらくそのあとをついていった。

泥にまみれて悪臭を放つ狭い舗道を抜けると、商店街に出た。自動清掃機は大きすぎて、迷路のような小道を通ることができない。それゆえ塵芥を洗い流すのは、たまに降る雨だけだった。混雑する小路沿いには、五階建ての家が並んでいる。一階は石造りだが、そのうえは青樹《エラスメ》と漆喰でできていた。最上階の切妻壁には、建てられた日付が彫りこまれていて、なかには二世紀以上昔に遡る家もあった。

アメスが大港に近づくにつれ、自動清掃機の騒音は小さくなっていった。それが完全に消えるのと引き換えに、ドックにあふれる活気が伝わってきた。何十万もの群衆が雑然とひしめいて、どよめきが途切れる間もない。

アメスは飛行船の陰に入った。

そして眼柄をうえにむけた。天空の王国さながら、地上数十ジャルの空中に並んで浮かぶ巨大な帆船は、魅惑的なパノラマを展開していた。流線型の客室が飛行船の先端から後尾まで続き、十層にもなった満艦飾のデッキが色とりどりの帆布のあいだに見え隠れしている。舵も操帆装置も必要ない。気球の外包《エンベロープ》から客室まで飛行船を覆っている帆が吹きつける風の流れを誘導し、風圧を微妙に調整して針路を変えるのだ。帆面はジャッキとサーボモーターで操作するレールのうえを、カーテンのように滑走する。

こうした光景を前にして、アメスの意識はめまいがするほど拡張した。あまりにも広大なこの現実に同調しようとするかのように。飛行船の陰にずらりと続く屋台の列は、まさに並木さながらだ。町ひとつぶんの人々が、船出を待ってここに暮らしている。植民者や放浪の徳を説く修道士の予約で、席はたいてい満杯だった。空きのある飛行船の到着まで、ときには三ヵ月も辛抱せねばならないこともあった。さらにこのところ、商業組合の乗客も増えていた。三ヵ月だって！　まったくシレ族ときたら、時間の感覚がどうかしている。そんなに待たずにすめばいいのだが。だいいち、金だって続かないだろう。

リングのひとつひとつが五十キログラムはあろうかという長い鎖が、プラットフォームジャンクションの中心街と大港を隔てる出航ゾーンの前を遮っていた。五百リスク間隔で建っている監視台では、重装備で身を固めた税関吏が目を光らせている。

アメスは四本の眼柄をぐるりと回転させ、うえを見あげた。リフトが仕切り壁をよじのぼり、飛行船の舷門デッキまで行き来している。垂直に立てたレールに取りつけた半円形のリフトは、シレ族のアイディアだった。幅六歩分のトレイに手すりを取りつけただけで、エレベータと呼べるしろものではない。めまいを起こしかけた乗客たちは奥に避難した。荷物のコンテナと大型トランクのあいだで身を寄せ合っている脇を、仕切り壁が猛スピードで走り去っていく。うえまでのぼりきると、リフトはリベットで留めたステップを横切り、三十平方リスクのテラスのところで突然止まった。そのうえには小窓のついた操舵室が張り出している。テラスの先には、屋根のついた舷門のタラップが続いていた。さらに三歩ほど行って、下を見ないようにしながら簡素な渡し板を越えると、乗船デッキに到着するのだった。

あそこまでのぼるのかと思うと、三つあるアメスの小心臓が胸部で少し鼓動を速めた。首の付け根に空いた嗅覚孔に、焦げた臭いがこびりついている。ホドキン族にはおなじみの身体感覚だ。ときおりアメスはシレ族の表皮がうらやましくなった。彼らは全身の皮膚で臭いを感じることができる。それはシレ族の外界をとらえるやり方と、密接に結びついていた。

アメスは嗅覚孔を閉じ、《遮蔽》に入った。実のところこのホドキン語は、シレ語にもヒト語にも翻訳不能な言葉だ。シレ族やヒト族にできるのは、せいぜい耳をふさぎ目をつむることだけで、刺激を完全に遮断するには至らない。ホドキン族は五感を完全に断ち切り、頭のなかを無の状態にする能力を備えていた。ヒト族ならば厳しい哲学的な教えに従い、長年の訓練をへたのちにようやく至る境地だ。アメスは再び目をあけた。とその刹那、ほんのわずかな意味づけも持たない生《き》の現実に触れられた。それはすべての感覚を、いったんゼロにリセットするようなものだった。

アメスがようやく《遮蔽》から抜け出すと、あふれ出る五感が心に降り注いだ。雨水がひとつになって流れをなすように、渦を巻く五感はしかるべき水路へとむかった。すべては、ほんの一秒もかからないあいだの出来事だった。その間に、めまいも消え去っていた。

花づな模様が特徴的なホドキン族の小さな気球が、飛行船のあいだを上下左右にと行き来している。気球は小さなクラゲのようだった。アメスは前に、非シレ族系の路線で旅したことがあった。ふつう畑の肥料散布には、スピードが遅く操縦のしづらいヒト族の飛行船が使われる。ずんぐりとして不格好なソーセージ型の飛行船からは、シレ族のすぐれた航空技術が持つ洗練された力強さがまったく感じられなかった。シレ族の先祖はかつて進化の過程において、飛行動物だったという説もあるほどだ。たいていは露骨で種族差別的なジョークのネタにすぎないが……なかにはこの言い伝えを信じている者もいた。

あきらめ顔で待つ行列のむこうに、窓口代わりの机が並んでいる。アメスは列のひとつを適当に選んだ。発着や乗り換えを告げる声が、拡声器から響いていた。声は遠いうえに雑音が混ざっていて、よく聞こえなかった。二時間ほど待って、ようやく係員の前まで来た。灰色の肌をした、シレ族の男だ。長年この仕事をしているらしく、時刻表など見る必要もなさそうだ。シレ族はみなそうであるように、体毛はまったく生えていなかった。男は中腰になって、顔の高さをアメスに合わせた。シレ族の場合、顔より仮面《マスク》といったほうがぴったりだろうが。

係員は机の脚にとりつけた砂時計を半回転させ、三日月形の口をひらいてこう言った。

「制限時間は十分。荷物はひとり五ペザントまで。一ペザントがどれくらいかわかってるな?」

係員の声は、ぴちゃぴちゃと沼にそぼ降る雨音のようだった。縦に伸びた顎の形態によるのだろう、シレ族はみな、水が跳ねるような声をしている。

「わかってます。およそ十キログラムですよね」

「通行税は十ティアリ。前納だ。荷物のなかに、火器や爆発物を入れてはいけない。乗船のときに調べるぞ」

アメスはうなずいた。ホドキン族の身としては、言われたとおりの金額を支払うほかなかった。共同統治区《ラ・チュテ》にとどまる限り、シレ族の二倍高い料金を払うのもいたしかたない。それでも、ヒト族よりもましだった。

両種族のあいだには昔から紛争や軋轢《あつれき》が絶えず、多数の死者を出してきた。このあたり一帯には、何世紀にもわたる対立で流されたヒト族とシレ族の血が染みこんでいる。それゆえいくつかの地域では、両族から同数の代表者を出して管理するようになった。ロプラッド和平条約の発布以後、共同統治区もそのひとつに加わった。そして六年ごとに、両陣営のあいだを行ったり来たりしていた。だから今の時期、定住者以外のヒト族はとても少なかった。前の六年間に講じられたヒト族の優遇策は徐々に廃止され、彼らに不利な法律が新たに作られようとしている。ここに定住する者たちは、半世紀前から続くこの政権交代には慣れっこになっていた。そして耐乏生活の年月に対し、備えを怠らなかった。けれども、無許可で農地を売る者が大手を振っている現実は、シレ族の保護領がまだ完全に機能していないことを示していた。普通なら、山師は縛り首になっている。

シレ族とヒト族には、少なくともひとつ共通点があった。他者に対する恐怖心だ。両種族が互いに抱く憎しみは、多くの面で似ているだけにいっそう大きかった。自分自身のデフォルメされたイメージを投影し合っている。ヒト族がホドキン族とあまり敵対せずにいられたのは、お互いが根本的に異なっていると感じているからだろう。ヒト族は自分たちと別の知的生物を示すために、種族《レー》という語を作り出した。この言葉の語源がどこにあるのかは、アメスにもわからない。ヒト族同士でも、差別は存在する。例えば原理主義的汎回教徒《パンスラミスト》は、自分たちの宗派に属さないものをみなレーと呼んでいる。そしていつしかシレ族やホドキン族も、この言葉を使うようになった。

「荷物のなかに、売り物にする以外の貴重品はあるかね？」と係員は不機嫌そうにたずねた。

「稀覯本が一冊」

「本は宗教書を除いて、船内の図書室に預けることになっている。行先は？」

「スタッドヴィルです」

係員はチケットを入念に調べた。

「イャルテル号だな。このチケットは二十二年前に買ったものじゃないか。料金はもっとあがっているはずだ。ちょっと待って……」係員の眼点が白みを帯びた。「追加料金は百ティアリ。交渉の余地はいっさいなしだ」

アメスは手持ちの外貨を数えた。船に乗るだけでほとんど三分の一が消えてしまうが、どうしてもこの便で出発しなければならない。わたしは今までずっと、そこへ行くために生きてきたのだ。いや、むしろこの旅をするためと言ったほうがいいかもしれない。その果てにはきっと、探索の終わりがある。

追加料金を支払うと、係員はスタンプを押した厚紙のチケットをさし出した。アメスは中央の腕についた二本の指でそれをつかんだ。

「イャルテル号の二等。出航は十三日後」と係員は言って砂時計をまた半回転させると、「次の者」と叫んだ。

2

　シェタンは沿岸航行船の広い前部デッキで眉をしかめ、縁の手すりにしがみついた。《地の辺》市にむかう乗客でごった返す中央キャビンを、もう少し早く出るべきだった。そうすれば、しかつめらしい顔をした第五福音教《エスコバリスム》の宣教師につきまとわれずにすんだのに。

　あの男、貪欲そうな口もとと赤ひげが、まるで人喰い鬼みたいじゃないか。相手の宣教師という立場に気後れして、シェタンはたしなめるのをためらってしまったが、むこうはそこにつけこんだ。

「おわかりだろうが」と太った宣教師は話しかけてきたが、丸く突き出た腹のうえに垂れ下がった聖ヴァレスコのメダルを、いじくりまわしている。「独り身の女がシレ族の棲域《エリア》に来るのは、あまり思慮深いとは言えませんぞ……」

「ここはシレ族の棲域ではありません」

　宣教師は反論を無視した。

「シレ族は共同統治区《チュテラ》を奪還した。そしてヒト族の女には、いまだ敵意を抱いている。女には子をなすという、聖なる力が備わっているからな。戦争中、シレ族は征服した村の女たちを石女《うまずめ》にしたではないか」

　シェタンはあえてうなずかなかった。

「おっしゃるとおり、それは戦争中のことです」彼女はそう答えると、皮肉っぽく続けた。「それにわたしたちのなかには、汎回教徒《パンスラミスト》もいますから、何の危険もありません。『ヌー・クーラン』の教えで、独り身の女を見守るようにと定められています」

「おまえは汎回教徒なのか？」宣教師は思わず顔をしかめ、大声をあげた。

　シェタンは言葉を濁すことにした。

「かつてはそうでした」

「それなら、今は《真の信仰》に目覚めておるのだな」

シェタンはただ肩をすくめただけだった。そのあいだに、宣教師はあれこれ説教を続けている。いわく、若い女がひとりでいれば、シレ族の行政当局に言いがかりの理由を与えることになる。だから一行は、独り身の女を白い目で見るのだ。それに身代金目的の誘拐や奴隷売買も、ロプラッド和平条約で禁止されたとはいえ、まだまだなくなってはいない。ひとりで旅する女は、その危険にさらされているのだと。

シェタンは返事をしなかった。けれども宣教師は、いっこうにひるむようすがなかった。どことい って気取ったところもないのに、この女は不思議な美しさを醸し出している。黒髪を丸く切りそろえた簡素な髪形が、調和のとれた顔つきを引き立たせ、ぽってりとしてふてくされたような唇は、そげた頰に突き出た頰骨と好対照をなしていた。すらりとした体型から見て、歳は三十五くらいだろうか。けれどもその顔は、年齢不詳だった。厳しい目つきは生来のものなのか、それとも辛い人生を送ってきたせいなのか、判別のしようがなかった。

旅に出た当初、シェタンは礼儀知らずな態度を取る者にためらわず攻撃を加えた。けれども、ある日、宿屋でふとどき者の頭に水差しを叩きつけ、危うくリンチに遭いかけたときからは、もっと用心深くふるまうようになった。逃げたり、嘘をついたりするのも大切だ。力でぶつかるのは、男たちにまかせておけばいい。ここでは、暴力を引き起こさないことのほうが得策だ。

「罪の告白を聞いてしんぜよう」宣教師は言った。「過去のなかには、悪の根がはびこっている。わたしにまかせなさい。悪を根こそぎ断ち切って、おまえに再び純潔を戻してやる」

シェタンはそれ以上我慢できず、立ちあがって部屋を出た。

潮風が海藻のすえた臭いを運んで、服の下まで入りこもうとした。シェタンはぶるっと体を震わし、運河の岸辺に並ぶ高床の小屋を眺めた。

昨日、沿岸航行船は赤海を越えた。この呼び名は、川を走っていた何百隻ものトロール船、平底船、商船の残骸が、港の付近で錆びついているところから来ている。そのせいで、ケー河口はゴミ捨て場と化していた。赤海の幽霊船には、貧しい一家が数多く住みついていた。かつて、ここに造船所を築いた者たちの子孫だ。けれども、今は造船所も閉鎖され、零落の身となっている。

赤錆の山とあばら家のあいだを、シレ族の国境警備隊がパトロールしていた。シレ族の権威を誇示せんがために、ああやって絶えず目を光らせているようにも見えるが、あらゆる種類の密輸業者からしっかり上前をはねている。いつもの悪循環だ。法規制がより厳格になれば、ヒト族は闇市や密漁といった不法行為に手を出さざるをえなくなり、それだけ抑圧が強くなる。そして、搾取されたヒト族側の警戒心もまた高まるというわけだ。

沿岸航行船は一日かけて、渦を避けながら河口を抜けた。そして《地の辺》に通じる運河の迷路に入った。水の色はもとの灰色に戻っている。小さな貝殻をびっしりと甲羅につけた蟹が、岸辺で蠢《うごめ》いていた。そのようすは、まるで奇妙なチェスゲームのようだ。

シェタンが空を眺めているあいだにも、船は運河を進んだ。あちこちにゴミがたまり、毛の抜けた牛が群れている。運河の流れに沿って続く黒い砂の岸には、ザリガニや小鳥の死骸、羽毛の山が点々とし、海藻や小さな蛇が蓬髪のように揺れていた。沿岸航行船は毎日、ケー河口と《地の辺》のあいだを往復し、ドックに荷揚げ作業員や商品、旅行客を運んでいた。

空には小さな雲が、折り重なるようにして流れている。それを除けば、いつもどおりオマルを照らすうっすらとした青空だ。あたりまえだろう。この地方は今、乾季の真っ最中なのだから。穏やかな気候だった。シレ族の子供の小さな人影が見える。かごを背負って槍を持ち、岸辺にできたゴミの砂洲をうろつきながら、ときおり槍を塵芥に突き刺してはうえにふりあげ、獲物を背負いかごに入れていた。

たぶん、これなんだわ、わたしの旅の目的は。時の移ろいに注意を払おう。けれどもシェタンにはわかっていた。過ぎゆく時の魅力に感じ入ってなどいられないと。ともかく、いつまでもこうしているわけにはいかない。神経を苛立たせる飛行船のエンジン音が聞こえるなかではなおさらだ。四角い形をした平底船には、太平湖沿岸でもっともよく使われている推進装置が備えつけられていた。シレ族がキズリアンと呼ぶ灌木の繊維で編んだロープを低電圧バッテリーにつなぎ、電気ショックを与える。するとロープがよじれたり、戻ったりを繰り返す。この原始的なモーターが六枚羽のプロペラを回すのだ。しっかりと編んだキズリアンのロープは、一ヵ月は充分に持つ。

シェタンがこの旅に出たのは、プラットフォームジャンクションからもうすぐ出航する長距離飛行船のチケットを受け取ったからだった。何者かが彼女のために、二十二年前に買ったチケット。それだけでも、充分好奇心を掻き立てられる。でも、まだほかに理由があった。ポケットの奥には……

「わたしから逃げるつもりかね？　そいつは無礼というものですぞ」

シェタンはふり返った。気づかないうちに、宣教師があとを追ってきたのだ。いつからこっちを見ていたのだろう？　宣教師がよりかかると、手すりがきしんだ。シェタンは返事をしなかった。

「おまえはもっと別なものから、逃れようとしているのでは？」宣教師はしつこくたずねた。

やけに攻撃的ね、とシェタンは思った。

「あなたの知ったことではないわ」

「一行の安全にかかわることはすべて、考慮に入れねばならん。シレ族に追われている逃亡犯だったら、われわれみんなが面倒なことになる。もちろん、同胞を売ったりはしないがね。たとえそれが……」

宣教師はそこで言葉を切り、続きはシェタンに考えさせた。たとえそれが、村から追放された汎回教徒《パンスラミスト》でもっていいたいのね。宣教師は片手をシェタンの肩に置いた。やけに湿っぽくて、保護者の手という感じではない。

「女のなかには変り者もいる。つまり……シレ族とつき合いたがるような。同胞の男では満足できないと思っているんだな。神の造りたまいし者でありながら、みだらな悪魔の罠にみずから飛びこんでしまった。あわれなるかな、神に疎まれし者よ。だからこそ、彼女たちには助けの手が必要なのだ」

シェタンは話のむきが変わったのに一瞬とまどって、どう応じたものかわからなかった。笑い飛ばそうか、それとも怒りをぶつけるべきか？　この男は、わたしがシレ族と肉体関係を持っているとほのめかしている。本当だったら、ただじゃすまされないだろう。堕胎をした女や同性愛者に劣らぬ責めを受けることになる。命の危険だってないとは言えないのだ。宣教師がそんな噂を乗客たちのあいだに流したら、問答無用で海に放りこまれるかもしれない。聖書のもっとも有名な一節に、神は自分の姿に似せてヒトを造ったとある。それゆえヒトは言葉を持ち、信仰を託された。そして神に選ばれし創造物となった。あとのものはみな、そこから生じている。ホドキン族もシレ族も不信心な者たちも、この聖なる長城の外側にあるのだ。

黙っているのと引き換えに宣教師がちらつかせている助けとやらがどういうものかは、推して知るべしだった。

もっとも簡単で安あがりなのは、こいつの言いなりになることだろう。一発、やらせればいいんだ。そうすれば、もううるさくつきまとってこない。

けれども宣教師の目の奥に燃える冷たい炎が、シェタンには心底不快だった。かつて関わった第五福音教徒《エスコパリ》や汎回教徒《パンスラミスト》、シル教――《苦悶崇拝》とも呼ばれるシレ族の宗教――の信者たちの目にも同じ炎が燃えていた。彼らは信仰を盾にしておのれの欲望を満たし、罪を犯すのだ。そこには色欲と金銭欲、他者に対する徹底した侮蔑が混ざり合っていた。

もう、やつらの言いなりにはならないわ。

かつての憎しみは消えていなかったと気づいて、シェタンは自分でも少し驚いた。

彼女はじっと目を見ひらいたまま、宣教師をにらみつけた。男は口もとを歪めた。こんな脅し文句では目的を達せられないと、思い始めているのだ。シェタンは犯されることなど恐れていなかった。旅する女の常として、彼女も幅の広いベルトのついたズボンにロングスカート、ブーツといういでたちだった。けれどいくらズボンをはいていても、力ずくでかかられたらひとたまりもない。

宣教師は目をそらし、運河を眺めた。三眼蜥蜴《オーニッド》が、枝をはらった青樹《エラスメ》を山積みにした平底船を曳いて川岸を歩いていた。額から突き出た第三の目（これは遠くを見るのに使われる）を潰され、尾を切られた三眼蜥蜴は、どこかヒトの姿に似ていた。それだからだろうか、シェタンは手綱に涎を流す三眼蜥蜴を見て、一瞬哀れをもよおした。

このあたりには平和が戻っているが（しかしどれほどの殺戮が、平和という言葉の陰に隠れていることか！）、昔ながらの習慣が続いていた。シレ族の衛兵がガーネット色をした艶やかな革の甲冑に身を固め、いく艘ものボートに乗って平底船を取り囲んでいる。身の丈七リスク（ヒト族の尺度で言えば二メートル四十）のどっしりとした姿は、水の流れを背にくっきりと浮かんで見えた。

一ジャルほど下方にいくと、川幅が二百五十リスクまで狭まったあたりに柱廊状の橋がかかっている。シェタンは何気なくボートを目で追った。シレ族の衛兵たちが持っていた槍をこちらにむけ、軽くぶつけ合う。シェタンはとっさに親指と中指をあげた。シレ族たちはわざとらしく顔を背けた。宣教師の前で返事をしないほうがいいと思ったのだろう。それでも合図は受け取ったと、はっきりと態度にあらわしていた。シェタンの身ぶりは、シル教に帰依したヒト族のしるしだった。

宣教師は目を凝らす間もなくさっと顔色を変えた。シェタンのメッセージは明らかだった。自分に指一本でも触れてみろ、シレ族たちが黙っていないぞ。ひと声かければ、みんな助けにやって来る。第五福音教《エスコパリスム》の宣教師はシレ族が悪魔だとは言わないまでも、魂など持たない生き物だと思っていた。シレ族を解剖すれば、悪魔の数字である六百六十六本の筋肉が見つかるだろうと断言する者もいた。だから第五福音教徒《エスコパリアン》は、決してシレ族を改宗させようとはしない。けれども《苦悶崇拝》のシル教に恐れを抱くあまり、あえてあからさまに攻撃することもなかった。

本当はシル教徒でないと知れたら、計略が裏目に出て、わが身に危険がおよぶ可能性もあった。しかし目的地はすぐそこだ。沿岸航行船はのろのろ運転だし、イャルテル号の出航まであと一週間たらず。不時の出来事にかかずらっている余裕はなかった。もし独力で何とかできるものなら、さっさと下船して荒れ地を突っ切っただろう。けれどもシレ族は反体制テロに対し、厳しい警戒を敷いている。下手をしたら捕まって、何日間も勾留されるかもしれない。

宣教師は何も言わずに中央キャビンに降りていった。

無信仰者として地獄を味わされるより、シル教徒と思われているほうがまだましだわ。シェタンは心のなかでそう自分を慰め、細かく枝分かれした運河の迷路をじっと見つめた。

やがて船は柱廊の橋にさしかかった。橋脚のあちこちに、幾何学模様のような文字が書かれている。シェタンが何とか判読したところでは、死亡したシレ族とその一家の名がずらりと並んでいるらしい。日付はすべてシレ暦九六七年だ。ヒト族との戦いで、命を落としたのだろうか。内戦、あるいは疫病の犠牲者かも。病気はすべての種族《レー》が共通に持つ、数少ないもののひとつだった。何者もそこから逃れることはできない。

日が暮れると、船は水門を備えた港に停泊した。次々にやって来るはしけ船や蒸気平底船、渡し船を、そこで検問しているのだ。岸に張った鉄線に舌平目やマグロの切り身をとおし、ずらりと干してある。桟橋では売り買いや物々交換が行なわれていた。

六十ジャルにわたって並ぶ杭にはスピーカーが取りつけられ、宗教の教えとシレ族のプロパガンダを交互にがなり立てている。杭のまわりには、電流を通した鉄条網が張ってあった。見れば大きくて不格好な虫が半ば溶けかけて、びっしりとこびりついているではないか。ありがたい教えに引き寄せられたのだろうか？それともシレ族の美辞麗句に？　二、三人の乗客が冗談のネタにすると、すぐさま船長が——昔は太平湖航路の船員だったという気難しそうな男で、青いポンポンのついたおかしな縁なし帽をかぶっていた——黙るように命じた。

シェタンは毛布がわりに分厚い毛皮を敷きつめた一画に陣取り、たちまち眠りに落ちた。もちろん宣教師は彼女のことを、何も触れまわったりはしなかった。

四日後、船は《地の辺》市へ至る最終行程に入った。五百リスクもの高さにそびえる断崖が、地平線の左半分を占めている。断崖が途切れた先は、いきなり海だった。

　沿岸航行船が速度を緩めると、シェタンはデッキにあがった。フナクイムシがびっしりとついた浮橋が、西側の土手から運河の中央まで伸びている。そのうえに並ぶ二十軒ほどの家には、素朴な壁画が描かれていた。パットを詰めて修理した小舟が、浮橋のとっつきに舫ってあった。

「ほら、あんたの降りるところだぜ」と乗客のひとりが、からかうような口調で言った。

　シェタンは一瞬考えて、すぐに気づいた。ここは売春宿の集落じゃないか。住んでいるのは娼婦ばかりだ。

船は三時間停泊しますと、アナウンスがあった。シェタンは脚のしびれをとるために船を降り、素早くあたりを見てまわった。目につく建物はといえば、がらんとした無料診療所と売店くらいだ。店の棚には瓶詰のオイルとキャベツの酢漬け、マッチが並んでいた。女街の老婆が浮橋の隅にしゃがみ、コリアンダーの種を詰めた牛肉を古びたコンロで焼いていた。老婆は噛み煙草をくちゃくちゃさせながら、木の大匙で赤いリンゴ酒を肉にかけた。まるで溺死人のように、どんよりと曇った目をしている。転落の人生を歩んだ女の目だ。シェタンは豆芋《シヴレ》の粥にひたした肉を老婆から買った。

　ドックで春をひさごうという女たちを乗せ、船は再び動き出した。どぎつい安香水の臭いが嫌で、シェタンは彼女たちに近づかなかった……いや、ほかにもうひとつ、理由があったかもしれない。けれどもシェタンは、それ以上深く考えないようにした。

　まるで暗闇が丘を包みこむように、彼方から景色が黒ずんでくる。よく見ればそれは広大な囲い場に集められた、何百万頭もの黒牛だった。

　船は曲がりくねった運河をゆっくりと抜け、夕方ごろ《地の辺》市の端に到着した。河口を丸く取り囲む倉庫、丸太を積んだ巨大なピラミッド、何ジャルにもなる生地のロールが、運河の両側に一面広がっている。

シェタンは小さな苔の塊が山になっているのを、しばらくもの思わしげに眺めた。あれは家畜の餌にするのだ。ダンプカーがそのあいだを行ったり来たりしていた。そういえば、船長が話していたではないか。《地の辺》市では、美しいものと醜いもの、静寂と騒音、聖と俗、シレ族とヒト族は切り離しがたく結びついているのだと。けれども、それを確かめている暇はなかった。

三胴式の客船が三隻、岸に着いていた。梁かと見まがうほど太くがっちりとしたロープが、船を港に舫っている。いちばん小さな船でも三万個の樽を運び、一万五千人の客を収容できた。

沿岸航行船はそのまま客船の脇をすぎて、十六ジャルほど北の運河の端まで行った。そこから古い線路の一本を利用して、軌道モーターカーがハウラールピラーへ通じていた。

シェタンは鞄ひとつ持って、うしろもふり返らずに船を降りた。宣教師とのごたごたは、もう忘れていた。そして軌道モーターカーの運転手と、三十分も交渉を続けた。いや、モーターカーとは名ばかりの、トロッコのうえに板を渡し、車軸をキズリアンの繊維につないだだけのしろものだ。運転手は二メートルそこそこの、ひ弱そうなシレ族の男で、片腕がなかった。男はシェタンから受け取った十二ティアリをポケットに入れたものの、乗客がいっぱいになるまで出発しようとしなかった。またしても時間を無駄にするのか、とシェタンは歯噛みをした。

それでも軌道モーターカーは、時速六十ジャルを超えるスピードで走った。並行する線路のうえには、捨てられたタンク車がえんえんと列をなしている。黄色に黄土色、オレンジ。まるで暖色を強調した絵のようだ。シェタンは髪を風になびかせながら、朽ちかけた列車を眺めた。鉄板を剝がし、葦のむしろが敷いてある。そこに痩せこけたシレ族やヒト族の家族が暮らしていた。ホドキン族の姿は、このあたりであまり見かけない。共同統治区《チュテラ》にはホドキン族がほとんどいないのだ。シェタンは川を下る船のなかで、乗客のひとりにそのわけをたずねた。油紙を張った傘を売りに、ヘスターンからやって来た女だ。

「シレ族とヒト族は五百年にわたり港の覇権を得るため、太平湖に沿った半ガイアの土地で激しい争いを繰り広げてきたわ」と女は説明を始めた。「そのあおりを喰って、ここに店を出したホドキン族が生贄にされることもあった。だから共同統治区が制定されたあとも、ホドキン族はもう進出をあきらめてしまったのよ。残念ね。彼らがやって来てれば、今ごろここはもっと栄えていたのに」

奇妙なことに、女がホドキン族に対して抱く感情には、いまだに恨みがこもっていた。迫害の犠牲になったことを忘れまいとするホドキン族の態度を、まるで女は責めているかのようだ。それこそヒト族の考え方にある、大いなるパラドクスのひとつだ、とホドキン族なら言うだろう。

半分ほど進んで、あたりがすっかり暗くなりかけたところで、運転手は床のあげ蓋をあけ、油まみれの鞄と革袋を取り出した。鞄には、キビ粉とセモリナ粉の揚げパンが入っていた。手ごろな値段だったので、シェタンはお腹いっぱい食べることができた。彼方に浮かぶ巨大な飛行船の群れに、シェタンの目は否応なしに引きつけられた。あのなかに、イャルテル号がある……あとどれくらいで出航だろう？

食事が終わると、すっかり日が暮れた。運転手は電球をキズリアンの電池につないだ。線路上を数リスク先まで照らすくらいの明るさはある。

翌朝、軌道モーターカーはハウラールピラーに到着した。

ハウラールピラーからは乗合馬車でプラットフォー

ムジャンクションまで行った。その大きさから見て、貨車を転用したものらしい。車を引くのは、三眼蜥蜴《オーニッド》四十頭がかりだ。車は大港でとまった。巨大なリングの鎖に沿って、監視台と乗船窓口が並んでいる。断崖を地上六十リスクほどのぼったあたりに、丸い家がブドウの房のようにへばりついていた。港の地上勤務員は、あそこに暮らしているのだろう。

　上空百メートルのところに、飛行船が一隻のんびりと浮いている。高さは三十階建てのビルほど。長さは大型客船二隻ぶんもある。飛行船の側面で蠢く小さな人影は、網にかかったクジラの腹についた寄生物のようだ。

　イャルテル号は本日出航です、とスピーカーが告げた。シェタンはほっとため息をついた。ぎりぎりで間に合ったわ。

　まずはチケットが有効かを確かめねばならない。シェタンは窓口に歩み寄った。なかに係員がしゃがんでいる。不安で胸がどきどきした。順番待ちに一時間以上はかかりそうだ。もし数分違いで乗り遅れてしまったら……

　むっつりした顔の少年が、シェタンに合図した。虫喰いの傘をさした、色白の女のうしろに立っている。前から三番目だ。いくらか出せば順番を譲ってもいいと少年はもちかけてきた。どうしよう？　数分違いで乗り遅れたら、はるばるここまで来たのもすべて無駄になってしまう。選択の余地はなさそうね。

「この順番なら、二十分以内さ」と少年はつぶやくように言った。

　少なくともその倍は覚悟しないと。それでも若者の申し出を受け入れたほうが賢明そうだ。シェタンは蜥蜴《ヒュメア》足の樹脂で作った硬貨を投げ——貨幣の鋳造に金属を使うなど問題外だ。そんな無駄は許されない——肩に食いこむ鞄をようやく地面におろすことができた。若者はお金をポケットに入れると、足を引きずりながら隣の列にむかった。

シェタンは自分の番が来ると、通行税の十ティアリをさし出した。ところがチケットの料金は百ティアリあがったと言われ、シェタンはパニックに襲われた。

「百ティアリですって？ そんなに払えないわ。このチケットは有効なんだから……」

「販売された時点では、たしかに有効だった」係員は声の調子をわざとらしく変えながら、落ち着き払って答えた。「でも、今はもう違う。支払わなければ、乗船は認められないな」

シェタンは落胆を顔に出すまいと、歯を食いしばった。もう少しでうめき声をあげるところだった。ヒト族がどんなに表情を変えても、シレ族はたいてい知らんぷりをしている。しかしシェタンは、この係員に嘲笑の機会を与えたくなかった。

「これで二度目だな、こんなこと」係員はいまいましげに言った。

「二度目ですって？ 誰が……」

「ホドキン族の男さ。二週間ほど前だったか。そいつは払う金を持っていたがね」

シェタンは物狂おしげな目で、鎖ごしに桟橋を見やった。わたしと同じようなチケットを持っている者がいたなんて！ 断崖のふもとにひとり、ホドキン族の男がいる。リフトの脇だ。そのむこうにも、もうひとり。

プラットフォームの上空に浮いている飛行船がイャルテル号なのかどうか、シェタンにはわからなかった。それに声をかけようにも、ホドキン族との距離は離れすぎていた。

シェタンは窓口の砂時計にちらりと目をやった。制限時間が終わりかけている。

「何とかなりませんか？ 出航までにそんな金額を稼ぐ時間なんか、とうていないし」

だいいち、出航まであと一時間だ。もう一度並びなおしている暇だってありはしない。シレ族の係員は答えなかった。手を貸そうという気はないらしい。

「イャルテル号の責任者と、直接話をさせてください」シェタンは最後の手段として、そうたのんでみた。

「わたしには、イャルテル号の責任者たる権限が与えられている」係員は《ユアルテル》と発音した。「リイヤゴ号やノラチュキヤガ号、エーヴレ号もだ」

「あの型の飛行船には、三等客室がありますよね？」

「シレの長距離飛行船《ソミンテール》にはみんなあるが」

「わたしのチケットは二等ですから、それを三等に変更できませんか？」

「まあ……いいだろう」

シェタンはすっと息を吸った。

「その場合、支払い金額はどう変わりますか？」

「ちょっと待って」

係員は使いこんだ青樹《エラスメ》製の円形計算尺を取り出し、円盤のひとつを回転させて日付を合わせた。

「二十五ティアリだな」と係員は言った。

シェタンは財布をあけて硬貨のネックレスを取り出し、結び目をほどいた。そして、真ん中に三角の穴があいた四角い硬貨を五枚、窓口に置いた。砂時計の砂がちょうど落ちきるところだ。シレ族の係員はチケットの裏に検印を押した。シェタンはチケットを受け取って改札を抜け、監視台のあいだに張った鎖を越えると、歩行者の列に混じった。そこで彼女は初めて、ずっと詰めていた息をほっと吐き出した。

頭上に浮かぶ飛行船はエーヴレ号だった。イャルテル号は八ジャルほどむこうだ。

シェタンは飛行船まで行く高速トロリーバスに、かろうじて間に合った。

「あんた、運がいい」シェタンが乗りこむと、ヒト族の運転手が前をむいたまま言った。「これがイャルテル号出航前の最終便だからな。何等に乗るんだい？」

「三等よ」

「だったら入口を間違えんようにな。三等は動物といっしょだ」

なるほど、シェタンが乗りこんだプラットフォームには、牛の鳴き声がした。柳の細枝でできたアーチが、そこをぐるりと取り囲んでいる。隣の船倉には、圧縮空気機関車が運びこまれるところだった。帆の下で膨らんだ外包《エンベロープ》は、まるで丸い巨体の軟骨や筋肉、腱を包む浅黒い皮膚のように、内房《バロネット》の輪郭や横木、張り巡らしたロープを覆っていた。船倉のドアがひらき、がたんと震えながら大きな木の檻を呑みこんだ。牛小屋の臭いがシェタンの鼻を突いた。

船倉のドアが閉じるまえにシェタンが外に目をやると、シレ族の乗組員がひとり、外包《エンベロープ》の防御ネットにハーネスを取りつけ、ぶらさがっているのが見えた。少なく見積もっても、体重百五十キロはあるだろう。ヒト族やホドキン族のほうがずっと軽いのに、シレの長距離飛行船《ソミンテール》は乗組員にほかの種族《レー》を受け入れないのだそうだ。シレ族の乗務員は、帆布の縫い目に三眼蜥蜴《オーニッド》の乳を塗っていた。

帆の手入れ？　それとも何かの儀式だろうか？　シェタンがそう思ったとき、鈍い音とともにドアがぴたりと閉まった。

3

イャルテル号の十のデッキに、荷解きを告げるサイレンが鳴りわたった。

アレサンデルはもう二日間、眠っていなかった。悪夢に苛まれながら簡易ベッドで体を丸めるものの、休息は少しも得られない。この一週間、何とか注入をしないですませた。けれども、これ以上先延ばしにはできないだろう。

サイレンが鳴り終わるとすぐに、セクションの入口を仕切る楕円形のエアロックが、シュッという音とともに閉じた。二等の最後の乗客が乗りこんだところだった。アレサンデルは管理ホールに身を潜めて、人々のようすに目を光らせた。しかしやって来た人々に、怪しげなところは見られない。そもそもこの状況で、何がわかるっていうんだ？

おれが捜している連中が、卵の殻の破片を首からぶら下げて歩いてるはずもないだろうに！

プラットフォームジャンクションは飛行船が太平湖上へ飛び立つ前の、最後の宿駅だった。だから彼らもここに姿をあらわすはずだ。少なくとも、おれの考えが正しければ。捜している連中が何族なのかも、アレサンデルにはわかっていなかった。それに乗船は四時間にわたっている。その間、一等、二等、三等を隔てるドアや廊下は開け放たれ、商魂たくましい商人や貧しい乗客たちが上級のデッキを訪れることができた。サロン・バーやホドキン族の万華鏡展示室、二百人ぶんものテーブルウェアを備えたレストラン、飾り鏡やブロンズがまぶしい通路も拝める。今、このとき、種族を問わず二千五百人の乗客が、八つある客室の有人デッキを行き来しているのだ。

アレサンデルは自分自身に腹を立てながら、こめかみに流れる汗を手の甲でぬぐった。彼は黒々とした波のように押し寄せる落胆と、必死に戦った。

どうかしてるぞ。落ち着いて考えられる状態じゃない。待ち合わせはスタッドヴィルなんだから、あの破片を持った連中が別の方法でやって来ないとも限らないだろうに。甘い期待はしないことだ。地上の労働者の手から、飛行船が離れたのだ。

アレサンデルはデッキの中央を走る長い廊下に入った。床は青樹《エラスメ》の寄木張りになっている。廊下からは、シレ族の肩幅に合わせた狭い迷路のような通路が何本も伸びていた。アレサンデルは自分の客室に着くと、ドアをロックしている錠前ツタの根にそっと触れた。するとツタは彼の汗を感じ取って、デッドボルトをはずした。

客室のなかには、ガラス製品や工芸品が山積みになっていた。アレサンデルは途中の寄港地でそれを売り、小金をかせいでいた。窓がないからといって、息苦しさは感じなかった。かえって落ち着くくらいだし、そのぶん部屋が広く使える。彼は手を伸ばして、ガラクタのひとつをつかんだ。それは入れ子式の人形だった。外側の大きな人形は、シレ族を象っている。その下にはホドキン族、さらにその下にはヒト族の人形が入っていた。アレサンデルは順番に人形をひらいた。いちばん中心には、琥珀色の液体が四分の三ほど入ったガラスの小瓶があった。

昔はここにも、何かの人形が入っていたのかもしれない。アレサンデルはこれでもう百回目か、そう思った。オマルの創建者ヴァングクの像だろうか？　あるいは、何もなかったか。だとしても、驚くにはあたらない。ヒト族がホドキン族のなかに。シレ族はヒト族より大きいが、ヒトはシレ族のなかに。大いなる創建者により近いってことか？

アレサンデルは簡易ベッドをおろすと手さげ金庫を取り出し、テーブルに置いた。ふたをあけると、ゴム製収納ケースのなかに奇妙な広口瓶が収められていた。濁った水のなかに、クラルマ川に棲息する蛭《アイジャトタ》が見える。蛭は光に反応してぴくぴくと蠢いた。アレサンデルは腕まくりをして広口瓶のふたを取り、そっと蛭をつまみあげた。とうとう、最後の一匹になってしまった。この地域では、ほかに手に入れることはできない。蛭は口腔のまわりに、吸盤のついた三本の小さな脚を備えていた。

「ゆっくりとだ」と彼は小声で言いながら、小瓶に入った琥珀色の液体に蛭を浸した。

蛭の胃嚢が張り出してくる。アレサンデルは蛭を取り出し、肘の内側にあてた。蛭は慣れたもので、ちゅうちゅうという音をたてながら口を貼りつけた。あとは胃嚢を押すだけでいい。しかし蛭が死なないよう、そっとやらなければ。蛭の消化酵素と琥珀色の液体が混ざり合うと、強力な麻薬になる。そのおかげで、アレサンデルは悪夢から逃れることができた。吸盤から鎮痛成分が分泌されるので、皮下注入しても痛みは感じなかった。

蛭は胃嚢が空になると、自分から体を離した。皮膚に残る紫色の跡も、一時間ほどで消えてしまう。こんなことを十八年間続けているが、アレサンデルは麻薬注入の最中にもあとにも、重大な事故に見舞われたことは一度もなかった。

彼は蛭を広口瓶に戻し、器具を片づけると、片手で頭をなでた。鹿毛色がかった金髪は、短く刈ってある。寄生虫による伝染病がこのキャビン・セクションに広まるまでは、長髪をうしろでひとつに束ねていた。頭が少しでこぼこしているので、無理やり丸刈りにされたときは嫌でたまらなかった。けれども、そんなに外見を気にしていると口にするのもためらわれた。

機体が小さく揺れた。ほとんど気づかないくらいだが、アレサンデルにはそれでイャルテル号が出航したのだとわかった。乗客たちは、自分の区域に戻っていなければならない。アレサンデルは留め具《フィブラ》で前を閉じた白シャツを整え、客室のドアを押した。

　隣の客室から出てきたタジンファイウと、危うくぶつかりそうになった。このシレ族の男とは、一ヵ月半前に乗船したときからすぐに親しくなった。しかしそんな友情が、またしても心の重荷になり始めてからは、注意深く彼を避けるようにしていた。概してシレ族は礼儀やしきたりにうるさく、苛立ちをおもてに出しやすい。けれどもタジンファイウはヒト族に慣れているせいか、アレサンデルの態度にも鷹揚だった。それに短気は、何もシレ族だけの欠点ではない。

「どこへ行くんだ、アレサンデル・エスモンド？」とタジンファイウは内臓の形が浮き出ている上胸部のあたりに、腕状突起をやった。それがシレ族の、挨拶の身ぶりだった。

　アレサンデルはタジンファイウがフルネームで呼びかけるのを、どうしてもやめさせられなかった。

「討論室へ行くんだが、いっしょに来るか？」

　タジンファイウは顔をぐっと突き出した。

「調子はどうだ、アレサンデル・エスモンド？」

「すぐによくなるさ」

「それじゃあ、いっしょに行こう」

　アレサンデルはタジンファイウの歩調に合わせた。必死に遅れまいとしたのは、シレ族の歩くスピードが速すぎるからではない。まだ残っている本能のかけらが、足を緩めて引きさがっていろと体に命じるからだった。

　すべて終わったんだ。今ではもう、おれはおれ自身のものだ。

　嘘だ。しかし生きのびるためには、嘘も必要だ……そして、自分の心の内を覗きこまないようにすることも。二人は舳《へさき》にある討論室へむかった。討論室からは、下方の八つのデッキを見下ろせる。ドアには利用者全員にむけて、次のような注意書きが掲げられていた。

冷静と沈着

二人がなかに入ると、十人ほどの乗客がふり返った。竪琴《リラ》を象った背もたれの椅子や、壁際に並べたプリント布地のふんわりとした長椅子に腰かけている者、きれいにみがいた寄木張りの床に立ったまま、大きな窓から外の風景を眺めている者もいる。左舷には断崖が広がり、右舷にはまだ接岸されている飛行船を取り囲む港の雑踏が見えた。

裕福そうな商人が横手の窓の前に立って、水彩画を描いていた。その脇で召使いの男が、道具を持っている。召使いが広げた手のひらで、主人は絵の具を混ぜていた。

アレサンデルはイーゼルに立てかけた絵に、ちらりと目をやった。青、緑、灰色の色調が、詩情に満ちた雰囲気を醸している。しかしデッサンそのものは月並みだった。一直線に引かれた無限の水平線が、キャンバスの端へと消えている。商人は信仰心など少しも持ち合わせていそうにないが、彼の描く絵には宗教の教えがよくあらわれていた。オマルは平らな世界である。なぜならそれは、空と大地をふたつに分割して生まれたのだから。オマルは果てしのない世界である。なぜなら神自身が無限の存在であり、神は創造のなかに自らを具現化したのだから。

「もうすぐエーヴレ号のうえを飛び越えるわよ」と母親が子供に言った。アレサンデルとシレ族の友人は窓に近寄った。

「イャルテル号のほうが大きいや!」子供は自慢気に言った。

イャルテル号の高度は、断崖の稜線をちょうど飛び越えられるくらいだった。その断崖に沿って、線路が太平湖まで続いていた。地上は喧騒に沸きかえっている。出発まぢかの圧縮空気機関車が、車体をぶるぶると震わせた。シレ族の作業員たちが、車両のクレーンにケーブルをつなぎ終えた。

「いつ出発するのさ？」と子供が不満そうな声でたずねた。

　母親は横目でちらりとアレサンデルのほうを見ながら、やさしく子供をたしなめた。

「質問ばかりしているんじゃありません。機関車が海岸まで引っぱっていってくれるのよ」

「へえ、でもどれくらいで湖を飛びこせるの？」

　アレサンデルはこのかまびすしい同行者を避けようと、タジンファイウのほうをふり返った。タジンファイウはふざけて鼻をくんくんさせた。

「懐かしい討論の匂いを嗅いでいるのか？」

　アレサンデルも微笑んだ。六十年前、すべての長距《ソミ》離飛行《ンテール》船には、こうした討論のための部屋が設置されていた。そこではシレ族とヒト族が、友好的な話し合いをすることになっていた。けれども死者が何人も出るにおよんで、そうした慣行は禁止された。討論の末に殴り合いの喧嘩になり、それが乗客や乗組員全員を巻きこむことまであったからだ。やがて両種族間の状況は変化した。舳先の部屋には討論室の名が残っていたものの、話し合いの習慣はなくなってしまった。それでも船主は、突き出た角《かど》を覆うキルティングのカバーはそのままにしていた。

「考え事をしていただけだ」

「きみはヒト族にしては、ときおり不可解な表情をする」とタジンファイウは言った。

　アレサンデルは無理に笑顔を作った。

「不可解だって？　じゃあそれは、いったいどんな顔なんだ？」

「いうなればきみは、奇怪な悪魔にとり憑かれた風変わりな人物だ。目は野生の三眼蜥蜴《オーニッド》みたいに、一点を鋭く見つめている。意志強固そうだが少し曲がった顎。不可思議な表情。きびきびとした性格は、シレ族の血にこそふさわしい澄んだ知性と、ホドキン族の鋭敏な観察眼によって培われたものだ。わたしにとってきみの心は、近しいと同時にどこか計り知れない。心を覆う邪魔な衣服を、剝ぎ取ろうとしたかのようにね。日々の暮らしが、きみの見た目を蝕んでいる……けれども、まだ若そうだ。だからヒト族のおかしな基準にしたがえば、そのぶん後世に遺伝子を伝える可能性もあるってわけだ」

そう言われてアレサンデルは、本気で笑ってしまった。少し不安がっているようだ、とタジンファイウは感じた。

「ことさら子孫を残したいとは思ってないさ。さあ、今度はこっちの番だ……あんたの眼点はまわりが真っ赤じゃないか。シレ族の下劣さがよく出ている。上胸部のつぎ目が分厚いのは、子をなしたことがある証拠だ。そう……十年以上前だろうが」アレサンデルは目を輝かせた。「自分じゃ忘れているだろうが、あんたは選ばれし種族に試練を与えるため、オマルに吐き出された悪魔の種族、宿敵なんだ……」

タジンファイウはアレサンデルの脇腹を小突いた。けれどもそれは怒りにまかせてというより、アレサンデルの子供じみた挑発のせいで、二人とも共同スペースの出入りを禁止されるのを恐れたからだった。

「お褒めの言葉に感謝するよ」とタジンファイウは真面目くさって言った。「今のセリフをもう一度、シレ語で言ってみろ」

アレサンデルはシレ語はまったくわからないと言い張っていた。「ホドキン語だけで充分さ」というわけだ。タジンファイウはひと言も信じていなかったが、友がとぼけるのには慣れていた。

地上では牽引用の機関車がしゅうっという音をあげ、ケーブルが張りつめた。イャルテル号が静かに動き出す。全長一ジャル（約一・二キロメートル）のシレ製飛行船は、誤差三リスク（約一メートル）の正確さで動くことができた。

アレサンデルは感嘆に身をゆだねた。それは、いつもなら封印してしまう感情だった。

「みんなは、無生物よりも生き物のほうが語りがたいと思っている。そうとは限らないのにな」とアレサンデルはつぶやいた。

「何が言いたいんだ、アレサンデル・エスモンド？」

アレサンデルは、セント・コキンボまで続くゆるやかな斜面に並ぶ施設や建物を指さした。タラップが巡らされ、走行クレーンが行き来するドック。サイロに冷凍庫、燻蒸倉庫。駅前の集配センター。信号所。貨車をすぐうしろにしたがえた圧縮空気機関車。監視所に守られ、何ヘクタールにもわたって商品が広がっている。穀物袋、アスファルトや塩水の樽、棕櫚の葉に包まれた紅茶、アルミニウムの延べ棒、石鹼の塊、砂を固めた瓦などだ。左側、つまり南の地平線には、砂利や藁、コークスを山積みした小さな丘が、でこぼこの曲線を描いていた。ブルドーザーで何十トンも運ばれた、黄土色の堆肥もある。この豊かな農工業地域を囲むようにして、火力発電所、変電所、揚水所、サトウキビ汁の貯蔵タンク、排石処理施設が作られていた。巨大なクレーンの森が、工事現場を見下ろしている。

「われわれをとりまく現実は、いく層もの謎に埋もれているんだ。岩板の下にある鋼炭《カルブ》みたいにね。あの建物が見えるだろ？」

「ああ」

アレサンデルはビルのように大きなピラミッドを指さした。そのまわりには、レールのない機関車のような器具が点々としている。

「あれは何だと思う？」

「さあね」シレ族の男は臆するふうもなく答えた。

「倉庫とか？」

「そう見えるかもしれないが……本当は違う。岩塩のピラミッドさ。雨で溶けないよう、瓦で保護してあるけれど」アレサンデルは咳ばらいをした。「あのピラミッドみたいに、モノですら見た目じゃわからないのだから、生物なんてあてになりゃしない」

ここで、正体を明かすべきだろうか……いや、そんなことをしたら、タジンファイウはもう口をきいてくれないかもしれない。ああ、旅のあいだだけにせよ、彼との友情は何ものにも代えられない。たとえ、真実にも。それにおれは嘘をつくことに、いつのまにかすっかり慣れてしまった。今では、呼吸するのと同じくらい自然な行為だ。

「だが生き物は進化する」とタジンファイウは応じた。「きみは不快な考えをふり払おうとするかのように、頭をゆすっているじゃないか、アレサンデル・エスモンド。そんな考えがもとで、鋼炭《カルブ》と真実を比べているのでは？　実を言えば、わたしにはきみの論証がよくわからない。そこには、きみの体験が混ざっているのだろう。わたしの知らない体験が」

アレサンデルはタジンファイウの炯眼に舌を巻いた。たしかに、彼が当惑するのももっともだ。少し気持ちが落ち着いてきた。麻薬の力で張りつめていた神経がほぐれ、ぎくしゃくしていた現実世界にぴたりと体がはまったかのように。

「真実と比べうるのは、単に鋼炭《カルブ》だけじゃない。鋼炭《カルブ》と岩板が作る基層全体だ」それからアレサンデルはこう続けた。「ところで、おれといっしょに討論室へ来たのには、何か目的があったんじゃないか？」

「きみといるのは名誉なことだからね。それだけでうれしいんだ」

「あんたはヒト族と仲よくしすぎるんじゃないか。とりわけおれみたいな、世を拗ねたイカサマ師とね」とアレサンデルはつぶやいた。「皮肉が本当に楽しめるのは、皮肉を知らない相手とだけさ」

シレ族はみんな、心の底では拗ね者だ、とアレサンデルは声に出さずに続けた。そこのところを間違えちゃいけない。タジンファイウだってきっと、おれの正体に気づいていながら、注意深くそれを隠しているんだ。おれと同じようにな。

そうかもしれないという思いが、脳裏をよぎったこともあったけれど、今の今までずっと考えないようにしてきた。シレ族に好かれたりしてはいけないんだ。こいつが深い友情を示すほど、のちのちそれを断ち切るのが難しくなる。

「きみといるのは名誉なことだ。それだけでうれしい」とタジンファイウは涼しい顔で繰り返した。「できればきみを、その……（彼はそこで言葉をつまらせた。遠まわしな表現がシレ族は苦手なのだ）わたしの友人に会わせたい。ヒト族の男なんだが」

アレサンデルは黒々とした氷山が浮かぶ物思いの海に、しばらく身を浸していた。すばらしい水平線の光景も目に入っていなかった。太平湖は空よりもわずかに濃い青色を、少しずつ深めていった。

ようやく彼は気を取りなおした。タジンファイウもその脇で、彫像のようにじっとしている。

「セント・コキンボのうえを飛ぶのは、一時間以上あとだろう」とアレサンデルは言った。「おれは少し休みたい。あとで図書室の地下で会おう。それでいいかな？」

タジンファイウは上半身を震わせた。それがうなずいているしるしだった。アレサンデルは客室に戻ると、簡易ベッドのうえに散らばった荷物をのけ、両脚を軽く曲げて横になった。

けれども、すぐには眠りにつけなかった。タジンファイウとの会話が脳裏に渦巻いている。アレサンデルは友の言葉を無意識のうちにシレ語に訳し、そこに別の意味を探っていた。そうせずにはいられなかった。シレ族の言葉は、モノのようなものだ。ひとつひとつの語が三角形のように、三つの辺を持っていた。しかしすぐ前から見ていたのでは、一辺しか目に入らない。一義的な理解を超えるには、全体を一望して想像力を働かさねばならなかった。嵌めこまれた三角の絵文字が作る網目、それが文だ。語の三角形はすべて、飛行船の帆さながら独自の色を持っている。文を作るとは、色を調和させることだ。楽譜のように解読される、入り組んだ文体までもが色づいていた。

やがてアレサンデルの意識は、夢ひとつ灯らない闇の湖に溶けこんだ。

アレサンデルが眠りから覚めたとき、イャルテル号は黒岸に着いて、牽引機関車から切り離されていた。彼は舷窓からちらりと外を見た。船はスピードと高度をあげていた。少なくとも、地上三ジャルはあるだろう。飛行船は全長の二・五倍の高度を、最低限保たねばならないと定められているからだ。入り江や湾のうえに、気象観測用の係留気球がいくつも連なって浮いている。もっとも広い湾に作られた《地の辺》港には、十隻ほどの三胴大型船が泊まっていた。シレ族の船は外観でわかった。上部が蟹の甲羅のようにごつごつとして、大きな揚力を生む蝙蝠型の翼がついている。飛行船ならそれも悪くないが、とアレサンデルは思った。

イャルテル号は大航行に入る前の最終行程にむけ、まだ半分のスピードしか出していなかった。それでも風がないので、楽々と三十ノットは出ているが、巡航速度は六十ノット、最高速度は八十ノットに達する。十個の補助エンジンが、特殊パネルに収めたプロペラを回転させ、空気を吐き出していた。アレサンデルは後部の大きな帆がぱっと膨らみ、突然またしぼむようすを二度にわたって目撃していた。

彼は隅の洗面所ですばやく顔を洗うと、緑色のシャツ、黒と灰色のストライプのズボンに着替え、図書室の地下にむかった。数時間だけは二等の客も螺旋階段をとおって、図書室に入れるようになっていた。タジンファイウはロビーで待っていた。奇妙な動物を描いた素朴な水彩画が、ところ狭しと飾ってある。房飾りのついた布製の地図が、壁の半分を占めていた。図書館で有名なスケルナブ市の子午線が、地図の中心にすえてあった。

「待たせてしまったかな」

「三十分も前からここにいたよ」とタジンファイウは言った。

しかしその口調にとげとげしさは少しもなく、ただ質問に答えただけだった。

「図書室はあいていないのか?」

「あいているさ」

そういえばタジンファイウは、乗船してすぐに何日間も三種族語図書室に通いつめていたが、そのあとぱったり行かなくなったのだ。

「図書室の本すべてを合わせても、人生には如《し》かない」とタジンファイウは言っていた。

アレサンデルにはぴんとこなかった。彼は本を読んだことがない。読書なんて時間の無駄にすぎないと思っている。聞いた話によると、乗客たちは持っている本を申告し、航行中は皆がそれを読めるように、図書室に預けねばならないのだという。しかし、従う者はほとんどいなかった。そんな検閲すれすれの規則に抵抗するというより、本が傷むのを恐れているからだった。シレ族には学のある者が多い。なかには、分厚い伝説集を愛読している者もいた。ヒト族居住地区の住民が子供たちに語る教訓話を集めた本で、話の型はすべて同じだった。例えば、次のようなものだ。

《辺境の村の勇者が死ぬ。原因は話によってさまざまだ。事故死の場合もあれば、井戸水に毒を混ぜて殺された場合もある。そこで今までみそっかすだった弟、村はずれに暮らす若い木こり、あるいは七人の子供を持つ寡婦が、シレ族の隣村に対して名誉回復に立ちあがる。彼らはスポーツの試合や、農地の境界線争いで、

シレ族の闘士に戦いを挑む》

「話のなかでシレ族は、残忍な悪魔として描かれている」とタジンファイウは言った。「あるいはシレ族を笑いものにするため、滑稽に描くこともある。何万部、何十万部と刷られた本を、行商人が村から村へ売って歩くんだ。きみのご両親も、持っておられたのでは？」

「いや、うちにはなかったな」

このときもタジンファイウは、アレサンデルの来歴についてそれ以上穿鑿しようとはしなかった。

「ところで、おれを紹介したいという相手は？」アレサンデルは話を戻した。

「ファルミエ神父だ。きみと同じヒト族のひとりで、第五デッキで船内保育所をやっている」

「神父だって？」とアレサンデルは不審げに言った。「シレ族の航路に第五福音教徒《エスコパリアン》が？」

たしかにシレ族は宗教に関して、驚くほど寛容だった。しかし彼らとて、第五福音教徒がシル教を敵視していることを知らないわけではないだろう。《苦悶崇拝》を掲げるシル教は、シレ族そのものをも指している。第五福音教徒にも飛行船のチケットを売ろうという商売上の理由から、大目に見ているのかもしれない。しかしアレサンデルには、にわかに信じがたかった。シレ族がそんなに商売熱心だという話は、聞いたことがない。

「別に、関係ないさ」タジンファイウはきっぱりとした口調で言った。「どんな宗教であれ、聖職者は親の信頼を得やすいからね。イャルテル号のオフィサーたちだって、第五福音教《エスコパリスム》のなんたるかは知っている。そのうえでファルミエ神父に保育所をまかせ、彼を手の内に取りこもうとしているんだ……そこはオフィサーたちの思惑違いだが」

タジンファイウは、うまくアレサンデルの関心を引きつけたようだ。というのもアレサンデルは胸を少しどきどきさせながら、思わず友人のあとを追ったのだから。彼らは廊下を抜け、階段のほうへとむかった。非シレ族の乗務員は、ファルミエとコックの二人だけだった。コックは、ヒト族に出す料理の安全性を保障するために雇われていた。

第五デッキは基本的に技術スペースだった。各デッキに電気を送る配電所、継電器役の十二面体人工頭脳《ドデカエドル》、帆の油圧ジャッキを作動させるコンプレッサーが、まるで迷路のように並んでいる。差動歯車と精巧な伝動機械仕掛け。それこそが特異な形状や飛行力に劣らぬシレ族の飛行船の特徴だった。照明はレンズ状の水槽から発せられる光でまかなっていた。水槽は自動振動装置によって絶えず揺らされ、なかにいる微細なバイオ発光生物が光を発するのだ。

「三種族の子供たちをいっしょにするのは、シレ族の飛行船の伝統なんだ」とタジンファイウは説明した。「長距離航行では、共同統治区《チュテラ》のように三種族が共存している地域も通るからね。商売には寛容が大事だってことを示す、いい方法さ……少なくとも、一等、二等の客には。もちろん、子供が三、四歳になれば、そんな寛容は効かなくなるが」

アレサンデルは仕切りのある大部屋へ、すたすたと近づいた。二重扉を通して、子供たちの歓声が響いてくる。アレサンデルは体をこわばらせた。彼は子供という、自分本位なだけの奇妙な生き物が苦手だった。それに弾《はじ》けるような陽気さは、アレサンデル自身の思い出とほとんど相容れない。

ドアを押しかけたとき、アレサンデルはふと思った。ファルミエは例外的にヒト族の乗組員なのに、自分のことが決して噂にならないようにしている。ヒト族が集まる区域に姿をあらわしたこともない。奇妙じゃないか。シレ族やホドキン族とばかりつき合う人間は、たいてい変り者でとおっている。同族嫌いは最大の裏切りと見なされるのだ。そういう人物は、ヒト族コミュニティのなかに居場所がなかった。潜在的な敵だとして、つねに排除される。三種族間の恒久的平和が宣言されて半世紀以上がたった今もなお、そうした状況は続いていた。

アレサンデルは部屋に入ると、ついおどおどしながら、子供たちの絵がいっぱいに貼られた壁を眺めた。

二人がやって来たのを見て、男がさっと立ちあがった。

アレサンデルはひと目見て、男の魅力に圧倒された。ファルミエは法衣の代わりに、絵の具の染みがついたスモックを着ていた。はっきり言って、顔だちは醜い。赤鼻で、あばただらけの肌をしている。離れた大きな耳が、シレ族のように左右不対称な広い顔面をさらに強調していた。アレサンデルより十歳ほど年上だろうか。けれども目はとても若々しかった。

男が口をひらく前から、アレサンデルにははっきりとわかった。彼は仕事のため以外、決して人の指図はうけない性格だ。

「タジンファイウじゃないか」と男は叫ぶと、シレ族風に両手を広げた。「今日はまた、誰を連れてきてくれたんだね？」

「わたしが誰かを連れてきたのは、これが初めてだが」タジンファイウは不審げな口調で言った。

ファルミエは年季が入った愛煙家らしい歯茎をむき出して、からからと笑った。

「なんてやつだ！　あやうく騙されるところだった」

タジンファイウは所用があるからと言って、その場を辞去した。アレサンデルは騒がしい部屋を眺めた。高さ四リスクのついたてが、迷路のように部屋を区切っている。子供には充分な高さだが、大人ならうえから部屋を一望することができた。

「どうしてホドキン族とヒト族の子供を、隔離しているんですか？」とアレサンデルはたずねた。「子供たちが傷つけ合うと？　ホールでは何の問題もなく、みんないっしょにいるのに」

「いやいや」とファルミエは答えた。「隔離はホドキン族の父兄から苦情が出て、行なったことでね。いっしょにさせたのでは、子供が心配だからって。でも、それでよかったんだ。ホドキン族の要求を受け入れたとき、ヒト族の母親はぶうぶう言っとったが。母親たちは認めたがらんだろうが、幼年期にホドキン族といっしょにいることは、ヒト族の子供にとっていい効果をもたらすんだ」

「でも、種族差別では？」とアレサンデルは言った。

ファルミエはまたしても笑いをこらえられなかった。

「ホドキン族は差別主義者ではない。きみだって、そんなふうに思ったことはないだろ？　ヒト族と同じで、もともとはってことだがね。異種族憎悪は大昔から連綿と続く自然な感情で、生まれつき体に刻みこまれたものだと思うのは大間違いだ。そう、種族差別は百パーセント文化的な産物さ。そもそも緩衝地帯でいっしょに育てられた子供たちは、差別意識なんか持ちはしない。無理やり植えつけられない限りね」

アレサンデルはうなずいた。たしかに同じヒト族でも、金持ちと貧乏人では大違いだ。それなら裕福なシレ族とヒト族のほうが、よほど近しいものがある……昔から言われていることだけれど。

シレ族の子供が喧嘩を始めた。ファルミエは二人を引き離し、あいだについたてを置くと、ひと言釘を刺した、このついたてを取っても、もう喧嘩はなしだぞ。さもないと……と。

「さて、どこまで話したかな？」ファルミエは戻ってくるとそう言った。

「あなたはホドキン族の母親に賛成のようですね」

ファルミエはうなずいた。

「結局のところ、隔離は避けがたいものなんだ。ヒト族とホドキン族の緩衝地帯でも、幼児はいっしょにされていない。それは子供たちの心のあり方に起因している」

「具体的に言うと?」

「重要な点は、まずたくさんある。ホドキン族の個性は段階的に確立していくのではなく、不安定に推移する。社会化のテンポはヒト族よりも早い。ホドキン族の赤ん坊はとても自立しているんだ。柔軟な神経は、まったく持ち合わせていないがね。だからこそヒト族の母親は、子供をホドキン族といっしょにさせたがるのさ。ホドキン族はいい刺激になるからな」

アレサンデルはぱちんと指を鳴らした。

「なるほど。そういえば三種族が共存している町で、こんな格言を聞いたことがあります。ひとりのシレがヒト族の庭に。すると庭は枯れ果てる……」

「ひとりのホドキンが他種族の庭に。するとホドキンは息絶える」とファルミエが笑いながら続けた。「たしかに一理あるな。ホドキン族の子供には、遊びの儀礼的な一面が理解できない。ほかの種族の子供たちは、それによって象徴と現実を区別することを学ぶのだが。ヒト族の赤ん坊にとって、叩き合うのも抱き合うのも、触れ合いの一種にすぎないんだ。ところがホドキン族は生まれたときから、そのふたつを区別し、攻撃に対して抑制しがたい反応をするようになる。ホドキン族にせよヒト族にせよ、たとえわずかなあいだでも子供をいっしょにすれば、とんでもない事態になるものさ。だから父兄からの苦情が出なくとも、なんらかの対策は取っただろうね」

アレサンデルはファルミエの話にじっと耳を傾けた。ヒト族とホドキン族の心理的な相違は、日々身をもって感じているが、正面きって論じたことはなかった。

「でも違いよりも類似点のほうがずっと大きいんだ、脳の構造はずいぶんと異なっているのにね」とファルミエは言い添えた。三種族とも、運動や呼吸、消化の機能が精神の発達を害することはない。そして三種族とも自意識を感知し、主観的な時間に身を置くことができる。未来や、自分が体験しなかった過去を想像することができるのだ……もちろん、ひとりひとり程度に差はあるけれど。

ファルミエが一席ぶっているあいだ、シレ族の子供が二人の大人をじっと見つめていた。さっき友達と喧嘩して、ファルミエに引き離されたうちのひとりだ。子供はアレサンデルに声をかけた。

「ねえ、おじさん、汗をかいてみせてよ」

ファルミエは一喝した。

「前にも言ったじゃないか。外からわかるほど汗をかくには、一所懸命体を動かさねばならないんだ。あるいは、とても暑くないと。自分の思いどおりにできることじゃない。それに汗をかくのは、気持ちが悪いんだぞ」

「ごめんなさい」と子供は言った。

ファルミエはため息をつきながら、子供が遠ざかるのを眺めた。そしてアレサンデルの肩をたたいた。

「あっちへ行こう。そのほうが落ち着ける。小さなカウンターがあるから」

ファルミエはアレサンデルを部屋の隅へ連れていった。鍵のかかった戸棚に、アルコール飲料がしまってある。エチルアルコールはホドキン族が飲んだら命にかかわるので、ファルミエもできるだけ安全を期していた。彼はアレサンデルにグラスを手渡し、話を続けた。

「子供は四歳かそこらでも、遊びをつうじて他者との力関係を学んでいく。でもホドキン族には、それが理解できないんだ。彼らを見れば、明らかだろうて。もちろんホドキン族にだって、彼らなりの楽しみ方はある。けれども社会に適応するプロセスとして遊びをとらえるなんて、考えられないのさ」

「それじゃあホドキン族は、どうやって社会に適応するんです？」

「さてね。きっと生まれつきなんだろう」

「だとしても、何が問題なんですか？　どうしてホドキン族の母親は、子供をヒト族といっしょにさせたがらないんです？」

「つまり、ホドキン族だろうが何族だろうが、子供は子供だってことさ。自分と同じような子供がいればまねをしたがるし、手本になりそうなものにはすぐに飛びつく」ファルミエはそこで、ぐびりとやった。「さっきも言ったように、生まれつき差異があるわけじゃない。ホドキン族のちびすけは、ほかの種族の子供たちがふざけて叩き合うのを見てもわけがわからず、本気の攻撃だと思ってしまう。しかしすぐに慣れて、自分たち同士でも遊びをまねるようになる。つまり、ほかの種族の友達と同じような考え方をするようになる。ホドキン族の親は、そこのところを感じ取ったのさ」

「なるほど。ヒト語を身につけたホドキン族は、もう自分たちの社会に溶けこめなくなるって言われてますよね。ホドキン族自身にとって、異分子になってしまうと」

ファルミエはグラスの残りを飲み干した。

「そのとおり。アィキジェ、つまり母語を忘れてしまったホドキン族というのは、たいてい子供のころにほかの種族と混じって育った者たちだ。いたしかたないことさ。残念だがね。ホドキン族とヒト族をいっしょにさせる利点は、一方的なんだ」

アレサンデルは微笑んだ。

「あまり大声で言わないほうがいいですよ。そういう意見に眉をひそめる人もいますから。とりわけ、司祭さんの口から発せられたとなると」

ファルミエは肩をすくめた。

「子供と接するうち、種族問題に関するおれの意見は、少なからず歪んでしまったのさ。今では相対主義も公言している。例えばヒト族やホドキン族のような高等生物なら、愛撫はやさしさのしるしだと思うだろう。ところがシレ族はそれを、敵意のあらわれととらえるんだ。《おれはおまえに触れることができた。だから、殺すこともできる》という意味にね。ヒト族のなかにも心の病に侵され、外界とうまく関われない子供たちがいる。自閉症といって、撫でたり触れられたりすることを極端に嫌がるんだ。だからって、シレ族が自閉症だと言えるだろうか？　あるいは、自閉症とはシレ族みたいなものだと」

「原因は比べられませんよ」アレサンデルはグラスの中身をかきまぜながら言い返した。

「いかにも。原因について、すべてを知ることはできない。だからこそおれは、種族《レー》同士を比べないようにしているんだ」

ファルミエは針が四本ある掛け時計にちらりと目をやり、沈黙を途切れさせた。

「もちろん、おれの言う相対主義は、普遍的なモラルに目をむけているのだがね」

そしてアレサンデルを保育所の出口まで送っていった。

翌日、昼食のあと、アレサンデルは再びファルミエに会いに行った。飛行船は今から二十時間ほどで次の行程、つまりディダクティル列島に達するとファルミエは彼に告げた。

「イャルテル号の航路に精通しているようですね」とアレサンデルは言った。

ファルミエは破顔一笑した。

「イャルテル号に乗るのは、これが初めてじゃないからな。実のところ、もう十回目以上になる。二十四年も前から、クルーの一員なんだ。タジンファイウから聞いていないのか？　あと半年で、イャルテル号は造られて二百年になるんだぞ。今回が、百五回目の運行だ。この年代の飛行船にとって、まさに名誉ある記録さ。船体修理の期間を抜きにして、一回の航行が平均二年も続くのだから。シレ族とのつき合いは、おれもずいぶんになる。ときおり自分がヒト族ではなく、シレ族じゃないかって思うほどさ……きみみたいにね」

ファルミエは最後の言葉を、何げない自然な口調でつけ加えた。けれどもアレサンデルには、がつんと殴られたような衝撃だった。

やっぱりタジンファイウは、おれの正体に気づいていた。ファルミエに紹介したのも、それを確かめるためだったのか。

彼は咳ばらいをした。

「何のことでしょうか」

「きみが子供たちを見ているようすで、ぴんときた。もしかして、あれじゃないかって。きみの顔が無表情で、感情表現が乏しいのは、厳しいしつけや何かの事故のせいかもしれんが。知っているかね？　医者は顔面麻痺のことを《シレ仮面症》と呼んでいるんだ」ファルミエは親しげにアレサンデルの肩をたたいた。

「昨日、きみはヒト族の子供のほうはちらりとも見なかった。きみの目には、シレ族しか入っていない。もちろん、自分じゃ意識していないだろうが。それでも、間違えようのない証拠だ」

アレサンデルは唾を呑みこんだ。たしかにそのとおりだ。彼はヒト族の子供に無関心だった。いくら慎重にふるまおうとも、いつかわかってしまうだろうと思っていた。しかし、こんなにいきなりやられるとは。この男には、しらばっくれても無駄だろう。アレサンデルは大きく息を吸った。

「タジンファイウはこのために、わたしとあなたを引き合わせたんですか？　つまり、わたしの正体を暴くために」

「タジンファイウはきみが何者かなんて、まったく考えていないさ。きみは見事に隠している。それを見抜けるのは、おれのような仕事をしている者だけだろう。心配しなくていい。告解の秘密は守られるから」

ファルミエはカウンターにむかい、トネリコ酒の瓶を取りだした。

「おれが司祭だってことを忘れるな。《家畜人《エレラク》》、つまりシレもどきだという呪縛の苦しみは、誰よりもよくわかっているさ」

第二部　不完全な卵

ヒト族の飛行船はただ飛ぶだけ。シレ族の飛行船は空を旅する！　そこに宿る心はひとつではないから。飛行船はシレ族の心そのもの。

イャルテル号の帆に掲げられた一節。航海日誌のメモによる。作者不明。

4

シェタンは、動物の形をした棺のわきで眠っていた。

実はちょっと違っていて、と同室のひとりが前に教えてくれた。これらの棺は動物を収めるためのものじゃない。沿岸の町に住む名士たちが、自分用に注文したんだ。宗教的な理由からか、異国趣味かは知らないけれど。

シェタンがすごす船室は、最下層のデッキにあった。装飾を施した竜骨《キール》のすぐうえだ。乗り心地は、決して快適とは言いがたい。シカン煙草やニス、洗剤の臭いが、竜骨の珊瑚樹から立ちのぼってくる。けれどもシェタンは、もっとひどい経験をいくらでもしてきた。二世紀にわたる航行のあいだに、ずらりと並ぶ客室には店が開かれ、小さな町さながらだった。水道管や電気ケーブルが、通路や船の骨組みに沿って走っている。郵便コンテナの船倉が、シレ族とヒト族の地区を隔てる壁代わりだった。混み合っている場所では、両種族を引き離しておくほうが得策だ。

シェタンが知った限りでは、三等の乗客でほかにスタッドヴィルで降りる者はいなかった。

山積みになった動物型の石棺は、猿鼠《ラットサイ》の大好物である藁のむしろに包まれていた。猿鼠は齧歯類だが、見た目は鼠というより猿に近く、乗客にとって脅威の的だった。そのため、黒と黄色の鱗をした大山椒魚を定期的に放しては、駆除にあたらせた。山椒魚は、そのために躾けてあるのだ。シェタンは乗船の当日早々、猿鼠狩りを目のあたりにした。シレ族の乗組員が山椒魚の口に腕状突起を突っこみ、胃液まみれになって息絶えている猿鼠を次々に取り出している。

シェタンと同じ三等の客のひとりは、そのようすを面白がって見ていた。

「あれが大事なんだ。獲物を消化しちまうと、山椒魚は何週間も使いものにならないからな」と客は説明した。

それはエサフという名の男だった。ちっちゃな子供のころから、何やら怪しげな商売であちこち旅しているという。シェタンはあわてて乗船したどさくさで、毛布や必要な衣服類を外の波止場より割高な値段で買わされた。いたしかたないわ、と彼女はあきらめた。エサフは濃縮紅茶、硫黄トローチ、保温器やラジエータ代わりのレンジバーナーを、特別価格で分けてくれた。毎日の食事は小さなミートパイと、挽いた穀物をぴったり同じ大きさの四角に固めたものだった。

シェタンは当初、毛布などいらないと思っていた。

「船倉は不潔で椅子もないし、衛生状態は最悪だけど、少なくとも暖かいわ」

するとエサフは首を横にふった。

「気温が快適なのは、まだ上空の気流まで達していないからだ。飛行船が十ジャルの高さになると、グラスのワインが凍るほどの寒さだ。客室には暖房がないから、自分たちでなんとかしなくてはならない」

なるほど、だから家畜に近い席はみんな埋まっていたのか。臭いは耐えがたいけれど、三眼蜥蜴《オーニッド》や尖頭山羊《シヴァーニュ》のそばなら、温まることができる。尖頭山羊が《革袋》の異名を持つのは、首のまわりに袋状の腫瘍がいくつもあるからだった。それを裂いて、なかの水を取りだすのだ。

エサフといっしょにいるのも、まあ悪くないわ、とシェタンはその晩思った。若者はげっそりとこけた顔をしていた。陰気な頬骨は、誰の目にも気楽そうな性格とはそぐわない。まっすぐにとおった鼻の下に、薄い口髭がぴんと黒く跳ねあがり、左の耳には真鍮の輪がさがっていた。ことのほかシェタンが気に入ったのは、彼のほっそりとした手だった。ロウソクの光だけでは、闇に紛れてしまうのではないかと思うほどだ。いつも着ている革のベストは擦り切れているが、ヌートリアの毛皮でできたすばらしい襟がついている。彼の大事な一張羅なのだろう。

三等の乗客はみんな、もっとうらぶれた家畜のような者たちだった。苦役を逃れ、西端地域の処女地をめざす一家、一攫千金を夢見る山師、逃亡中のならず者、政治亡命者、種族差別や宗教的な迫害の犠牲者などだ。

「それであんたは、どれにあてはまるんだ？」エサフはある晩、シェタンにたずねた。

二人はセックスをしたあとだった。若者はシェタンの脇に、彼女の腕枕で寝そべっていた。

「その全部っていうのが、正直なところね」

「どこの港まで行くんだ？」

「スタッドヴィルよ」

エサフはひゅうっと口を鳴らした。

「そんなど田舎に？」

「行ったことあるの？」

「いやまあ……何にもない国境の町さ。おれは降りたことないがね。島に寄港する時間をのぞいても、四カ月はかかるぜ。次の海岸は、ここから十八万ジャルも先なんだ」

シェタンは何も答えなかった。エサフは彼女の口もとの皺を撫でている。

「ずいぶんと人生経験豊富みたいだな。あんたの口は、キスより嚙みついた数のほうが多いんじゃないか」

シェタンは、無頓着に下唇をさするエサフの人差し指を軽く嚙んだ。

「ふん、あなたはしょっちゅうキスしてるんでしょ」

「妬いてるのか？」

シェタンは片肘ついて上半身を起こした。

「お生憎さま。わたしは嫉妬なんかしてないわ。とんでもない。あなたより十五歳も年上だってことは、忘れてないもの。だからこそ、あなたを選んだのよ。身の上話なんかしないでもすむでしょ。別れるときだって、あとくされがないわ」

ふくれっ面のせいで、エサフの細い口髭に皺がよった。

「わかったもんじゃないぜ」

シェタンはあえて何も答えなかった。彼女にとってエサフは愛人に持ってこいの男、抱き寄せるのにちょうどいい暖かい体にすぎなかった。


翌日、そろそろディダクティル列島が近いという話が伝わった。イャルテル号は中心的な島であるオレア島に一日停泊してから、太平湖上の本格的な航行へとむかうことになっていた。エサフは一時間ほど姿を消していたが、喜々として戻ってきた。

「びっくりするようなことがあるぜ。あれを見たら、おれと別れるのが惜しくなるだろうよ」

エサフはシェタンを船尾へ連れて行った。そこから階段で、外包《エンベローブ》のなかへ直接のぼれるようになっている。しかし出入りが許されているのは乗組員と、一等デッキの特権的な客だけだった。そういえばエサフは口ぶりから察するに、二階上のデッキにいる一等の客に対抗心を燃やしているらしかった。

「あいつら、おれたちのことを何て呼んでると思う？　砂袋《バラスト》だってよ。やつらにとっちゃ、そんなもんなのさ、おれたちは。五年前だったかな、寄港のあいだにスイートルームに入るチャンスがあったんだ。部屋の前まで行くのに、両側に椰子の木が並んだ錬鉄製の廊下を抜けていく。そしてドアのむこうに、何があったと思う？　人工のジャングルさ。羽毛草や駝鳥樹といった珍しい植物ばかりのね。螺鈿細工の天井は四方に鏡がはめこまれ、ガラス窓から入る光をきらきらと反射している。部屋の真ん中には池まであって、羽根の先を切ったすばらしい鳥がぱしゃぱしゃと泳ぎまわっていたよ」

シェタンはにわかには信じられなかった。貴賓室の設備については、たしかにびっくりするような噂が飛び交っているが、エサフはそれに輪をかけて、想像力をたくましくさせているのではないだろうか。一等、二等デッキに持ちこみを許されているのは、余分な重さがかかる腐植土を必要としないつる植物だけのはずだ。

「知り合いの甲板員が、外包《エンベローブ》の下にある蒸気発生器のところへ連れて行ってくれる」とエサフは興奮気味に言った。「急がなくちゃ。たった十分で、次の作業班と交代だからな。合図があったらのぼるんだ」

エサフが階段の下で見張っているあいだ、シェタンは驚きを隠すのにひと苦労だった。シレ族とヒト族はおもてむき、血で血を洗う敵同士ではなくなっていたが、シレ族はあいかわらず自分たちの知識や技術をなるべく教えまいとしていた。実を言えばシェタンは、あまり危険は冒したくなかった。立ち入り禁止区域にいるところを捕まったら、二人とも次の寄港地で船をおろされるかもしれない。

「さあ、行こう」とエサフは叫んで、ステップを駆けのぼり始めた。

シレ族専用の階段は恐ろしく急で、手すりもなかった。シェタンはうえを見あげたが、エサフに合図した者はもう姿を消していた。二人はデッキの天井を抜けると、ひゅうひゅうと風が吹き抜ける帆布のはらわたにもぐりこんだ。空気は乾いているが、思ったほど冷たくなかった。ファスナーで開閉できる小窓が、等間隔に並んでいる。この奇妙なはらわたのなかは、どこもかしこも皺がよっていた。エサフは階段の途中で立ち止まり、青っぽい毛皮がついたベストの襟を立てた。彼はファスナーをあけると人差し指を曲げ、空を四角く切り取る窓から外をのぞくよううながした。

「ほら、わきを見てみろよ。帆のところを」

風はあまりなさそうだ。シェタンは、思わずあとずさりしそうになるのをこらえた。もしかしてあれは……いや、間違いない。四人のシレ族が腕状突起をぶらぶらさせながら、外包《エンベロープ》に張りついている。

シェタンの脳裏に、はっと記憶がよみがえった。

アスファルトで舗装された街道の両側にずらりと並ぶ処刑台に、何千ものシレ族が吊り下げられている。種族浄化のかけ声のもと、ヒト族の兵士がシレ族たちを縛り首にしたのだ。ロプラッド和平条約のあとも、そんなことはいくらでもあった。もっともシレ族は首を絞めただけでは死なないので、前もって殺しておかねばならないのだという。シェタンは旅のあいだ、何十ジャルも続くこの見捨てられた街道を進んだ。何年、いや何十年も前から風雨にさらされ、ミイラ化した死体の陰を。死体は産毛のような紫色のカビに覆われ、拳ほどもある大きな羽虫の群れが胸郭に巣を作っていた。ぶんぶんという羽音がにぎやかなだけに、この光景はいっそう現実離れして見えた。

街道沿いには、ヒト族の小村が点在していた。住民たちは街道を羽音の道と呼んでいた。どうして絞首台を片づけないのかとシェタンがたずねると、人々はこう答えた。大きな羽虫はおいしい蜜を作るし、周囲の花畑の受粉にも役立つからだと。

エサフはシェタンの表情を見て、ぷっと吹き出した。

「なっ、びっくりするだろ？　おれも最初は、まさかって思ったよ。安心しろ、やつらは帆にぶらさがっているだけだから。サムダム、つまり作業用の装着帯《ハーネス》を使って、暇な時間にはああやってゆらゆらと外で揺れているんだ。リラックスする、やつらなりのやり方なんだろう。気晴らしというか、むしろ瞑想だな」

エサフの話声で、ここにいるのを気づかれるのではないかと、シェタンは一瞬心配になったが、風がほかの音をかき消してくれた。しかし、ぐずぐずしている暇はなかった。エサフはじれったそうな身ぶりで、急ぐように彼女に合図した。残り時間はどんどん減っていく。

階段をのぼったうえには、第五福音教《エスコパリスム》の大聖堂《カテドラル》よりも広い空間がひろがっていた。縦横に張り巡らされた麻綱や、幅三リスクの絹の帯は、下方にむけた梨型の内房《バロネット》を固定するためのものだ。内房はえんえんと——実際のところ、約一ジャルにわたって——連なって、そのあいだに発泡ガラスのパイプが口をあけている。小梁に沿って導管が走り、奥へと続く中継人工頭脳《リレー・ドデカエドル》のあいだをつないでいた。

そういえば病気の大部分は、人体に入りこむ微生物によって引き起こされるという話を、シェタンは前に聞いたことがあった。今はなんだか自分が、見知らぬ生物の体に入りこんだ微生物になったような感じだ。

「どうだい？」とエサフは自慢げに言った。「教会に入った日のことを思い出すよ。銅のチューブが何本も並んだ楽器があってさ。高さは十メートルにもなるんだ。あんなにたくさんの銅を見たのは、生まれて初めてだった。ひと財産だったな、あれは」

シェタンは口をひらきかけたが、結局黙っていた。たしかに、珍しい光景を目の当たりにできた。しかし、エサフのせいで危ない橋を渡らされているのだと思うと、感謝する気にはなれなかった。

遠くでシレ族の男が、近よるようにと合図した。エサフは狭いタラップ沿いに走り始めた。

「あいつが連絡役さ」とエサフは小声で言った。「もう行ってもいいそうだ」

シェタンは少し遅れて彼のあとを追った。シレ族の死体が吊り下げられている光景が、まだ脳裏から離れなかった。

「なにぼんやりしているんだ」エサフは苛立ったように言った。「急いで。一日中、ここにいるわけにはいかないんだぞ」

カーブしたタラップを抜けると、ほかよりも小さな内房《バロネット》の下に出た。容積は三百トンほど。大きな内房にくらべると、二十分の一そこそこだ。基部は薄い陶器でできた花冠型の枠にはまっている。クリスタルのフラスコさながら、なかの輝く液体が透けて見えるほどだ。

水が入っているの？

「ここで光波《フラックス》が水蒸気を発生させ、大きな内房《バロネット》のヘリウムガスに熱を伝えるんだ。蒸気用内房《バロネット》のうえから、冷えた水蒸気が内壁をつたって流れ落ちるのを、花冠が集めるという仕掛けさ。シレ族には、光波をふり分ける秘密の装置があって……」

「光波《フラックス》って？」

エサフは、さあねというように肩をすくめた。

「ともかく、やつらはそう呼んでいる。目に見えない波動で、内房《バロネット》の布地を焦がさずに、熱い水蒸気を発生させることができる。やつらには秘密の技術がいろいろあるからな。そのひとつさ。詳しいことはわからねえが、なんにせよ光波発生機にはあまり近寄らないほうがいい。血管を流れる血が、沸騰しちまうかもしれねえぜ」

シレ族の男はシェタンにあまり顔を見られたくないのだろう、遠くからまたエサフに合図した。

「ここで待ってな」

エサフはシレ族と話をしに行った。彼らのあいだには、暗黙の了解があるらしい。シェタンは少し不安になった。そして、はっと気づいた。彼らは何か企んでいるんだ。もしかしたらエサフは、禁制品の密輸にかかわっているのかもしれない。だとしても、驚くにはあたらないわ。

帰り道は何も問題なかった。シェタンとエサフが自分たちのデッキに着いたとき、ちょうど食堂の鐘が鳴り始めた。

ほどなくディダクティル列島が見えてきた。

シェタンは立ち入り禁止区域探索のあと、エサフとつき合うのをやめようかと思った。彼がやたらに自慢話をするものだから、シェタンまで飛行船内での立場が危うくなりかけたこともあった。しかしエサフには、シレ族とコネがある。それがいつか役立つかもしれない。金をかせぐチャンスは少しでも大事にしなければと、彼女は考え直した。

列島が近づくと、デッキはいっそう活気づいた。一時下船すれば、船内より安く食料品が調達できるのだ。乗務員は全員を共同寝室に集めた。

「作業開始だな」エサフは気ぜわしげにイヤリングをいじりながら言った。「下のハッチを閉めて、浮きに空気を入れる」

「どうして浮きなんか？　着陸するんだと思ってたわ。それにオレアって名前が、何度も聞こえたけど」

エサフの顔に、またしてもにやにや笑いが浮かんだ。

シェタンは苛立ってきた。

「島はどれも狭く、地形が複雑なので、港や空港を作ることができない。だからオレア島の礁湖におりるんだ。海岸から二百メートルほどのところに、新たな島がひとつできるみたいにね」

まだよくわからないわ、という顔をシェタンはした。

「ああ、あんたはディダクティル列島のことを知らないのか。十の島が連なっていてね、一世紀前までは徒刑場だったんだ。一般の刑事犯や環境保全政策に反対する連中が、わんさか送られた。すべての島を合わせても、人が住めるような土地は大してないのに。あそこでくたばった宗教家も、たくさんいたんじゃないか。徒刑者たちは厳格な共同体を作って、外部との接触を絶った。交易もね」

「でも、寄港するんでしょ」

「昔とは、状況が違うからな。新しい世代が年よりどもの価値観を、どんどん追い出していったのさ。交易の道をひらけば、富ももたらされるし。もっとも公式には、どんな賭博もまだ禁止されているけれど」

シェタンは、なるほどというようにうなずいた。

「つまり島に着陸しなければ、イャルテル号は治外法権にあるってわけね」

「そのとおり。イャルテル号は一時的な島みたいなものさ。投錨しているあいだ、二等デッキの半分はカジノになるんだ」

シェタンはしばらく考えた。

「着水のようすを見てみたいわ」

小さな丸窓から、竜骨《キール》の下がのぞけた。イャルテル号が高度をさげ始めると、環礁の大部分を見渡すことができた。十の大きな島のまわりで、小さな珊瑚礁が極彩色を放っている。二列に並んだ列島は、まるで蟹のハサミのようだ。飛行船が南から島の上空にさしかかると、エサフはその名前をいくつかあげた。アルランド島、アバコ島、マシャン島……

環礁は、透きとおった大洋に嵌めた石の指輪を思わせた。三日月型のオレア島は、緑色の礁湖を抱えこむように両端を広げている。イャルテル号はゆっくりと空を行く魚雷のように、船首をオレア島にむけた。いく艘もの小舟が、珊瑚礁のあいだを抜ける狭い水路のほうへと集まってきた。

「ほら、来た来た」とエサフはひと言言った。

その東側には、三角形の島に灯台が立っているのが見えた。シェタンはオベリスクのような形から、始めは飛行船を係留する塔だと思った。

浮きが膨らむと、丸窓はふさがれてしまった。エサフは荷物のところへ戻り、小銭を数え始めた。それを見て、シェタンはたずねた。

「何してるの？」

「見りゃわかるだろ。いくら賭けに使えるか、計算してるんだ」

「三等の客でもカジノへ行けるの？」

「金がありゃ、誰だって行ける。外のドアから出て、また帰ってくればいい。チップは使わない。現金がなければ、金目の品物でもゲームができるぜ」

それを聞いて、シェタンは思案した。自分と同じく呼びかけに応じてやって来た者を探そうという気持ちが、再び強くわきあがってきた。窓口の係員は言っていたではないか。彼らのうち少なくともひとりは、この飛行船のどこかにいるはずだ。シェタンは二等のチケットを三等に交換しなければならなかったが、みんなは違うだろう……チケットとともに、内側にメッセージが刻まれた卵の殻のかけらを受けとったほかの者たちは。

旅のあいだに彼らと出会いたいなら、これは願ってもないチャンスだ。

着水は静かに行なわれた。巨大な珊瑚礁の入口にある岩が、太平湖の波をさえぎっているのだ。礁湖の底はでこぼこしているが、あまり深くはなかった。

イャルテル号が着水した一時間後、マシャン島やアバコ島からはしけ船が続々とやって来て、まわりを取り囲んだ。船はお互いタラップを掛け合い、マストや旗を立てた一ヘクタールもの水上都市を作りあげた。

シレ族の乗務員三名が後部船倉の扉をあけ、一時下船する者たちに黄色い認証カードをくばった。カードには三種族の言葉で、「本証を所持しない者は再乗船を禁ず」と書かれている。

シェタンたちは数歩外に出た。

「カードをなくしたり、盗まれたりしないようにしろよ」エサフはカードを注意深くしまいながら言った。「さもないと、この島があんたの最終目的地になっちまうぜ。おれはかたをつけなくちゃならない仕事がある。いっしょに来るかい？」

「いいえ、けっこう。わたしはカジノに行くから」

エサフはシェタンをタラップの真ん中に残したまま、少し名残惜しそうに立ち去った。

シェタンは小一時間、あたりをぶらついて、価格の相場をざっと確認した。イャルテル号のなかで商人たちがつける値段に比べて格安というほどではないが、それでもいくらかの節約にはなった。カジノへ行くには、余裕のお金も必要だ。彼女はそのまま、入口のある船尾へむかった。

シェタンは、海鞘《ほや》の汁にひたしたイカのマリネをひとカップ買った。見ればはしけ船の下を、斑点のある生き物が行き交っていた。海面を覆うように並ぶ平底船の隙間から、顔を出してはまた潜りを繰り返して、猿鼠《ラットサイ》を駆除する山椒魚よろしく、果物のかけらやクズ野菜が海に投げ捨てられるのを狙っている。

しかしシェタンの目は、ひたすらイャルテル号にむけられていた。

彼女は油紙のカップからイカのマリネを食べながら、ようやく心ゆくまで飛行船を眺めることができた。どこか有機的な外観は、まるで板敷の浜に打ちあげられたクジラのようだ。巨大生物の脇腹をびっしりと埋める言葉は、祭式のための刺青を思わせた。書いているのは、帆の整備をする甲板員たちだった。彼らは飛行中、寄港中にかかわらず、トールインクに浸した筆で外包《エンベロープ》に告白や伝説、個人的な物語を書き連ねた。さらには詩や、単なる落書きもある。

この時間、トールインクで書かれた文章はセピア色をしていた。トール麦の花で作ったインクは、午前中は緑色、午後は紫色、夜は黒色に見える。文の一部は消されるか、日に焼けて色があせていた。いくつもの文が重なり合っているところもある。まるで吹きさらしになった図書館だ。

あのどこかに、世界の秘密が隠されている。少し馬鹿みたいだが、シェタンはそう思った。長い時を越えて飛び続ける飛行船の孤独に、彼女は奇妙な哀れみを感じた。自分自身に対しては、一度も抱いたことのない感情だった。

オレア島の変化に富んだ海岸線が、波頭すれすれに続いていた。すぐそこなのに、近づくことはできない。染みひとつない四角い家が、整然と並んでいるのが見える。島の基部は露出した鋼炭《カルブ》ではなく、珊瑚礁からなっていた。大きく成長した勢いで海面から顔を出した珊瑚礁は、まるで泡が固まったみたいに白く渦を巻いている。環礁はわずかずつだが、今も盛りあがっているのだろう。しかしとてもゆっくりなので、隆起しつつある山のうえにいるとは誰も思っていないのだ。

シェタンは入口のあるプラットフォームにたどりついた。そこが両替所にもなっている。プラットフォームから続くスロープの先に、イャルテル号のバルコニーがあった。島の裕福な商人たちが、入口の前でひしめいている。入場は無料だった。少なくとも五十ティアリの所持金があると証明できること。手続きはそれだけだ。シェタンは金を見せ、スロープをのぼっていった。

ドアを抜けると、そのむこうには別世界が広がっていた。

金具で留めてあった間仕切りのパネルを取り払い、大きくひと間にしたなかがカジノに改装されている。ゲーム台のうえには天井からシャンデリアがさがり、壁は羽目板張りになっていた。賭博台係《クルピエ》は全員シレ族だった。皆、これみよがしに、黒い胸当てのついた赤い制服を着ている。歪んだ関節が螺鈿の板のように輝き、青い血流が透けて見えた。

狭苦しい三等客室と変わらないほどの込み具合だ。みんなもう、賭けに夢中になっている。チップではなく、直接硬貨が使えるので、そのぶん気楽に始められた。

探しものが見つかるかどうか、シェタンは疑わしくなってきた。五角形のボードで、シレ族のフェジイを簡略化したゲームができるテーブルもある。

ひとつのテーブルに、彼女は注意を引きつけられた。

そこは現金以外で賭けをする専用のテーブルだった。鑑定書のない宝飾品や美術品、不動産証書でも、賭け金代わりに持ちこむことができる。ただしそれを受け入れるかどうかは、賭博台係《クルピエ》に任されていた。賭博台係の言い値が大声で告げられると、関心を持ったほかの客が競り値をつけることもあった。

青樹《エラスメ》のテーブルには、肘をついて賭けに興ずる人々の姿が映っていた。ひとりの男が、すぐにシェタンの目に留まった。四十歳くらいだろうか。脱色した髪は、一ミリほどに刈りこんである。天秤の皿にマトリョーシカ人形を載せながら、まわりの賭博客たちを平然と挑むような目でねめつけていた。彼も誰かを探しているかのようだ。青銅と革の顔だわ、とシェタンは思った。

男の前に並ぶ品物のなかに、箱がひとつあった。何の変哲もない箱だが、それを見たシェタンの胸は高鳴り始めた。彼女も持っているあの破片が、ちょうど入るくらいの大きさじゃないか。そうだ、間違いない。ほかの者たちには気づかれないよう、ああやってそっと自分の存在をアピールしようとしているのだ。

賭博台係は上半身を引きつらせて掛け金を受け取ると、テーブルに大きな独楽《こま》を放った。テーブルには番号をふったマス目が描かれ、ドーム型の独楽にも四つの数字が記されている。数字のひとつが、独楽が止まったマス目の数字と一致すれば、そのマス目に賭けた者が、当初の掛け金に応じた配当を受ける。独楽の数字はひとつ、あるいは複数に賭けることができる。

一瞬、男と目が合った。脈がひとつ打つよりも短いあいだのことだった。男たちの視線に慣れている。しかし、この男の目は違っていた。シェタンをものにしたいという下心はまるで感じられない。まるでホドキン族がヒト族を見ているかのようだ。

先に目をそらしたのはシェタンのほうだった。彼女は雑念を払うかのように、頭を振った。

眼点を突き出したシレ族の女が、シェタンの行く手をはばんだ。下胸部にイャルテル号のモノグラムが描かれているところからして、警備員だろう。

「賭けるものは持ってますか？」

シェタンが首を横にふると、警備員はぐいっと彼女を押し戻した。

「それなら、持ち金で賭けができるテーブルに行きなさい。さもなければ、出ていくか」

シェタンは押された勢いでよろめきかけた。それをエサフが、にやにや笑いながら腕で受け止めた。

「おれたちの運命は、生まれたときからつながっているようだな。それにしても、こんなところにあんたがいるとはね。あんたの性格からして、気ままなそぞろ歩きとは思えないが……おや、ご立腹のようすじゃないか」

「あの男が何を賭けているのか、知りたいのよ」

エサフはふくれっ面をした。

「坊主頭のやつかい？　二色のズボンをはいて、ホックで前を閉じた薄緑色のシャツを着ている？　あいつがどうかしたのか？」

「余計なこと聞かずに、見に行って」

「代わりに何をいただけるのかな？　ああ、わかったって。そうかりかりしなさんな」

エサフは巧みに最前列まで行き、賭博客のあいだに割りこんだ。数分後、彼は戻ってくると、男が賭けていたがらくたについてシェタンに報告した。変換プリズム、鋼炭《カルブ》のかけらが入ったお守り、フラクタルホロメモリの記憶媒体《ガヒズ》、青樹《エラスメ》の小さな彫像だ。

「それだけ？」

「ああ、あいつはみんなすっちまったけどな。でも、どこ吹く風って顔していやがる。名前も聞こえた。アレサンデルっていうそうだ」

「本当に、ほかには何ももってなかったの？」

「言ったとおりさ」とエサフは苛立たしそうに答えた。

「まったく、いやんなるぜ、シェタン。そういや……もうひとつ、へんなものを賭けようとしていたけど、突っ返されてたよ」

「へんなものって？」

エサフは独楽台に近より、ふたつのマス目にまたがるように八角形のコインを置いて、三つの数字の独楽を求めた。

「あいつ、ニスを塗った卵の殻のかけらを持っていたんだ」エサフはシェタンのほうを見ずに答えた。「分厚くて、外面に何か刻まれてたな。価値なんかないだろうに、まるで宝物みたいにしっかりとつかんで、見せびらかしていた。賭博台係《クルピエ》がありがたがると思ったら大間違いさ……おい、待てよ、どこ行くんだ？」

シェタンはもう、エサフの声など耳に入っていなかった。

呼び出されたのは、やっぱりわたしひとりじゃなかった。同じような乗客が、少なくとももうひとりいたんだわ。スタッドヴィルで何がわたしたちを待ち受けているのか、彼ならきっとわかるかもしれない。

シェタンはテーブルに近づこうとした。けれども最悪なことに、シレ族の女性警備員に見つかってしまった。警備員はシェタンがアレサンデルに合図する前に、彼女を引きとめた。

「出ていきなさい。もう、戻ってきてはだめ。寄港が終わるまで、カジノへは出入り禁止よ」

「あの男に話があるんです」とシェタンは抗議した。「アレサンデルといって、わたしの知り合いなんです。とても大事な用があって」

警備員はシェタンを出口に引っぱっていった。シェタンは金をつかませてこの場をしのごうとしたけれど、警備員はきっぱりと撥ねのけ、彼女を下船させた。シレ族はもめ事を起こす者が大嫌いです。もう一度買収なんかしようとしたら、再乗船認証カードを没収します、と警備員は告げた。

シェタンは自分を罵った。こんなに興奮するんじゃなかったわ……これじゃああの男が何者なのか、もっとエサフに調べさせることもできやしない。

しかたなく彼女は乾燥野菜のスライスや皮袋に入った三眼蜥蜴《オーニッド》のミルク、米粉ビスケット、地元特産の瓶づめ大黄風味海藻ジャムを買って、客室に戻ることにした。その途中、青っぽいひげを生やし、太って小柄な老人に道をゆずらねばならなかった。老人は見るからに急いでいるようだ。その体格や重たげなスーツケースにもかかわらず、まるで悪魔か警察にでも追われているみたいに、はあはあとうめき声をあげてボートからボートへと飛び移っていく。

エサフは離陸の合図とともに戻ってきた。すでに日は落ちている。

シェタンは竜骨《キール》の円窓へ行き、浮きの空気が抜かれるのを眺めた。それは難しい作業だった。水に接する面が少しずつ小さくなるよう吸引を弱めながら、段階的に進めねばならない。飛行船ががくんと浮きあがったとき、シェタンは断腸の思いがした。

こうして四カ月にわたる、中継地のない旅が始まった。

5

カジュルは汗のしずく跡を点々と残しながら、ボートからボートへと飛び移った。こめかみの血管がぴくぴくと脈打っている。シレの糞ったれ！　ホドキンのおしゃべり野郎！　と彼は罵った。四人のチンピラたちが、しつこくあとを追ってくる。やつらがシレ族じゃなかったのが、せめてもの幸いだった。カジュルの体格では、とっくに捕まって半殺しの目に遭っていただろう。ドミナ・ナヴァル・カシブの手下は――というかむしろ、権勢を誇る夫の手下なのだが――マシャンからずっとカジュルを追いまわしていた。

カジュルの眼窩は浅いらしい。おかげで飛び出しぎみの目玉は、鼻のうえに盛りあがった脂肪の襞に、チョッキのボタンを縫いつけたみたいだった。いっぽう額に刻まれたまっすぐな三本の皺は、なかに豆芋《シヴレ》の種を蒔けそうなほど深かった。

逃亡者はうしろをふり返り、島を眺めた。今ごろやつらは、あちこち探しているはずだ。すでにこちらにむかってきているだろう。なのにイャルテル号に乗船するはしけは、まだ三百メートルも先だ。三百メートル！　でも、無事たどりつければ窮地を脱することができる。そのためには方向を変え、いちばん近い追手との距離を縮めざるをえなかった。

まあ、しかたない。選択の余地はないのだから。カジュルはわき道にそれた。タラップは、船と船とのあいだに通した足の幅ほどの狭い板にすぎない。普通のときなら、こんな危なっかしいうえを歩く気にはならなかったろう。しかし今は恐怖のあまり、背中に羽根が生えていた。

ぎりぎりまで追手が迫ったときは、危うく捕まるところだった。カジュルがたどり着いたはしけでは、頭のてっぺんから足の先まで刺青をした漁師が仕事をしていた。陶器のタイルを張った水切り台で、山椒魚の頭を切り落としている。刺青のモチーフは、第五福音書の場面から取っていた。

カジュルはすばやく一回転すると、タラップを水にけり落とした。

包丁を振りかざし、毒づきながら立ちあがる漁師に、カジュルはコインを一枚投げ与えた。

そして拳を突き出す追手の男に、皮肉っぽく一礼をした。

係員に守られたプラットフォームになんとか到着すると、カジュルは汗びっしょりになった服をととのえ、はあはあという喘ぎをおさえた。チケットと通行税は準備してある。あとはそれをさし出し、スーツケースの中身を検査係に見せるだけだ。

背後には追手の男たちがひかえている。カジュルはふり返りたいのをじっとこらえた。

検査係はスーツケースから木製の箱を取り出し、ふたをあけて卵の殻をつかんだ。カジュルはびくっとしたが、シレ族の検査係はキルティングした宝石箱にまたそっと戻した。

「名前は？」検査係は箱をスーツケースに入れながらたずねた。

カジュルは侮辱だといわんばかりの顔をした。

「カジュルその人ですぞ」

「そんな名前、聞いたことがないが」

「だったら、少しは本を読むようおすすめする」

「武器を携帯、もしくは荷物のなかに携行していませんね？」

「ああ、執筆に使うペンのほかは」

カジュルはスーツケースを受け取ろうとしたが、検査係はまだ放そうとしない。

「男たちが、あんたを追ってきている。服装から見て、地元当局者のようだが。あんたは犯罪者かなにかでは？」

カジュルはハンカチで額をぬぐった。

「その質問は聞き捨てならん。わが輩は有名人だからして、つきまとわれるんだ……関節炎だって痛むというのに。この歳だからな、たまらんよ」

「でも、あんたには会ったばかりなので」

「あの制服姿のチンピラどもは、とある大物の手下でね。そいつの奥方が、わが輩の本に夢中になってしまった。つまりは、わが輩がそのご婦人にちょっかいを出したと思われてもしかたない状況で——まあ、紳士としては失格だろうが——あいつら、血相変えて追いかけてきたというわけだ。だから犯罪がらみじゃない。言うなれば、名誉の問題ってところさ。シレ族には理解のつかん話だろうがね」

検査係は胴からつながった頭をゆっくりとふり、荷物を手放すと、乗船カードをカジュルに渡した。

「さあ、乗って」

カジュルが入っていったとき、カジノはもう空《す》いていた。賭博台もほとんどが、店じまいを始めている。ガラスケースのなかには、古い火器が展示してあった。もちろん弾は抜き、撃てないようになっている。髪を短く刈り、ややあごの曲がった四十がらみの男が、玄人らしい目つきでそれを眺めていた。カジュルより、頭ひとつぶん背が高い。おそらく、傭兵だな。ともかく、そんな外見をしている。

カジュルはブルーの度つきサングラスをかけ、二十ピースからなる金銀細工品の出来を調べるふりをした。

「武器は持ちこみ禁止のようですが」と彼は、わざとぞんざいに話しかけた。「誰も文句を言わないのかな？」

「わが種族のなかには、体格的に不利なのだから、そんな規則には異議を唱えるべきだと言っている者もいる」と男は答えた。「もちろん、少数だが。プライドの問題だ」

「たしかに」

カジュルはぽってりした手をさし出した。相手は力なくそれを握り返した。

「カジュルと申す。よろしく。今、乗船したばかりでしてね。イャルテル号の乗客の方ですな？　もしかして、客室が近いかも」

たいていカジュルは初対面の相手でも、ひと目で評価を下した。そしてあとから評価が変わることは、めったになかった。けれどもこの男は、どうにもつかみどころがない。何とか目立ちまいとしているのに、奇妙な存在感を発している。

こいつのご先祖様にシレ族かホドキン族がいたとしても、驚きはしないな。でも、なかなか礼儀正しい男らしい。少なくとも、そういう目をしている。

相手は見るからに苦労しながらも、ようやく話をする決心をしたようだ。

「おれはアレサンデル・エスモンド。二等客室だ」

「それはまた奇遇ですな。わが輩もです。賭けはもう終わりですか？」

アレサンデルは不思議そうにカジュルを見つめた。飛行船の乗客同士、もっと打ちとけた話し方をするのが暗黙の了解になっている。貴族や一等の客だけは、わざとそうせずにいるけれど、この太った男は明らかにどちらでもなかった。六十歳くらいだろうか。濃褐色のベッチン・ズボンをはき、おかしなスカーフを前で結んでいる。

「あれこれ、すってしまった。でも、大事なものじゃない。あんたは？」

「賭けるに値するものしか賭けません。それに命をのぞいたら、大事なものなんて何がありますか？」

この月並みな言葉の裏にある皮肉を、アレサンデルは逃さなかった。金の問題だけは、三種族の意見が一致する点だ。クニ教の僧侶だけは金銭の価値をいっさい認めず、禁欲生活を送っているけれど。しかしこの男がクニ教徒なら、こんなに太っているはずがない。

そう考えているあいだにも、アレサンデルの目はガラスケースにむかった。展示されている武器や弾薬には、ひとつひとつ説明書きが添えてある。散弾火縄銃のわきには、十三世紀の小弾発射筒――三つの回転式銃身を備えた火器の一種――、三日月形の刃とシレ族の腕状突起にある四本指に合わせた柄の短刀《ウクラン》、真っ赤な外観をしたマイクロ波銃、葦《ヘエ》の柄で作った槍の青銅製矢じりが並んでいた。展示の目玉は、曇ってひび割れた樹脂ブロックに取りつけた高周波加速装置で、説明書きによれば千二百年前のものだという。こうした技術は、今日ではもう存在していない。何世紀ものあいだに、三種族は広大なオマルのあちこちに散らばっていった。資材は不足して、科学技術は失われ、産業は退行した。加速装置は古い絨毯や甲冑具とともに、この部屋に飾られるにふさわしい過去の遺物だった。

「ホドキン族の武器は、たったひとつしかないことにお気づきかな?」とカジュルは指摘した。

ガラスケースにアレサンデルの微笑みが映った。その武器とは、ホドキン族のひょろ長い三本の前腕を収める手袋で、先がメリケンサック状になっている。

「ホドキン族は使わなくなった武器をほかの道具に転用するか、家の近くに隠すことにしているからな。使い手のない武器は、それ自体ただのモノにすぎない。やつらにとってモノの良し悪しを論じたり、好きだの嫌いだのと言うなんて、狂気の沙汰にほかならないんだ。

たぶん、わが輩の名前は聞いたことがあるだろう。もちろん、悪口のタネとしてね。カジュルというのが、わがペンネームです。たしかにイブン・シャジャラットほど有名ではないが、そう自負できる者などおらんだろう。放埓な芝居や小説などを書いています。それから、この世界でわれわれが占める奇妙な立場に関する風刺文もね。『動物界におけるヒト族』のなかで、わが輩はヒト族がほかの種族に対して抱いている偏見を、面白おかしく描き出したものです。あの本は、ちょっとばかり評判になったのだが」

「申しわけない、おれは本を読まないので」とアレサンデルは言った。「よかったら、シレ族の友人を紹介しよう。船内の図書室に通い詰めているような男だから、あんたと話も合うだろうよ」

知らないのならしかたない、お気になさらずとでもいうように、カジュルは曖昧な身振りをした。

カジノは閑散とし始めた。乗客専用の長い廊下が、船内にむかってひらかれたところだった。カジュルとアレサンデルは乗船用の認証カードを提示した。それぞれの客室に着くまでには、飛行船の全長の半分を歩かねばならなかった。各デッキには中央廊下があって、そこから様々な地区に通じるのだとアレサンデルは説明した。スタッコ製の玉縁とカメオの象嵌が廊下を彩り、真鍮で縁どられた色ガラスの丸窓から陽光が射しこむ。しかし今、太陽は、まるでスイッチを切ったかのように姿を消したところだった。窓の外には、はしけの薄暗いランプがゆっくりと散らばっていくのが見えた。

「ものを書くのがお仕事で?」とアレサンデルはたずねた。本当のところは、ものを書くなんて、仕事といえるだろうか? と思っていたのだけれど。

カジュルは、青いワックスで艶出しをしたあごひげをさすった。まるで四角いスポンジみたいに、きれいに刈りこんである。

「わが輩は、新たな探求に腐心する作家のひとりなのです。その一歩一歩が文字となり、道行くあとには文が生まれ、息つくところが章となる。しかるに、わが情熱が生きる糧なのもまたたしかだ。手紙を書く必要がおありなら、見事な代筆をいたしますぞ」

アレサンデルはその申し出を丁重に断った。この太った男は、アレサンデルが抱いている作家、とりわけ創作家のイメージそのものだった。いつも自分のことばかりにかかずらい、栄誉の追求しか頭にない。

「とはいえ、わが輩は執筆活動の導きにより、この飛行船までやって来たのです。それに——正直に言うなら——無料のチケットと報酬の約束によって。いかほどの報酬かは、まだわかりませんがね」

おれと同じだ。アレサンデルはそう思って、さっと身がまえた。こいつのことは、少しばかり考えなおさねばならない。妙にわざとらしい態度もそうだ。誰かが気づくようにと人目にさらした卵の殻を、こいつは目にしていたのかもしれない。一瞬、アレサンデルはポケットから殻の破片を出して、この男に見せようかと思った。でも、しばらく待ったほうがよさそうだ。

そもそもこいつは、本当に作家だろうか？

二人はアレサンデルの客室の前に着いた。

「ところであなたは、どうして旅に出ようと思い立ったのですかな？」カジュルはたずねた。

「話せば長くなるので……」

アレサンデルは背中をぽんとたたかれ、言葉を切った。

「すばらしい！　長い物語、それこそ何よりの出発点だ。それじゃあ、明日では？　わかりました。明日、昼食の時間に、お迎えにあがりましょう」

カジュルが興奮にまかせてさし出した手を、アレサンデルは握り返した。三種族が共存する緩衝地帯では、ヒト族同士でもあまり行なわないしぐさだった。たちまち二人は、何とも言えない気まずさに襲われ、すぐに手を放したくなった。アレサンデルは錠前ツタを開錠した。

「ええ、それでは、また明日」

ドアを閉めると、アレサンデルはすぐさま簡易ベッドに横たわった。あのカジュルとかいう男は、まったく信用できない。謎めいた卵のかけらを本当に持っているのかどうかだって、怪しいものだ。でもそれが事実で、盗んだものでもないとしたら?

イャルテル号がふわりと浮上した。アレサンデルは疲れのあまり、大きなあくびをした。まあ、いい。明日は明日の風が吹く。少なくとも今夜は、ゆっくりと眠れる。しばらくは悪夢も見ずにすむだろう。

まばたきをしたその一瞬、麻薬の効果もむなしく悪夢が戻ったのかと思った。何者かの気配がする。すぐそこの、闇に紛れて。

いや、夢じゃない。

アレサンデルは規則正しい息づかいを保ち、じっとしたまま目をひらいた。人影が客室に入り、アレサンデルの持ち物を音もなく探っている。はっきりと見えないうちから、シレ族の男だとわかった。臭いからか、空気のゆらぎかたからか……そんなことはどうでもいい。

タジンファイウだろうか? とアレサンデルは思った。カジュルにやとわれたシレ族の乗務員が、殻のかけらを盗みに来たのか?

彼はぴくりと体を震わせた。なんとかしなければ。このままではアドレナリンの分泌で身震いがひどくなり、目を覚ましているのがすぐにばれてしまう。

シレ族は中腰になって、アレサンデルの衣服を調べている。歳は少なくとも四十、子はなしてない。乗務員の制服を着ているところからして、タジンファイウではなさそうだ。あの手つきからすると、この種の仕事は不慣れなのだろう。プロの泥棒ではないな。シレ族は卵のかけらが入った小箱を取り出し、眼点の高さにかかげた。

シレ族の視界は、ヒト族よりも少し狭い。アレサンデルは侵入者に見られないとわかるや、突き出たベッドの棚に腕を伸ばして六分儀をつかみ、勢いよく起きあがった。シレ族のほうが背が高く力も強いが、狭い客室では不利だろう。脚は強靭なぶん動きが鈍く、すばやく移動できないはずだ。アレサンデルは頭上に腕を振りあげ、思いきり弧を描いて激しい一撃を加えた。的は頭のてっぺんではなく、その少し下、下肢を制御する神経が集まっているあたりに。シレ族の男は、浮きの空気が抜けるような音をたてて倒れた。アレサンデルはうえに馬乗りになり、膝で腕状突起を挟んだ。もみ合ううちに置物が床に落ち、粉々に砕けた。

「小箱をわきに置け。ゆっくりとだ。さもないと、関節をぶった切るぞ」アレサンデルはどすを利かせた。

六分儀を使えば、できないことではない。アレサンデルは脅し文句のあいまに、簡易ベッドの縁に置いた真鍮製の道具で殴りつけた。シレ族の男はふらふらになって、もう無抵抗だった。

「あなたを殺す気は……」

アレサンデルはシレ族の上胸部を、息がつまるほど強く押さえつけた。

「きさまはタジンファイウじゃない。二人の名前を聞かせてもらおう。まずはきさまの名前。それから、盗みを命じた者の名前だ」

「わたしの名はハンロルファイル。泥棒じゃない」

アレサンデルは注意深く力を緩め、簡易ベッドに腰かけて常夜灯をつけた。シレ族の男は腕状突起を床についてて体を起こし、正面の壁によりかかった。

「カジュルってやつを知ってるか?」

シレ族の男はヒト族の身ぶりをまねて、首を横にふった。ドアを短くたたく音がして、アレサンデルは飛びあがった。

タジンファイウの心配そうな声が響く。

「アレサンデル! 物音がしたけれど、大丈夫か?」

「また悪夢を見ただけだ」アレサンデルは咳払いをしながら答えた。

「話を聞こうか?」

「明日でいい。すまないな」

隣室のドアが閉まる音が聞こえた。

「ハンロルファイルか。どこかで聞いた名だ。乗務員だな……」とアレサンデルは声に出して言った。「きさまの役職は？」

「わたしは船医だ」

　アレサンデルはひゅうっと口を鳴らした。船医だって？　だったら、そこらの乗務員とはわけが違うぞ。彼の話を聞いた時のことが記憶によみがえった。ハンロルファイルはシレ族、ヒト族、ホドキン族をわけへだてなく診てくれる医者だっていうじゃないか。乗客たちが話す口ぶりには、みな尊敬の念がこもっていた。それなのに、盗みの真っ最中に捕まるような馬鹿げたまねを、どうしてまたしでかしたのだろう？　次の寄港地で船を降ろされても、しかたないようなことだ……もっとも次の寄港地は、スタッドヴィルだけれども。

「それじゃあ、あんたも殻の破片を持っているのか。カジノでおれが殻を出したのを、見ていたんだな。そうだろ？」

　ハンロルファイルはうなずき、脚の動きをゆっくりと止めた。アレサンデルは唇を噛んだ。思わずシレ族に味方しそうになるのをこらえ、皮肉っぽい口調の下に封じこめる。

「長距離飛行船《ソミンテール》で盗難事件が起きるのは、三等客室だけだと思っていたがね。どうしておれに声をかけてこなかったんだ？」

「信用できなかったので」

　アレサンデルは話の続きを待った。しかしハンロルファイルは黙っている。

「だったら、こっちも信用するわけにはいかないな。あんたの破片は、今持っているのか？」

「いいや」とハンロルファイルは答えた。「もみ合いになったから、持っていたら壊れてしまったかもしれん」

　先見の明ありってわけか、とアレサンデルは思った。

「第三者に命じられてやったことではないと、どうやって証明するんだ？」

ハンロルファイルは左の腕状突起で制服のポケットを探った。アレサンデルは反射的に六分儀をふりあげたが、ハンロルファイルが取り出したのは黄ばんだ紙切れだった。アレサンデルは、さし出されたその紙切れを受け取った。どうやら、ヒト族の言葉で書かれた専門書の一ページを、詳細に書き写したものらしい。紙の右下四分の一くらいのところに、大きな鳥の絵が描いてあった。乳白色の太い嘴をした鳥は、破れかけた翼を閉じ、体を丸めている。胸元を飾る羽根が、カジュルの姿を連想させた。その脇には、異様に殻の厚い、半分に割れた卵の絵もあった。

「どうやってドアをあけたんだ？」とアレサンデルはたずねた。そのあいだにも、何が書かれているのかと目は文字を追っている。ヒト族に共通の、古いアルローマ文字が使われている。「錠前ツタは厳重だと思っていたが」

ハンロルファイルは腕状突起を上腹部のうえで組んだ。それは、冷笑を浮かべるのとおなじ意味合いの身ぶりだった。

「あなたのことは二週間前から、怪しいと思っていました。あなたが周囲をうかがっているのに気づくと、すぐにツタの根を少し切り取って挿し木をした。錠前ツタはみな雄だが、一週間もすれば雌が生える。あとは簡単なことです」

ハンロルファイルの率直なもの言いは認めてもよさそうだ、とアレサンデルは思った。そして渡された紙切れを折りたたみ、ポケットに入れた。相手は何も言わなかった。

「さっき話しかけてきた男と、明日、会う約束になっている。自分じゃ、作家だと言ってたが。あいつもきっと、パズルのピースを持っているはずだ。おれたちの知っていることを、突き合わせてみるときだ。明日、集まろう。この場は見逃してやるから、あんたの破片を持ってくると約束しろ」

「わかった、約束しましょう。作家の名前は？」

アレサンデルは歯をむきだしてにんまりと笑った。

「ともかく明日、ここに来い。昼ごろに」


飛行船の中央、右舷にしつらえたレストランにある丸テーブルは、大きなガラス窓のうえに張り出していた。かなりの重量になるはずだ。別名《大理石の木》と呼ばれている青樹《エラスメ》の大理木材《マルボル》でできているのだから。カジュルはそのテーブルを、一時間予約してあった。かき卵がまんなかで、ほかほかと湯気を立てている。酢漬けレモンでマリネした魚の角切りが、なかに浮かんでいた。豆芋《シヴレ》の大きなガレットが皿がわりだった。テーブルウェアは三種類揃えられていた。ヒト族のナイフとフォーク、シレ族の二股ピン、ホドキン族の箸だ。


アレサンデルとハンロルファイルがやって来ると、カジュルは立ちあがって迎えた。

「さあ、今日はわが輩のおごりですぞ」とカジュルは言って、大仰なおじぎをした。「ここはひとつ、打ちとけて話そうじゃありませんか。ありがたい。昨日、お話ししていた文学好きのお友達を、連れてきてくれたんですね」

「文学通の友人は、この次に紹介する」アレサンデルは緊張したように答えた。「ハンロルファイル、こちらはカジュル」

紹介は余計なことを言わず、手短に行なわれた。おのおのが相手を、疑わしそうに観察している。カジュルはトネリコ酒のピッチャーと、ハンロルファイルには樹乳《カイマット》のピッチャーを注文した。樹乳とは、海塩樹《ハリデンドロン》からとれる発泡性の乳で、シレ族の大好物だ。アレサンデルがふと見ると、カジュルは右手で水を、左手でトネリコ酒を飲んでいた。汎回教徒《パンスラミスト》の習慣だ。かつて汎《パン》回教《スラム》は、アルコールの摂取をいっさい禁じていたというが、そんな戒律はもうなくなっていた。

カジュルはアレサンデルが目を丸くしているのに気づき、口いっぱいに食べ物をほおばったまま笑った。

「世界中を歩きまわっていると、いろんな癖が身についてしまうものでね……ちょっとした病気か、靴底の泥みたいなものですな」

彼らはあたりさわりのない話を交わしながら、食事を続けた。ときおり、無意味な沈黙が訪れたけれど。

「ところで、あなたは作家だとか」とハンロルファイルがカジュルに言った。

カジュルは喉を鳴らした。

「わが輩の文章をお読みになる機会は、なかったでしょうがね。シレ族は小説とは無縁だそうですから……わが輩は芝居やエッセーでも知られてはいますが」

「わたしが読むのは、医学書ばかりでして。しかしわが種族の作家も、物語を書いていますよ」

カジュルは馬鹿にしたようなふくれっ面で口もとを歪めた。

「たしかに、なかには悪くないものもある。シレ族は絵画や彫刻、建築の分野で、ヒト族のうえを行ってます。でも文学というのは、二つの強烈な源泉から汲み取られるべきものでしてね。死が喚起する恐怖、そしてセックスです。それこそ、見えない網目のように文学を支えるエネルギーなのです。ホドキン族のフィクションは冷たい金属の天体、シレ族の小説は……」

カジュルはそこで言葉を切り、ウェイターを呼びとめて食器を片づけさせた。

食事は終わっていた。そろそろ本題に入らねば。アレサンデルは昨晩、ハンロルファイルから取りあげた紙切れを広げ、カジュルの前に置いた。

「何ですか、これは?」とカジュルは言って、赤い眼鏡をかけた。「なるほど……ヒト族の古い百科事典を写したもののようだ。動物学の項目でしょう」彼はページ右上の記述を、人差し指でとんとんとたたいた。

「十一世紀。頭文字から見て、これはシレ暦ですな」

シレ暦は、三種族のあいだでもっともよく使われている暦である。第五福音教徒《エスコパリアン》も汎回教徒《パンスラミスト》も、それぞれ独自の暦を持っているが、彼らも日づけを言うときは、シレ暦に換算するようにしていた。

「こんな絵を見るのは初めてだが、名前は……オマル《omal》鳥というそうだ」

「オマル《omale》だって?」とアレサンデルは、驚いたように繰り返した。

「いや、語尾にeのないオマルです」

「でも、どうしてそんな名前の鳥が?」

「ちょっとお待ちを……これはかつて、遠方の地域、聖なる長城のむこう側に棲息していた鳥だとか。しかしこの百科事典が書かれたころ、絶滅したようです。卵は完璧な球体です。こんなに大きな球体は、自然界にはほかに例がない。親鳥が孵《かえ》すのをやめてしまった卵が、あとから孵化することもある。場合によっては、何年もあとに。六世紀前に若くして産褥死した女の墓から、オマル鳥の受精卵が出てきたという話が、詳しく書かれている。その卵をめんどりに温めさせたところ、見事孵ったというのです」カジュルはくすくすと笑った。「まあ、そんなことが書かれておる。卵とくれば……興味津々ですな」

「どうして、オマル鳥なんていう名前が?」

「ちょっとお待ちを」とカジュルは繰り返し、青みを帯びたあごひげの先を反射的にさすった。「まん丸い卵の形から、異端者たちがそう名づけたらしい。われわれの世界を連想させるからと」

「そいつはおかしい。だって、この世界は平らじゃないか!」アレサンデルが叫んだ。

カジュルは紙切れを置くと、一席ぶとうと身構えるかのように両手を組んだ。

「世界は平らで果てしないというのが、たしかに第五《エスコ》福音教《パリスム》と汎回教《パンスラム》の教義です。しかし最先端の知見を有する都市では、以前から疑問視されておるのです。そう考えている異端者は数多い。この点についてはイブン・シャジャラットさえもが正統的とは言いがたい説の持ち主だった、と語る者もいるくらいです。そうした説の支持者は、世界に象徴的な輪郭線を引きたいと思っているのでしょう。精神によって、世界をとらえようとしているんです。円は無限のイメージを喚起する。そこには始まりも終わりもないのだから。それこそ、世界をあらわすもうひとつのやり方なんです」

カジュルは小声で先を読みあげた。けれどもそれは、この驚くべき鳥に関する曖昧な学説にすぎなかった。皆、話す口調はにぎやかだが、互いの不信感を拭えないようだ。ともかく、イャルテル号に集まることになったいきさつをはっきりさせなくては。そのため、ここにいるのだから。

アレサンデルはまず口火を切ることにした。ポケットに手を入れ、小箱をテーブルに置く。彼らは、はっと息を呑んだ……ふたをあけると、なかには卵の殻の破片が入っていた。アレサンデルはそれをそっと取り出した。

真実の一瞬。いや、少なくとも、真実へいたる第一歩だった。

「ハンロルファイル」とアレサンデルは小声で言った。「さあ、今度はあんたの番だ。約束しただろ」

シレ族の男が、殻の破片を取り出す。最後にカジュルも、それにならった。

三つの破片はぴったりと合った。

「こいつはたまげた」カジュルは好奇心を掻き立てられたようにつぶやいた。「われわれが持っていたのは、同じ卵の殻だったんだ」

「そいつはおれたちを、どこへ導こうとしているんだ？」アレサンデルがたずねた。

ハンロルファイルもあとに続ける。

「卵を完成させるには、あといくつ破片が要るのか。まずはそれがわからなくては。わたしたちの破片と同じくらいの大きさだとするなら、足りないのは三つでしょう。あるいは、もう少し大きな破片が二つか。次に……」

　ハンロルファイルは腕状突起の先端が分岐した指で、組み合わせた破片をそっとつかみ、ためつすがめつした。どの破片も凸面に細密な飾り枠が彫られ、なかにはアルローマ文字とシレ族の回路文字《シルコ》が書かれていた。三種族が誰でも読める、唯一の表記法だ。二つの文は、同じ意味だった。

　汝が
　求めるものを
　見つけん

内側の面も、なかなか興味深かった。凹凸が激しく、やけに分厚い部分もあれば、とても薄い部分もある。どうやら、何かの形を描いているらしい。今度はアレサンデルが屈んで、なかをのぞきこんだ。注意を集中しているせいか、無意識に口を突き出している。

「石膏製なんかじゃない。たしかに卵の殻だ。でも、小さな像の鋳型みたいだな。五センチくらいだろうか。ちょうどその下半分だ」

「だとしたらヒト族か、脚のつきかたがおかしいシレ族の像ですな」とカジュルがつぶやいた。「ともかく、ホドキン族じゃない」

　そこのところは、判然としなかった。卵の殻は、まだそろっていないのだから。何者かがチェスの駒くらいの小像を、オマル鳥に飲みこませた。そして鳥は、黄身のかわりに嚢腫化《のうしゅか》した小像の入った卵を産んだ。その卵を回収して、六等分したというわけか。うまく考えたものだ。

　ハンロルファイルは、もう一度殻を手に取った。

「すばらしいできだ。考えてみると、この卵はわたしたちが置かれている状況と似ているんじゃないですか。そこにはまだ、大事なピースが欠けている。それがそろえば、まだ不明な部分が明らかになる」

「われわれは皆、《呼ばれて》やって来た」とカジュルは言った。「わが輩はそうだった。でもハンロルファイル君、きみは乗務員のひとりだ。その点は、どう説明なさるのかな？」

「チケットは紛失し、殻のかけらだけが届いたんです。だからスタッドヴィルまでの運賃がわりに、船医として雇われました。今から三年前に」ハンロルファイルの飛び出した左の眼点が黒ずみ、アレサンデルを見つめた。「そうして、名乗り出る機をうかがっていたんです」

カジュルは親指と人差し指で、青いあごひげをさすった。

「どうしてわれわれは、ここに集められたのか。その理由は、われわれを互いに結びつけるもののなかにあるはずだ」

「何か、過去の出来事とか？」とハンロルファイルが続ける。

「あるいは、われわれの仕事だ。医者、作家……」カジュルはさっとアレサンデルをふり返った。「あなたのご専門は？」

アレサンデルは窓に顔をむけた。

「おれは旅から旅の流れ者だから」と彼はためらいがちに言った。「食べるためならどんな仕事もしてきた。でも、ピースの半分がまだ欠けている。残りの破片の持ち主が見つかってからじゃないと、おれたちの共通点もはっきりしないだろう」

カジュルは、こんな言い逃れに騙されないと言わんばかりに天井を見あげた。当然の疑いだろう。

アレサンデルはガラス窓をふり返り、海を眺めた。どちらを見ても、一面の青だ。高度六ジャルからでは、波まではわからない。どれくらいのスピードで飛んでいるのか、大まかに測る目安もなかった。

　鳥が一羽、近づいてきた。カモメだろうか、それとも法螺鳥《コックヴリル》か、ぱたぱたと羽ばたいている。鳥は突然、竜骨《キール》の下に姿を消した。すると巨大な昆虫が、そのすぐあとを追っていくではないか。大きさは鳥と変わらないくらいだ。ああした鞘翅《しょうし》のある虫は、鳥を捕食するんです、とハンロルファイルが説明した。イャルテル号のてっぺんには、そのための小屋が用意してありましてね。さもないと海鳥は外包《エンベロープ》を破って、なかに巣を作ってしまうんです。リンゴに潜りこむうじ虫みたいに。

「三人がかりなら、乗客を詳しく調べるのもたやすいでしょう」とハンロルファイルは続けた。

　アレサンデルはため息をついた。

「ディダクティル列島は、スタッドヴィルに着く前の最後の寄港地だった。二カ月にわたる航行中、それらしい乗客はひとりも見つからなかったけれど、オレア島で新たな客が乗ってきたかもしれないし」

「いや、どうでしょうかね」カジュルが異を唱えた。「わが輩は列島を周航しているはしけ船で、この前の乾季にオレア島に着いたのですが、よそ者が泊まる専用の民宿に、卵の破片を持っていそうな人物は見あたりませんでした。それにオレア島から乗船したのも、わが輩ひとりでしたよ」

「だったら、プラットフォームジャンクションでは？」

「そちらは可能性がありますね」

　ウェイターが、予約時間終了のベルを鳴らした。三人は立ちあがり、それじゃあ、またと声をかけあった。これからも、しばしば集まることになるだろう。

　しかしお互いをよく知り、胸にわだかまっている不信感を払拭するには、まだ時間がかかりそうだということも、皆わかっていた。

6

飛行船の旅も五週間目をむかえるころになると、シェタンは三等客室の乗客たちが作る生態系に慣れてきた。そこには金銭や人望、物々交換、好意といった微妙な要素がさまざまに入り組んでいる。

シェタンはときおり、十一歳の少年の手を借りるようになった。ヒト族の乗客たちは子連れの母親に、なにかと暗黙の気づかいをする。だからシェタンも少年といっしょなら、邪魔されたり脅されたりせずに、いろいろな地区を歩きまわれた。こうしたこつをいくつか見つけたおかげで、彼女は伝言や商品の運び役をつとめるようになった。

エサフはそれを見逃さなかった。

「いっしょに手を組もうじゃないか」ある晩、彼はそう持ちかけてきた。「あんたとおれは、いわば同業者だ。どうかな?」

シェタンは不快そうに口もとを歪め、リキュールと胡瓜酒《キュキューム》の臭いがぷんぷん漂うエサフの顔を押しのけた。すでに二回も別れ話が出ていたが、そのたびにシェタンはまた彼を受け入れてしまった。

一週間前にも、エサフの言葉にかちんと来たことがあった。あんたは魔女みたいに、おれを魅惑するんだ。そう言われて、シェタンは彼に思いきり平手打ちを喰らわせた。

「二度とそんなこと言うんじゃないわよ! 絶対に。さもないと、誰かを雇ってその汚らしい舌を切り取らせるからね!」

エサフは真っ青になった。おかげで頬についた手の跡が、さらにくっきりと浮かびあがった。

「手を組むですって?」とシェタンはたずね返した。

「どうせろくなことにはなりっこないわ」

「おれを信用してないのか？」エサフがぶつくさ言う。

「問題はそこじゃない。信用っていうのは、わたしとお客さんのあいだに築かれるものよ。だいたいあなた、最近賭けでどれだけすったのよ？」

エサフはプライドを傷つけられ、顔を曇らせた。

「そんなこと、関係ねえだろ。何が言いたいんだ？おれが借りを埋めるため、あんたの金をちょろまかすとでも？」

「わたしが言いたいのはね、あなたは自分の感情を抑えられないってこと。商売をするには不利な条件《ハンディキャップ》ね」

エサフは苦々しげに顔をそむけた。

「先のことはわからねえぜ。思ったよりも早くことは進むんだ。いいかい、あと一日かそこらしたら、あんただって今みたいな口をおれにきけなくなるぞ……」

シェタンは思わず耳をそばだてた。エサフはシレ族とつるんでいる。ほかにもヒト族の男三人と、家畜房の奥でこっそりと会っているようだ。金は持っているが、イャルテル号の船内でアルコールの密売をしているいかがわしい連中だ。彼らと比べたら、エサフなんて小物もいいところだった。シェタンははっきりそう言ってやりたかったが、どうしたら彼の気持ちを傷つけずにすむだろう？

「もうすぐたんまり金が入る」エサフはひとり言のように続けた。「でっかいヤマを準備してるんだ。あんたも気づいただろ？飛行船は雲の下におりた。いまは一面の曇り空だ」彼は共同寝室をふらふらと見渡した。「こんな糞溜めも、そのうち悪い思い出にすぎなくなる」

シェタンは、酔っぱらいの世迷い言と聞き流した。そして彼が立ち去るや、そっと荷物を調べた。すると服をしまってあるバッグの底から、恐れていたものが見つかった。汚れたシャツに包まれた、木製グリップの四連発銃だ。シェタンは禁制品の銃からマガジンをはずした。弾丸は俗に擬鋼炭《カルブ》と呼ばれる黒い石英製で、燃尽性の薬莢に塡まっている。

　この銃が意味することはただひとつ。乗務員のなかに、イャルテル号の乗っ取りをくわだてる者がいるのだ。そして乗客にも、共謀者がいる。そうと知って、シェタンは一瞬、愕然とした。飛行船、とりわけ長距《ソミン》離飛行船《テール》は、シレ族自慢の乗り物だ。よもやそこで暴動が起きるなんて、シェタンは思ってもみなかった。しかし悪党はどこにでもいる。シレ族にだろうと、どんな種族のなかだろうと。

　捕えられた暴徒は、銃殺されるのが決まりだ。馬鹿なやつ、とシェタンは怒りで息をつまらせながら思った。彼女は弾をひとつ抜くと、エサフに疑われないよう、もとあったとおりの場所に銃を戻した。

　乗っ取られた飛行船は、容赦なく追いまわされるだろう。万が一、計画が成功しようものなら、イャルテル号が目的地に到着する可能性はゼロだ。そんなことになったら元も子もない。シェタンは選択を迫られた。

　彼女はほんの一瞬で、決断を下した。イャルテル号の上層部に知らせよう。あと三十六時間。遅くともそれまでに、行動を起こさねば。

　シェタンは三等のシレ族地区へ行き、オフィサーと話がしたいと言った。片隅で三時間ほど待たされたあと、ヒト族担当パーサーだという尊大そうなシレ族の男がやって来て、彼女を埃っぽい執務室に案内した。部屋の奥には赤小麦の袋が、天井まで積みあげてある。背丈や体格から見て、パーサーは二十歳そこそこらしい。

「当直士官の方とお話ししたいのですが」シェタンは自分の名前を告げてから、そう申し出た。「あるいは、船長さんと。お伝えすべき大事なことがあるんです」

　シレ族の感情表現には、独自のやり方がある――思わず感情があらわれるときも、また独特だ。けれどもこのシレ族は、平静を保っていた。

「船長には誰も会えません」

「わかってます」とシェタンは苛立ち気味に言った。

「でも、この船に危険が迫っているんです。反乱が計画されています」

「情報源は？」

シェタンはなるべくなら、エサフをこの一件にかかわらせたくなかった。彼女は若いパーサーの疑わしそうな視線を浴びながら、知っていることをすべて話した。けれどもたったひとつ、エサフの名だけはどうしても明かせなかった。でたらめではない証拠に、シェタンは銃から抜き取った石英製の弾を机に置いた。半信半疑らしいパーサーも、それを見て少しあわてたようだ。文書で申し立てをすれば、上司のオフィサーに読んでもらうようにする、このことは他言しないようにと彼は言った。そしてシェタンは、自分の地区に帰された。

エサフを守るために、できるだけのことはした。あとは、なりゆきにまかせるしかない。

その晩は、よく眠れなかった。船体がきしむたびに、はっと飛び起きる。もしかしたら、あまり説得力のない話だったかもしれない。でも、ほかにどうすることもできなかった。エサフは姿をあらわさなかった。シェタンはもう一度彼の荷物を調べ、拳銃がまだそこにあるかどうか確かめたくなるのをじっとこらえた。

夜明け近く、不安をかきたてる夢を見た。数週間前にカジノで見かけた男が賭博台の前にすわっている。顔つきは判然としない。いろいろな人の顔が、混ざり合っているような気もする。しかし奇妙なことに、シェタンはこの曖昧でとらえどころのない顔にひかれるのを感じた。それに目だけは力強く、じっとこちらを見つめているようだ。男は彼女の記憶どおりに殻の破片を取り出すと、手のひらに載せた。そしてわざとらしいほどゆっくりと端を砕き、ばりばりと噛んだ。シェタンはやめさせようとしたが、飛びかかるための脚も、さえぎるための腕もなくなっている。

彼女は手がかりの品が壊されるのを、なすすべなく見つめていた。突然、悲しみが胸にこみあげてきた。目から流れ落ちた涙が、頬と唇の端を刺激した。やがて男は立ちあがると、シェタンのそばにやって来た。それでもまだぼんやりとした姿のまま、幽霊のように彼女のなかを通り抜けていく。シェタンはふり返って……

そこではっと目が覚めた。エサフが脇腹をゆすっている。

シェタンは目をしばたかせた。

「起きろよ。驚かすことがあるんだ」

エサフの息は昨日と同じく酒臭かった。ベストの毛皮の襟は埃にまみれている。シェタンはたちまち眠気が吹き飛んだ。

「まだ朝食前よ」

「あとで食べればいいさ。来いよ。面白いぜ。イャルテル号の腹に潜りこんだときより、もっとだ。本当だって」

ぴくぴくと引きつるエサフの顔を見て、シェタンは嘘だとわかった。それでも彼のあとについて、中甲板を抜ける曲りくねった通路や階段を進んだ。途中、何人かすれ違う者もいたが、みんな見むきもしなかった。エサフは外包《エンベロープ》の下にある蛇腹状ハッチの前で立ち止まった。ほとんど垂直の階段が、そこまで続いている。

「ここは甲板員が破れた帆布を縫うために使う出口なんだ。ほかにも、こびりついた法螺鳥《コックヴリル》の糞を掃除したり、帆がはずれかけていないか確認したりする」

エサフはシェタンに船外用安全帯《ハーネス》を装着させた。フックがいくつもついた複雑な形状で、シレ族の巨体がしっかり留まるように工夫されている。サミュダムと呼ばれるこの安全帯は、シレ族の衣服がわりだった。仕事に応じてそこにポケットやホルスター、作業用具……それにもちろん短刀《ウクラン》も取りつけて。

エサフは声をひそめてシェタンをうながした。

「サミュダムは男より女にむいていると思わないか？　股ぐらのクッションが痛くてしょうがねえんだ。シレの野郎どもだって、もしもあんなにがに股でなく、股にキンタマをぶらさげてたら……」

「あんまり外に出たいとは思わないわ」

エサフはしゃがれた笑い声を浴びせた。

「おいおい、べっぴんさんよ、あんたがめまいを起こすとは思えねえな。めまいっていうのは、か弱い女の子だけのもんだ」

嫌な口調ね。シェタンはそう思ったけれど、何も言い返さなかった。エサフはハッチの錠をはずすと――細長いパネルが何枚も、ブラインドカーテン状に取りつけてある――彼女を外に押しやった。凍りつくような空気がシェタンの肺に入りこみ、耳がひゅうひゅうと鳴った。シェタンはうしろをふり返った。シレ族の男がひとり、廊下の奥に立っている。さっきまでは、二人の背後にシレ族の影など見あたらなかったのに。もう引き返せない。罠にはまってしまった。

タラップに立ったとたん、風に吹かれて体がぐらつき、ちゃちな手すりにつかまらねばならなかった。手すりはやけに高いうえ、押されてかすかにたわんでいる。シェタンは息がつまるほど大声で叫んだ。遥か、遥か下方に、見わたす限り一面の海が広がっている。

「まあ、落ち着けよ」エサフがにやにや笑いながら言う。「驚くのはまだ早いぜ」

シェタンは深呼吸すると、帆の膨らみに合わせて体をかがめ、水平なタラップを歩き始めた。

震えるもんか。でも平気そうな顔をしていると、かえってよくないかもしれないと、シェタンは同時に思った。そして外包《エンベロープ》に沿って続くタラップをさっと眺めた。近くに乗組員の姿はまったくない。助けを呼べる状況じゃなさそうだ。それにいくら叫んでも、どうせ風にかき消されてしまうだろう。

「もうたくさんよ」と彼女は言って、うしろにむきなおった。「戻るわ」

エサフはじっと動こうとしない。

「離れて」

「うしろにさがれ」

エサフはポケットから拳銃を取り出し、危なっかしそうに手をふりあげた。

「このあばずれめ！　船長にたれこもうとしやがったな。でも、おあいにくさま。あんたがちくった相手は、おれたちの仲間だったのさ。もちろんあいつは誰にも報告せず、おれたちに知らせてきた。運がなかったってことだ」

「馬鹿なこと言ってないで、エサフ？　よく考えなさい。自分が何の片棒をかついでるのか、わかってないのね。反乱なんて、うまくいくはずないわ。二千五百人もの乗客みんなを、敵にまわすことになるのよ。反乱を起こした飛行船になんか、誰だって乗ってたくないもの」

エサフは十秒ほどじっとシェタンを見つめていたが、やがて大声で笑い始めた。

「かわいそうなシェタンちゃんよ、自分じゃ切れ者のつもりらしいが、わかってないのはあんたさ」エサフはぱんぱんと帆をはたいた。「肝心なのはここじゃない……あそこさ」彼は勝ち誇ったように雲を指さした。

いぶかしげなシェタンの表情を前に、彼は続けた。

「目下、二十人のシレ族たちが戦略の拠点を確保しているところだ。おもな舷窓は閉じられた。攻撃の船がぴったり横についても、イャルテル号は手も足も出せねえ」

「攻撃ですって？」

エサフは拳銃を小さく振って、先へ進むよううながした。

「あんた、海を旅するのは初めてかい？　本当かよ」

シェタンはうなずいた。

「でも、海賊の話は聞いたことがあるだろ。おれはその仲間なんだ。疑われないように、客のふりをして船に潜りこんだってわけよ。商売なんて、はなからやる気はねえ。そんなもの、退屈で反吐が出ら。曇り空っていうのは、攻撃の理想的条件でね。海賊の艦隊は雲のうえにゆうゆうと待機し、うまいタイミングをうかがっていられる。ひとり乗りのゴンドラをロープにつるしておろし、色つきの発煙筒でおれたちに攻撃命令を出す。すると縫合部確認を口実にして外に出ていた仲間四名が、合図とともにエンジンを破壊する」

　シェタンはすばやく頭を働かせた。航行中、海賊の話題が耳に入ることはめったになかった。西の大洋《ソミン》は、一世紀半前から安全な地域となっている。海賊は長距離飛行船《テール》にとって、もはや脅威ではない。せいぜい沖合の漁船や、独立経営の小型飛行船を襲うくらいだ。それにしたところで、ふつうはいきなり攻撃などしない。船を横につけて、《見かじめ料》名目の金をせびるのが彼らのやり方だ。それでも戦闘能力や残忍性にかけては、まだまだ悪名高かった。実際、多くの海賊が港の有力者や島の小帝国に雇われて、商売上の紛争に加担していた。

　エサフは拳銃をうえにあげ、シェタンの胸に狙いを定めた。

「もうけはあんたと山分けにしてもいいと、思っていたんだぜ。なのに申し出をはねつけた。それだけじゃない。おれを裏切ったんだ」

「よく言えるわね。裏切り者はそっちでしょ。戦利品のおこぼれにあずかろうと、飛行船の乗客みんなを売ったのよ……でも、わかってるでしょ。海賊はずる賢いわ。分け前がもらえるなんて、本気で思ってるの？　どうせ皆殺しにされるだけ、あなたもふくめてね」

「だまれ！　まったくシレ族の言うとおりだ。ヒト族の女は信用ならねえ。あてにはできねえな」

　エサフは人殺しの決意が鈍らないように、わざとあんなに声を張りあげているんだわ。思いとどまらせるにはもう遅すぎる、とシェタンは彼の目を見て悟った。何かしゃべり続けることで、犯した過ちを埋め合わせようとしている。引き金にかけた人さし指が、ぴくりと動いた。シェタンは肉を引き裂く衝撃を思って体を引きつらせ、目を閉じた。

わたしの疑問に対する答えは、もう得られないのね。

一瞬、脳裏にある光景が浮かんだ。カジノにいた、見知らぬ男の姿。ざらざらとした褐色の顔をし、その目は幽霊のように彼女を射抜く。

カシャッと引き金の音がした。

シェタンが再び目をあけたとき、エサフは啞然としたように銃を見つめていた。シェタンははっと気づいた。そうか、彼は弾倉を確認しなかったんだわ。最初の一発を、抜いておいたのに。

でも、二発目を撃たれたら終わりだ。

シェタンは前にひと飛びして、エサフを押しのけた。しかし、いくら逃げても無駄だろう。ハッチの前で見張っているシレ族の男に追い返されるか、下手をしたらその場で殺されるかもしれない。

エサフが彼女の安全帯《ハーネス》をつかみ、帆に押しつけた。その勢いで、シェタンはエサフに力いっぱい飛びかかった。手すりがぐにゃりと歪む。エサフは反射的に体勢を立てなおそうとした。手からすべり落ちた拳銃が、虚空に呑みこまれる。

「ちくしょう！」

シェタンは反動で帆にぶつかった。張りのない帆が足もとでくぼみ、彼女はよろけた。タラップと帆のあいだにできた狭間に、体がすべりこむ。

落ちるわ！

三、四ジャルも落下して海面に激突したら、ひとたまりもない。たとえ一命を取りとめたとしても、誰も助けに来てはくれない。衝撃と疲れで溺れ死ぬだろう。

とその瞬間、シェタンは気づいた。安全帯《ハーネス》のフックが帆を外包《エンベロープ》につなぐロープに引っかかっている。ロープがたわんで、彼女は二メートルほど下にずり落ちた。思わず閉じた目をまたひらくと、波立つ灰色の太平湖にむかって突き出た自分の脚が見えた。

だめよ、下を見ちゃだめ……

シェタンは肩から伸びるロープを軸にして、そろそろと体を半回転させた。下では帆がきしんでいる。外包《エンベロープ》にいくつもある窪みは、腹部のフックを考慮してだろう。

タラップを踏み鳴らすエサフの足音がした。小さな罵り声をあげている。シェタンは胸の動悸を抑え、じっと動かないようにした。すぐ下に彼女がぶら下がっているとわかったら、シレ族の仲間に知らせて、殺させるだろう。戦いに慣れた乗組員相手では、勝ち目はない。

エサフはまだしばらく地団太を踏んでいたが、ようやくあきらめて立ち去った。シェタンはほっとため息をついた。ともかく、この場は切り抜けた。今、大事なのはそれだけだ。

別のハッチをみつけなくては。外包《エンベロープ》のてっぺんに、たしかひとつあった。でも、まずはここから逃げることが先決だ。シェタンは力をふりしぼり、弾力のある外包《エンベロープ》の小山をのぼり始めた。

可動式の帆や張り巡らされたロープのあいだに身を隠しながら飛行船の頂上まで行きつくのに、何時間もかかった。外包《エンベロープ》の表面はいたずら書きでいっぱいだった。でかでかとした文字、細かく書かれた文。丹念に描いた絵文字もあれば、なぐり書きもある。シェタンはそのうえを這いあがった。

疲れて視界がぼやけてくると、休まねばならなかった。裏切り者のシレ族に遭遇したら、万事休すだ。武器はなにもない。手もとにあるものといえば、肌身離さずもっている卵のかけらだけだ。

腕が痛くてたまらない。けれども傾斜は、徐々にゆるくなってきた。頭上にはためく帆には、日に焼け、風雨にさらされて色あせた奇妙な絵詩《カリグラム》が描かれていた。なかの一節だけは、時の流れに抗してなんとか判読できた。《風は大洋。その波は、家々の敷居に押し寄せる》

　ところどころ膨らんだ帆が、堅固な枠に張った布地をきしませ、外包《エンベロープ》全体がまるで鼓動する生き物のように蠢《うごめ》いている。

《吹きすさぶ風をまねる怪物の息づかい》ってところね。あたりの奇怪な雰囲気に呑まれて、シェタンはそう思った。細いロープの吊り橋が、少し先にかかっていた。その両端が、船内への入口になっている。あそこから入ってだいじょうぶだろうか。見張られているかどうか、確認するすべはない。しかし乗務員のいるゴンドラまでおりていき、誰かに知らせなくては。

　ナイフがあれば外包《エンベロープ》を切り裂き、なかに潜りこむのに。

　足の下でうねる数百万リットルのガスが内房《バロネット》を膨らませ、それによって飛行船の平衡が保たれていた。タラップからタラップへと数百ジャル歩いた先に、保守デッキ、操舵デッキがある。うまくそこまで行ければ、警報を発することができるだろう。そして……

　そのときあたりが暗くなり、シェタンは雲を見あげた。あんぐりと口をあけたまま、声も出ない。ただ首をすくめるばかりだ。

　雲間から巨大な塊が姿をあらわした。

　攻撃が始まったんだわ!

　そのうしろから一隻、さらにもう一隻と、イャルテル号のほとんど真上に次々とやって来る。シェタンは目を大きく見ひらき、獲物に襲いかかろうとする海賊の飛行船を眺めた。

　その膨らんだ腹部から、たくさんの黒い点がぱらぱらと落ちてきた。

第三部　漂流

オマルは空間においても、また時間においても、果てしなく平らである。それを現世代、そして未来の世代に伝えることは、われわれの義務だ。遥か昔、五千年前、神はオマルと動植物をお造りになった。そして三千年前、ヒト族をお造りになった。ヒト族がこの地に広がり、神の名をどこまでも広めるようにと。シレ族とホドキン族は神の創造物ではないが、そのご意志のなかにある。さりながら、彼らが《真の信仰》を受け入れるならば、救済を得られるだろう。《真の信仰》だけが、彼らに魂を授けるのだ。

《真の信仰》はあらゆる信教の源、宗教のなかの宗教である。世界のなりたちをいかに語ろうとも、その源から汲み取った演義にあらずば冒瀆であり、したがって根絶すべきものである。

説教の一節／語り手不明

7

プハイルヴュニス号が雲間から抜け出たとき、シカンダイルルは安全帯《ハーネス》の切り離しバックルを握っていた。周囲には六十名ほどの部下が飛行船にへばりつき、彼女の動作に倣った。

　シカンダイルルは飛行船の下に背中からぶらさがり、ゆらゆらと揺れていた。踵がゆっくりと外包《エンベロープ》にめり込んだ。風が運ぶ幾千もの香りが肌に沁み入る。イャルテル号は三百メートル下で、自分を待ち受けている運命も知らずのんびりと浮かんでいる。その匂いも、シカンダイルルにほんのりと届いた。奪った飛行船の帆布を切り貼りして作ったプハイルヴュニス号の帆は、手のひと振りでいっきにしぼんだ。今なら位置は悪くない。けれどもシカンダイルルは、全員同時に切り離すタイミングをじっとはかっていた。降下はほんの一瞬ですむ。ときに腕状突起の長さが、生死の分かれ目になった。けれども、降下の前に尻込みする者は誰もいなかった。失敗の代償は死だということを、肝に銘じねばならない。それこそが切り離しの、もっともいい訓練だった。いかなる種族も、恐怖を胸に秘めていることはできない。誰しもそう言っている。

　シカンダイルルは何カ月も前から、仲間たちとともどもこの瞬間を待っていた。船に乗りこんだあとには、否応なしに略奪と殺戮が続く。彼女はそれを考えないようにした。ことさら喜びを感じたことなど、一度もない。野望を果たすために支払うべき代償だというのが、襲撃の前にシカンダイルルをとらえる思いをもっともうまくあらわす、ヒト族的な表現だろう。この世界を、時間と空間を貪り食いたいという飢餓感。それを前にしたら、生き物の存在など何の価値もなくなってしまう。そんなもの、意識の片隅でばたばたと蠢《うごめ》くだけの玩具にすぎない。関係性のゲーム、フェジイの駒も、原型はそこにあったのかもしれない。この飢餓感には、何か不敬虔《ふけいけん》なものがある。けれどもシカンダイルルは激しい飢えに苛まれているときこそ、力がわきあがるのを感じた。腕状突起を鉤爪のように突き出し、現実そのものの血なまぐさい一面をもぎとって、思いきり貪ってやる。

プハイルヴュニス号の影が、イャルテル号のうしろ半分を覆った。部下たちは飛行船にしがみついたまま、じっと耐えている。シカンダイルルは必死にそれを教えこんだのだ。この三カ月間、彼女は逆らおうとする二名の幹部に、フェジイの試合や決闘を挑まねばならなかった。独り子《ロシル》としての力をふり絞ってなんとか勝利し、反抗的な滅私大同《クサイムハデンル》の芽をつむことができた。シカンダイルルは、殺した相手の腕状突起を味わった。彼らが何をしてきたか、これから何をしようとしていたかが、そこには凝縮されているのだ。以後、彼女の命令に口答えするシレ族はいなくなった。様々な噂も流れたが、真実に近いものはひとつもなかった。さもなければ、百五十年前からあえて海賊たちが避けているこの地域まで、誰もついて来はしなかっただろう。

いっぽう、シカンダイルルの配下となった十人ほどのヒト族は、何の問題も起こさなかった。彼らは規律を好み、すばらしい母親を慕う子供のように、シカンダイルルを心底崇拝していた。なかのひとりは、彼女をヘエ・クレシュ、つまりエイザメと呼んでいた。一度など、ボスのためなら死んでもいいと、仲間の前で宣言したほどだ……近々、その願いがかなうチャンスは大いにありそうだ。あの男が何という名前か、シカンダイルルは知らなかった。知りたくもない。ヒト族はみな同じだ。概してやつらは奴隷根性をしている。

そこがいい点だ。

シカンダイルルは絶妙のタイミングで降下の合図を出した。頭を前にかたむけ、流線型の体勢でバックルをはずすと、伸ばした腕状突起を体に押しあてた。プハイルヴュニス号が遥か上空に遠ざかり、聴覚膜に風がひゅうひゅうと吹きつけた。

姿勢と体重のせいで、シカンダイルルは部下たちよりも落下の速度が速かった。みんなは空気抵抗を加減して、方向を変えることもできたが、彼女は突風に吹かれるがままだった。そのせいで、目標の脇にそれてしまった。体の軽いヒト族は、いちばん最後に続いた。

シカンダイルルは、イャルテル号の船尾から百メートルほどのところに落ちた。帆布を突き抜けないよう、手足を大きく広げる。危うく飛行船の胴体にぶつかり、上胸部が砕けるところだったが、今回も運よく助かった。激突の瞬間、本能的に関節をブロックしたのは、ほんの一瞬だけ働く古い遺伝的特性だ。外包《エンベロープ》の弾力で、三メートル以上も撥ね返された。これは落下そのものより危険が大きい。傾いたトランポリンのうえで跳躍したみたいに、海に放り出されるかもしれないからだ。

シカンダイルルはひと目でチャンスを見定めた。腕状突起を下胸部の下に伸ばす。踵がイャルテル号の胴にめりこんだ。二年前の出来事が、脳裏によみがえった。今回と同じように飛び降りたとき、外包《エンベロープ》に振動が走ったのだ。まるで攻撃を受けた飛行船自身が、傷の痛みに震えたかのように。

体重二百キロの巨体が、絶叫のなかでずるりと滑ったところで、帆布の下の交差にフックが引っかかった。

シカンダイルルはあたりを素早く見まわした。二名のシレ族とひとりのヒト族が——おそらく彼女をヘエ・クレシュと呼んで、崇め奉った男だろう——撥ね飛ばされ、死の跳躍へとむかっていく。誰も助けには行けないだろう。それならいっそカサゴかエイザメが、すばやく片づけてくれたほうがいい。怪我をした者、障害を負った者は、分け前のほかに保障金にもあずかれた。しかしあの三名は、墓すら立ててもらえない。

なにはともあれ、決死隊の中枢は無事だった。まずは内部に入りこみ、二分隊に分かれて操舵室にむかわねばならない。シカンダイルルは第一分隊を指揮し、海賊団の副首領クラリュルヴィダインが第二分隊を率いた。あらかじめ潜入していた仲間が計画どおりことを運んでいれば、警報は鳴らないはずだ。シカンダイルルは念のため、警報が発せられてもいいように作戦を練っておいた。

みんな安全帯《ハーネス》をはずして——シカンダイルルの安全帯は、並はずれた体格に合わせた特別製だ——小隊長《ソミン》のもとへむかった。あとから着いたヒト族も、長距離飛行船《テール》の背で不格好に跳ねている。敵を威嚇するつもりなのだろうか、彼らは服にしかめっ面のドクロを描いていた。

ほかの海賊船への目印として、外包《エンベローブ》にオレンジ色の紙テープを大きく貼りつけている者もいる。イャルテル号があとあと雲間に隠れようとしても、紙テープで居場所がわかるように。

海賊はふた手に分かれた。

最初のハッチはなかなかあこうとしなかった。シカンダイルルは無理をせず次のハッチにむかい、蛇腹に足をかけた……すると今度は、難なくあいた。シカンダイルルは頭を低くしてなかに入った。待っていたシレ族の内通者は、突き出した眼点に眼帯をしていた。長距離飛行船乗組員の伝統によれば、それは行動と心が別物であるという意思表示だった。海賊のためには戦わない、という意味もある。海賊の侵入には目をつぶるが、協力はそこまでだ。

「勝利に恵まれますように、独り子《ロシル》」シレ族の男はそう言っただけだった。

シカンダイルルはわかったというしるしに上胸部を

ぴくりと震わせ、内通者の頭のつけ根に鉤釘を突き立てた。手下のヒト族二人が、倒れこむシレ族の体を支え、音がたたないようそっと床に寝かせた。

一行は薄暗がりのなかに続くタラップを、一列になって進んだ。下方に並ぶ内房《バロネット》は、プハイルヴュニス号のものとほとんど変わらないが、はるかに大きかった。シカンダイルルのすぐうしろにいた部下が、感心したように口を鳴らした。シカンダイルルは思いきりにらみつけて黙らせた。

上空では海賊の飛行船艦隊が、横づけの準備に取りかかっていた。

そのとき突然、内房《バロネット》のあいだに汽笛が鳴り響いた。

シカンダイルルは手下のヒト族をふり返った。

「警報が発令された。あと数分しか余裕はないぞ。さっさと操舵室を占領し、わが船団を横づけさせせなくては」

シカンダイルルは内房《バロネット》をひとつひとつ潰していった。

しかしそれは、何の役にも立たなかった。飛行船が海に墜落しそうになっただけだ。シカンダイルルは、飛行船が飛べる状態にしておきたかった。彼女の目的は、海賊が大挙して乗りこんできたとき、イャルテル号に回避行動をさせないことだった。彼女自身の生死も、そこにかかっている。援軍が来なければ、シカンダイルルと六十名の戦士だって長くは持たないだろう。潜入していた仲間もイャルテル号側に利があると見れば、疑われてはまずいと真っ先に侵入者を裏切るに違いない。

最初の接近戦が下方のタラップで始まった。内房《バロネット》がガスを吸いこむ重々しい音、短い命令の声、瀕死の者たちが発するごぼごぼという喘ぎ。そのなかで戦いは続いた。ヒト族の手下三人が反射的に体を盾にして、シカンダイルルを守った。そのまわりでは、短刀《ウクラン》や葦《へ》槍《エ》が暗闇のなかにきらめいた。

彼女の脇で衛兵のひとりが崩れ落ちた。大腿部に銛《もり》がささって、動脈が切り裂かれている。絶えようとしている命を、つなぎとめることはできないだろう。シカンダイルルに劣らず大柄な乗務員が、血まみれの麻綱斧を手に、彼女の前に立ちはだかった。武器がぶつかり合う。ヒト族やホドキン族にもこんなことがあるのか、シカンダイルルにもわからない。しかし、考えるよりも先に手が出た。飛び散る火花のなかで繰りだされた一撃を、シカンダイルルは右の腕状突起につけた鉤釘で受けた。麻綱斧が彼女の体に数センチの傷を負わせた。激痛が走る。神経が切られたに違いない。滴り出た血は空気に触れると、たちまち黒いゲル状になった。シレ族の体と体が絡み合い、一匹の怪物と化して唸り声をあげていた。

シカンダイルルは半回転して一歩前に出ると、敵の腹部体節の接合部に左の関節をねじこんだ。敵は白い気泡を吹き出し、何とか逃れようと虫のように手足をばたつかせた。シカンダイルルは傷ついた腕状突起で、相手の眼点をつぶした。シレ族の男は致命傷を受けて、うしろに倒れこんだ。

「命が惜しけりゃ、さっさとしろ」とシカンダイルルは、仲間の死体をまたぎながら怒鳴った。「一分一秒無駄にするだけ、援軍が遠のくんだ」

数のうえではわずかに劣るものの、敵は容赦ない戦いぶりを見せた。大部分は甲板員用の道具を武器がわりにしているが、短刀《ウクラン》や葦槍《ヘエ》に劣らず危険なものばかりだ。海賊に船を乗っ取られたらどんな目に遭うか、みんなよくわかっている。奴隷にされるくらいですめば、まだましだろう。下手をしたら海に突き落とされるか、ヒト族の海賊に食われかねない。

大乱闘のなかにも、ある種の秩序はある。シカンダイルルは毒矢の銃を取り出し、傷ついたイャルテル号の乗務員二名にとどめを刺した。彼女の上半身にも、切り傷が三本走っている。傷ついた腕状突起には、もう感覚がなかった。手下たちは操船デッキへ続く入口に達していた。上部デッキのうえを、船の前からうしろまで抜ける中央通路だ。そこを操舵室までさかのぼっていかねばならない。船長はほかの乗務員とは違う特別室に寝起きし、そこから指令を発していた。普通、船長が乗客の前にあらわれることはない。たとえ一等の乗客に対してもだ。だから乗客は、船長の顔を知らなかった。船長を殺してしまえば、船はシカンダイルルの手中に落ちる。

《そしておまえは、探し求めていたものを見つけるだろう》と彼女は心のなかで続けた。

イャルテル号は大きく揺れて、急激な進路変更をした。どんな悪天候でも、船底の傾斜が五度を超えないようにするのが舵手の使命だった。突然、船が針路をそれたのは、パイロットが敵の飛行船艦隊を見つけて対処した証拠だ。乗客もほどなく状況を理解するだろう。

シカンダイルルは落胆を抑えた。彼女の切り札は、相手の虚を突くことだった。しかし、もうその手は使えない。敵味方とも、これからは武力で相手を制するしかなかった。

操船デッキの入口は厳重に守られていた。

敵の武装も、すでに本格化していた。乗務員の道具だけでなく、武器庫から持ち出した拳銃や柄の短い葦《へ》槍《エ》、短刀《ウクラン》も持っている。

またしても、激闘の嵐が分隊をとらえた。銃床の短いマスケット銃剣で、目の前を行く敵の脇腹を突き刺す。敵は真っ赤な肉片を壁に散らせながらも、本能的に反撃をした。

左の脇腹に激痛が走ったが、シカンダイルルは意に介さなかった。衛兵たちはすでに死んでいる。最後の一人は《シカンダイルル万歳！》と叫んで、がっくりと崩れ落ちた。すぐさま三人の敵に囲まれた。至近距離から発射された葦槍が、彼女に命中した。見ると、柄が下胸部から突き出ている。シカンダイルルは槍を抜いて撃った相手を突き刺し、即死させた。

「苦痛こそ、わが扉だ」と彼女は叫んだ。

残り二人の攻撃者は、苦悶のなかに自己を滅するシル教の叫びを前にして、一瞬ひるんだ。独り子《ロシル》の体を通じて、何かが戦っている。死をはねのける何かが。

シカンダイルルは腕状突起を組んで外側の関節をブロックし、一人目の敵に体当たりを喰らわせた。胴をつかんで二人目に投げつける。敵が壁に激突して動かなくなったところで葦槍《ヘエ》をつかみ、二人まとめて串刺しにした。

山積みになった死体のうえで戦闘は続いた。ヒト族のほうが小柄なので、この狭い空間では動きやすかった。けれどもシカンダイルルの軍勢は、徐々に押されていった。操舵室に直通する通路はふさがれたままだ。八つ裂きにされる前に、別の通路を見つけなければ。

「退却！」

デッキの床がまた傾いた。イャルテル号が、いきなり方向転換をしたのだ。

もうすぐ、背面からも攻撃されるだろう。十名のシレ族が葦槍や剣をふりかざして、シカンダイルルを守るように取り囲んでいる。残りの軍勢は四十名以下だ。さいわい、すぐ近くに外包《エンベローブ》があるので、敵も被装した銃弾はあえて使わなかった。マスケット銃にこめる小さな弾なら、至近距離で撃たれなければ大丈夫だ。

シカンダイルルは副手の腕状突起をつかんだ。

「アヴォラキトヴァイ、下階へむかおう」

「無理です。下階に通じるスロープまで、少なくとも百メートルあります。それにもう閉鎖されているでしょう」

「スロープなんか使わなくていい。われわれ自身で血路をひらくんだ」

安全帯《ハーネス》の倉庫が見つかった。ここならぴったりだ。アヴォラキトヴァイは得意の火薬を床にまき、火をつけた。大理木材《マルボル》の床から煙があがる。ニスの酸が焦げてひびだらけになり、石のように固い板がもろい泡状に変わった。あとは葦槍《へエ》で粉々に砕くだけだ。

舞踏室の天井に通路がひらけた。隣接する喫煙室は、つり香炉が特徴的だ。シカンダイルルは金属粒と硫黄が入った小瓶の導火線に火をつけ、裂け目に投げこんだ。煙はもくもくと出るものの、音はほとんどしない……反応は皆無だ。分隊は穴に飛びこむと、軽やかな着地を決めた。二つのランプシェードから、電灯の淡い光が漏れている。ニワトコの髄に描いた水彩画と銅細工の方位図が、爆発で黒ずんだセピア色の壁を飾っていた。

「中央通路をさかのぼるんだ」

中央通路は難なく見つかった。二名のシレ族が先頭に立った。一等の乗客たちは、客室に戻っている。一行は足をとめた。

「いいかい、みんな」シカンダイルルはひゅうっと口を鳴らした。「よほどのことがないかぎり、乗客を殺しちゃだめだ。気になるやつが、なかに何人かいるから。傷つけるだけにしておきな」

いずれイャルテル号の帆が、二百メートル近くにわたってプハイルヴュニス号の胴体を飾るようになるとシカンダイルルは確信した。短い接近戦が三回あっただけだった。不意を襲われた乗務員は殺され、乗客は客室に閉じこめられた。

通路の出口で動きがあり、シカンダイルルははっとした。壁に体を張りつける。とその瞬間、前を歩いていた部下が吹き飛ばされ、あおむけに床に落ちた。上半身がぐちゃぐちゃになっている。そして、すぐに一斉射撃が始まった。バリケードだ。

シカンダイルルは、しかたなく銃に弾をこめるよう命じた。このバリケードを破らなければ、操舵室までは行きつけない。軍勢の半分が殺されるかもしれないが、もう選択の余地はなかった。

廊下に砲声が鳴り響き、シカンダイルルの聴覚膜を震わせた。至近距離から撃たれた弾丸が、最前列の攻撃者が盾がわりにしている死体の山を越えて飛んでくる。部下たちは脈打つ上胸部に弾丸を喰らい、内臓はぐちゃぐちゃの果肉と化した。

十二名の海賊がバリケードの狙撃兵に撃ち殺された。シカンダイルルは混乱のなかに後退した。すでにヒト族の部下も、どろどろとした血で床を赤く染めている。

「だめだ。横の扉にまわるよ」

生き残った者たちは、押し合いながらそちらに殺到した。奥行三メートルの廊下のむこうに、窓ひとつない隔壁でふさがれた通路がある。錠前ツタで閉じられた扉が等間隔に並び、なかは個室キャビンになっていた。

勝利への道ははるか彼方へと遠のき、状況は新たな局面をむかえた。シカンダイルルは屍衣に包まれるような思いがした。立てていた計画が単純だっただけに、自分でそれに騙されていたのだ。内房《バロネット》のあいだを抜けて、無数に走るタラップに紛れこめば、敵も手を出せない。そうやって外からの攻撃が始まるのを待っていれば、操舵室にたどりつけると思っていた。

しかし、もう遅すぎる。ふり返ると、歩廊の奥に鎖で閉ざされた階段があるのに気づいた。

「あの階段はどこに通じているんだ？」

「図書室です」とアヴォラキトヴァイが答える。

「だったら、そこに立てこもろう。図書室は飛行船のなかで、もっとも大事な場所のひとつだ。そこにいる限り、敵も力ずくで追い払いはしないはずだ」

ドアをやぶるのは簡単だった。

押し殺したような静寂が、あたりを包んでいる。

壁には、曇りガラスの入った額が飾ってあった。なかには、細かな字がびっしりと書かれた書類が収められている。かのイブン・シャジャラットと三種族の代表が調印したロプラッド和平条約の、色あせた複製品だ。

シカンダイルルはぐるりと部屋を見わたした。乗客がひとり、革装の本を調べている。読書に没頭するあまり、イャルテル号の動きにもまるで頓着していない。おかしな一団が入口に集まっているのを見て、彼の眼点が黒味をおびた。

「いったいなんの権利で……」

葦槍《へエ》に上胸部をひと突きされ、乗客はそのまま椅子に串刺しになった。

「アヴォラキトヴァイ！」とシカンダイルルは叫んだ。「この馬鹿者めが。せっかくの人質を殺したりして。武器をおろせ」

シカンダイルルは楕円形に並べた机の真ん中に進んだ。そこから、本棚が放射状に伸びている。ほかにも二人、読書中の者がいた。彼らは苦しみもだえるシレ族を、凍りついたようにじっと見つめていた。シカンダイルルはそちらをふり返った。

「あたしの名はシカンダイルル。イャルテル号は、今からあたしの支配下におかれる。協力するなら、守ってあげる。あんたたちのどっちか、この船の乗務員じゃない？」

二人とも——シレ族の女とホドキン族の男だった——違うと答えた。

シレ族の女はザルカドフォマウールという名前で、命が助かるなら何でも命令に従うと言った。シカンダイルルはホドキン族の男に近寄った。男は、逆むきに曲がる関節に合わせたスツールに腰かけていた。瓦のように四角い鱗屑には、何かの商標が描かれている。海賊が侵入したときから、彼は微動だにしなかった。前にひろげているのは、シレ語の解説がついた沿岸地図帳だ。ホドキン族なのに……シカンダイルルは得体の知れないこの種族が、あまり好きではなかった。

「名前は？」

「アメス・シクステド・ヴォルサル」とホドキン族の男は答え、二対の眼柄でシカンダイルルを見つめた。

顔を背けようとしたとき、テーブルのうえに置かれた品物がシカンダイルルの目にとまった。

たちまち彼女の脳裏から、すべてが吹き飛んでしまった。仲間のことなど、もうどうでもいい。今はあのホドキン族と、卵の破片が収められている宝石箱だけが、彼女にとって真の現実だった。

「これをどこで手に入れた?」

アメスは無表情だった。

シカンダイルルは左の腕状突起で、毒矢の銃をつかんだ。矢じりに塗った毒はシレ族にしか効かないが、矢が突き刺されば充分致命傷になる。それはヒト族相手に、何度も実証ずみだ。

彼女は思いなおして、安全帯《ハーネス》のポケットから同じ大きさの箱を取り出し、テーブルに置いた。そしてアメスの目の前数センチのところまで、ぐっと顔を近づけた。口が上から下までぱっくりとあいた。

「おまえの生皮を剥いで、その破片を奪うことだってできる。あたしがそうしないのは、いっしょにすべき勝負があるからさ。これからはもう、お互い離れるわけにはいかないんだ」

8

外包《エンベロープ》の真下にあるハッチのプラットフォームから、膨らんだ布製の肺が見下ろせた。弾力性のあるアーチに支えられ、飛行船の上部に固定されたプラットフォームは、胸郭のなかに突き出た小さな骨片のようだった。螺旋階段が十二メートル下方の、中央アーチの梁間まで続いている。

めまいなんかおこしている場合じゃないわ。シェタンはそう自分を鼓舞し、目の前に広がる光景を頭から追い払った。

ハッチのむこうでシレ族の女が待ち構えていた。シェタンはすぐにぴんときた。こいつは内通者の仲間で、敵の飛行船からやって来た後発部隊の海賊を誘導する役に違いない。

「誰？」

「わからないの？」とシェタンは言い返した。「通してちょうだい」

「武器はどうしたのよ？」

シェタンはさりげなく一歩前に踏み出すと、敵の鼠蹊部を蹴りあげた。シレ族の急所のひとつだ。一瞬にして動けなくなった相手を、シェタンはプラットフォームの下に放り出した。シレ族の女は腕状突起で必死につかまろうとしたが、シェタンはそれを膝ではらった。

シレ族の女は螺旋階段にぶつかり、そのまま中央の梁間に墜落した。

シェタンは床が砕ける音が響くのを待たずに、階段を駆けおり始めた。頭上で鈍い物音がしたけれど、見あげる時間も惜しかった。降下してきた海賊たちが、外包《エンベロープ》に靴底でへこみ跡をつけた。

ようやく梁間の床に達した。数歩先に、シレ族の女が腕状突起を軽く広げ、あおむけに倒れている。シェタンのほうに顔をむけたが、首から下は動かせないらしい。きっと中央神経節のひとつが、落下の衝撃で砕けてしまったのだ。

継電器が目に留まった。非常ベルは頭の高さに取りつけてある。シレ族の設備は皆、ヒト族には位置が高すぎ、小さな子供になったようにいらいらさせられた。ヒト族が昔からシレ族に敵意を抱いているのは、いちじるしい体格の差から来ているのだろう。シェタンは心のうちで苦笑いした。一刻を争うときだというのに、ついこんな余計なことを考えてしまうなんて。

スイッチは見あたらないものの、接続ケーブルがあった。シェタンはつま先立ちして、それを三度試してみた。

外《エンベロープ》包のうえに、海賊たちが集まっていた。内通者の協力があれば数分で船内に入り、中枢を手中に収めるはずだ。

シェタンは膨らんだ内房《バロネット》を支えるアーチの梁間をさかのぼった。足音がこちらに近づいてくる。

足音の主が誰か気づいて、シェタンは立ち止まった。

エサフだ！

頭のなかでそう思っただけなのか、声に出して叫んだのかは自分でもさだかではなかった。

彼女は反射的に一歩脇にそれた。銃声が響く。やけに乾いたその音は、大聖堂のような空間にこだました。シェタンはうしろに飛びのき、手すりをまたいだ。銃弾がひゅっと耳をかすめた。上部デッキの天井にとびつく暇はありそうもない。彼女は肩をすぼめ、死の一撃を待った。

再び銃声がした。しかし音の響きから、自分にむけられたものではないとわかった。

シェタンは手すりにまたがったまま、体のむきを変えた。

最初に目に入ったのは、エサフの背中だった。次の瞬間、そこから葦槍《へエ》の先端が突き出ているのに気づいた。やがてエサフは、どさりと倒れこんだ。背後からシレ族の男がひとり、左の腕状突起で麻綱斧をふりかざしながら、すたすたと近寄ってくる。

「動くんじゃない。逮捕する」

下胸部の真ん中に、指くらいの大きさの丸い穴があいていた。そのまわりに、かたまりかけた黒い液体がこびりついている。

「待って！」とシェタンは叫んだ。「非常ベルを鳴らしたのはわたしよ。海賊が襲ってきたわ。一分もすれば、ハッチを抜けるでしょう」

シェタンはいっきに話した。シレ族の男は傷にも動じず、梁間に倒れているふたつの死体をちらりと見た。それからシェタンの肘をつかみ、船首のほうへと引っ立てた。

「だったらそれを、パーサーに説明しろ。おまえの処遇を決めてもらう」

「時間がないわ」

「わたしから警備員に知らせる」

シェタンは内心、舌打ちをした。

「海賊が侵入してきたのよ。そこに倒れている二人は、その仲間だった。ほかにも、補助エンジンを使えなくしている連中がいるわ」

シレ族の眼点が、緑の色を変えた。ようやく状況を理解したらしい。彼はシェタンを放し、走り始めた。電話機の前で立ち止まり、受話器をつかむと、船員用語まじりに何やら早口で話し始めた。

男が電話を切った一分後、サイレンが鳴り響いた。

乗務員が二名、やって来て、シレ族の男としばらく話し合っていた。シェタンは乗務員に引き渡され、二等デッキの小部屋に入れられた。十分ほど、そこで待つあいだ、彼女は爪を噛みながら歩きまわった。それから衛兵とともに、長い廊下にむかった。

バリケードが行く手をさえぎった。マスケット銃だろうか、鉄環で補強したペトロフィル製の銃身が、ずらりと突き出ている。

「撃たないで」とシェタンは叫んだ。「わたしは乗客よ」

「腕状突起を動かすな。腕は見えるようにしておけ」ヘルメットをかぶった保安係のオフィサーが言った。

「ここを通して」

銃はまだこちらをむいている。

「乗客は全員、船尾に集められている。海賊は二手に分かれていることが確認された。いっぽうはこのデッキを通ってくるだろう」

シェタンは、内通者に警戒するように言った。

「それはわれわれも考えた。あらかじめ仲間を潜りこませておかなければ、あえて危険な攻撃はしかけてこないだろう」

「海賊は、いつごろここまで来そうなんです？」

「もう、まもなくだ」

シェタンは天井を見あげた。

「なのに、どうしてわたしたちに引き返せなんて？」

マスケット銃が小さく揺れた。

「それは、つまり……」

銃声が歩廊に響いた。護衛のシレ族が倒れた。上胸部に大きな穴があいている。バリケードのむこう側に逃げこむ暇はない。銃撃戦の真ん中に取り残されてしまった。シェタンは、撃たれたシレ族の男を前に寝かせた。撃ち合いは三分ほど続き、シレ族の死体は流れ弾にあたって激しく揺れた。粉々になった大理木材《マルボル》が、埃のように舞いあがった。これ以上、ここにいたら危ない。シェタンが飛び出ようとしたとき、シレ族の巨体が転げ落ちてきた。銃弾を受けた二つの傷口から、粘つく青い血が壁にむかって吹き出した。

このシレ族のかわりに飛び出していたら、今ごろ死んでいたわね。

こんな幸運は、二度とあることじゃない。ひとつ、肝に銘じておかなくては。卵のかけらの謎ときに、わたしは重要な役割を果たすだろう。だからといって、命が無事でいられるとは限らないんだ。独力で切り抜けていかねばならない。これからは、運をあてにはできない。それはもう、使い果たしてしまったのだから。

海賊たちは「クラリュルヴィヴィダインのために」と叫びながら、突破作戦に出ようとした。

葦槍《ヘェ》や大弓の矢じりがきらめいている。武器と武器、体と体がぶつかりあった。

「クラリュルヴィダインは死んだ。おれが指揮をとる」と誰かが叫んだ。

「気をつけろ。敵の援軍がやって来るぞ」

戦闘の中心が横にそれ、海賊は挟み撃ちにされた。乗務員はその機に乗じて攻勢をかけた。逃げ道がひらかれ、シェタンは起きあがった。

彼女は廊下の端までいっきに走り、階段を駆けおりた。通路を抜けると、大きな舷窓の並ぶ歩廊が船底に沿って続いていた。窓の前にマネキン人形が置かれているのは、歩廊が防御されていると敵に思わせるためだろう。シェタンは歩廊に突進した。外では激しい銃撃戦が始まっていた。

バッグや包みを抱えた三人の乗客が、むこうからやって来る。太った年配のヒト族、シレ族の男。もうひとりを見て、シェタンはすぐに気づいた。

カジノにいた男だ!

日焼けした肌、脱色した伸びかけの髪。絶対に間違いない。

二人の視線が交わった。男のほうも、びっくりしたように立ち止まった。

「アレサンデル」とシェタンは叫んだ。

男は眉をひそめた。

「あんたは何者だ? 初対面のはずだが」彼はそう言うと、連れにむかって手をあげた。

「ちょっと待って……」
その時、地獄の幕があいた。
爆発音がシェタンの耳を聾し、火の玉が歩廊を呑みこんだ。熱の壁が、真正面からぶつかってくる。あたりはたちまち埃や煙、飛び散る破片でいっぱいになった。何か柔らかいものが、シェタンの腿にあたった。彼女は咳きこみ始めた。耳は聞こえず、目も見えない。

不気味な物音とともに、歩廊は傾き始めた。すぐ近くで次々に爆発が起き、船の上部はもうがたがただった。シェタンはうしろにさがったひょうしに、さっき腿にぶつかったものを踏みつけてしまった。それはマネキン人形の脚だった。

歩廊は、三歩先からむこうが吹き飛ばされていた。幅五メートルの割れ目が二層下までひらき、なかから黒塗りの物体が飛び出してきた。流線型の胴にがっしりとした二枚の翼とコックピットを備え、激しいエンジン音を立てながら震えている。

飛行機だ！ シレ族が空気よりも重い乗り物を使うなんて、聞いたことがない。そんなもの、たとえ防衛用にも置かないのが、長距離飛行船《ソミンテール》の船長たちの矜持だ。しかし海賊には、通用しない話なのだろう。

飛行機は飛び去った。空爆の目的は船の破壊ではなく、乗客を脅して抵抗する気をなくさせることだろう。しかし、海賊がイャルテル号の急所を押さえそこねた今となっては、大した違いはなかった。

煙が薄れると、冷たい微風が吹きこんできた。そのおかげで、火事が広がらずにすんだ。

近くで銃声が続いた。爆発によって遮るものがなくなると、シェタンのいる場所から下のデッキの歩廊が見渡せた。客室に面した壁も吹き飛んでいた。不運なホドキン族が二人、下方の床に横たわっている。いっぽう三人の乗客は、顔が黒く煤けただけですんだ。

三人はあと戻りしかけた。今、ここで引き止めなければ、またとない再会の機会を失うことになる。アレサンデルが卵の破片を持っているなら、いっしょにいる二人もそうだろう。シェタンは崩れた通路の端まで行き、両手をメガホンにして叫んだ。

「わたし、シェタンっていうんです！」

「怪我はなかったか？」男がたずねる。

「いいえ、大丈夫です。いっしょに連れていってください」

「申しわけないが、もう行かなければ」

「わたしの持ち物に、興味があるはずです」

年かさの男が連れを呼び止めた。

「おい、アレサンデル、この美人さんは、きみに興味があるものをお持ちだと言ってるんだ……それなら、わが輩も興味がある。それに彼女は、きみをファーストネームで呼んだじゃないか。知らんぷりをするのは失礼ですぞ」

男は一礼した。上半身を深々と傾げたせいで、お腹がせり出した。

「カジュルと申します。お見知りおきを。わが国では名のしれた文人です。隣にひかえるハンロルファイルは、どんな種族も治療できるという驚くべき能力の持ち主です。そしてわが輩の前にいる田吾作めのことは、どうやらあなたもご存じらしい」

「ええ。わたしたちは合流して、話し合わねばなりません」

「そりゃ、大賛成だ。これから船尾へむかい、ほかの乗客を見つけようとしてたところです」

アレサンデルは周囲をさっと見まわした。

「しかし、道が分断されている。われわれは外包《エンベローブ》にむかってのぼっていくつもりだ。小梁と吊り橋の交差点ならば安全に隠れられるから、そこで合流しよう」

「安全とは言いきれないわ。隙間から外を覗いてみて」

三人は言われたとおり隙間に目をあて……驚きの声をあげそうになった。二、三ジャルのところに、何隻もの飛行船がずらりと並んでいる。等間隔に浮いているところからして、ロープでつながっているのだろう。「何事ですか、あれは？」とカジュルが言った。「待機中という感じだが」

ハンロルファイルはもっとよく調べようと、しゃがみこんだ。

「海賊については、いろいろと話を聞いていますが、普通はこんな危険を冒さないはずだ」

「海賊っていうのは、普通じゃありませんからね。わかりきったことですよ」カジュルがくすくすと笑って言った。

「三隻の飛行船が、イャルテル号を追ってくる」とハンロルファイルは続けた。作家が入れる半畳《はんじょう》になど、かまっていられない。「イャルテル号をここでブロックするつもりでしょう」

「でも、どうやって止めるんだ？」

「鉄条網の幕を船底からさげるんです」

「たしかに、何かさがってるわ」とシェタンも言った。

再び飛行機が上空を飛び始め、みんな隠れねばならなかった。第一デッキの砲門から銃声が響く。

カジュルはため息をついた。

「海賊は無作法な態度を、敵に見せつけるつもりらしい。ここはひとつ、われわれが戦わなくては……」

「武器が見つかればですが」ハンロルファイルが言い添える。

「どうしておれの名前を知っていたんだ？」とアレサンデルがシェタンにたずねた。

シェタンは卵の破片が入った小箱を取り出し、手のひらに載せてふたを少しあけた。

「わたしもこれを持ってます」

カジュルは物欲しげに舌なめずりをして、一歩前に乗り出した。

「たしかに、魅力的なエサをお持ちで……」

アレサンデルは、カジュルが崩れた歩廊の先から落ちる前に引きとめた。

「これ以上、無駄口をきいている暇はない。もう出発しなければ」

シェタンは小箱をしまった。

「むこうでは、飛行船の乗務員と侵入に成功した海賊が激しく戦っています。わたしはそこから来たんです。もう、あと戻りはできません。だから、あなたがたに合流するには……」

シェタンは、歩廊の脇に張り出した小梁を手で押した。船底から二リスクほどの高さだ。爆発によって大理木材が歪み、途中に小さな穴がぼこぼことあいているが、彼女の体重は支えられそうだ。

「行くわよ」

「馬鹿なこと考えちゃいけません」カジュルが声をあげる。

シェタンはもう、小梁によじのぼっていた。そして天井にぶつからないよう体を屈めて、そろそろと進み始めた。左側の壁はたよりにならない。反対側は下に海が見えるだけだ。

いきなり足場がきしみ始めた。ここは特にもろいところだ。シェタンは目をしばたかせ、覚悟を決めた。もう引き返しても、落ちるだけだ。

彼女は前に跳躍した。足の下で小梁が砕け、剝げたニスの破片がぱらぱらと舞った……それでも梁はなんとか持ちこたえた。

とそのとき、イャルテル号に振動が走った。シェタンの体がぐらつく……彼女は指で壁をひっかいた。けれども装飾は爆発で吹き飛ばされ、つかまるところは何も残っていなかった。

落ちるわ！

何かが肩にかかる。シェタンは必死にしがみついた。

「さあ、ゆっくりとだ」

ハンロルファイルがひっぱりあげたシェタンの体を、アレサンデルがしっかりと支えた。彼女はシレ族の男に感謝の目をむけた。

「海賊はイャルテル号をうまく鉄条網の幕へとおびき寄せたようですな」とカジュルが言った。「まっすぐうえにむかわなくては」

二隻の飛行船が、イャルテル号の両脇に横づけしていた。そのうち一隻は、ちょうど彼らの頭上に先端が浮かんでいる。海賊たちは外包《エンベロープ》のネットに沿って待機し、左の腕状突起にかけた銃身の短いマスケット銃をときおり撃ってきた。

「イャルテル号は、もう舵とりが利かないのに。内通者たちがエンジンを壊してしまったんだから」

「まだ、帆が残ってる」

なるほど、それで銃撃のわけがわかった。あとを追ってくる飛行船は、イャルテル号の針路を変えようと帆を操る甲板員を狙って銃を撃っているのだ。銃弾は内房《バロネット》にもあたっているはずだ。しかしその点は、あまり心配はない。ガスの量はとても多いので、すべて抜けるには数週間かかるだろうから。

「武器を見つけて外包《エンベロープ》へたどりつかなくては」とハンロルファイルは主張した。

シェタンがふと気づくと、カジュルが頭のてっぺんから足の先まで、じろじろとこっちを見ているではないか。彼女は腰に両手をあて、相手を見返した。あんたなんか屁でもないわという態度を隠そうともせずに。カジュルも目をそらさなかった。それどころか、彼はにやりと笑った。

「これでも名のある作家ですからね、ひとつ断言しておきましょう。本を表紙で判断してはなりません……」

「古びて装丁がぶくぶくに膨れても？」とシェタンはからかい口調で答えた。「あなたの指摘は両刃の剣ってところね、カジュルさん。はっきりさせておきましょう。あなたと仲よくするくらいなら、ハンロルファイルさんのほうがずっといいわ」

カジュルはお腹をさすった。

「これはまた手きびしい。わが輩はただ、女性の美しさを称えたいと思っただけですよ」

ハンロルファイルはシェタンの皮肉に腹を立てたようすもなかった。ヒト族には同性愛というものがあるそうだ。シレ族やホドキン族と性的関係を持つ者もいるという。宗教的な理由から、好奇心から、あるいは倒錯趣味から。しかしハンロルファイルは、その種の出来事に無関心だった。

アレサンデルはもっと現実主義者らしく、手をひらいてこう言った。

「きみが持っている殻の破片を見せてくれないか？　心配しなくていい。おれたちはみんな、すでに見せ合ったんだ」

シェタンは少し躊躇した。でも、しつこく絡んでくるカジュルをはねのけるにはいい方法かもしれない。彼女はためらいを表にあらわさないようにしながら、破片をさし出した。

「ほかの破片とぴったり合う」アレサンデルは言った。「足りないのはあと二つだ」

「イャルテル号が襲撃されたのも、偶然ではないのかもしれない。きっと何か関係があるんです」ハンロルファイルが指摘する。

カジュルはため息をついた。

「われわれ三人に共通の知り合いはいないか、いろいろ考えてみたのですがね。何しろまるで違う者同士なもので、ほんのわずかな可能性も思い浮かびませんでした。われわれは皆、まるっきり異なった出自なんですよ」

彼は三人が出会ったいきさつを、手短に説明した。

「スタッドヴィルまでたどりつけるかどうか、危うそうだわ」とシェタンは言った。「たとえ攻撃のなかを生きのびたとしても……」

「海賊はわれわれを奴隷にするでしょうな」とカジュ

ルが続けた。

この言葉を聞いて、アレサンデルの目が一瞬曇った。陽光がすっとさえぎられる。ハンロルファイルは裂け目から外をのぞき、シレ語で驚きの声をあげた。

「三隻目の海賊船が、イャルテル号の行く手につこうとしている。侵入の準備をしているんだ」

こうなってはもう、イャルテル号はおしまいだわ、とシェタンは思った。ただし……

大爆発が船体を激しく揺らせ、彼らは床に投げ出された。裂け目の近くにいたハンロルファイルは、危うく船から転落するところだった。爆発音が船底に沿ってこだました。

カジュルはなんとか体を起こすと、壁によりかかった。

「なんたることだ！」カジュルは膝をさすりながら叫んだ。「骨が折れていなければいいが……」

激痛のあまり、彼はそこで口を閉じた。不気味な振動も、船底の奥から伝わってくる。床はすでに五度近くも傾いていた。船が揺れるにつれ、傾斜はますますひどくなった。火の手があがったのだろう、遠くでサイレンが鳴り始めた。

「これは空爆じゃありません」数秒ほどして、ハンロルファイルが言った。「内部から来たものです」

アレサンデルも同意した。外で起きた爆発にしては、衝撃が大きすぎる。外を覗いた彼の目が、大きく見ひらかれた。

「伏せろ。まだ終わってないぞ」

次の瞬間、船体がぐらりと揺れた。それでも、船のバランスが失われるほどではなかった。

煙の渦が、船尾からもくもくと立ちのぼってくる。巨大な塊が裂け目をふさぎ、叫び声が響いた……叫びと、乗船を命じる声が。

「何事ですか？」とカジュルがわめく。

彼らは歩廊をあと戻りした。またしても、爆発があった。さっきよりも小さかったが、足もとが激しく揺れた。アレサンデルが舷窓に顔を近づけると、舞い散る大理木材《マルボル》の破片が見えた。シレ族がひとり、腕状突起をばたばたさせながら落ちていく。船の乗務員だろうか？　それとも海賊？　どちらとも、わからないけれど。

海賊の飛行船は、ゆっくりと遠ざかっていった。何本もの大砲が砲門から突き出ているが、使うつもりはなさそうだ。帆はところどころ引き裂かれ、焼け焦げている。あれではこのあとしばらく、役目を果たせないだろう。

「おそらく最初の爆発は、イャルテル号の船長自身が進路を変えるために起こしたものでしょう」とハンロルファイルが説明した。「ところがイャルテル号は、すぐ近くにいた海賊の飛行船とぶつかり、鉄条網の幕に追いこまれてしまったんです」

「その解釈は、いささか牽強付会《けんきょうふかい》に聞こえますな」カジュルはあごひげをさすりながら言った。「どうして船長が、自分の船を沈めようとするんです。乗客の命を危険にさらしてまで」

「船長は船の前部を無人にしておいたはずです。船が海賊の手に落ちたらおしまいだ。だからこそ、激戦を覚悟したのです」

右往左往している乗客たちを避けて、四人は進んでいった。空の客室のドアが、ばたんばたんと鳴っている。ハンロルファイルは武器を探したが、見つからなかった。客室の主も逃げるときには、まっさきに武器を持って行ったはずだ。

下層の中央通路に続く階段に出た。

シェタンは舷窓の割れたガラス越しに外を覗き、顔をしかめた。鉄条網の幕は、もうほんの数百尋《ひろ》のところにある。彼女は階段に駆けこんだ。

カジュルがシェタンの肩を押さえる。

「助かる道はうえへ行くことですぞ。どうしておりるんです?」

ハンロルファイルは腕状突起をぱちんと鳴らした。

「シェタンさんの考えが正解です。下から乗務員専用の階段を使って、一等デッキに直接行ける。その真上が外包《エンベロープ》ですからね」

けれどもシェタンは首を横にふった。

「いえ、そうじゃなくて。最下層には三等客室のほかに、貯水タンクや店舗、船倉もあります。荷物のなかに、圧縮空気機関車があるはずです。積みこむところを見ましたから」

カジュルは肩をすくめた。

「それが何の役に立つと? まわりには空気と水しかないのに」

「動力車の強力な空気圧縮機を使えば、イャルテル号を軌道の外に押し出すことができます。でも、早くやらないと。今から数分間が勝負です。それをすぎたら、もう間に合いません。イャルテル号が動きを止めたら、もう目的地には行きつけないわ」

「どっちにしても、危険な賭けに思えますがね」カジュルがつぶやく。

アレサンデルはあごをさすった。

「ともかく、何かしなくては。どう思う?」

そこでシェタンは、はっと気づいた。このグループにはリーダーがいない。みんなが、それぞれ勝手な意見を言っている。

これからもいっしょに行動するなら、このままじゃ持たないわ。

彼らは下のデッキにむかった。そこには、筆舌に尽くしがたい大混乱が繰り広げられていた。飛行船が横づけされたのをいいことに、海賊たちが次々とイャルテル号に乗りこんでくる。海賊は竜骨《キール》のところまでおり、くさびを打ちこんで裂け目を広げようとした。内側からは二人の乗務員が大槌でたたき、くさびをはずしていた。

シェタンは勝手知ったる古巣に戻り、案内役を引き受けた。一行は砂袋《バラスト》や荒れ果てた乗務員室、三等デッキの発電所のわきを抜けた。恐れ知らずのシレ族がひとり、左右の腕状突起にマスケット銃を持ち、彼らを追い返そうとした。

「爆発で竜骨《キール》が百メートルも吹き飛ばされた。戻れ！」

ハンロルファイルは船医という立場を利用して、一行を通してもらった。

被害は甚大だった。船底の左舷から右舷まで、大きな裂け目がひろがり、今にもふたつに割れてしまいそうだ。家畜房や四つの船倉は、あとかたもなかった。床に横たわる家畜の体には、肋骨のように肘型に曲がった梁が突き刺さっていた。デッキの半分は、爆風で天井が壊れている。下を見れば太平湖の青い海原に、波が幾筋も続いていた。ひとかたまりになって水面に漂う三つの黒い影は、イャルテル号と二隻の海賊船のものだ。海賊船はイャルテル号の半分の長さだった。

「へたれ神が！」とカジュルは吐き捨てるように言った。「このまま高度が下がり続けたら、船で逃げ出すはめになる」

シェタンは腰に両手をあてた。

「へたれ神が」彼女はからかい口調で繰り返した。「これって、作家が口にする言葉かしらね？」

「無神論者の作家は、遠慮なしですからね。それに罵倒語は、セックスと神性というわれわれの本質を突いている。信心家のなかには良心にそむかないようにと、わざわざシレ語で罵る者もいますが、そんな安直なやり方には虫唾が走ります。だいいちシレの罵り言葉なんて、面白くもなんともありませんよ……」

アレサンデルはデッキに散らばった残骸を見つめた。彼はハンロルファイルの腕状突起に手を伸ばした。そして先端の関節をつかみ、火急の疑問に答えるよううながした。

「船長はどうやってこんな爆発を?」

「補助エンジン用のアルコールタンクを使ったのでしょう。こうした事態に備えて、爆薬に転用できるよう設計されているのです」

「船長はそれを、しっかり覚えていたわけだ。もっとも我が輩が思うに、仕事は少々雑だったようですが」とカジュルが皮肉った。「海賊たちも何か略奪するつもりなら、急いでやって来るはずです。機関車はどこに?」

「ほら、すぐそこです」シェタンは指さした。

彼女は皆を、誰もいない船倉へ連れて行った。電動巻揚げ機が天井に取りつけてある。動力車は鎖で枠にしっかりと固定されていた。嵐のときでも大丈夫なように、四方に支柱もそえてあった。アレサンデルが支柱の強度を確かめているあいだ、ハンロルファイルとシェタンはボイラー室によじのぼった。

気化燃料は残っていた。ボイラーを熱し、しばらく作動させるには充分だろう。圧縮機に接続された管のボルトを抜くには、十五分ほどかかりそうだ。カジュルは壁の裂け目の前に陣取り、鉄条網の幕が近づくようすを皆に伝えている。太いロープでつながった十隻の飛行船の下から、大きな幕が垂れ下がっているのだ。乗組員がいるのは前部と後部の船だけで、ほかは吊り下げ役しかしていない。幕をかぶせられた飛行船は、間違いなく何日間も身動きがとれないだろう。蜂蜜に足を突っこんだ蝿みたいなものだ。罠は刻一刻と近づいてくる。

おりてきたハンロルファイルを見て、カジュルはぎょっとした。腕状突起の先を、機関車のなかで見つけたらしい麻綱斧に巻きつけている。

「船倉のドアをあけておきました。動力車の圧縮機は動きそうです。船倉は横からの圧量に耐えられると思います」

「さっさとしたまえ。鉄条網のロープをたらした飛行船が、ここからよく見えるんだ。方向転換する余地など、すぐになくなりますぞ」

「ちょっと衝撃がありますからね。知らせに来たんです」

「衝撃なら多かれ少なかれ……」カジュルは嘲笑った。

そして彼らの試みは、期待以上の成功を収めた。

9

外包《エンベロープ》にむかってのぼっていくあいだ、アレサンデルはここ数分間の出来事を順序立てて思い返してみた。それは文字どおりの意味でも比喩的な意味でも、事態を急転換させた出来事だった。

機関車は、ゴンドラの前方三分の一のところにあった。圧縮機が最大出力に達したとき、イャルテル号は方向転換を始めた。すでに動いていた隣の海賊船に、イャルテル号はゆっくりとぶつかった。船長はこの僥倖を巧みに活用し、高度の舵を切って船体を沈ませた。最初の爆発ですでにぼろぼろになっていた海賊船の帆は、真ん中から引き裂かれた。

イャルテル号の船尾が持ちあがり、もう一隻の海賊船を力まかせに押し返した。海賊船は頭をあげようとした。帆がくしゃくしゃと音をたてる。海賊船が横倒しになったかと思うと、次の瞬間、鉄条網の幕がぶつかった。

　海賊船は、一巻の終わりだった。

　イャルテル号は航行を続けた。鉄条網の幕から下がるロープに、引っかかったかもしれない。突然、船体が数度の角度で傾いたから。機関車を留めていた支柱が一本曲がり、裂けて小さな棘になった。そのうちのひとつは、シェタンの顔から数センチのところに突き刺さった。

　圧縮機がオーバーランを始めた。彼らが船倉を飛び出したとき、機関車は火にくべた生木がはぜるような甲高い音とともに息を引き取った。

　シェタンは金属に似せて塗装した木の渦巻装飾がついた階段へ、一行を連れて行った。彼らはデッキを二つあがった。ゴンドラがひどく傾いているものだから、壁の装飾にとりつけた手すりにつかまらなければ、立っていられない。船体が裂けるかのようなみしみしという音が、またしてもあたりに響いた。

　カジュルが舷窓から外を覗くと、海賊船が自らの網にかかっているのがちらりと見えた。海賊がぱらぱらと海に落ちていく。安全帯《ハーネス》でうまく体をつないだ者たちは、外包《エンベロープ》のうえで跳ねていた。そのようすは、まるで鉄条網の引き網でずたずたになった操り人形のようだ。

「創建者《ヴァングク》の聖母様、やりましたぞ」カジュルは息をはずませた。「われわれがイャルテル号を救ったのだと言ったら、信じてもらえるでしょうかね」

「イャルテル号の慣性が、われわれを救ったのです」とハンロルファイルが訂正した。

「いやはや、ロマンに欠ける御仁だ。ということはつまり、ヒロイズムに不可欠な要素にも欠けるってことですぞ」

ハンロルファイルは何か言い返そうとしたが、アレサンデルが代わりに口をひらいた。

「助かってなんかいるものか。とんでもない。まだ一隻、追ってくる飛行船があるはずだ。ほかにも……」

船が揺れて、四人はステップのうえに投げ出された。そのあと、長いきしみが続いた。アレサンデルは何か叫んだ。次の瞬間、イャルテル号はいっきに横転した。たちまち階段が水平になった。ハンロルファイルがカジュルのうえに投げ飛ばされる。その間にも、船はまた斜めに起きあがった。何かが宙を切った。カジュルのスーツケースだ。

シェタンは壁の脇をころころと転げ、通路の奥にむかって滑り落ち始めた。

あのまま下まで行ったら、ぺしゃんこだ。アレサンデルは一瞬、そう思った。

彼は手すりの支柱にうまくしがみついた。ちょうどそこが、落ちてくるシェタンの通り道だったので、手を伸ばすだけで助けることができた。しかし、重さが増えたせいで手すりがきしみ、支柱が外れかけた。

二人は目と目を見合わせた。彼はわたしの命を救おうとしている。手を放すまいという必死な思いを、シェタンはアレサンデルの目に読み取った。

「がんばれ！」

シェタンはアレサンデルに引っぱりあげられ、なんとか階段にしがみついた。

「一瞬、てっきり……」彼女は握りしめていた拳をゆるめた。「いえ、それはいいけど、いったい何があったのかしら？」

うえの空間から、帆布が引き裂かれる音が響いた。ハンロルファイルは眼点を階段のうえにむけた。

「イャルテル号はばらばらになりかけている。それが今、起きていることです」

まるで嵐に襲われたような揺れが、五分間以上にもわたって続いた。飛行船は高度を下げたかと思うと、突然また浮かびあがった。船倉のドアがあき、積み荷の一部が外に投げ出されたのだろう。

風が階段に吹きこみ、焦げた布の臭いと潮の香りを運んできた。カジュルはとどろきのなかで声を張りあげた。

「うえにあがらなくては。いやはや、スーツケースは残念なことをしました」

「殻の破片はなくしていないだろうな?」アレサンデルがたずねる。

「馬鹿にしないでもらおう」とカジュルは言って、ポケットをぽんぽんとたたいた。

ハンロルファイルにぶつかった衝撃で頬が赤く腫れあがり、あごひげが乱れている。カジュルの軽佻浮薄さかげんには、シェタンもいいかげん腹が立ったけれど、つかの間、灰汁《あく》の強さに感心もした。

一行は、なんとか階段をよじのぼった。カジュルが二等のホールに入ると、寄木張りの床に、壊れた家具やガラスの破片が散らばっていた。

「ここにこもっていれば、いつ首をへし折られるかとびくつく必要はないでしょう」カジュルは、ほかの三人が入ってくるとそう言った。

アレサンデルはあごをさすった。

「イャルテル号の被害状況を確かめてみないとな。海賊が攻撃をあきらめたとは限らない」

ハンロルファイルは麻綱斧をさし出した。アレサンデルはお礼がわりに顔をしかめ、麻綱斧を受け取った。

シェタンは、凝固したシレ族の血が床や壁にこびりついているのに気づいた。まるで木イチゴのゼリーのようだ。ほかのみんなに知らせる必要はないだろう。

アレサンデルは隣室の戸口へ近づいた。部屋は客室とトイレをつなぐ狭い歩廊に面していた。

「ここから始めよう」とアレサンデルは言った。

「わたしもいっしょに行くわ」シェタンは意を決して言った。

けれどもむこうは、肩をすくめただけだった。

「勝手にすればいい」

ハンロルファイルは、床に散らばるガラスのかけらを片づけ始めた。カジュルは壁によりかかり、シェタンがドアを出る直前に、疲れきった声で言った。

「わが輩《ともがら》よ、ヒト族の仲間をお求めなら、ハンロルファイルをあてにするほうがまだましですぞ」

「あれって、どういう意味？」シェタンは歩廊を進みながら、アレサンデルにたずねた。

アレサンデルはまた肩をすくめた。

「さあな」

その話は終わりにしようと、遠まわしに言っているのだ。どうやらカジュルはアレサンデルについて、シェタンが気づかない何かをほのめかしたらしい。そんな印象がどこから来たのか、わかる気がした。アレサンデルには、押しつけがましさがない。相手の心をとらえて服従させよう、都合よく作り変えてやろうというところが感じられないのだ。だからといって、彼が魅力に欠けるわけではないけれど。

「何者なのかしらね、カジュルって？」シェタンはあれこれ考えるのはやめようと思い、そうたずねた。

「さあな」とアレサンデルは、親指の先で麻綱斧の刃先を確かめながら繰り返した。「おれとハンロルファイルは一カ月半前から顔を合わせていたが、誰もそう簡単に他人《ひと》と腹を割って話したりしない」

おれだってそうだ、と彼は心のうずきを感じながらつけ加えた。

「たしかに、あなたは変わってるわね」とシェタンは冗談めかして言った。

けれどもアレサンデルは、心外そうに眉をしかめた。

「カジュルだろ、変わっているのは」と彼は吐き捨てるように言った。「思うに、おれたちのなかでいちばんの変り者はあいつだ。口は達者だが……」

「どうせまともな意見ではないけど。ともかくカジュルにも、ほかの男たちと同じところが少なくともひとつあるわ」

「同じところ?」

シェタンがくすっと笑ったので、アレサンデルは驚いて飛びあがりそうになった。

「気づかなかったのね。だからあなたは、他人《ひと》と違うっていうのよ」

「よくわからないな」とアレサンデルはつぶやいた。

喜んで説明してあげる。でも、もう少しあとでねとシェタンは思った。

「あなたの言うとおり、わたしたちはみんな変り者よね」と彼女は答えた。「だって、卵のかけらに書かれた約束を信じて、昔の暮らしを捨てたんだから」

「失われた鳥の卵だ」とアレサンデルは言い添えた。

「どういうこと?」

アレサンデルは手短に説明した。ハンロルファイルが見つけた古い資料について。卵の殻のいわれについて。かつてなかに入っていた小像について。

「その小像は大事な手がかりね」とシェタンは言った。「フェジイの駒じゃないかしら」

その可能性は、アレサンデルもすでに考えてみた。皆で話していたとき、ハンロルファイルが言い出したのだ。しかし、アレサンデルは無視をした。シレ族の神聖なゲームのことは、思っただけでも恐ろしくてたまらなくなる。

「たしかにそうかもしれないが」彼は言葉を濁した。

「フェジイの駒だとしたら、おれたちを呼び寄せたのはシレ族だろうか?」

「そうとは限らないわ、緩衝地帯のヒト族やホドキン族も、フェジイをするから。どの駒かわかれば、誰がなぜわたしたちをここに導いたのかもはっきりするのでは?」

「こんな難破船に集まったのは、おれたちが変り者だからさ」

アレサンデルの顔に、ばつの悪そうな笑みが広がった。

「おれたちはみんな、まったく違っている。この状況をうまく切り抜けられたら、きちんと話し合わねばいけないな」

シェタンもにっこりとした。思わず笑みがこぼれるなんて長いことなかったので、唇の端がこわばり、引きつるような感じがした。

「あなたのことは、カジュルも的外れだわ」

「何が言いたいんだ？　もし……」

そのとき船が大きく揺れて、話がとぎれた。脚が突然、ぐっと重くなったのは、イャルテル号が高度をあげたせいだろう。

船の一部が崩れ落ちたんだ、と思ってシェタンはぞっとした。

何分ものあいだ、二人は歩廊の手すりにつかまり、中腰になってじっとしていた。

やがてアレサンデルは人差し指の先を舐め、廊下の曲がり角にむけて突き出した。

「風が吹いている。あまり遠くじゃない。裂け目ができているんだ」

二人は卵のうえを歩くみたいに、そろそろと進んだ。

「ああ、何てこと？」とシェタンは廊下の端をふり返って叫んだ。「裂け目なんかじゃないわ」

もう何年も罵声など発したことのなかったアレサンデルが、今度ばかりは毒づいた。

廊下は三メートル先で、ぽっきりと下に折れていた。まるで巨大な鎌で、飛行船をまっぷたつに断ち切ったかのようだ。二人はむきだしになった断面の縁にいた。一等デッキの下に、三層のデッキが重なっている。さらに下方の三等デッキは、ずたずたの竜骨《キール》や曲がった横梁が散らばる廃墟と化していた。

「舳《へさき》が船体の中央部から切り離されている」とアレサ

ンデルはつぶやいた。「だから、まだ浮いていられるんだ」

　それはもはや、大洋に沈もうとしている巨大な難破船とも言えない。竜骨《キール》は失われ、三等デッキはめちゃめちゃだ。外包《エンベロープ》はあちこち引き裂かれて、骨組みや内房《バロネット》がむき出しだった。そこに避難していた乗客たちは、ボートに助けられるのを期待して、次々海に飛びこんでいる。

　シェタンは被害状況をもっとよく見ようと身を乗り出し、三ジャル下を眺めた。曲芸師のまねごとをしたあとだけに、虚空に近づいてももう恐怖心はなかった。海に浮かぶ犠牲者たちは、小さな黒い点にすぎなかった。それがうじゃうじゃいるものだから、まるで波が泡立っているかのようだ。一瞬ごとに、何十人もが海に沈んでいく。

「ぞっとするな」とアレサンデルは言った。「爆発のせいで足止めを喰らわなかったら、おれたちもあそこに落ちていたんだ」

　上部のデッキは大火に包まれ、黒く分厚い煙が、水面を覆う救命ボートや破片を包んでいた。遭難者のうめきや助けを求める声を、風音がかき消す。哀れな者たちが床板のかけらを奪い合うさまを想像して、シェタンは首を横にふった。

「たとえ難破船から無事脱出しても、けっきょく助かりはしないわ。船は平均八十ノットで飛行していた。ということは出発点まで、少なくとも五万ジャルの距離がある。陸地にたどり着くには、数カ月かかるでしょうね。ボートにそれだけの食料や水を詰めこめるとは思えないわ」

　そのあと事態は、急速に進んだ。上部デッキがいっきに崩れ落ち、遠くで内房《バロネット》がぱんぱんと破裂する音がした。放出されたヘリウムガスのおかげで、火事の勢いは弱まったものの、まだ船内にいた乗客は息をつまらせた。

「タジンファイウのやつ、気の毒に」とアレサンデルは友人を想ってつぶやいた。「それにファルミエも……きっともう死んでしまっただろう」

「そのほうがよかったかもしれないわ。海に漂う者たちを待ちうける運命は、もっと過酷でしょうから」

「それじゃあ、おれたちの運命は？」

「わたしたちのいる場所は、奇跡的にまだ持ちこたえている。九死に一生を得たってことね」

「でも、そのあとは？」

それは答えのない問いだった。

シェタンは目をそむけた。遭難者のようすを見ていると、めまいがした。まさに地獄絵図だ。海賊たちだって、被害をまぬがれていない。何とか危険を切り抜けた最後の海賊船も、戦利品が失われるのをなすすべもなく眺めるばかりだ。

「少なくとも」とアレサンデルは言った。「海賊がおれたちを追撃する気配はないな。さっき見た爆撃機もどこかへ行ってしまったし」

それを聞いて、シェタンも気持ちが落ち着いた。

「みんなのところへ戻りましょう。どのみち、ここではもう何もすることがないわ」

アレサンデルは咳ばらいをした。

「きみはイャルテル号に知り合いがいるのか？」

「いいえ」

シェタンがきっぱりとした口調で答えたので、アレサンデルもそれ以上はたずねなかった。二人はいくつも通路を抜け、うえにのぼる口はないか探した。しかしどれも、すでに乗務員が封鎖していた。

彼らは船の状況をざっと思い描いてみた。船首は百五十メートルにわたって広がっている。内房《バロネット》はパンクしてしまっただろうが、六つのデッキが失われてゴンドラの一部が軽くなったために、まだ船全体が浮かんでいられた。

ドアにはシレ語で何か書いてあったが、シェタンには意味がわからなかった。彼女は、隣室を調べていたアレサンデルに声をかけた。

「あなた、シレ語が読める?」

「まあ……少しは」

「だったら、手伝って」

あたりには、二人のほかに誰もいない。それにシレ語の表示も役に立たなかった。この一帯は、皆避難してしまったのだ。客室にはいくつも死体が横たわり、争った跡があった。螺旋階段の下には、十名ほどの海賊と乗務員が重なり合っていた。アレサンデルはひゅうっと口を鳴らした。

「みんな、うえに逃げれば大丈夫なんて思ったのなら、大間違いだったってことだな」

「ともかく、果敢に防衛したのね。うえには何があるの?」

「図書室だ」

10

シカンダイルルの小隊は、二度にわたり攻撃を受けた。メンバーは十一名にまで減り、そのうち三名は負傷していた。シカンダイルル自身も、片方の腕状突起は半ば麻痺している。シレ族の人質は死んでしまったが、ホドキン族のほうは、二度目の攻撃のあいだも何とか生かしておくことができた。攻囲軍はシカンダイルルの副官クラリュルヴィダインから切り取った腕状突起を、階段でこれ見よがしに振った。シカンダイルルに降伏を促すためではなく——そんなこと、もはや問題外だ——もう誰も助けてはくれないと思い知らせるためだった。

アメスは眼柄を広げて、もう一度シカンダイルルをじっくりと観察した。本人にたしかめるまでもなく、彼女が飛行船襲撃の首謀者に違いない。

シレ族の性別はヒト族よりも判別しづらいが、シカンダイルルに関しては女だと容易に断言できた。シレ族は常に成長を続けるが、そのカーブはすぐに平坦になる。成体が死ぬまでに半リスク以上大きくなることは稀だ。ところがこの女は、三メートル以上の背丈がある。肌の皺もふつう以上に深い。あんなに皮が厚ければ、脇腹に受けた銃弾すら撥ね返しただろう。

まちがいない、妊娠初期の異常で生まれた独り子《ロシル》だ。独り子《ロシル》は力が強く獰猛なことは、すべての種族に知れ渡っている。めったに生まれてこないだけに、ヒト族のあいだでは人喰い鬼のような伝説上の怪物だと思われているくらいだ。

ふつう、シレ族の子供は、左右の脇腹にある子宮から、二人一組で生まれてくる。片方の胎児が死んでも、母体が分泌して胎児にあたえる成長ホルモンの量は変わらない。多くの場合、ホルモンを過剰に受けると、生き残ったほうの胎児も自然流産してしまう。ところが稀に、この胎児が——ほとんどが女児なのだが——大量のホルモンを無事に摂取し続けることがある。子供の成長は加速され、成体は通常よりも一リスク高い身長、つまり二メートル八十センチまでに達する。しかし独り子《ロシル》の場合、母体の死亡率も高いので、たいていの母親はすぐに堕胎をしてしまう。

独り子《ロシル》はドアの前にしゃがみ、腕状突起を床にあてていた。乗務員の一隊が近づいてくるのを、振動で探っているのだろう。今、彼らは、通路に山積みになった死体を片づけているはずだ。

アメスは咀嚼するような音をたてた。ヒト族の舌と同じ音を出すための人工舌を、喉にはめているのだ。

「やっぱり」とシカンダイルルは声をあげた。「おまえは発声装置を使ってるんだ。壊血病にかかったヒト族の部下も、そんな入歯をはめてるよ」

その言葉にも、アメスは無反応だった。

シカンダイルルはおかしそうに体を震わせた。

「どうでもいいけどね」

アメスは腕を腹にあて、慎重に待機の姿勢を取った。

「きみは卵の殻の呼びかけに応じた。だが、イャルテル号のチケットを買ったほうが、乗っ取りをするより確実だったんじゃないのかね」

「何も失敗したわけじゃないわ。船の横づけが、まだ行なわれていないだけ。でも、そんなことはどうでもいい。あたしは誰の命令にも従わない。むこうはあたしを呼び出したつもりだろうけど、こっちから乗りこんで首根っこを押さえてやる」

独り子《ロシル》の目的はずいぶんと……ヒト族的だ。アメスはそう思って、思わず首をふった。

「それが唯一の動機なのか？」と彼はたずねた。「オマルは巨大船だからな。きみの征服欲は、卵の殻に書かれた謎めいた銘文を待つまでもなかっただろう。われわれが探し求めるものが見つかると、銘文は約束している。だとしたらそれは、まだわれわれが手に入れてないものだ。つまり、今回きみを駆り立てているのは、征服ではないということになる」

「なかなか鋭いじゃないか。だが、言っておくが……」シカンダイルルはそこで言葉を切ると、突然部下にむかって叫んだ。「敵が下で動き出した。次の攻撃が近いぞ」

ほんの数秒ほどで、その予測が事実となった。

シカンダイルルの命令で負傷者たちが前列に立ち、攻撃の第一波を和らげる防御壁役になった。アメスは本棚のうしろに避難させられた。シカンダイルルをここまで導いたものに、アメスがどう関わっているのかはわからない。もしかしたら、何の関わりもないのかもしれない。そうだとしたら、さっさと始末してしまおう。しかし確証が得られるまでは、大事にしなければならない。イャルテル号の積み荷すべてを合わせたのと変わらないくらいに。

シカンダイルルは意識を戦闘に集中させた。味方のひとりが目の前で倒れた。敵側の被害は甚大だった。勝利を確信した乗務員たちは、油断をしすぎたようだ。しかし、敵はあとからあとからやって来る。

アメスは女海賊の傷を見つめた。

「最終的には、むこうの勝ちだな」とアメスはもったいぶった口調で言った。

シカンダイルルはふり返った。ホドキン族が現状を分析するやり方は、苛立たしいったらない。運という要素をまったく考慮に入れないのだから。千年以上のあいだ、ホドキン族がほとんどすべての戦いに負け続け、棲域《エリア》がすっかり減少してしまった大きな原因は、そこにあるのだろう。彼らに有利な同盟のおかげで、なんとか領土を保っているけれども。

乗務員のひとりが、バリケードを突破してきた。傷だらけになった片方の腕状突起が、だらんと垂れ下がっている。シカンダイルルはアメスのほうを見たまま、敵を殺した。

「さがってろ」とシカンダイルルはアメスに叫んだ。「銃撃するのに場所が要るんだ。下手すると、おまえにあたっちまう」

言われたとおりアメスが動き始めたとき、船体がふわりと浮きあがった。まるで怯えた鳥の大群が、翼で敵を攻撃するように、本棚の本がいっせいに落ちてくる。

アメスはぶつかってきた海賊の巨体に撥ね飛ばされ、倒れかけた本棚にぶつかった。本棚とアメスのあいだに、何かが挟まった。イャルテル号があげる断末魔のきしみが、骨まで伝わってきた。この喧騒から逃れるため、《遮蔽》に入ってしまいたいのを、アメスはじっとこらえた。海賊がひとり、近くの壁に激突した。その指が震えているのは、ただの反射にすぎない。

転覆による大混乱は一、二分間続き、やがてすべてがいっせいに静まった。シカンダイルルは、本の山に半ば埋もれていたアメスを引っぱり出し、無事を確認した。

「ここにぐずぐずしていても、しかたない。海に沈んだわけじゃなし。今、いちばん安全な場所は、飛行船の外包《エンベローブ》の下だ」

シカンダイルルは腕状突起でアメスの体をがっちりと押さえ、中腕をつかんだ。ほかの者たちは死ぬか逃げるかしていた。もう戦う意味もなくなっていた。敵味方とも、自分の命が助かるかどうかで精いっぱいなのだ。

シカンダイルルは出口をふさいでいたがらくたをどけると、アメスをうながした。第一デッキにあがるがらんとした通路を見つめるのに、貴重な数分間がすぎた。ほどなく独り子《ロシル》にも、事態が呑みこめた。イャルテル号はまっぷたつに分断され、難破しかけているのだ。床の傾きは、とても悪い兆候だった。安定装置が機能していない。板がはがれた壁には、無数の亀裂が走っていた。

二人は、被害をまぬがれた第一デッキの客室に避難した。突風が吹きつける外包《エンベローブ》のすぐ下だ。

「きみの仲間たちはどこにいる？」三時間ほどして、アメスがたずねた。「もう、船は横づけしたはずだ。なのに戦闘の音は、まったく聞こえないぞ」

黙らせてやる、とシカンダイルルは思ったが、手を出しかけて気が変わった。

「あたしたちがいるのは、イャルテル号のいちばん小さな一画だからね。仲間の飛行船は、戦利品のぶんどり合戦で忙しいのさ。だからって、とがめる気はない。あたしを見捨てやしないよ」

それでもシカンダイルルは、鉄条網の幕でイャルテル号をブロックする作戦が失敗したことは否定できなかった。部下たちは、彼女を救出すべきだと思っていないかもしれない。ここで身動きできなくても、しばらく食料の心配はなさそうだ。客室には食べ物がたっぷり隠されているだろうし、内房《バロネット》を熱するのに必要な水のタンクもある。

「自分がしたことを、よく見てみろ」アメスはシカンダイルルをとがめた。「乗客の大部分は、船の中心部に留まった。そのなかには、残りの破片を持った者もいただろう。だとしたら、もう死んでしまったに違いない」

こいつの言うとおりだ。でも犠牲者を出さないなんて不可能だ。

「死んだやつらのことなんか、憐れむ気はない。お涙ちょうだいは、ヒト族にまかせておけばいい。さあ、その箱をよこしなさい」

「わたしを殺すのか？」

シカンダイルルは小箱を受け取ると、自分の箱と並べた。ふたつの殻の破片が手に入った。

シカンダイルルとアメスの視線が交わった。彼女はどちらが得かをはかりにかけているらしい。

「その必要もないだろう。でも今後、選択を迫られるようなことがあれば、躊躇はしない」

第四部　フェジイ

フェジイはシレ族の魂のあらわれである。この関係性のゲームは、聖なる時代を一貫して占めていた。その時代、シレ族は宇宙を大地へと凝縮させた。その代わりに、大地は世界をその純粋な相互作用に還元した。シレ族はフェジイによって自らを世界に表象し、変貌を受け入れるのである。シル教と――あるいはシレ族の現実と――現実そのものとの違いが消え去るのは、ただその地点においてである。そこでは信仰を持たない者が信者になり、信者が信仰を持たなくなる。

11

船は軌道を逸れたおかげで、難破をまぬがれた。切り離されたイャルテル号の船首は、三度にわたって横倒しになりかけたが、なんとかかりそめの安定を保った。四人の仲間は、一等デッキの万華鏡展示室を仮の宿と定めた。

「このボロ船は、いったいどれくらいもつことやら」これでもう百回目にもなるだろうか、カジュルは情けない声を出した。

「必要なだけもつわよ」シェタンはそのたびに答えた。「どうせなら、うしろにまわって思う存分めそめそしたら？ その声に押されて、もう少し早く進めるから」

「まあ、大目に見てしんぜよう。相手が女じゃしかたない」カジュルはぶっきらぼうにシェタンをふり返ると、からかうように慇懃なおじぎをした。

こんな喧嘩に、あとの二人はうんざり顔だった。ハンロルファイルはじっと黙りこみ、アレサンデルはシェタンがあたりをかたづけるのを手伝った。

ようやく一段落つくまでに、四日かかった。めちゃくちゃになったデッキが五つ、残っているだけだった。そこに湿った突風が吹きこんでいる。船底は、飛行船の先端から五百リスクのところで砕けていた。アレサンデルは、操舵室が前方にあると思っていた。ところがそこにあったのは、ケーブルに接続した十二面体人《ドデカェ》工頭脳《ドル》を置いた小部屋だった。だとすると船体の中央部が破壊されたとき、船長も混乱に巻きこまれて死んでしまったのだろう。舵取りの利かない船のなかに、彼ら四人だけが取り残されたのだ。もう客室には、使えそうなものがほとんど何も残っていなかった。乗客は逃げるときに大事な荷物は持っていったか、船の外に投げ出したかしたのだ。ひと部屋ごとに鉄のバールで、錠前ツタを引き抜かねばならなかった。

死体を海に投げこむのは、楽な作業ではなかった。手伝おうとしないカジュルに対し、アレサンデルは怒りを爆発させかけた。

「わが輩は文人ですからね。肉体労働者とはわけが違う。だいいち、そんなことが必要なのですか？」

「死体は腐り始めている。このままにしていたら、伝染病のもとになるかもしれない」

「ハンロルファイルの食料になるのでは？　その可能性は、考えてみましたか？」

「聞いてみたさ。ハンロルファイルが言うには、ヒト族の肉は食べないそうだ。おれたちの排泄物だって食べて食べられないわけじゃないが、そんなものを口に入れる気はないとね」

理由はそれだけではなかった。ひとたび死体を食べ始めたら、お互い相手が食品棚に見えてくるかもしれない。

「だったら、どうしてハンロルファイルに手伝いをたのまないのですかね？　なんだか、尻込みしているように見えますが」

アレサンデルは口をきつく結んだだけだった。

「おや、お気を悪くされましたか？」とカジュルは、ふりむきながら言った。

アレサンデルはハンロルファイルを急き立てたくなかった。ハンロルファイルはショックを隠しきれないようすだ。シレ族の多くは、自分のペースをうまく変えられない。だから、いくら急き立てても無駄なのだ。時間をかけて、役目を果たさせるしかない。

飛行船はなんとか持ちこたえている。大事なのはそこだ。一日目に一ジャル高度が下がったが、デッキの清掃をしたおかげでその二倍、高度を回復した。

アレサンデルとシェタンは死体を片づけながら、悲劇の跡をいくつも目にすることとなった。第五福音教《エスコパリスム》の祭壇画が転がっていた贅沢な客室の奥では、海賊の手に落ちることを潔しとしなかった仲買人が、自らの手で妻子を殺したあとに、カミソリで喉を掻き切った。飛び散って固まりかけた血で、床はぬるぬるしていた。その先では、すでに緑がかったヒト族の死体が、両膝を宙で折り曲げたり、腕を椅子の背にもたせたりと、奇妙なかっこうで倒れている。赤いカビが生え始めたシレ族の死体も、あちこちに倒れていた。アレサンデルはそれを遠慮なく外へ押し出した。最初に彼はシェタンに、祈り文句を捧げたいかとたずねた。

「祈ってあげるべき苦悶の顔が、きっと多すぎるわ」とシェタンは答えた。「カジュルならその役目を引き受けるわよ。生臭坊主みたいな顔しているから」

アレサンデルは思わず笑った。そんなことは、ここしばらくめったになかった。

「たぶん、そうだろうな。カジュルは屁理屈屋だ。それに言葉の意味より、音の響きを好んでる。いまだにせっせと修辞学を教えているのは、修道院くらいなものさ」

「あなたは信者なの？」

「昔は第五福音教を信じてた。ほんの一時期のことだが。今は、なんとも言えないな」

「あなたが求めているものはそれ？」とシェタンはそっとたずねた。「迷いに対する答え？」

アレサンデルは首を横にふった。

「それは自分の心のなかに見つけるべき答えなんじゃないか？」

「探しに出かけるに値する答えは、たいていみんなそうよ」

二人が入った客室には、五体の死骸が重なっていた。

喉を突く瘴気を外に出そうと、アレサンデルは窓をあけた。けれども死体の山の臭いは突風よりも強烈で、いつまでも鼻に残った。

幸い、忌まわしい作業も終わりに近づいた。ちょうど昼時だ。アレサンデルはカジュルを呼びに行った。今度は彼も嫌とは言うまい。それからいっしょに客室をまわって、食料を探した。見つけた食べ物は、隣の食堂に集めた。狩りの場面を刺繍したカーペットを敷いてある。

「なんともけばけばしい装飾だ」と口の減らないカジュルが言った。

アレサンデルは食料をカーペットに載せることにした。カーペットの端を折って、包みこむようにしておけばいい。

「気をつけて食べれば、三週間は充分にもつ。その間に腐らなければだが」

「三週間？」とカジュルが、自分の腹を眺めながら聞き返した。

「太平湖は調べつくされているわけじゃない」とアレサンデルは、自信なさげな声で言った。「きっと島が見つかるだろう」

カジュルは馬鹿にしたような笑みを浮かべた。

「それで安心できるとでも？　たしかに太平湖の正確な広さは、ガイア単位でもわかっちゃおりません。全体的な気流図だって存在しない。だったらわれわれは何年間も、同じところをぐるぐるとまわり続けるかもしれないじゃないですか。たとえ百アンジャル進んだって……いや、一リスクだろうが一アンジャルだろうが、違いはない。どうせ世界は果てしないんですから」

その点をめぐって、シェタンとカジュルの口論が始まった。シェタンはアレサンデルに意見を求めた。しかしアレサンデルは、何の加勢もしてくれなかった。カジュルの言うとおりだ。太平湖の広さからして、数カ月はおろか、何年旅することになるかわからないと。

「地図で思い出したが」とアレサンデルが不意に話し始めた。「この地方の風向きを示した地図が一枚、図書室にあったんじゃないか」

「それが何になると?」カジュルがぶつぶつ言う。「船の速度もむきもわからないんですよ。今いるところだって、見当がつかないでしょうに」

アレサンデルは首をふった。

「風向きが一定なら、少なくとも船が進んでいる方角は予測できる」

「異論がおありなら」とシェタンはカジュルにむかい、からかい口調で言った。「このすばらしい緑のカーペットに、ご立派なケツをいつまでも乗せておけばいいわ」

アレサンデルは作家の反応を待たずして立ちあがると、万華鏡展示室にむかった。なんだかいらいらしているようだ、とシェタンは思った。けれどもその原因は、本人にしかわからないことだった。蛭《アイジャトタ》の麻薬が置いてあった客室は、イャルテル号の中心部とともに沈んでしまった。やがて禁断症状が起きるだろう。もって、あと数日。もう時間の問題だ。それは現在の運命以上に、受け入れがたい見とおしだった。現実が相手なら、戦うこともできる。しかし、精神をずたずたにしかねない悪夢に対しては、対処するすべがなかった。

万華鏡展示室ではハンロルファイルがようやく気を取りなおして、展示品のひとつに見入っていた。古びた楡の木で作った、筒形の骨董品だ。アレサンデルが部屋に入ってくると、ハンロルファイルは顔をあげた。

「まさしくホドキン族の誇る芸術品だ」とハンロルファイルはくだけた口調で言った。「鏡を取りつけた円筒のなかに、三角形の小さな色ガラスを入れるだけで、鏡像が増幅され、複雑に描かれた開花のさまや星の爆発が見られるのだから。静から生み出された無限の形。

もっともすばらしい万華鏡は、あらわれた形の意味をめぐる壮大な作品群を喚起している。あなたも覗いてみるといい……」

アレサンデルはうなずいた。彼にはほかに、考えるべきことがあった。しかし万華鏡のなかをちらりと覗いたとたん、世界が彼の顔めがけて飛びかかってきた。樹枝模様が目の前で虹色に輝いている。ほんの少し見る角度を変えるだけで、たちまち小枝はぐるぐると渦を巻いては、数を増したり重なり合ったりした。再生してはまた崩れ落ちるこの花は、創造と破壊の永久運動を模しているかのようだった。

アレサンデルはふと思いあたって顔をあげた。

「さっき星の爆発と言っていたが、星とは何だ?」

「太陽《ヘリアル》を指す言葉です」

「ああ、なるほど。でも星というのは、天文学の用語だろ?」

ハンロルファイルは渋々うなずいた。

「あんたは医者になる前、天文学者だったのか?」

「わたしの出身地では、天文学は禁じられていました」

「そういう町はたくさんあるさ」とアレサンデルはため息まじりに言った。「だからこそ、あんたが呼び寄せられたんだろう」

さあね、とハンロルファイルは身ぶりで答えた。

「昔の話ですから……今、わたしにできるのは、医者の仕事だけです」ハンロルファイルは広口の円筒に近寄った。説明書きのパネルが添えてある。《ご覧あれ……魔法の覗き眼鏡《トマトスコープ》を。これは円筒形の簡素な器具である。ここでは内部の部品ではなく、周囲の光が偏光フィルターによって色を生み出している。中心には、三つの裂片を持つ雌蕊《めしべ》に似た小さなモビールが吊り下げられている。ホドキン族の芸術は……》

「そういえば、このグループにホドキン族はいなかったな」

「まあ、今のところは。ホドキン族は何にも増して、複雑性を好みます。旅路の果てでわれわれを待ち受けているものは、ホドキン族にとって単純すぎるのかも」

「ホドキン族がおれたちより複雑だとは思えないがな」アレサンデルはそう言ってから、ハンロルファイルの言葉は冗談だったと気づいた。

彼は出口へむかった。

「どこへ行くんです?」

「図書室へ。なにか役に立つものがあるかもしれない」

「わたしもいっしょに行きましょう」

「いや、ひとりのほうがいい」とアレサンデルはやけにきっぱりと言った。「時間はいくらでもある」

ゴンドラ内の位置関係は、すでに頭に入っていた。内房《バロネット》の点検には、まだ何日もかかるだろう。帆ははずれてしまい、進路変更は利かない。カーペットやシーツで帆の代わりを作れるかもしれない。けれどもアレサンデルは、あまり楽観はしていなかった。彼らのうちの誰ひとり、飛行船の操縦を知らないのだから。これはホドキン族の万華鏡に劣らずややこしい技術だ。

彼は図書室に入った。打ち破られたドアは、床に投げ出されたままだ。なかは筆舌に尽くしがたい惨状を呈していた。死体の片づけはすでに終えていたが、あれはまさに大殺戮だった。大きな裂け目が天井に走っている。デッキを挟んでそのうえが気球部分だった。

「オマル鳥の卵の謎を解く鍵は、きっとここで見つかるはずだ……」とアレサンデルはつぶやきながら、数十センチもの高さに積み重なって床を埋め尽くす本の山を、足で軽く蹴った。

天井から足音が響いた。

アレサンデルの鼓動が早まった。足音の響きからして、あれはシレ族に違いない。しかも、かなり体重のある女だ。

デッキはすべて見まわったのだから、この生存者は気球部分に避難していたのだろう。

足音は頭の真上でとまった。

「誰だ！」とアレサンデルは声をあげた。

天井がきしむ音からして、シレ族の女はひざまずいているらしい。数秒後、天井の裂け目から角ばった顔が覗いた。

独り子《ロシル》だ！　アレサンデルは目が合ったとたんに気づき、隠れていればよかったと後悔した。

彼がそろそろと出口にむかってあとずさり始めたとき、独り子《ロシル》の口が半月形に裂けた。

「聞こえたよ。待ちな！」

声の響きからして、ヒト族とのつき合いは多いようだ。武器はないかと、すばやくあたりを見まわす。しかし、あるのは本だけだ。

「逃げるんじゃない。今、そっちへ行く」と独り子《ロシル》は裂け目ごしにうなった。

アレサンデルは走って図書室から出ると、ドアをもとに戻して通れないようにした。独り子《ロシル》が力まかせに押せば、二分ともたないだろうが、それでも少しは安心できた。

「くそったれめ」アレサンデルはドアを押さえ、大声で言った。

背後で床がきしむ音がして、彼はくるりとふり返った。

「なんだ、シェタンか。びっくりさせるなよ」

「あなたがここにいるって、ハンロルファイルから聞いたの。あのがらくたの山から地図を見つけるには、何週間もかかるわ……汗びっしょりじゃない。どうかしたの？」

アレサンデルは短い遭遇について、詳しく語った。

「それじゃあ、船にいるのはわたしたちだけじゃなかったんだ。たしかに見たのね？」

「ああ、見たとも。それに声も聞いた。独り子《ロシル》は子供を脅かすのに、よく使われるんだ。馬鹿でかいシレ族の女で、生まれついての殺人者だ。もともと乗客のなかにいたんじゃない。いたとしたら、噂が広まったはずだ。海賊の一員に違いないな」

シェタンは眉をひそめた。

「何か言ってたの？」

「オマル鳥の卵についておれがつぶやいたひとり言を、聞いたんだろう。だから、話しかけてきたんだ」

シェタンは不審げに口をとがらせ、アレサンデルの腕を取った。

「ともかく、みんなに知らせなくちゃ。どうしたらいいか、話し合いましょう」

「独り子《ロシル》をどうするかって？　そりゃ、徹底的にやるしかないな」

彼らは万華鏡展示室であとの二人と合流し、食料の包みを囲んであぐらをかいた。しばらく前からアレサンデルの胸には、苦悶が重くのしかかっていた。不安のもとは独り子《ロシル》ではなく、彼自身のうちにあった。

今夜、悪夢が戻ってくる。薬が切れればたちまち禁断症状の発作があらわれると、経験的にわかっていた。ひとたびそれが爆発したら、わきあがる狂気のなかに埋もれてしまうだろう。

「寒いの？」とシェタンが、アレサンドルの腕に立った鳥肌を脇から覗きこんでたずねた。

アレサンデルは頭をふった。寒いからではなく、恐怖による反応なのだと告白したところで何になる？　仲間たちを、これ以上うろたえさせたくなかった。禁断症状が抑えきれなくなったらゴンドラのうえに行き、内房《バロネット》のあいだにでも身を隠していよう。

「海賊だろうがなかろうが、接触をはかるべきでしょうな」カジュルが突き出た腹のうえで腕組みをしながら、そう断言した。「このボロ船のうえでは、みんなが苦難を共にしているんですから」

「そうしたら、食料を分け合わねばならなくなる」とハンロルファイルが指摘した。「独り子《ロシル》はふつうの二倍近く食べます。ほかにも仲間がいるかもしれません」

シェタンは肩をすくめた。

「どのみち食べるものがなくなったら、何をしでかすかわからないわ」

「その場合は、われわれも武装せねばなりません」

「どうして独り子《ロシル》がここにいるのか、皆さん、お考えになったことは？」カジュルが不平たらしく言う。

シェタンは天井に目をやった。

「殻の破片を持っているっていうの？　馬鹿げてるわ。そんなふうに判断するのは、時期尚早よ」

「だったら、直接たしかめてみればいいじゃないですか」とカジュルは同じ口調で言い返した。

とげとげしい雰囲気が一段と増した。議論に加われないアレサンデルは、手を額にあてた。

「どうしたの？」とシェタンたずねた。「調子が悪そうよ」

「おれは……」

「何か聞こえませんでしたか？」

カジュルが立ちあがっている。

「ちょっと待って……本当だ」

全員が耳を澄ませた。脇のほうから、か細いベルの音が響いてくる。

「遊戯室からだ」

彼らはいっせいにドアへむかった。装飾用のツタや真っ青に茂った菌糸体が、壁や天井に取りつけたぶどう棚を覆っていた。部屋の奥には、フェジイの競技台《クサイルン》がある。縦三リスク、横六リスクの菱形天板と、六色に塗り分けられたマス目が特徴的だ。彼らは夢中になってあたりを調べた。

ハンロルファイルが崩れかけたカウンターのうしろで、電話機を見つけた。彼はベークライト製の受話器をつかんだ。一等の乗客はこの内線電話を使って、客室から乗務員の各部署やサロン、同じ一等の客室と通話できる。線は気球部分にも通じているのだろう。不安を感じた乗客が、気球の状態を直接問い合わせるために。

リリン、とベルが鳴った。

ハンロルファイルは受話器を取った。

「もしもし」と彼はシレ語で言った。「おまえは何者だ?」

12

シカンダイルルは三日かけて、気球部分とゴンドラのあいだの内線を復旧させた。ケーブルはほとんど無事だったが、船が遭難したとき、継電器が過電圧で焼けてしまっていた。電話交換局役の十二面体人工頭脳《ドデカエドル》も使いものにならない。シカンダイルルは回線をショートさせ、遊戯室とつながる線だけはなんとか通じるようにした。

シカンダイルルとアメスは、甲板員が仕事の合間に休憩する小部屋を隠れ家としていた。シカンダイルルはアメスを自由に歩きまわらせたが、ゴンドラと連絡できない範囲に限るように気をつけた。

「ヒト族の男を見かけたよ」とシカンダイルルは言っ

た。「きっとほかにもいるだろう。危険は極力避けねばならないが、やつらは食料を持っているはずだ。客室に出入りしているからな。食料を手に入れるためには、戦う必要もありそうだ」

初めての接触はうまくいった。シカンダイルルの電話に出たのは、ハンロルファイルという名のシレ族だった。ときおり、ぱちぱちと耳障りなノイズが入ったが、なんとか話し合うことができた。

まずはゴンドラと外包《エンベロープ》の状態について、情報交換をした。船は風に流されているが、ともかくまだ浮いている。ハンロルファイルのグループは多少なりとも食料を確保しており、シカンダイルルは蒸気用の内房《バロネット》に貯めてある水を使えた。

「おれたちだけで、なんとかできないだろうか?」とアレサンデルは言った。「あいつは信用できない」

「とりあえず、攻撃的なところは見られませんがね。外面《そとづら》はよさそうだ」とカジュルが指摘する。

「ああ、外面はね」

「尖頭山羊《シヴァーニュ》がいれば、首のまわりの袋から水を取り出せるけど、ほかの家畜といっしょに死んでしまったし」とシェタンが言い添える。

「漁師から聞いたことがある。太平湖の水も少しずつ飲めば、渇きはいやせるそうだ。ただちに脱水症状にはいたらずにすむ」

カジュルは首を横にふった。

「海面まで容器をたらすには、船の高度が高すぎますな。やれやれ、やはりいちばん簡単なのは、水と食料を交換することでしょう。何か危険がありますかね?」

アレサンデルはその意見に不承不承したがうことにした。そんなことは、もうどうでもいい。夜が近づき、意識の端に悪夢の黒雲が立ちこめ始めていた。シェタンは彼の目つきが突然変わったのに気づき、不安に駆られた。しかし、何も言わずにおいた。

カジュルが自説を披露した。

「明日、飲み水と食料交換の場を設けましょう。種族間交易の基本です。そのついでに、たしかめてみたいこともありますし」

シェタンは電話機を指さした。

「今すぐシカンダイルルに電話して、殻のかけらを持っていないかたずねたらいいじゃないの？」

「そう考えるのが論理的でしょうが」

ハンロルファイルは否を唱えた。井戸の縁石にバケツの水がかかるような声だった。

「シカンダイルルがイャルテル号を破壊したと考えるのも論理的です」

「それはもともと、彼女の計画に入っていなかったのでしょう」

「われわれの待ち合わせ場所はスタッドヴィルです」

とハンロルファイルは言った。「わたしは乗船したとき、海図や旅行地図を調べてみました。スタッドヴィルは何もないところです」

「でもチケットは、二十二年前に買ったものですからね。そのころはきっと……」

「そのころも、それ以前も同じです。事件らしい事件も起きていません。そもそもこの名を冠した村は、オマル中に何百とありますし」

スタッドヴィルは北西端地域の植民地化における先駆的な町のひとつだった。イヴォ・スタッドのことは、非ヒト族もふくめて誰もが知っている。暗黒時代の初期、生活圏という概念に基づく独自の主張を掲げ、その発展に生涯をかけた退役軍人である。それによって多くの土地で、動植物は生育できなくなってしまった。境界地域では、彼の名において最悪の生態系破壊が行なわれたのだった。

スタッド主義は――とハンロルファイルは説明した――化学的手段を投入して、《敵対する土地》を耕作地に変えることを目的としていた。シレ族やホドキン族の棲域《エリア》も含めて、《有害な》動植物種を徹底的に排除しようとしたのだ。スタッドの信奉者たちは、根絶すべき種の膨大なリストを作ったが、その記述はしばしば曖昧だったため、誤解も多数起きた。生態的地位はどんな生物によっても、その起源とかかわりなく無差別に占められうるものだという事実を、彼らは知らなかったのだ。シレ族の森を枯れた切り株だらけの野原に変えることは、樹皮をついばむヒト棲域の鳥を皆殺しにし、根っこを食べるホドキン族の尖頭山羊《シヴァーニュ》を絶滅させるに等しかった。そのうえスタッド主義は、未知の気候学や生物学を無視した。生態系の破壊により、ときには寄生体が大増殖したり、ヒト棲域が数ガイアにもわたって不毛になることもあった。酸性雨によってさらにぼろぼろになった腐植土は、風に乗って干上がった川床にまき散らされた。ハンロルファイルは、ヒト族とシレ族の境界地域に点在するそうした荒れたサヴァンナをいくつも抜けてきたのだ。けれどもイヴォ・スタッドは、国境から離れた地域で今でも崇拝されている。フェジイの駒のひとつには、彼の名前がついているくらいだ。

「もしかして、オマル鳥の卵に入っていたフェジイの駒は、イヴォ・スタッドの小像だったのでは？」とシエタンが叫んだ。ちょうどハンロルファイルも、ふと同じことを考えたところだった。

「欠けているあとふたつのかけらが集まるまでは、なんとも言えませんね。でも、違うと思いますよ。そうだったとしても、どんな意味があるんです？」

「どうせスタッドヴィルにはたどり着けないさ」アレサンデルがつぶやいた。「いずれにせよ、むこうで何をするっていうんだ？」

「皆目見当がつきませんな」とカジュルが答えた。

「まあ、けっこう。その話はすんでます。何かが、あるいは誰かがわれわれを待っている」

「何のために？」

「われわれの疑問に答えるためです」

「でも、わたしの疑問とあなたの疑問は違うはずだ」とハンロルファイルが言った。「われわれはお互いのことを、何も知りません。繰り返しになりますが、われわれにはまったく共通点がないんです」

「そう悲観的になりなさんな。きっとわれわれの目的を照らしだす、過去の出来事があるんでしょうよ」

もしスタッドヴィルで待っているのが女だったらどうしようなどと、カジュルはあまり上品とは言いがたい話題を持ち出した。奇想天外な猥談のレパートリーなら山ほどある。それにすべて実体験なのだから、こんなに生々しく語れる者はほかにいないとカジュルは自認していた。夜になる前に、そのうちひとつを披露する時間もあった。

やがてみんな、床についた。アレサンデルは、ベークライトの錠がかかる客室に閉じこもった。ドアは革のクッション張りになっている。シェタンは肩をすくめた。どのみち二人は、親しくもなんともないんだ。むこうから話してこない限り、彼の問題に立ち入る権利はない。

一晩中、分厚い壁ごしにアレサンデルのすすり泣きが聞こえた。

翌朝、シェタンはここ数時間で高度が落ちなかったことを確かめた。きちんと測定したかったけれど、計器がないのであきらめざるをえなかった。一、二ジャルは降下したようだ。黒い点のような数百羽の法螺鳥《コックヴリル》が、波のすぐうえあたりで、陽光の筋目が走る霧のなかを舞っている。

ふと見ると、ハンロルファイルが電話のわきにいた。

「シカンダイルルと話したらどうだろう?」とハンロルファイルは持ちかけた。

「同族者が相手になったほうがいいわ」

ハンロルファイルは同意のしるしに上胸部を引きつ

らせた。

独り子《ロシル》は提案を受け入れた。交換は討論室のドアの前、気球部分に続く螺旋階段で行なわれることになった。まずは食料をあげ蓋の下に置く。シカンダイルルはそれを引きあげたら、水の入った容器を代わりに置いていくのだ。彼らは食料と水の交換率について何分か話し合ったあと、電話を切った。

物々交換は何事もなく終わった。三日後、彼らは新たな交換の話し合いをした。水がもっと必要だった。

シカンダイルルは拒絶の姿勢を示した。

「どうしたんだ?」とハンロルファイルは電話口で言った。「交換の条件を交渉しようっていうのか? こっちは、これ以上ゆずれない」

「あたしの要求は無条件降伏さ。それから、あんたたちが持っている卵の破片を渡すこと。さあ、返答は?」

ハンロルファイルは一瞬、間を置いてから、電話を切った。

「面倒なことになったぞ」

アレサンデルを除いた全員が、遊戯室に集まった。ハンロルファイルはシカンダイルルの最後通牒を、言葉どおりに伝えた。すると残りの二人が、同時に話し始めた。

「むこうは水を独占しているわ。それに内房《バロネット》へ続く道も」

「だからといって、このボロ船を支配しているわけじゃなし」とカジュルが続ける。

「独り子《ロシル》の海賊が全力を出せば、われわれ三人を合わせたよりも強力です」

「こちらが卵の破片を持っていると、どうしてわかったのだろう?」

「アレサンデルのひとり言を小耳にはさんで、ぴんときたんだわ。でもわたしたちのことは、信用できない。だから一か八かの賭けに出たってこと。同時にむこうも、手の内を見せてしまった。シカンダイルルも破片を持っているのは、今や明らかだわ。もしかしたら、足りない二つの破片を」

「独り子《ロシル》がわれわれの一員だったとは、こりゃなんたる幸運！」とカジュルは皮肉った。「ああ、アレサンデルが余計なことを言わなければ……そういや、彼がいませんな。もう二日も顔を見ていないが」

シェタンは胸の前で腕組みをした。

「彼は部屋にこもってるわ。攻撃のときは、彼をあてにできそうもないわね」

カジュルは思わず太鼓腹をさすった。

「食あたりでもしたんじゃなければいいですがね。あやつがいないからって、さびしいわけじゃありませんが、それでも……」

「われわれは皆、力を合わせねばなりません」とハンロルファイルがさえぎった。「さもないと、誰ひとりこの状況を乗り切れないでしょう。わたしは医者ですから、病気なら診察します」

カジュルの目が虚空を見つめた。やがて彼は力いっぱい二重あごをふるわせた。

「なるほど、それならみんなで様子を見に行きましょう」

アレサンデルの部屋のドアには、鍵がかかっていた。ハンロルファイルが縁枠をノックしたが、アレサンデルはあけようとしなかった。やがて彼は、皆を罵り始めた。

「ドアを破りましょう」とカジュルが大声で言った。「あやつがどうなったのか、たしかめねば」

しかしそこまでするまでもなく、アレサンデルは顔を出した。坊主頭が汗で光っている。顔は二十歳も老けこんでしまい、肘の内側は血が出るまでこすったみたいに真っ赤だった。両目はげっそりと落ちくぼみ、まるで蠟の仮面に焼けた炭を載せたかのようだ。

カジュルはあとずさりした。

「こりゃ驚いた。きみは、いったい……」

「みんな心配して、やって来たんです」とハンロルファイルが言った。「聴診させてください」

「ほっといてくれ」アレサンデルはそう叫んで、近づこうとするシェタンに力いっぱい手を振りあげた。

「できることなんか、何もない。誰にもな。さっさと帰れ」

カジュルはシェタンをそっとうしろに引いた。

「いいでしょう。ひとりにしますから、お眠りなさい」

アレサンデルは最後の一言を聞いて、ぞっとするような笑みを浮かべた。

「ああ、眠るとも。夢の屍衣にくるまれてな」

そう言って彼は皆の鼻先で、ばたんとドアを閉めた。

カジュルは長いため息をついた。

「どうも、とんでもない問題を抱えてしまいましたな」

ハンロルファイルは腕状突起を老人の肩にまわした。

「こっちの問題は急を要しないが、シカンダイルルのほうはもっとさし迫っています。われわれのグループを支配しようと、攻撃を仕掛けてくるでしょう。むこうの出方を先読みしておかねば」

ハンロルファイルは皆が感じていることを、あえて口に出さなかった。四人のなかでアレサンデルがもっとも強いのに、彼なしで乗り切らねばならないということを。

「シカンダイルルに対し、力ずくでむかわねばなりませんかね？」とカジュルがたずねる。

彼が本当にたずねたかったのは、シカンダイルルを殺さねばならないのかということだった。

片手と片方の腕状突起が同時にあがった。

「意見が一致したようだ。シカンダイルルはわれわれに、選択の余地を与えないでしょう」

それから彼らは、どんな罠を仕掛けようかと話し合った。ハンロルファイルは懐疑的だった。独り子《ロシル》は馬鹿じゃない。とりわけシカンダイルルは、ほかの独り子《ロシル》より頭が切れそうだ。カジュルはあごひげをしごいていたが、突然ぱちんと指を鳴らした。

「どこかの部屋におびき出して、閉じこめてしまいましょう。あとは餓死するのを待てばいい」

「シカンダイルルに皆が言うほどの力があるなら、ドアなんてわけなく破ってしまうわ」とシェタンが言い返した。「それに怒りに駆られて、自分の持っている破片を壊してしまうかもしれないでしょ？」

「部屋に罠を仕掛けましょう。天井が落ちてくるように」

「そんなことでシカンダイルルを殺すなり、怪我を負わせるなりできるでしょうか？　うえから家具を山積みして、押しつぶさねばならないのでは？」

しかし、実現が困難なのは明らかだ。彼らは計画を変更せざるをえなかった。まずはハンロルファイルが独り子《ロシル》を部屋におびき寄せ、そこにシェタンとカジュルが待ち伏せるということで意見が一致した。シカンダイルルに網をかぶせて身動きとれないようにし、そのあと全員で襲いかかるのだ。

「うまくいくと思いますか」とカジュルは眉をしかめてハンロルファイルにたずねた。

「麻綱斧を貸しましょう。もっと強力な武器を準備している暇はありません。それに独り子《ロシル》相手なら、単純な手のほうがむしろ効果的かもしれません」

ハンロルファイルがシカンダイルルと接触しているあいだに、シェタンはアレサンデルの部屋を訪れた。アレサンデルがドアをあけようとしないので、彼女は壁ごしに話した。

ドアが細めにあき、取り乱したアレサンデルの顔がのぞいた。

「そんな計画じゃ、失敗するに決まってる」とアレサンデルはしゃがれた声で吐き出すように言った。「独り子《シルル》はただの粗暴な能なしじゃない。それどころか、おれたち全員が束になってかかってもかなわないほどずる賢いからな。きっとこちらを警戒してかかる」

「あなたも力を貸してくれない？」

アレサンデルは怯えた目で、ちらりとうしろをふり返った。まるで部屋の奥に、何か恐ろしいものが潜んでいるかのように。彼は肩を落とした。

「独り子《ロシルル》に立ちむかえるような力はない。でも、いっしょに戦おう。シカンダイルルが持っているものを、手に入れねばならないからな」

「だったら急いで。あと数分で、とりかかるから」

アレサンデルはめまいがしたが、なんとか気を落ち着けてシェタンのあとについた。二人は、食堂と隣の小部屋をさえぎるついたての陰で待ち伏せることにした。小部屋のガラス窓は、奇跡的に無傷だった。

ハンロルファイルは討論室の前の階段下で、シカンダイルルを出迎えた。シカンダイルルは腕状突起をわざとらしく広げ、武器を持っていないことを示した。しかし、安易に信用するわけにはいかない。

「用意はいいか？」

「行こう。遊戯室で仲間二人が待っている」

シカンダイルルは同意のしるしに上胸部を震わせた。ハンロルファイルは独り子《ロシルル》の脇腹にいくつも傷跡があるのに気づいた。右側には大きな裂け目が走り、片方の腕状突起も怪我を負っている。ぼろぼろになった表皮には、吹き出した血がべっとりとこびりつき、その下から塊状の肉が覗いていた。しかし、いかに弱っていようとも、恐ろしく危険なことに変わりない。彼らは小部屋を横切った。

「さあ、そこです」ハンロルファイルは仲間に知らせるために、わざと大声で言った。

ついたての脇をとおりすぎようとしたとき、網が彼らを捕えた。三つの人影がいっせいに飛び出してくる。

シェタンはシカンダイルルの頭を狙って蹴りを入れ

始めた。縦にひらいた口にキックがきまった。その衝撃で、シカンダイルルの牙がぐらりとするのがわかった。ハンロルファイルは独り子《ロシル》の副胸部を押さえこもうとした。シカンダイルルは足が絡まって、網からなかなか抜け出せなかった。なんとか体を返そうと、使えるほうの腕状突起で床を叩いている。それに気づいたシェタンは、全体重をかけてシカンダイルルの背中に覆いかぶさった。アレサンデルは脇腹を一撃しようと、麻綱斧をふりあげた。

「そこはだめよ」とシェタンが叫んだ。「網が先に切れてしまうわ。膝を狙って!」

シカンダイルルはいっそう激しくもがいて、網を引きちぎろうとした。網目がいくつか破れたものの、まだ充分もっている。それでも背中に乗っているのは、シェタンにとってひと苦労だった。暴れる三眼蜥蜴《オーニッド》にまたがっているようなものだ。カジュルまで手を貸しに駆けつけた。独り子《ロシル》は作戦を変更し、ハンロルファイルの胴を抱えると、自分とアレサンデルのあいだに押しこめようとした。

しかしアレサンデルは麻綱斧をふりかざし、脚をふんばっていた。独り子《ロシル》よりも恐ろしい内なる敵と戦っているかのように、手が左右に揺れている。

「何を迷ってるの?」とシェタンは叫んだ。「さあ、急いで。逃げられちゃうわ」

シェタンは血にまみれてぬるぬるしているシカンダイルルの脇腹から、ずり落ちそうになった。反対側にいたハンロルファイルは、身動きがとれなかった。片方の腕状突起が半分つぶれている。

「カジュル、彼と代わって。早く」

カジュルはうなずいたが、アレサンデルはなかなか武器を渡そうとしない。最後は力ずくだった。

「よし、取ったぞ」とカジュルは叫んだ。

「待て!」

カジュルの動きがとまった。シェタンはふり返って、食堂の入口を見た。ホドキン族の男が、ついたての脇に立っている。男は前に進み出た。ひょろ長い六本の腕は、中腕と下腕は背中で、上腕は胸のうえで縛られていた。

「傷つけないほうがいい。さもないと、われわれの真実を見つけるチャンスが損なわれてしまう」

13

「動くんじゃないわよ」とシェタンは命じた。

シカンダイルルはじっとしていた。底なしの激痛に、今にも落ちこみそうだ。けれどもシル教の教えが、すんでのところで引き留めていた。危うい力の均衡が今は有利に働いているけれど、いつなんどき崩れるかわからない。

シェタンは立ちあがって、ホドキン族のいましめをほどいた。

「あなたは誰?」

「名前はアメス・シクステド・ヴォルサル。わたしも殻の破片を持っていた。シカンダイルルに奪われてしまったがね。シカンダイルルが二つの破片を今、携行しているかどうかは、さだかではない。もしよそに隠していたら、われわれが見つけ出せる可能性はほとんどないだろう」

シェタンはじっと考えこんだ。独り子（ロシル）は破片を持ってきているだろう。しかし、気球部分のどこかに隠していたら、いくら死体を調べても無駄になる。アメスの言うとおりだ。シカンダイルルを生かしておかなければ。

「これで全員がそろった」とアメスは言った。「それなら互いの対立は棚あげにし、一致協力して困難にあたろうじゃないか」

カジュルの腕の先で、麻綱斧が左右に揺れた。

「海賊の独り子《ロシル》と協力だって！　こいつを自由にしたら、われわれを順番に殺して破片を奪おうとするでしょうよ」

「でも、アメスの破片を取りあげたあとも、彼を殺しはしなかった」シェタンが指摘する。「つまり、わたしたちが互いに不可欠だってことを理解しているのよ。だったら、殺してしまわないほうがいいわ」

シカンダイルルは湿ったしゅうしゅうという音を発した。

「少なくとも、おまえは馬鹿じゃなさそうだな。あたしがいなくちゃ困るってことが、よくわかってる。あたしをリーダーにしな。そうすれば……」

シェタンは独り子《ロシル》を殴りつけた。

「黙りなさい。縛っておいたほうがよさそうね。みんなも、手伝って」

「覚えてろ、ヒト族め！」

シェタンはもう一発喰らわせ、シカンダイルルをおとなしくさせた。

アレサンデルはカジュルに麻綱斧を取られたあと、体を固まらせていた。シェタンの一撃に、彼は目を剝いた。そして叫び声をあげながら、雷に打たれたようにうしろにひっくり返った。カジュルとアメスがすっ飛んでくる。

「汗びっしょりじゃないか」カジュルはアレサンデルの体に触れて言った。

シェタンはどうしたらいいのかわからなかった。ハンロルファイルはただじっとしている。アレサンデルは何か未知の病に取りつかれているようだ。シェタンは目を閉じてはあけを三度繰り返した。急いで、何とかしなくては。

「カジュル、麻綱斧を貸して」と彼女は静かに言った。「ハンロルファイル、こっちに来て、アレサンデルのようすを見られる?」

ハンロルファイルは左の腕状突起を引こうとしたけれど、独り子《ロシル》にがっちり押さえつけられて身動きとれなかった。

シカンダイルルは口をひらいた。シェタンに蹴られてがたがたになった牙が、脇から覗いている。独り子《ロシル》は黒ずんだ血の塊を吐き出すと「どうしたのか、本人から聞いていないのか?」とたずねた。

シェタンは首を横にふった。

「彼が何に苦しんでいるのか、あなたはわかってるの?」

「ああ、おまえらが必要な対処をしないと、死んでしまうってこともな」

「しからば、わが同胞を治すすべを知っていると?」カジュルがたずねる。

独り子《ロシル》は否定の身ぶりをした。以前、ヒト族の手下たちが、同じような症状を見せたのだという。彼らは、飛行船の帆に生えた毒キノコの酢漬けを麻薬がわりにしていたのだ。

「わたしたちを牛耳ろうなんていう気をもう起こさないなら、自由にしてあげるわ。どう?」シェタンがたずねる。

カジュルが強く抗議した。

「馬鹿なことを言うんじゃない。こいつをふん縛るなんて、もう二度とできませんぞ。独り子《ロシル》はわれわれを獣《けだもの》あつかいしている。獣に対する約束など、誰も守りはしません」

「わかった。条件を呑もう」とシカンダイルルは答えた。

　シェタンが網を下から上までいっきに切り裂くと、シカンダイルルはやっとのことで体を起こした。独り《ロシ》子《ル》が横たわっていた床には、黒い血だまりができていた。ハンロルファイルもようやく解放されて、さっと立ちあがった。独り子《ロシル》はアレサンデルのうえに身を乗り出した。アレサンデルはぴくぴくと震える胸に、皺だらけになった両腕を乗せていた。シカンダイルルはもう一度血の塊を吐き出し、口のなかをごきごきと鳴らした。折れかけた牙をもとに戻したのだろう。

「こいつに何か飲ませろ。お湯がいい」

「お湯を？」

「さもないと、死んじまうぞ。それから、体をさするんだ。こいつはヤク中だ。禁断症状が出てる。さすってやれば、リンパの循環がよくなる」

　シェタンは床に丸まっている体に、ちらりと目をやった。

「どうやったらいいのか、わからないわ。やってもらえない？」

　シカンダイルルは口を鳴らした。どっちでもいい、という意味なのだろう。独り子《ロシル》は下肢を曲げ、震える体に近づいて腕状突起を伸ばした。燃えるように熱い脇腹に指をあて、ゆっくりとマッサージする。たちまちアレサンデルは落ち着いた。

　ハンロルファイルが交代し、シェタンはお湯を沸かしにかかった。震えがおさまったところで、アレサンデルを近くの客室に運んだ。譫妄状態のアレサンデルが卵の破片を壊してしまわないよう、シェタンはそっと取りあげた。アレサンデルは体を前後に揺すり、目の前で両手を振っている。

「楽しみでヤクをやってたんじゃないな」とシカンダイルルがつぶやいた。「泥水みたいな世界を濾《こ》すのに、こいつにはヤクが必要だったんだ」

「どうしてわかるの？」

「ヒト族のことには通じてんのさ。それにこいつは……」シカンダイルルはさらに何か言いかけたが、眼点は髑髏の眼窩のように真っ黒になった。「ともかく、休ませることだ。もうこれ以上は、何もしてやれない。暖かくして、まめに水分を摂らせるほかにはな。充分な体力があれば、乗り切れる」

皆は客室を出て、万華鏡展示室に戻った。どこか船底の一部が、風に吹かれてばたばたと音を立てていた。

「さあ、あなたの破片がどこにあるのか、言ってもらいましょうか」とカジュルがシカンダイルルに迫った。

カジュルの乱暴なもの言いに、シカンダイルルは反発するかもしれない。一瞬、そう思って、シェタンは内心舌打ちをした。ところが予想に反して、独り子《ロシル》はポケットを漁ると、小箱を取り出した。思わずみんな、顔を近づけ、黙っていっせいに自分の破片を見せた。シカンダイルルは手を出すそぶりもなく、ただじっとしている。

カジュルは全員の破片を慎重に集めると、手のひらのうえでひとつに合わせた。

「ほら……このとおり」

卵は完成した。ただし、てっぺんに丸い穴があいている。ほとんど一分近く、誰も言葉を発しなかった。やがてシェタンが、ふうっとため息をついた。

「すばらしいわ。でも、内側のへこみは何を象っているのかしら」

「フェジイの駒だ」とシカンダイルルが答える。「謎解きはフェジイのゲームにある」

その自信たっぷりなようすに驚いて、カジュルはハンロルファイルをちらりと見た。独り子《ロシル》は彼らと同じ結論に達したらしい。あとは卵のなかの小像を、復元するだけだ。

でも、どうすればいいだろう。その晩は、話し合いが続いた。解決策を見つけたのは、シカンダイルルだった。中央通路の壁を飾っている化粧漆喰《スタッコ》の刳り形をはずし、みんなで遊戯室にむかう。そしてダイスカップに入れ、粉になるまで細かく砕いた。なるほど、シェタンにもシカンダイルルの意図がわかった。彼女が水筒の水を少し注ぐと、どろどろした乳白色のパテができた。そのあいだにカジュルは卵を組み立て、カーテンから取った布テープで留めた。てっぺんの丸い穴から、パテを注ぎ入れる。

「あとは待つだけですな」とカジュルは言って、シェタンに目くばせをした。

老作家の興奮ぶりが、シェタンにはおかしかった。カジュルは不躾な視線を投げかけてくる。シェタンは彼が言いよるのを何度も撥ねのけてきたが、絶対に受け入れないでいられるか自信がなかった。だって彼のほうが、アレサンデルより生き生きとして人間的だもの。アレサンデルがこれからどうなるのか、心配だった。可哀そうに。でも、彼の苦しみを和らげるために、何ができるのかわからなかった。彼はとても傷つきやすくて……

シェタンはもっと建設的な方向に、考えをむけようとした。

「謎解きはフェジイのなかにある」と彼女は繰り返した。「それって、どういう意味なの、シカンダイルル？」

「フェジイの真理は、おまえにも理解できるだろう。だが、感じ取ることはできない……おまえたちが夢と呼ぶものと同じだ。あたしたちにも頭ではわかるけど、その深い実態は知りえない。あたしたちにとっては、いつまでも抽象的な存在でしかないのさ」

「だったら、このフェジイの駒はどういう意味なの？」

独り子《ロシル》は短気そうな顔を、少なくとも、それにあたるシレ族の表情を見せた。

「フェジイは関係性のゲームだ。各々がこの世界で占める位置を定めるもの……」

「わかってるわ」とシェタンはさえぎった。「フェジイは、シレ族がこの世の変転を形式化するやり方なのよね？」

フェジイはチェスや碁と似ているが、数人の競技者がグループで行なうゲームだった。クサイルンと呼ばれる競技台は、対戦相手《タカティ》同士がぶつかり合う舞台であると同時に、各競技者にとってのルート地図だった。ほかの駒はそこで、障害物であったり協力者であったりする。誰もが知るように、フェジイは単なるゲームではない。シレ族の文明を統一する、二つの主要な力のひとつなのだ。例えば、まず子供に教えるのが一時《クサイム》的な協力《ハデンル》と呼ばれる手である。これはシレ族のあらゆる社会活動に不可欠な概念で、彼らの文明が開化する基礎になったものだ。

フェジイの試合には、宗教儀式に近いものがある。このゲームは太古の時代までさかのぼり、伝統的なシレ族諸派のなかでは、フェジイの試合によってメンバーの一生が決まっていくこともあった。彼らは絶えずフェジイを続けることで、社会的序列の決定や性的パートナーの選択を行なうのだ。

シェタンがフェジイについて知っているのは、それくらいだった。ほかにも噂に聞いた話はあるが、それは事実というより想像の産物だろう。

ハンロルファイルは体を震わせ、否を唱えた。

「フェジイには、もっと大きな意味があります。われわれが知っているこの世界の緯糸《よこいと》が、登場人物の行為を通じてたぐりよせられ……」そこで彼は声を途切れさせ、しばらく沈思していたが、やがてシカンダイルをふり返った。「わかりますよ、何を考えているか。皆でフェジイをすれば、謎が解けるということですね。

現実世界の緯糸から、われわれをつなぐ見えない結びつきを引き出そうと」

「そんなもの、迷信ですよ」とカジュルが叫んだ。

「フェジイなんて、ただの集団ゲームにすぎません。ものごとを象徴化してみせるくらいが、せいぜいのところだ。現実世界に置きかわるなんてできやしない。影響を与えるのだって、怪しいものです」

シカンダイルルはあえて何も答えなかったが、シェタンは大きな笑い声をあげた。

「今度もあなたと同意見よ。でも、本当かどうかなんてどうでもいいじゃない。わたしたちを招集した者がそう信じているんだとしたら、やっぱりフェジイのゲームはそこへたどりつく手がかりだわ」

「まあ、たしかにそうですが」カジュルは不満そうに言うと、両手をぱんとたたき、薄笑いを浮かべてつけ加えた。「でも、ヒト族にフェジイができるとは思えませんが」

「たしかに、完全版フェジイは無理かもしれません」とハンロルファイルは言った。「でもわたしだって、マスターしているわけではありませんからね。多少簡易化した版《ヴァージョン》でやってみましょう」

シカンダイルルも上胸部を震わせ、賛成した。部屋の隅に、小さな六角形の形にたたまれた競技台《クサイルン》がある。丸い跡がいくつもついているのは、グラスの台に使われていたからだろう。

競技台の中心となるボードは六角形で、各辺に折りたたみ式の補助ボードがひとつずつついている。補助ボードは個別の副対戦を行なったり、窮地に陥った軍隊が退却したりするのに使われる。あるいは試合の進展に伴って中央ボードを広げたいときにも、補助ボードが出される。シカンダイルルはフェジイの一般的なルールを説明したが、それは恐ろしく複雑だった。記憶力と直感と戦略を総動員しなくてはならない。十五分ほど、各自耳を傾けながら、一連のルールを頭のなかで整理したあと、質問が飛び交った。カジュルはハンカチを取り出し、額をぬぐった。

「これは練習試合をしてみなければいけませんな」と彼は提案した。

「フェジイの勝ち負けは、一回の試合で決まるんじゃない。小戦、中戦、大戦と勝ち進むトーナメントだ」とシカンダイルルは言った。「それに、アレサンデル抜きでやるわけにはいかない」

「試合の……いや、失礼、小戦の途中から参加するわけにいかないのですかね？」

「彼が回復するのを待たねば」

カジュルは落胆を顔に出さないようにした。競技台《クサイルン》下の箱に、基本の駒《アシユタイ》が収められている。駒は卵とほぼ同じ大きさだ。カジュルは、杖を持った司教に似た駒をひとつ取り出した。小さな台座には、何かの記号が記されている。

「教皇ヴァレンティン十二世だ」とシカンダイルルが言った。「これらの記号は駒の性質と、中央ボード上での動きを示している」

「でも、これはヒト族じゃないか」

カジュルは驚いたようにそう叫んでから、シレ族は歴史上の人物をゲームに取り入れたことを思い出した。ヴァレンティン十二世は、五世紀の第五福音教十字軍《エスコパリスム》参加者で、イヴォ・スタッドと同じ時代の人物だ。彼はヒト族の歴史にもシレ族の歴史にも関わっている。多くの戦闘で勝利し、北端地域で骨針膿症《アキユルジツト》に倒れて死亡した。当時、多くの住民を死に至らしめた病である。ほかにもボードには、神話の登場人物を象った駒や、戦略的な働きをする駒が並ぶ。一般的な駒のセットはあるものの、数は決まっていなかった。トーナメントの数だけ異なったフェジイのゲームがあるのだと、カジュルにもわかってきた。

夜になって、シェタンは食料を配った。みんなでそれを食べながら、スタッドヴィルに呼び出された理由についてあれこれ意見を出し合った。しかし満足のいく説は、ひとつもなかった。お互い相手のことをよく知らないのだから、推測のしようがない。アメスも仲間に含まれていたことからして、チケットを送ってきた謎の出資者（たち）は、三種族すべてを考慮に入れてメンバーを選んだのだろう。全員が波乱に富んだ生き方をしてきたし、ほかの種族との関わりも多かった。しかしそれだけなら、同じような者がオマルには何百万といるはずだ。

「あたしたちはみんな、それなりに巨犬《カルベ》なんだ」とシカンダイルルは言った。「なに、隠してもしかたないさ。問題は、誰が何のために、野犬の群れを必要としているかってことだね」

「その決めつけは、少しばかり早計ですぞ」とカジュルが言い返す。「わが輩は巨犬なんかじゃない。むしろ猿鼠《ラットサイ》です。なにせ悪賢くて、繁殖力旺盛だ」

「あるいは、老いぼれ三眼蜥蜴《オーニッド》か。フェジイがそれを決めてくれる」

シェタンは満腹になると、ボロ船の無事が見せかけにすぎないことを、いっとき忘れられた。少しでも大風が吹いたら、ひとたまりもないだろう。そして太平湖には、小さな嵐が頻繁に起きていた。カジュルはといえば、満足感を隠しようもなかった。状況は不安定だが、謎の解明は進んでいる。それに皆がシカンダイルルに抱いていた警戒心も、薄れ始めていた。片方の腕状突起はほとんど麻痺しているのだから、ほかのみんなを力で押さえることはできない。グループを牛耳ろうという気は、もうなくなっているようだ。それにフェジイのなかでは互いが必要不可欠であることは、シカンダイルル自身がいちばんよく理解していた。

シェタンはアレサンデルに、一日分の食べ物を持っていった。アレサンデルはすでに意識を取り戻し、ベッドのうえでかすかに体を動かしていた。シェタンは彼に食べさせながら、一日の出来事を語って聞かせた。

「明日、オマル鳥の卵で型を取った小像が乾いたら、練習のトーナメントを始めるわ」とシェタンは言った。「ルールを説明しましょうか？」

アレサンデルは首を横にふった。

「大丈夫、知ってるから」

「フェジイをやったことがあるの？」

「親しい友人がやっていた」彼は言葉を濁した。

「フェジイについての話は、本当だと思う？ シカンダイルルの言うとおりなら、フェジイはわたしたちの前に広がる地図のようなものだとか。あとはそれに従って、進んでいくだけだと」

アレサンデルは、またしても首を横にふった。

「さあな。そうかもしれない。シル教の信者に限らず、緩衝地帯に暮らす多くのヒト族にとって、シレ族の現実はわれわれの現実でもあるんだ」

アレサンデルは動揺している。けれどもシェタンは、何も顔に出さないようにした。種族や信じる神に関わりなく現実はひとつしかないと、頭ではわかっている。それでも、不安を拭い去れなかった。シカンダイルルの主張にも何らかの真実があり、ゲームボードが自分の運命を決するのではないか。シェタンは必死に身震いをこらえた。シカンダイルルが真理を手にしている可能性に、ただ不安を感じているのではない。石ころに命を吹きこみ、木の十字架に力を授ける考え方、誰もが運命に導かれているという考え方によって精神が侵されるのが恐ろしいのだ。盲信は知性を心地よい繭に閉じこめ、無力化してしまう。それでも直感が、彼女に囁きかけていた。フェジイは競技台《クサイルン》という二次元の世界のみならず、神話の奥底に深く根を張ったものだということを。

違う！ フェジイだって、ただのゲームよ。しょせん、現実の下位レベルに位置するもの。そうに決まってるわ。

「何を考えているんだ？」とアレサンデルがいきなり

たずねた。

「わたしたちをここに集めた卵のこと。このオマルから わたしたちだけが選ばれたなんて、すごいことだと思わない？　運命は……」

「運命なんて、偶然の言いかえにすぎないさ。かけらはたまたまおれたちに送られたのかもしれない。そう思ったことはないのか？」

シェタンがあげた笑い声には不快感が混じっていた。

「それだって、やっぱりすごいわ。わたしたちは、ついにかけらを集めることができたんだもの。それは真に無償の行為よ。世界のあちこちに送られた卵のかけらが、何年もたってから、互いにまったく関係のない六人によってまたひとつになったなんて」

アレサンデルは頭を軽く揺すった。立ちあがろうとしたシェタンの手を、彼は押さえた。またしても、目が眼窩でぐるぐると動いている。

「だめだ。まだ行かないでくれ。きみに行かれたら、眠れないだろう。悪夢が襲ってきて……」

シェタンは彼の傍らにいてあげることにした。数分で目が閉じ、息づかいが穏やかになった。シェタンはそっと立ちあがった。ドアの前まで行ったとき、アレサンデルがうめき声を発した。シレ語の方言で、何かぶつぶつと言っている。「母さん」と「裏切り者」という言葉が、シェタンにも聞き取れた。あとは早口で、何を話しているのかわからなかった。

アレサンデルはシレ族に育てられたのかもしれない。それは、どういうことだろう？

シェタンは静かにドアを閉め、自分の部屋に戻った。隣はカジュルの部屋だ。心地よい夜だった。それでも彼女は、仲間たちがどんなつもりでいるのか、疑念を掻き立てられずにはおれなかった……とりわけシカンダイルルは、何を考えているのだろう？

一瞬、ためらってから、シェタンは厳重に掛け金をおろした。

14

アレサンデルは足を片方ずつ、そろそろと床につけた。まるで床から釘が何本も突き出ているかのように。夜中のあいだ、悪夢はまだ彼を追いまわし、ベッドをねばつく沼地に変えた。やがて彼は疲れ果て——それは恵みの疲労感だった——ぐったりと意識を失った。夢のなかでシカンダイルルが部屋にやって来て、いつまでもじっとこっちを見つめていた。彼は起きようとしたが、どうにもならない恐怖でベッドに釘づけにされたままだった。独り子《ロシル》が口をひらいた。

《あたしたちには、共通点がある。おまえも、完全にはシレ族じゃない。でも、あたしたちが合わされば、完全なシレ族になれる。あたしたちの血と器官をいっしょにすればいいんだ》

……手に握られた麻綱斧がきらめく。

そのとき、アレサンデルはいきなり起きあがったのだった。

彼は目に隈を作って、万華鏡展示室に駆けこんだ。すでに起きていたアメスが——ホドキン族はほとんど眠らない——二本の眼柄を彼にむけた。アレサンデルは一礼をした。彼の発作のせいで、まだお互い話をしていなかった。しかしアメスは、あまりおしゃべりをしたそうではない。

「カジュルはあっちだ」とアメスは手短に言った。「シェタンはほかの者たちを起こしに行っている。小像は、もういつでも型から取りだせる」

昨夜、シェタンが言った言葉が、アレサンデルの胸によみがえった。

「それは……」

そう彼が言いかけたとき、背後で大声が響いた。

「アレサンデル！　これはまた、太陽が西から昇ったほどの驚きだ。きみは、立ってるじゃないですか」カジュルはそう言って、かじっていた豆芋《シヴレ》のビスケットを割ると、半分をアレサンデルにさし出した。「見物にいらしたので？」

「見物？」

「卵のなかの駒を取り出すんですよ。来るべきフェジイの試合に、不可欠なものですからね。基本的なルールは、きみもご存じですよね」

アレサンデルはうなずいた。シェタンが部屋に入ってくる。そのあとから、二つの巨体が続いた。戸口はシレ族の身長に合わせて作られているが、それでもシカンダイルルは身を屈めねばならなかった。

「あんたはゲームなんかしないのかと思っていたが」アレサンデルは言った。

「それだけのものが懸かっていれば、別ですよ」とカジュルは陽気な口調で答えた。「今回は、われわれの命が懸かっているじゃないですか。入場は無料、賭け金のつりあげは無限大ときた。それに遊戯室は、ついこのあいだカジノに使われたばっかりで……」

シェタンはにっこりした。

「あなたの言うことにも、一理あるわね。賭けるものがあれば、トーナメントが面白くなるわ。水汲み当番やら、帆の見張り役やらを賭けましょうか」

「賭けは必ずしも必要じゃありません」とハンロルファイルが反論する。

「賭けを禁じると決まっているわけでもない」シカンダイルルが言い返した。「ヒト族と対戦するんだから、どのみちゲームは俗っぽくなる。でも水汲み当番や帆の見張りじゃあ、フェジイにふさわしくないな」

「しからば、何か考えがおありで？」

「大戦の勝利者がグループのリーダーになるってのはどう？」とシカンダイルルはカジュルの問いに答えた。

「いったんリーダーが決まったら、文句は言わない。

策を弄して地位を奪うのもなし」

　シェタンは周囲をさっと見まわして、反対するのを思いとどまった。みんな、この提案を検討している。彼女は考えた末に……最後には賛成した。

「でも、ひとつ条件がある」とカジュルが言い添えた。

「小戦はルールに慣れるために、賭け金なしでいきましょう」

「いいだろう」シカンダイルルが答える。「だったら小戦では、オマル鳥の駒も使わないことにしよう」

「それはまた、どうして？」

独り子《ロシル》の頭についた眼点の縁が、赤く色づいた。

「どうしてもだ」

　ハンロルファイルもうなずいたので、カジュルはそれ以上あれこれ言うのはあきらめた。そしてみんな、小像を卵の型から取り出すため、遊戯室へむかった。

　競技台《クサイルン》の前に着くと、アレサンデルは片手をあげた。

「そういえば、敗者の罰をまだ決めていなかった」

「罰？」とシェタンが繰り返す。

「負けた者は、ここまでやって来たいきさつを語ることにしよう」

　この提案には、みんなさっきよりもいっそう躊躇を示した。

「おれたちは誰も、踏んぎりをつけられないでいる」とアレサンデルは続けた。「だったら、フェジイに決めてもらおう。さもないと、真実の追求は進まないだろう」

　そう言われると、認めざるを得なかった。たしかに告白の罰ゲームも、彼らを導くトーナメントの目的のうちなのだろう……

　そして全員が、卵のなかに隠された像を早く見たいとはやる気持ちを抑えて、競技台のまわりを囲んだ。カジュルが卵を手に取る。そしててっぺんの丸い穴をとんとんとたたいて、化粧漆喰《スタッコ》が充分固まっているかをたしかめると、布テープをほどいた。あとは破片をむくだけだ。カジュルは慎重に作業を続けた。

「子供が生まれるみたいね」とシェタンがつぶやく。

カジュルは出てきた駒《アシュタイ》をつまみあげ、ざらつく表面を軽くこすった。白っぽい跡はつくものの、簡単に壊れはしないようだ。カジュルが手をひらくと、五つの顔が前に乗り出した。

「赤ちゃんは男の子？　それとも女の子？」カジュルは冗談めかして言った。

「これは、イブン・シャジャラットだ」

みんな驚きのあまり、黙りこんだ。

シェタンは咳ばらいをした。

「イブン・シャジャラットがフェジイの駒に？」

そのとおり、とシカンダイルルはシレ族の身ぶりで答えた。

カジュルがこほんと空咳をした。

「もちろんでしょう。でもわれわれと、何の関係が？」

「イブン・シャジャラットはスタッドヴィルに行ったことがあるのかも」

アメスが中腕を伸ばした。

「彼がそこに足をとめたという記録は、どこにもない」

皆の目が、いっせいにアメスのほうをむいた。

「どうしてそんなことを、ご存じなんですか？」カジュルがたずねる。

「それがわたしの研究対象だからだ。イブン・シャジャラットがどこにいたかを知ることがね」

「でも……」

作家はあとの言葉が見つからなかった。重苦しい沈黙のなかで、シェタンは思った。グループの重心が、移動したようね。アメス、今やあんたが主役だわ。

「でも、どうしてイブン・シャジャラットにそれほど興味を持つんです？」とカジュルが続けた。「彼はシレ族だったと主張する者もいますが、わが輩の知る限り、ホドキン族だったという説を唱えるものは誰もいない。姿を消してから六十年後の今でも生きているというのだって、大いに怪しいものですよ」

アメスは少しのあいだ《遮蔽》に入り、どう論理的に答えたらいいか、記憶のなかを探った。

「ロプラッド和平条約の交渉で、イブン・シャジャラットはホドキン族に味方したのを忘れているのでは」

「でも、歴史のなかではよくあることじゃないの」とシェタンは、まだ納得いかないかのように言った。

シャジャラット・イブン・シャジャラットは、六十五年前にオマル三種族それぞれの大使によって調印されたロプラッド和平条約の起草者だった。この条約により、十四世紀間ものあいだ三種族の棲域《エリア》を血に染めてきた果てしのない戦いに、終止符が打たれたのである。

シャジャラットについては、数々の話が伝えられている。いわく、目を大きく見ひらいてこの世に誕生した。いわく、成人すると決闘により父親を殺し、狂気の発作にかられて母親を犯した。スケルナブ市へ逃れて初代市長兼図書館長になり、蛇から抽出した毒で不死の力を手に入れた。太陽《ヘリアル》崇拝教団を設立し、再び出奔してヒト族の身を捨て、シル教に改宗した。ロプラッド和平条約が締結されたあと、巨大な野菜と不思議な果樹が育つ秘密の地で生涯を終えた、などなど。シャジャラットはすべての神々、預言者、哲学者を憎悪していた。縁日芝居のなかで彼は、驚くべき精力の持ち主として描かれる。東端地域の王のハーレムで、連続千回のセックスをした。ロプラッドの町が火事で壊滅することを予言した。自分を虐待した僧たちに復讐するため、《凶暴な悪魔》を送って彼らを震えあがらせた。酔えば磁石のように、鉄製の品物を引き寄せることができたと言う者もいる。シャジャラット終焉の地とされる場所はいくつもあるが、その後も彼を見たという者は次々とあらわれた。またシャジャラットは改革派諸教会を統一したことにより、聖なる長城のむこうで崇められていると言われるが、地獄から舞い戻った彼の姿を見たという信者もいないわけではなかった。そのときシャジャラットは頭に角を生やし、三眼《オーニ》蜥蜴《ツド》の足をして、背後には硫黄の臭いがする影を従えていたという。

みんなイブン・シャジャラットについて知っているつもりでいるけれど、実のところそれらはすべて神話にすぎない、とシェタンは思った。あるいは、神話が過去の出来事を迷信のオーラで包み、人々の判断を曇らせているのだと言うべきかもしれない。シャジャラットは宗教家に恐れられ、権力者たちに軽んじられるいっぽうで、植民者にとっては自由の夢を体現する人物、崇拝と同時に畏怖の念を掻き立てる狡知に長けたアウトローだった。いや、それ以上だったのでは？たしかにイブン・シャジャラットは有能な外交官であり、種族間の和平条約締結に大きな役割を演じた。だから彼が歴史上の人物としてフェジイの駒になったとしても不思議はない。しかし、人々が語るような超自然的な力の持ち主だったわけではないだろう。

「われわれのあいだには、シャジャラットとロプラッド和平条約という二つの新たな共通点があるのかもしれませんな」とカジュルは言った。「ところで、船内の図書室に通じる小部屋には、和平条約のコピーが飾られていたのでは？」

たしかに、とアメスが答える。

「だからといって、スタッドヴィルで待ち合わせる理由にはならない」とシカンダイルル。

「スタッドヴィルが選ばれたのには、特に意味なんかないのかも。チケットの送り手が、たまたまそこに住んでいるだけのことで」

「あるいは、シカンダイルルがイャルテル号を攻撃し、われわれが最初に予定していたルートから逸れてしまうことを、初めから予見していたのかもしれませんぞ」カジュルが皮肉っぽく言った。

「ありえないことじゃない」とシカンダイルルは平然と認めた。

「いや、なに、冗談ですよ」カジュルはあわてて言い添えた。

しかしほかの者たちは、必ずしもそれを言葉どおりに受け取らなかった。

とそのとき、めりめりという音とともに床が揺れたかと思うと、すぐにロープの切れる音がした。

たちまち、フェジイのことなど二の次になった。

また始まった、とシェタンはパニックに襲われながら思った。ひっくり返るわ。今度こそ船はばらばらになってしまう。

シカンダイルルが、あっという間に走って部屋の外に出た。一瞬、ためらったあと、残りの者たちもそれに倣った。

取り急ぎデッキを点検したが、新たな破損箇所は見つからなかった。その日は午前中いっぱい、シカンダイルルの指揮でみんな作業にあたった。根っからの個人主義者であるカジュルさえ、文句を言わずに従った。団結力が高まったようだ、とシェタンは思った。ハンロルファイルとアレサンデルはいいチームを組んでいた。シェタン自身、無理なくカジュルを受け入れられる。アメスはシカンダイルルのあとについて、その指示をメンバーに伝える連絡役を買って出た。

昼ごろ、全員が万華鏡展示室に集まり、独り子《ロシル》が状況を総括した。高度は一ジャルから一ジャル半のあいだを行き来している。外包《エンベロープ》はあちこち破れているけれど、穴のあいた内房《バロネット》を応急修理すれば、船はばらばらにはならないだろう。浮力ガスは、まだ二万トン分は使える。ゴンドラはと言えば、中央胴部の切断でかなりの被害を被っており、骨組みが基礎から崩れかけていた。五つのデッキは比較的よい状態だが、船底の肋材は垂直の留め具が砕け散っている。さっき聞こえたのは、肋材のひとつが外れたときの音だろう。

「修理はできないでしょうか？」とハンロルファイルが言った。

無理だろう、とシカンダイルルは身ぶりで示した。

「肋材は外側の板張りと内装のあいだにある湾曲した板で、簡単には手が届かない。肋材と帯板とで、船体の耐久性が保たれているんだ。しかし、飛行中は大した処置ができない。今のところさし迫った危険はないが、嵐でも来たら面倒なことになる」

「デッキを内側から補強したらいいわ」とシェタンが言った。「そうすれば、骨組みの破損が食い止められるのでは？」

彼女の提案は満場一致でいれられ、フェジイの小戦練習試合は延期された。

昼間はアレサンデルも落ち着いて、修理作業に加わった。しかし夜になると、たちまち悪夢の恐怖に捕われた。目が少しずつ窪んでいく。シェタンはアレサンデルが眠りにつくまで、枕もとにいてあげねばならなかった。彼女はシカンダイルルに不安を打ち明けた。アレサンデルは寝不足のせいで足を踏みはずし、海に落ちるかもしれないと。独り子《ロシル》はアレサンデルとアメスを、第五デッキよりも危険の少ない内房《バロネット》の修理にあたらせた。第五デッキは板張りの床や壊れた小梁のすぐむこうに、虚空が広がっている。

「あそこはできるだけ使わないほうがいい」とシカンダイルルは言った。「いつなんどき、床を踏み抜かないともかぎらない」

荒廃したデッキには、板切れや破片が山ほどあった。シカンダイルルはそうした廃材で垂直安定板を作り、ゴンドラに沿って取りつけた。三日がかりの仕事だった。シェタンは独り子《ロシル》の器用さに感心した。動くほうの腕状突起を鞭や腕、巻き尾のように、巧みに駆使している。もう片方の腕状突起は部分的に麻痺しているが、それを完璧に抑えこんでハンディを克服していた。

遠くに陸地が見えないかを確認するため、三時間交代で見張りに立つことにした。ハンロルファイルが第三デッキで、手ごろな部屋を見つけてきた。船首側の壁が爆発で吹き飛んでいるが、床はしっかりしている。これなら格好の見張り台になりそうだ。

こうして一週間がすぎたころ、彼らは夜の訪れとともにフェジイの競技台《クサイルン》を囲んだのだった。空が暗くなると、海には幻想的な光景が展開した。眼下に揺れる波からちかちかと水の火花が飛び散るのは、小さな発光生物のせいだろう。アレサンデルは蛍光を発する球体が、デッキを照らしていたのを思い出した。

彼らはまず食事をすませると、ゲームに取りかかった。

「しからば、練習用の小戦を始めます」とカジュルが告げた。

シェタンはアレサンデルのやつれた顔を探った。昨夜はほとんど寝ていないはずだ。練習試合が終わるまで、気力が持つだろうか。アレサンデルはシェタンの視線に気づいて、大丈夫というように微笑んだ。

シカンダイルルは補助ボードを広げた。補助ボードは四角形で、三色に塗り分けられている。中央ボードは六色だから、その半分だ。シカンダイルルはテーブル下の引き出しから百個ほどの駒を取り出すと、ゲームの開始をシレ語で宣言した。駒の働きは属するグループ、特性、最初に置かれた位置で決まった。パワー、動き方、状況に応じた固有の性質は、そうした要素すべてによっている。ゲームの目標は、中央ボードとそこにある駒を包囲することだ。トーナメントは駒の分配から始まる。数は少ないが強力な駒ばかりを集めることもできるが、それが必ずしも有利とは限らなかった。駒同士が互いに邪魔し合うこともありうるからだ。

中央ボードの真ん中のマス目に置かれたイブン・シャジャラットの駒だけは、誰のものでもない。各競技者は自分の番が来たら、持ち駒の五分の一を動かす。さらに希望すれば、真ん中の駒も動かせる。この駒を取れば、勝ちが決まったも同然だ。

どうしてシカンダイルルがトーナメントの前に、イブン・シャジャラットの駒を使うことに反対したのか、シェタンにはよくわかった。この駒が彼らに答えをもたらしてくれるのだとすれば、練習試合で無駄な働きをさせるのは運命に逆らうことになるからだ。

シカンダイルルは駒をひとつひとつすべて点検したので、分配だけで三時間もかかってしまった。普通のトーナメントでは、あらかじめ延々と交渉を続けたあとに分配が行なわれる。シェタンには一見なんの統一性もない、雑然と寄せ集めた十七の駒が配られた。彼女は敵の駒を観察し、初心者にありがちな疑問を抱いた。駒は競技者の性格や戦い方を反映しているのではないだろうか?

シカンダイルルはフェジイのオーソドックスな始め方を皆に教えた。駒のグループやパワーに応じて、最適な配置方法だけでも十とおりほどある。そんなわけで、説明には夜遅くまでかかった。

なんとかゲームのメカニズムを理解しようと、みんなくたくたになるまで頭を使った。アメスは新たな大量の知識を仕入れるため、《遮蔽》に入るまいと必死だった。アレサンデルは集中したおかげで、禁断症状を起こさずにすんだ。彼はフェジイについて、ほかの非シレ族よりも詳しい。だからカジュルの人並みはずれた知性や、シェタンの驚くべき粘り強さを感じ取ることができた。女は——少なくともヒト族の女は——危険な戦術にあわてて飛びこんでしまう男よりも、勝率がいいと言われている。

最後にシカンダイルルが、盤上に駒を並べた。

「寝る前に、ひとまわりやってみましょう」カジュルがあくびを噛み殺しながら言った。

指す順番は時計と反対まわりだが、いつでもパスができる。

シェタンはほとんどでたらめに持ち駒を三つ動かした。次はアメス、ハンロルファイル、カジュル、アレサンデルの順で、最後はシカンダイルルだ。シカンダイルルは自分の手を指し終えると、ボードに格子をはめて駒が動かないようにした。

こうして一同、床についたが、翌日は荒れた一日になった。風が立ってゴンドラが揺れている。そのため危なっかしいものを固定したり、上部デッキの開口部をふさいだりするのにみんな忙しかった。シェタンが確認したところでは、前日のあいだに高度が九百リスクさがっていた。彼女はほかの者たちを見張り台に呼んだ。紡錘形の影がいくつも、波の下をものすごいスピードで通りすぎていく。その数、ゆうに百近くあるだろう。もっとも大きいものは、十二リスク以上にもなった。

「あれはアゴンカイだ」とシカンダイルルは説明した。

「手下たちは雨傘イカって呼んでいたけれど。沖合にしか生息していないイカだ。海面すれすれに泳いでいるってことは、もうすぐ姿をあらわす。残念だな。もっと下を飛んでいたら捕まえられたのに」

雨傘イカの大群はほとんど垂直に潜ったかと思うと、いっせいに海から飛び出して、十五メートル以上まであがった。軌道の頂点まで来ると、イカは白と赤の玉模様がついた膜を広げた。あれは多量の酸素を吸収するためのエラなんだろう、とシェタンは思った。アゴンカイは三十秒ほど飛び続けると、また水中に戻った。

「あたしの飛行船では、投げ縄をつけた凧で雨傘イカを捕まえてた」とシカンダイルルは言った。「うまく作れないかどうか、考えたほうがいいな」

シェタンは顔をしかめた。食料が底を突き始めていると、わざわざ言う必要はないようだ。みんな、とっくにわかっている。今朝だって、カビだらけのビスケットを捨てたところだ。

夜になるとつつましい食事をすませ、フェジイの競《クサ》技台《イルン》についた。シカンダイルルが格子をはずし、ゲームが再開された。やがてぽんぽんと言葉の応酬が始まった。

「次の見張りの順番を賭けるぞ」

「受けた」

「受けた」

「リンボ」

「わが将軍をアルマの四に。さあ、パスだな」

「フラリムで交換だ。負けを覚悟しておけよ」

「戦いにならない……ボードがいっぱいだ。オクターヴ！」

「おれも中央ボード要求だ」

「そこの駒に殻かけ」

「くそ！」

「おい、汚い言葉遣いはつつしめ。これはフェジイなんだぞ。ヒト族の俗っぽいゲームとは違うんだ」

「さあ、今度はあたしがひとつ星」

「押さえたわ。リムをちょうだい」

「あなたの縦列に赤石で逆転。わたしの駒を並べますよ」

「何ですと？　ルールの説明を求めます！」

「いや、今はだめだ。こっちは乗ってきたところなんだ」

「わたしのテリトリーでけりをつけるべきでしたね。さあ、もう丸裸ですよ」

　カジュルは番がまわるごとに目が飛び出さんばかりにして、まるで怯えた羊の群れに睨みを利かせようとするかのように、駒から駒へと視線を移した。シレ族の二人とアレサンデルは落ち着いたものだった。アメスの用心深い戦いぶりは、すぐ頭に血をのぼらせるカジュルと対照的だった。シェタンは二回に一回、確かな目的なしに駒を動かした。盤上の形勢は常に変化し、そのたびに戦略の——少なくとも、戦略の代わりになるものの——見直しが求められた。シェタンは、アメスの《遮蔽》能力がうらやましかった。そのおかげで、彼は絶え間ない変化を作戦に組み入れていくことができた。

ハンロルファイルはたった五時間で小戦に勝利した。二番手はシカンダイルル、そのあとアメス、アレサンデル、シェタンと続いて、カジュルが最後だった。彼は散々な結果を冷静に受け止めていたが、トーナメントに入る前にリターンマッチの小戦をしようと言い張った。しかしアレサンデルは首を横にふった。

「だめだ。時間がない」

「どうして」と老作家は驚いたように言った。「急ぎの待ち合わせがあるとでも?」

「それは、つまり……」アレサンデルは言葉を吐き出すかのように言った。「おれはもう、そんなにゲームを続けられそうにないからだ」

シェタンは同情の身ぶりをした。

「戦える状態じゃないなら、回復するまで待つわ」

「正直申して」とカジュルは続けた。「あんまり選択の余地はなさそうですが」

シェタンはカジュルをにらみつけたが、アレサンデルはうなずいた。

「たしかに、トーナメントを始めるなら、早いにこしたことはない」

「もう一度、駒を配りなおさねばいけませんか?」カジュルがたずねる。

シカンダイルルはじりじりと獲物を待つ二匹の蛇のように、腕状突起の先をくねらせた。

「このままでよければ、配りなおす必要はない」

「わたしはこれでけっこう」ハンロルファイルはためらわずに答えた。

アメスは今回だけということで、カジュルと駒をひとつ交換したが、夜もだいぶ更けていたので、一回戦を始めるのは翌日に持ちこすこととなった。

第五部　無風

ホドキン族とシレ族が、水辺で話をしていた。

「幸福なこと、水を得た魚のごとしだ」とホドキン族が言った。

するとシレ族が言い返した。

「どうしてそんなことがわかる？　おまえは魚でないのに」

するとホドキン族が答えた。

「どうしてそんなことがわかる？　おまえはわたしでないのに」

15

次の日、シカンダイルルは見張りに立つ前の日常点検で、船の高度が半ジャル落ちていることに気づいた。外包《エンベローブ》のなかにのぼって、内房《バロネット》が破れていないかたしかめた。二時間後にもう一度高度を測ってみると、さらに低下している。独り子《ロシル》は全員を万華鏡展示室に集めた。

「本当なら太陽の熱でガスが膨張し、上昇しているはずなのに、そうなっていない」

「船乗りとしてのお見立ては？」カジュルがたずねる。

よくわからないと、シカンダイルルは素直に認めた。

理由はいくつも考えられる。一度など、海底から浮かんできた海藻が、数千平方ジャルにもわたって水面を覆い尽くしたことがあった、と独り子《ロシル》は続けた。その腐敗ガスで局所的に気圧が下がり、近くを低空飛行していた船が遭難したのだと。

カジュルは両腕を広げて、飛行船を抱きかかえるしぐさをした。

「でも、こいつを操る方法は心得ているはずだ」

「いや、このボロ船はもう操縦不能だ」とシカンダイルルは冷たく言い放った。「操舵室もなければ十二面《ドデカ》体人工頭脳《エドル》もなく、砂袋《バラスト》や内房《バロネット》加熱システムは何の役にも立たない」

「せめて降下を食い止めるくらいはできるのでは？」

「ゴンドラを軽くすればいい」

早速みんなで、不要品の廃棄を始めた。下方の二デッキから家具を運び出し、壁の装飾を剝ぎ取った。どれもびっくりするほど軽いわ、とシェタンは思った。

シレ族の船主は、できる限り軽量化していた。大理石は発泡スチロールのブロックに張りつけただけ、装飾は化粧漆喰《スタッコ》か、彩色した紙張り子製だった。

昼ごろ、高度は海上半ジャルのところで安定した。

ヒト族は腹ごしらえをすると、遊戯室の席についた。持ち駒を前にするなり、シェタンは思わず鼓動が早くなった。馬鹿げてるわ、ただのゲームじゃない、と彼女は自嘲した。これがわたしの現実に、何の影響を与えるっていうの？

シカンダイルルが保護用の格子をはずしたとき、シェタンははっと気づいた。中央ボードに鎮座するイブン・シャジャラットの駒を、アレサンデルが瞬きひとつせずにじっと見つめている。

「シャジャラットの目が……」とアレサンデルはこもった声で言った。

シェタンは前に身を乗り出し、驚きの声を呑みこんだ。見れば小像の両目に、色がついているではないか。

アメスは腕を伸ばしてボードに乗せ、二本の指を重ねていた。ホドキン族が困惑しているときの身ぶりだ。

「それはさっきわたしが、あえてつけたんだ」

「どうして片目を緑に、もう一方の目を青にしたんです？」とカジュルがたずねる。

「シャジャラットはいつも、そんなふうに描かれるからね。彼がヒト族としての自己を捨て、シル教に改宗したとき、両目が別々の色になったと言われている」

カジュルがアメスにウィンクをした。

「黙ってればよかったのに。この小像は少しばかり謎めいていたほうが、ゲームの雰囲気が盛りあがったでしょうよ」

「そんな必要はない」

シカンダイルルがユーモアのかけらもない口調でそう言うと、小像の特性を列挙した。イブン・シャジャラットは不死だとされている。それゆえ、この駒を取ることはできない。しかし、あるグループの駒で四方をふさぎ、ブロックすることは可能だ。だからシャジャラットがひとりの競技者だけを利する状況では、ほかの競技者は包囲網を敷くため一致協力せざるをえない。さらに各競技者は自分の番にシャジャラットの駒を動かせるのだから、事態はますます複雑になる。練習試合の小戦は時間も短かったので、競技者同士が手を組む展開にはならなかったが、トーナメントが始まれば事態は変わってくるだろう。開戦早々、シェタンはその必要性に直面した。シャジャラットはとても自由に動けるので、ときにはサイコロで行動範囲を定めねばならなかった。

「フェジイが未来を映し出すのなら」カジュルはわざともったいぶった口調で言った。「われわれの旅にはまさしく混沌の影がさしていますぞ」

シカンダイルルはあえて何も答えず、自分の駒を動かした。シェタンはたちまちゲームに没頭し、周囲にあるすべてのものが――みじめな積み荷をかかえ、必死に沈むまいとしているイャルテル号の残骸も、悪意に満ちた大口をあけ、皆を呑みこもうと待ちかまえる太平湖も、アレサンデルの不安な健康状態も――意識から消え去った。シェタンはもともと勝負ごとにはうとく、ヒト族のゲームにせよホドキン族のゲームにせよ、こんなに熱くなったことはなかった。

各競技者の命運にかかわるイブン・シャジャラットの重要性が、シェタンにもわかってきた。オクターヴ――というのはフェジイの用語で、中央ボードでの対戦をいうのだが――における駒の働きが、シャジャラットの位置で決まるのだ。

つまりシャジャラットは、トーナメントの要だった。

「ここで休憩を宣言します」とカジュルが大仰な口調で言った。「どのみち、今夜は決着がつかんでしょう」

「明日も、明後日の晩もです」とハンロルファイルが補足する。

その言のとおり、へたをしたら一週間も続きそうだった。延々、一年間も行なわれたトーナメントも記録されている。

みんないっせいに立ちあがると、足のしびれをなおした。

シェタンは現実世界に戻るのに、数秒間かかった。外はすっかり暗くなっていて、アルコールランプをつけたことすら気づいていなかった。体のこりをほぐすと関節がぽきぽきと鳴って、彼女は顔をしかめた。

「何回、順番がまわったのかしら?」とシェタンはアレサンデルにたずねた。

相手は疲れきったようすで、さあねと身ぶりで答えた。顔色は紙のように真っ白だった。シェタンは恥ずかしさがこみあげてきた。試合に夢中で、アレサンデルの体調をまったく心配しなかったなんて。

ほかのみんなも同じだったけれど。

彼らはまた腰かけると、トーナメントを再開した。

そのときシェタンは、アレサンデルの情勢がとても危ういのに気づいた。脇がまるあきで、シカンダイルルとカジュルの攻撃にさらされている。カジュルのほうはまだ気づいていないようだが、シカンダイルルは自分の手をよく心得ているはずだ。だからこそ、すでに獲得した前線に今のところ駒の一部を動員せず、ハンロルファイル相手に熾烈な戦いを繰り広げているのだ。ハンロルファイルはとりあえず老作家と手を組んでいた。

今回の勝負でシェタンは中立を守ることにして、決着がつくのを待った。今はまだみんな充分力を保っているので、誰と組むのが本当に有利かを見きわめるには、これからの展開を待たねばならない。

アレサンデルが二つあるジャブルのひとつである《博労》と、《ゼルタ》でシカンダイルルに攻撃をしかけたとき、彼の運命は決まった。シカンダイルルは猛烈な反撃を開始した。十回順番がまわるあいだに、アレサンデルの主要な駒は奪われた。彼の軍は壊滅し、白旗をあげざるをえなかった。あとになってシェタンは、確信することになる。アレサンデルの狂気じみたくわだては一種の自殺だったこと、彼の戦略はすべてそこをめざしていたことを。しかしそのときは、なんだか試合そのものが貶められたような気がした。まったく、奇妙な感覚だった。

「いったん、中断しよう」ハンロルファイルが提案した。

アレサンデルの顔には、むしろ安堵の表情が浮かんでいた。それに、曰く言いがたい緊張感のようなものも。

「どうしてわたしたちの誰かと連携しようとしなかったの?」とシェタンはたずねた。「あんな状況でシカンダイルルに単独攻撃をかけたって、まったく勝ち目はなかったわ。あなただって、わかっていたはずよ」

少なくとも数回は、あなたのそんな自暴自棄から守ってあげられたのに。

ところが激しく言い返したのは、意外にも独り子《ロシル》だった。

「彼がどう戦おうと、おまえがとやかく言うことじゃない。思いどおりに打ったのだから」

アレサンデルはなだめるように指を広げた。しかしその両目は眼窩に落ちくぼみ、井戸の底で燃える炎のように光っていた。

「それじゃあ、罰ゲームを果たさなくちゃいけないな。どうしてイャルテル号に乗りこんだのか、そのわけを話さなくては」

「どうしても、今すぐしなくちゃならないの? 今夜はもう休んで、明日……」

「いや、無理だ。もうひと晩だって、こんな……だめだ」アレサンデルの目がくもった。「まずみんなに知ってもらいたいのは、おれが普通のヒト族じゃないってことだ」

「でもきみは、ヒト族じゃないですか」とカジュルが叫んだ。

「おれは家畜人《エレラク》なんだ」

時が止まった。それから、また流れ始めた。本能的な嫌悪の表情が、カジュルの肉づきのいい唇を歪めた。家畜人《エレラク》にもっとも近いヒト語の言葉は、《シレもどき》である。ヒト族の親から取りあげられ、シレ族に奉仕し、必要とあらば敵から守るために、その考え方を徹底的に教えこまれた子供のことだ。ロプラッド和平条約がただちにもたらした成果のひとつが、家畜人《エレラク》の身分を無条件に廃止することだった。しかしオマルはとても広大なので、シレ族たちが家畜人《エレラク》の飼育をやめようとしない地方もあった。安価な奴隷を保持するため、和平条約が知らされないことも。ごく普通のヒト族にとって、家畜人《エレラク》に共感すること――あるいはホドキン族が《共心《エトフラグ》》と呼ぶものを抱くこと――は難しかった。家畜人《エレラク》に同情を示す者たちの多くも、死こそが彼らにもたらされるべき解放だと密かに確信していた。

カジュルは自分の取った態度に気づいて顔を赤らめ、すぐに言った。

「申しわけない。こんな顔をすべきではありませんでした。つまりこれは、わが輩ほど自由な精神の持ち主――と自負しておるのですが――にとってさえ、タブーの重みはいまだ甚大なものがあるということなんです。かつてわが輩はこう書きました。家畜人《エレラク》を憐れむことは、道徳的義務であると。わが輩はきみのことを批判できませんよ、アレサンデル。わが輩がかつて支持した宗教は、結局どれも女たちに自己嫌悪を植えつけている。そのため女たちは、同じ嫌悪感のなかで子供を育て……」

そのときシェタンはちらりと思った。やっぱり、そうか。カジュルは第五福音教徒《エスコバリアン》か汎回教徒《パンスラミスト》か、もしかしたらその両方だったんだわ。

しかしアレサンデルは、いきなり立ちあがった。

「憐れみなんかいらない。おれみたいな者は、ほかにいくらでもいるんだ」

シェタンは思わず口をはさんだ。

「だからって、あなたの恐ろしい経験がなしになるわけじゃないわ」

今ならよくわかる。わたしたちがシカンダイルルを攻撃したときのことが。あのときあなたはシカンダイルルに切りかかろうと思っただけで、なぜか失神してしまった。あなたはシレ族を傷つけられなかったのね。それに麻薬中毒になったわけも理解できる。自分が何者かを忘れたかったんだわ。

アレサンデルのこめかみを、ひと筋の汗がつたった。

「早く！　気を失うぞ！」カジュルが叫んだ。

アレサンデルの頭が床に激突する寸前、ハンロルファイルは彼を支え、そっと横にした。

「また禁断症状の発作が出たんだ。彼の話を聞くのは、しばらくおあずけですな」

アレサンデルは胎児のように体を縮こまらせ、がたがた震えている。シカンダイルルは動くほうの腕状突起を肩の下に入れて彼を抱きかかえると、部屋に連れていった。

「お湯を沸かして」とシカンダイルルは指示を出した。

「彼を待ち構えているものを乗り越えるには、必要になる。薬物依存症を、自然に抜かねばならない。それには体がずっと活動してなくてはいけない。その状態を保つには、生き物の熱で温めるのがいちばんいい方法なんだ。誰かが彼の傍らで、添い寝をしてやらねば」

ホドキン族の体は表面が冷たい。彼らの代謝が、筋肉の熱をすべて再利用しているからだ。おそらくそれは、《遮蔽》と関係があるのだろう。シレ族は下胸部や体の穴から、かなりの熱を排出している。だから、この役目を果たせるのはヒト族だけだった。

カジュルは黙っている。

「わたしがやるわ」とシェタンは、しばらく間を置いてからため息混じりに言った。

アメスは沸かしたお湯を水差しに入れると、ナイトテーブルに置いた。そしてシェタンひとりを病人の脇に残し、みんな部屋を出ていった。

アレサンデルは痙攣したように体を震わせ、歯をがちがちと鳴らした。シェタンは彼にお湯を飲ませると、添い寝をした。男の湿った冷たい肌が触れると、思わず体を引きそうになった。こんなふうに嫌悪感がこみあげるのは、彼が家畜人《エレラク》だからじゃなく、病気でひどい状態だからだ。シェタンはそう自分に言い聞かせた。アレサンデルがもぞもぞと動き、手探りでシェタンの肩に手をかけようとした。シェタンが体をこわばらせると、アレサンデルは手を引いた。そのあと二人は、いつまでもただじっとしていた。シェタンはあえてベッドの反対端に避難しようとはしなかった。アレサンデルはがっちりとして引きしまった、魅力的な体をしている。けれどもシェタンは、何も感じなかった。シレ族やホドキン族と変わりない。

「カジュルと寝たほうがまだましかも」

彼女はそうつぶやいたあと、自責の念にかられた。あの告白があったからといって、何かが変わったわけじゃない。同じアレサンデルだ。それでもシェタンにはわかっていた。もう前のようには、アレサンデルに近づけないだろう。だって彼に烙印が押されていることを、知ってしまったのだから。

シェタンはアレサンデルにお湯を飲ませると、ようやく眠りについた。

家畜人《エレラク》の傍にいたらまんじりともできないだろうと心配していたが、それはまったくの杞憂《きゆう》だった。シェタンは明け方までぐっすりと眠り、目ざめたときにはアレサンデルによりそっていた。家畜人《エレラク》が脇にいると思ったら、一瞬、恐慌をきたした。しかし当初の嫌悪感が好奇心に変わっていることに彼女は気づいた。

　シェタンはそっと体を離した。それでもアレサンデルは目を覚まし、しゃがれた声で何か飲みたいと言った。顔色は戻り、震えは収まっている。水差しのお湯はすっかり冷えていたけれど、アレサンデルはごくごくと飲み干した。

「いっしょに寝てくれたのか」アレサンデルは驚いたように言った。

　シェタンが事情を説明すると、アレサンデルはうなずいた。

「ありがとう」

「お礼ならシカンダイルルに言わなくちゃ。わたしはアドバイスを実行しただけだから」

「だいぶ気分がよくなった。深刻な発作はもうないだろう。体はまだ蛭《アイジャトタ》の毒を欲しているが、これからはもう禁断症状を克服できそうだ」

　二人は服を着替えた。

　シェタンは気まずそうに咳ばらいをした。

「昨日、あなたは負けたのよ。覚えてる？」

「ああ」

「ゲームをやり直したほうがいいわ。あなたは普通の状態じゃなかったんだから」

　アレサンデルは大笑いした。

「そうじゃないさ。ここ数年来、めったにないほど普通だった」

　彼はドアをあけると、ついてくるようにと言った。そして二人は万華鏡展示室へむかった。

「わたしの出身地では」とシェタンは少しためらってから言った。「家畜人《エレラク》はただの伝説みたいなものだったわ。例えば、家畜人《エレラク》は腕を手術して、シレ族の腕状突起に似せてるなんて言われてた。自ら望んで去勢されているとも……」

　アレサンデルはさっと手をふりおろした。

「やめろ、馬鹿馬鹿しい。そんなくだらないこと、おれたちは考えたこともない」

彼が嘘をついているのに、シェタンは気づかないふりをした。彼女も心のなかに魔《デーモン》が住んでいる。しかしそれは、アレサンデルが抱えている魔《デーモン》とは比べものにならないはずだ。シェタンは心配そうに、ちらりとアレサンデルを見やった。

彼は再び過去の悪夢に陥らないだけの強さを、保っていられるだろうか？

万華鏡展示室に着いたので、シェタンはあえてたずねなかった。みんな作業を終えて食事をすますと、競技台《クサイルン》のまわりに集まった。ゲームを続けるためではなく、アレサンデルの話を聞くために。

アレサンデルは、急に臆したかのようにあごをさすった。

「おれは話し上手じゃないんで」と彼は、言い訳じみた前置きをした。「どこから始めたらいいのか」

するとカジュルが自信たっぷりにからからと笑った。

「最初から始めればいいじゃないですか」

「最初って、何の？」

「そりゃ、きみの人生ですよ」そして老作家は、一瞬間を置いてから続けた。

「いずれみんな、この試練を経ることになるのですから、ルールを決めておいたほうがいいでしょう。各自、人生の初めから語ること。われわれの行路を照らしだす細部は、いっさい省かないこと」

第二の提案は厳密さに欠けるところもあったが、ともあれみんなが賛成した。

アレサンデルはさっと天井を見あげた。彼は打ち明け話をするのに慣れていなかったので、いざ話し始めようとしたら、胃を口から吐き出して食べものを消化する海の生物にでもなったような気分だった。

「おれが生まれたのは、ワクハン地方にあるフリュスカという町だ。三歳のとき、おふくろがシレ族の人買《チネアイ》いにおれを売って、家畜人《クット》にされたってわけさ」

16

フリュスカは太平江沿いのワクハン地方で、もっとも古い町だった。オマル最長とも言われるこの大河を、フリュスカでは、アイリュラフルマというシレ語の名で呼んでいた。河はシレ族とヒト族の棲域《エリア》を北と南で分かつ自然の境界線をなしていたが、乾季と雨季が入れ替わるとしばしば境界は不明確になった。ワクハンはヒト棲域にあるシレ族の飛び地だった。十二世紀、その地域を征服した人物から、千トンの鉄と引き換えに買い取ったのだ。あたりは森林地帯で、北は太平江《アイリュラフルマ》によって区切られている。西隣に続く名もない土地には青灰色の山が連なり、百年前のスタッド主義運動の結果だろうか、淡い緑と石ころだらけの砂漠が広がっていた。東側は、大河の支流が飛び地の境だった。

シレ族はワクハン地方を占領すると、そこに住んでいたヒト族に対して過酷な政策を押しつけた。すでに定住している農民は強制的に追い出さないと、取り決めが交わされていたが、約束はそこまでだった。新たな支配者は水の管理を、つまり農業を独占し、豆芋《シヴレ》と葦《ヘェ》という重要な作物の栽培を手に入れた。水の闇取引が恒常化するまでに、時間はかからなかった。植民地化の最初の一世紀間で、ヒト族は領地奪還を五回にわたって試みたが、すべて手痛い失敗に終わった。散発的な蜂起が百五十年間続いたあと、抵抗運動は壊滅した。行政当局は近隣地方を買収し、反乱グループや奴隷の反乱に対する外部からの援助を切り崩した。そしてさまざまな方法でシレ族の入植を促進し、ヒト族の自由民を追い払おうとした。例えば村と村をつなぐ道を遮断する壁を築いたり、過去の足跡をすべて消し去るために、築三十年以上の建物を取り壊したり、堅固な住宅の建設を禁止したりした。有力者の家でさえ、木と土で作られるようになった。

アレサンデルの両親は自由民の労働者だった。それはシレ族と同じだけ働いても、入る賃金が半分だという意味だ。一家はフリュスカの町はずれに住んでいた。フリュスカは人口四十万人の町で、住民の多くは司法当局が強制的に定住させた汎回教徒《パンスラミスト》の遊牧民家族だった。常に監視の目が光っていて、彼らに選択の余地は残されていなかった。アレサンデルの誕生から数年のあいだ、遊牧民たちは導師《イマーム》の忠告を聞き入れずにワクハンを出ていった。するとそのあとには、《不在住民の財産没収権》を盾にしてシレ族の入植者がたちまちやって来た。しかし大部分のヒト族は、なんとか留まろうとがんばっていた。

「土地を失うこと、それは名誉と尊厳の喪失だ」と、彼らは逃げ支度を始めた者たちに言った。小さな袋に詰めた土や家の鍵だけが、出発する者にとって唯一の思い出だった。「世界は広大で無限だ。しかしこの地を去るのは、逃げ出すに等しい。その恥辱はオマルよりも大きく、限りがない」

フリュスカは数少ないヒト族自治区のひとつだった。そのため町には、自由民労働者が集まっていた。飢饉による暴動が頻発し、たいていは流血事件にまで発展した。行政当局の主導による入植の結果、ヒト族の飛び地の真ん中にシレ族の飛び地が作られ、利権の分配はさらに複雑化した。シレ族の入植者は、ヒト族の自由民労働者と変わらず貧しく、反乱が起きれば真っ先に被害を被った。いっぽう、奴隷を抱えた大地主は町の外で暮らしていた。行政当局は地域にトラブルがあっても、シレ族に犠牲者が出なければ何もしないか、消極的な手段しか講じなかった。軽微な犯罪を扱うのは、ヒト族の裁判所だった。シレ族の命のほうがヒト族の命よりも、法律的観点からは重んじられるのだと

いうことが、幼いアレサンデルにもわかった。

アレサンデルは父親のことを、何も覚えていない。フリュスカの町は国境に囲まれているようなものだ。仕事は町の外にあったから、アレサンデルの父親もほかの自由民労働者と同じように、日に二回国境を越えねばならなかった。父親は荷運び用の三眼蜥蜴《オーニッド》を飼育するシレ族の農園で働いていた。給料は週払いで、一回でも遅刻すると、すでに働いたぶんの賃金ももらえず、即刻クビになる。しかも国境の検問所は、予告もなく閉まっていることがあった。そんなときには何ジャルも歩いて、反対側にまわらねばならない。だから自由民労働者は、少なくとも夜明けの二時間前に家を出て、帰ってくるのは日が暮れてからだった。重い荷を担いで長い距離を歩くには、体を揺すってリズムをつけねばならない。その姿から、彼らは《ふらふら歩き》と呼ばれていた。

アレサンデルが三歳のころ、父親が姿を消した。理

由はわからない。暴動のときに逮捕されたのかもしれないし、仕事で事故に遭ったのかもしれない。もしかしたら、こんな惨めな土地から逃げ出しただけかも。

ともかく、暮らしはたちまち困窮した。

女は働く権利がなかったので、母親は必死に再婚相手を探した。しかしみんな彼女をもてあそんで、すぐに捨てた。母親は通りで物乞いを始めたが、それすら導師《イマーム》の許可がなければ禁止されていた。やがて彼女は家のドアに、特別保護法に頼っていることを示す青樹《エラスメ》の花を釘で打ちつけた。それはとても貧しくて、訪問者をもてなせないという意味だった。

そんなとき、シレ族の人買い《チネアイクット》が家にやって来た。腕状突起には、身分にふさわしい色とりどりの指輪をじゃらじゃらとつけていた。人買いは七年に一度、この地方をまわって、強大な権力を欲しいがままにした。例えば、五歳以下の男児は三人にひとりが連れ去られた。しかし、その年は収穫が少なかった。アレサンデルはひとり息子だったので、代金を支払わねばならない。人買いは少年を裸にして、脇の下や股ぐらを素早く触診した。

「虫歯はないようだ」と人買いは、アレサンデルに口をあけさせて言った。「三眼蜥蜴《オーニッド》も反吐を吐きそうなほど汚らしいガキだが、歳のわりに発達状態はいい」

「ええ、力だって強くなるわ」

「五歳以下なのは間違いないな？　五歳をすぎると、いい家畜人《エレラク》にならない」

「この子なら、五十ティアリはもらわないと……」

「四十ティアリ以上では買わん。こいつは三十五ってところだ」

母親はさんざん交渉をした末に、四十ティアリで手を打った。人買いは、彼女に選択の余地がないことを知っていた。アレサンデルは四歳にもなっていなかったが、何か大変なことが起きているのだとわかった。

母親は顔をそむけてすばやくアレサンデルを抱きし

めると、耳もとで「母さんのことを忘れないでね」とささやいた。人買い《チネアイクット》はアレサンデルのうなじに腕状突起を巻きつけ、ぐいぐいと引っ張っていった。

　こうして、アレサンデルがヒト族としてすごした短い人生は終わった。

　家畜人《エレラク》としての人生は、導師《イマーム》のもとへ行くことから始まった。導師は戒律に従って、アレサンデルのために神の加護を祈った。そのあと、人買いのアルコールトラックまで一時間ほど歩かされた。アレサンデルは弱音を吐くまいとした。まず連れていかれたのは、フリュスカの北にある小屋だった。ほかにも同じ年頃の男の子が、二十人くらいいた。そのうち何人かは、ここに来てもう一週間になるという。アレサンデルは、皆と友達になる間もなかった。子供たちは翌日すぐに、北のシレ族地区に移された。それから二十五時間、家畜運搬列車に揺られて、太平江《アイリユラフルマ》沿岸の町ウアンロンに着いた。

　人買いは貨車からトラックをおろし、荷台に子供たちを詰めこんだ。

「今から、おまえたちは家畜人《エレラク》だ」と人買いは言った。「だからといって、シレ族になれるわけじゃない。そんなこと、できやしないからな。だが幸運にも、われらの繁栄を目のあたりにして育つのだ。われらの輝かしい光に照らされる名誉を大切にしろ。これからおまえたちに、受け入れ先の家を割りあてる。そこでシル教の尊い教えが得られるだろう」

　アレサンデルは苦労してこうした言葉を聞き取った。シレ語は理解できたけれど、人買いは早口だった。それに陰気な声のせいで、本来ならば掻き立てられるはずの高揚感が削がれてしまった。アレサンデルは体を揺すりながら、長広舌が終わるのを待った。おしっこをしたくなった。人買いはトラックに乗ると、車を走らせた。

　割りあてにはえんえんと時間がかかった。子供たちはひとり、またひとりと家の前でおろされた。トラックの荷台はしだいに閑散として、陰鬱な沈黙が続くようになった。

アレサンデルの番が来た。埃っぽい小道に足をついたとき、胸が締めつけられた。このときになって、失われたものの大きさをようやく実感した。ぼくにはもう、今までのような家はないんだ。お母さんはどうなるのだろう？　頬にくっきりと涙の跡が残り、鼻がぐずぐずした。

小道のとっつきに石造りの家が建っていた。アレサンデルは進むのをためらった。家がとても大きく見えたから。トラックをふり返る。それはかつての暮らしにつながる、最後の絆だった。燃焼したアルコールの煙を吐き出して、トラックが動き出した。子供は大きく息を吸うと、また歩き始めた。途中、茂みのなかで小便をすませ、洟《はな》をかんだ。それから、見あげるようなドアの前に立ち、おずおずとノックした。若いシレ族の男がドアをあけ、アレサンデルをじろりとねめつけた。

「ああ、ヒト族か。名前は？」

「アレサンデルです、ご主人様」

「おまえは今日から、ジョカヒュヴァヴァイルルム家に仕えることになる。だが、よくおぼえておけよ。おまえはわれらが一族の名を名乗ることはできない。おまえは進化の誤った枝先にいるのだから。食いぶちに値するように努力しろよ。ヒト族はおこぼれでも、勝手に拾うことは許されない。与えられたものだけを食べるんだ」

アレサンデルはどぎまぎしながらうなずいた。

「言っておくが、わたしは衛生管理に厳しいからな」と主人は続けた。シレ族の嗅覚はヒト族よりずっと敏感なので、悪臭には耐えられないからだと。けれども実際には、もっと強烈な臭いも平気なのだと、アレサンデルはあとになってわかった。しかし、異を唱えることはできない。命が惜しければ、口ごたえは厳禁だ。

　ジョカヒュヴァヴァイルルム家には総勢十九名の家族がいた。家畜人《エレラク》をひとり受け入れれば、三眼蜥蜴《オーニッド》の畜殺税が免除された。しかもアレサンデルによってもたらされる恩恵については、誰にもとやかく言われない。しかしジョカヒュヴァヴァイルルム家は、自分たちの特権を乱用はしなかった。もっと不運な子供たちのなかには、こき使われたあげくに死んでしまう者もいた。八歳になると、家畜人《エレラク》の衣服を身につけねばならなかった。襟なしのシャツと青いズボン、黒いブーツ、ベレー帽、布のショルダーバッグだ。それはシレ族が決めたのではなく、ヒト族の要求だった。遠くからでも、ひと目で家畜人《エレラク》だとわかるようにと。ワクハン地方における家畜人《エレラク》の総数は、六十万人にものぼった。人口の五分の一だ。

　オマルは平らで果てしなく、シレ族はそこで最初に創造された。だから、ヒト族の領地だと言われるものには根拠がない。いつか、世界中が、シル教の司教杖のもとに統一されるだろうと、アレサンデルは教えられた。

「それなら、どうしてすべてのヒト族を、家畜人《エレラク》として飼育しないのですか？」とアレサンデルはある日たずねた。

「シレ族は劣った生き物を育ててやるために、オマルにいるわけじゃないからな」と相手は答えた。

　アレサンデルが使うのは、もっぱら俗シレ語だった。家畜人《エレラク》には禁じられている正シレ語を簡略化した、子供の話し言葉だ（ずっとあとになって、彼が自由を再び手に入れたとき最初にしたのは、正シレ語の初歩を学ぶことだった）。

　何年仕えても、ジョカヒュヴァヴァイルルム家はアレサンデルに愛情を――少なくとも、アレサンデルの目から見て愛情だと思われるものを――まったく示さなかった。普通のヒト族にはない考え方の枠組みを、彼は少しずつ身につけていった。ヒト族が嘘を隠すために作るような顔の動きが、シレ族にはなかった。けれどもシレ族の腕状突起は、ヒト族の手よりもずっとすぐれた形状をしていた。

　十二歳のとき、アレサンデルは受け入れ先の家から移された。家族の誰も、まったく悲しがるようすはなかった。彼が出ていくとき、主人はさよなら代わりにこう言った。

「また人買い《チネアイクット》が来るのを待つとしよう。席が空いたと知らせねばならない」

　アレサンデルはウアンロンを離れ、百ジャルほど東にあるオムリティクスヴェルへ移った。そこは家畜人《エレラク》ばかりが暮らす街で、葉が尖っていることから《刃の木》と呼ばれる青樹《エラスメ》の森の中心に建てられた共同バラックからなっていた。青樹の森は太平江《アイリユラフルマ》沿いの町にとって貴重な収入源だった。町で大理木材《マルボル》に加工された青樹は、大河に乗せて運ばれた。

　アレサンデルは、一軒のバラックに入れられた。ほかにも、着いたばかりの家畜人《エレラク》が五十人ばかりいた。ほどなくわかったことだが、シレ族当局は日常生活の運営を、一部の選ばれた家畜人《エレラク》に任せていた。彼らはライスと呼ばれ、食料の配給やバラックの衛生管理にあたった。ほとんどのライスが、服のうえからシレ族の安全帯《ハーネス》、サミュダムを着けていた。もちろん、全権が彼らに委ねられているわけではなかった。

　シャリフはライスと作業長の役目を兼ねていた。彼はシレ族当局の支援を受けた汎回教《パンスラム》慈善団体の導師《イマーム》で、太平江河岸に捨てられた品物の回収も請け負っていた。

　最初の三年間、アレサンデルは青樹の枝おろしに配属された。それは退屈で危険な現場だった。指や手足を切断した者も少なくない。アレサンデルは友人を作らなかった。枝おろし労働者たちは強い団結力を誇る影の軍隊をなしていたが、それでも過酷な労働には抗しきれなかった。だから兵役にむかったときは、少しほっとした。彼は軍隊で二年間、葦槍《ヘェ》や散弾銃の扱いを習った。教官は、ヒト族やホドキン族を殺すさまざまな方法を教えた。もちろん、シレ族の殺し方は入っていない。シレ族の解剖学はご法度だ。教科書を持っていただけで死刑になる。でもそれは、どうでもいいことだった。両種族の士官が殴り合いの喧嘩をするなかで、実践的に身につくのだから。

ある晩、アレサンデルは駐屯地の酒場で飲みすぎてしまった。彼は泥酔した仲間の男を抱きかかえて店を出た。男の上半身は、シレ族の胸部を模したモチーフで飾られていた。おまえも真似しろと、男は唾を飛ばしながら言った。

「そんなことしたって、シレ族になれるわけじゃないぞ」とアレサンデルは口を酸っぱくして言った。「おれたちは、しょせん家畜人《エレラク》なんだ」

「家畜人《エレラク》なんて、くそくらえ！　おれたちはヒト族だ」(彼はそう言うのに、ヒト族風の発声をした)。どうせ、神聖な種族の一員じゃない。でも、方法はある……」

「フェジイか？　それでシレ族になれると、本気で思っているのか？」

「フェジイの話なんかしちゃいない。シレ族と同じように感じなければ。それが唯一の方法だ」

男はシャツのボタンをはずした。赤い染みのついた布が、胸にきつく巻かれている。鉄条網を皮膚に食いこませ、そのうえをガーゼで包んで血を吸い取っているのだ。

苦悶と変身への道か、とアレサンデルは愕然としながら思った。苦悶崇拝のシル教が、家畜人《エレラク》に押しつけられることはなかった。家畜人《エレラク》はシル教に値しないと、シレ族が思っているからではない。家畜人《エレラク》の心性は苦痛に対して、自分たちと同じ反応をしないのだから、シル教を教えても意味がないとわかっているからだ。シレ族にとって苦痛は第六感、彼らの肉体的現実にひらかれた扉なのだ。そこから世界との調和がひろがっている。シル教に改宗したヒト族はこの教えを歪め、サド・マゾ的な色合いを与えてしまった。

「シレ族と同じように感じなければ」男は上半身に走る傷跡を撫でながら繰り返した。「自らの肉体に、神聖な種族の肉体を映し出すんだ……」

「ボタンをはめろ」とアレサンデルは言った。「人に見られるぞ」

相手は酒臭い息をアレサンデルに吐きかけた。

「おれの友人に駐屯地の医者がいる。名前は言えないな。やばい仕事をしているんでね。シレ族はそうした改造を嫌がるんで、闇で手術をしているんだ。何ティアリか出せば、この手を……（最後の言葉を口にするとき、軽蔑するような声になった）腕状突起に変えてくれる」

アレサンデルはいっきに酔いが醒めた。

「馬鹿なことを言うな！　その医者は、ただのイカサマ師だ。誰もおれたちを改造なんかできない。体の構造が違ってるんだ。だいいち、どうしてそんなことを？　要するに、おれたちはこう造られた。シャリフも言っているじゃないか」

「シャリフなんて、ただの能無しだ。あいつも、あいつの言うことを信じているやつらも」

酒場から出てきたシレ族の女がその言葉を聞いて、つかつかと近づいてきた。

「今、何て言った、家畜人《エレラク》？　作業長のことを、そんなふうに侮辱するものじゃない」

そのあとに続いた喧嘩騒ぎのことは、アレサンデルも曖昧な記憶しかなかった。連れの男は酔った勢いで、危ないことを口走ってしまった。シレ族の女は彼を殺すつもりなどなく、懲らしめようとしただけだった。結局、連れの男は血まみれになったものの、傷は大したことなかった。アレサンデルは関わらないようにしていた。下手に口出しをしたら、面倒なことになる。

シレ族の女は腕状突起を突きつけ、こう言った。

「こいつを連れて、さっさと帰れ。シャリフには何も言わないでおいてやるから、ありがたく思いなさい」

この一件を明かすことは、シレ族の女にとっても得にはならない。当局は喧嘩騒ぎを嫌がっていた。

なぜか自分でもわからないが、アレサンデルはすなおにうなずく代わりにこう言ってしまった。

「ありがたく思うのは、おれたちだけじゃない。あんただって、同じはずだ」

反対方向に帰りかけていたシレ族の女はぴたりと足をとめ、こちらをふり返った。

「聞こえたよ、家畜人《エレラク》。偉そうな口利いて」

アレサンデルは抱きかかえていた連れの男を、ゆっくりと地面に置いた。

「聞こえるように言ったからな」

馬鹿げた挑発をしてしまった、とアレサンデルはすぐに思った。いったいおれは、どうしちまったんだ？

あのシレ族の女は、酔っぱらいならしかたないと大目に見た。けれども、頭ははっきりしているくせに無礼な態度を取る家畜人《エレラク》には、そんなに寛大ではいないだろう。

短刀《ウクラン》の鋭い刃が、闇のなかで光っている。

アレサンデルは腰を落として身がまえ、両腕をひらいた。シレ族の弱点はどこか、実際に確かめてみるときだ。しかし防御に入ろうとした瞬間、彼はふと思った。おれにはシレ族を殺す権利があるのだろうか？

シレ族はたいてい、前触れもなく攻撃してくる。この女も例外ではなかった。二本の腕状突起で短刀を振りかざし、いきなり前に飛び出した。

「どうしたんだ？」

シレ族の女は途中で動きを止めた。そして短刀を、しぶしぶ胸の鞘に戻した。

シャリ、シャリフだ、とアレサンデルは思って凍りついた。

導師《イマーム》は地面に横たわっている男をちらりと見て、死んでいないことを確認した。

「死者は出ていない。ならば大事ではないな」とシャリフは言った。

「あの家畜人《エレラク》がおまえを侮辱したから、懲らしめてやったんだ」とシレ族の女は叫んだ。「そうしたら、もうひとりが邪魔をして」

シャリフは慣例にかなった身ぶりで、感謝の意を示した。

「わたしの名誉を守っていただき、ありがとうございます。しかし失礼ながら……飲んだうえでの喧嘩騒ぎは、あなたのように身分あるシレ族にとって、いささか体面が悪かろうと思いますが」

シレ族の女は体を痙攣させ、しぶしぶ認めた。シャリフの論法《レトリック》に乗せられたわけではないが、この場は丸く収めたほうがよさそうだ。シャリフには影響力がある。殺人によって面倒な事態になれば――たとえ家畜《エレラ》人《ク》殺しでも――うえから責任を取らされるだろう。

シャリフはさらにあれこれ言って、シレ族の女をなだめた。それからアレサンデルをふり返り、冷たい声でこう告げた。

「おまえたち二人は、次回の説教に出席すること」

そして彼は踵を返した。


翌日、アレサンデルはモスクへ行った。シャリフはすでに説教を始めていた。昨日の事件など、すっかり忘れているかのようだ。説教の内容を監視しているのだろう、シレ族警察官の姿もあった。しかしシャリフは、オリヤ・カマズの話を平気で始めた。オリヤ・カマズはワクハン地方で続いた抵抗運動の英雄で、シレ族当局にもよく知られた人物だ。彼の数ある偉業のなかでも特に有名なのが、今から二百年前、十万人の家《エ》畜人《レラク》を蜂起させてワクハンの独立を勝ち取ったことだった。反乱は制圧されるまでに十年間も続いた。シャリフの説教は、家畜人《エレラク》が栄えあるシル教のもとに置かれていることをあらためて認めながらも、カマズの言葉を滔々と引用した。

「シレ族はヒト族と平和共存するためではなく、ヒト族から土地を取りあげ、ヒト族を奴隷として使うためにやって来たのだ。彼らは水をわがものにし、われわれの発展に必要不可欠な資源を奪った。いかなる民も、ホドキン族といえども、今われわれが耐え忍ぶ辛苦を甘受することはないだろう」

聴衆のなかには、何人もうなずく者たちがいた。警察官が黙って聞いているのが、アレサンデルには驚きだった。シャリフのシレ族上司に報告しなくていいだろうか。いや、やめておこうと、彼は本能的に思った。

その晩、アレサンデルの部隊は南部前線への配属命令を受けた。威嚇行動が彼らに命じられるのは、これが初めてではなかった。南から第五福音教徒《エスコバリアン》の軍隊が侵入してくるという噂が、ここしばらく広まっていた。

「フリュスカは聖地なんだそうだ」と兵舎の仲間が言った。

「第五福音教徒がフリュスカにいたことなんかないぞ。なのにどうして聖地になるんだ？」アレサンデルは言い返した。

部隊は、応急修理した十二面体人工頭脳《ドデカエドル》が運転するぼろトラックに乗りこんだ。大理木材《マルボル》運搬ルートになっている街道を進み、一週間後にオウヘル近郊の古い兵舎の前で降りた。オウヘルはワクハンの南東部に位置する駐屯地だが、彼らは国境の警備よりも設備の修理に時間をとられた。ともあれ、今のところ敵軍の姿は見えない。

アレサンデルの部隊はオヴヘルにむかった。町には攻囲戦の雰囲気が漂っていた。地元の主要な商売といえば、売春宿だった。アレサンデルはそうした店に行くのを、初めはさんざんためらった。家畜人根性《エレラク》が染みついてしまい、性的快楽の対象として女を見られなくなっていたし、こんな片田舎で働く娼婦はたいてい年寄りで、病気持ちだった。それでもアレサンデルは、意を決して店に入った。

十分後、シレ族将校が売春宿をノックした。

「集合だ。敵の侵攻が始まった」

第五福音教徒軍がワクハンを陥落させるのに、一ヵ月しかかからなかった。

17

アレサンデルが話をひと区切りさせたとき、もう夜も更けていた。彼は疲れのあまり、頭を揺らした。シェタンとカジュルも、体を起こしているのがつらくなってきた。だから話の結末は明日に持ち越そうということで、意見が一致した。

翌朝、最初の監視当番はたまたまシェタンだった。すぐさま彼女は、みんなを見張り台に集めた。カジュルがまず気づいたのは、高度がさらに下がっていることだった。それから彼は床にひざまずき、供物を授かるかのように両手をあげた。

「すばらしい！　助かった」

水平線のかなたに陸地が広がっている。ただの島だったら、あんなに大きいはずはない。いつのまにか岸にむかっていたのだ。飛行船からはまだ遠かったが、雪を頂いた大きな山がもう見えていた。

「予測を誤っていたようだ。岸がここにあるはずないのだが」とシカンダイルルが言った。

カジュルはシカンダイルルを軽く小突いた。いつもなら、攻撃と取られかねないふるまいだ。

「いやなに、がっかりすることはない。間違いがこんなに嬉しい驚きなら、喜んでわが無神論を撤回しますぞ」

アレサンデルは笑い出した。

皆のあいだにあった緊張感が、いっきにほぐれた。シェタンはカジュルから思いきりキスをされても、嫌がりもしなかった。アメスと二人のシレ族は、かまびすしく議論を始めた。

シカンダイルルは腕状突起をあげた。

「喜ぶのはまだはやい」シカンダイルルはそう言うと、じろりとカジュルを見た。「間違いはここまでだ……」

五分後、嫌でも皆、認めざるをえなかった。雪山だと思ったのは、大きな雲の集まりにすぎなかった。こうした幻影を、海賊たちは《バターの陸地》と呼んでいるという。近づくにつれ、溶けて消えるからだ。

この間違いに加えて、さらに困った事態が明らかになった。あと一日で、食料が完全になくなりそうなのだ。

彼らは引き網を作った。網の降ろし方をうまく調整すれば、舵の代わりにもなる。シカンダイルルは気温測定器も組み立てた。外の気温を測ってみると、結果は百五十四ナル、摂氏約十八度だった。しかし高度がまだ高すぎて、海まで釣り糸が届かない。アメスはかごを降ろしたらどうかと提案した。かごを作るのはいいとして、百五十リスク以上の高さから安全にそれを支える丈夫なロープを見つけるのがひと苦労だった。

こうして六本のロープをつけた、直径五リスクの丸いかごができた。ロープはリングでひとつにまとめてある。ひとりなら充分乗れるだろう。みんなのなかでいちばん軽いアメスが、まず乗りこむことになった。アメスは釣り糸と、いろいろな餌を積みこんだ。傷んだ食べ物、遊戯室を飾っている植物の葉、袋詰めにしたシレ族の排泄物などだ。

三十分後にかごを引きあげると、アメスは両手に魚を握っていた。全部で六匹。夕食には充分だ。次にシェタンが交代したが、収穫はもっと少なかった。

「おかしな生き物がいたわ」と彼女はあとから語った。「ちょっと見ると、色とりどりの帆を張った小型船団みたいなの。でも、うしろからエイザメが追いかけてた」

「それはペラゴンカイといって」とシカンダイルルが説明した。「大きな甲羅を被った両生類で、ひれを帆のように広げるんだ。ヒト族の手下たちは、たしか海孔雀《クジャク》と呼んでいたな。陸地の近くには棲息していない」

「あなたはひとを元気づける天才ですな」

カジュルは冗談めかして言ったけれど、その背後には飢えの脅威が隠されていた。飲み水は大丈夫だろう。しかし沖合で、魚が獲れる保証はなかった。まったく収穫がないまま、何日もすぎるかもしれない。

エイザメのひれが波を切り裂いた。シェタンは船底の下で揺れるかごのなかで、ひとりもの思いにふけった。アレサンデルの話が、絶えず脳裏によみがえった。《生まれながらのヒト族はいない。生まれたのち、ヒト族になるのだ》この格言《アフオリスム》は、シレ族やホドキン族にもあてはまるだろう。しかし何よりもまして、家畜《エレラ》人《ク》の置かれた立場を言いあてている。いろいろ考えるにつけても、家畜人《エレラク》に対して人々が抱く軽蔑の裏には、いわく言いがたい恐れが奥深く秘められている。神話的な混種の恐れ、つまり異種族のあいだには、なんらかの連続性があるのではないかという仮説が。ヒト族にとってもシレ族にとっても、混種は獣に近づくこと、つまり身をもちくずすことだった。

食事のあと、皆がフェジイのテーブルを囲むと、アレサンデルは告白の続きを始めた。

第五福音教徒《エスコパリアン》のワクハン解放軍は西の山から東の川からと側面攻撃をしかけ、待ちかまえていたところには姿をあらわさなかった。猛攻の嵐はオウヘルの駐屯部隊を避けて通ったので、アレサンデルは戦わずにすんだ。やがて部隊は北へ撤退するよう命令を受け、そこから船で大河のむこう岸へ避難した。

「第五福音教徒は、おれたちを探しに来たんだ」とアレサンデルの部隊にいた職業軍人が言った。

「おれたちを？」

「ああ、家畜人《エレラク》をね」

「なんのために？」

「そりゃ、おれたちを改宗させるためだ」

「あいつら、おれたちを毛嫌いしてるはずだろ」

「嫌ってるのは、今のおれたちさ。だからこそ、やつらはここにやって来た。いわゆる《主の光に照らされた道》に、おれたちを戻すために」

戦況はますます混乱してきた。アレサンデルの部隊は、機械化された輸送手段を欠いていた。十二面体《ドデカ》人工頭脳《エドル》を備えた乗り物は戦車に改造するため、すべて徴用されてしまった。アレサンデルたちは、武装したヒト族の縦隊とすれちがった。堂々と棘十字を掲げているが、攻撃はしてこなかった。戦う相手はシレ族の部隊と決めているのだろう。

二週目の終わりに、第五福音教徒の大隊がアレサンデルたちを追い始めた。彼らを殺すためではなく、捕獲するためだ。アレサンデルの部隊はこの土地を知り尽くしていたが、追手は執拗だった。夜になると、第五福音教徒はスピーカーで投降を呼びかけ、憑りついている悪魔《デーモン》を祓ってやると約束した。

「慈悲深い神は汝らを憐れみ、救いの手をさしのべようとわれわれを遣わせた……クルルル……悪魔に憑りつかれたのは、汝らのせいではない。汝らは苦しんでいる。われわれはそれを知っている……来たれ、われわれのもとへ！」

この聖歌混じりの呼びかけに、多くの者が心動かされた。毎朝、目覚めてみると、アレサンデルの部隊は一人、二人と数が減っていた。脱走して敵軍に加わったのだ。

敵軍は驚くほどすばやく進行した。このぶんでは北部までたどりつけないと思い、アレサンデルたちは東側の支流へむかった。支流へ行くには、森に包まれ小川が流れる丘をいくつも越えねばならない。丘に入ればひと息つけるが、部隊はだいぶ疲弊しているので、のんびりはしていられなかった。敵はどこまでも追ってくる。寝返った家畜人《エレラク》から情報を得ているのだろう。

地形はのぼりくだりを繰り返した。渡るのが難しい浅瀬があれば、上流に石を投げこみ流れを緩めるのに、また時間を食ってしまった。

ようやく丘陵地帯に踏みこんだ。

第五福音教徒《エスコパリアン》たちは、すでに丘をしらみつぶしに調べていた。アレサンデルたちは略奪され、破壊しつくされた村をいくつも抜けた。切断されたシレ族の脚が、広場に何百本と山積みにされている村もあった。脚は太陽の光を受け、赤く輝いていた。アレサンデルは傷を負って怯えている家畜人《エレラク》の老人を見つけた。これは《見せしめ》だ、と老人は説明した。脚を切られなかった者の死体が、村はずれの共同墓穴にたくさん横たわっていると。

このあたりのシレ族は家畜人《エレラク》を解放しなければならなかった、と老人は続けた。家畜人《エレラク》のなかには、解放を強いられるのに耐えられず、自分たちを捨てて森へ逃げようとする主人を殺す者もいたという。

「森には、木の数よりもたくさんの家畜人《エレラク》が隠れている」と部隊長は満足そうに言った。「われわれもそのなかに紛れこめばいい。そうすれば追手を撒けるぞ」

アレサンデルはその意見に賛成できなかった。たとえ追跡の手は逃れても、いずれワクハン地方は壊滅する。それならできるだけ早くここを離れ、大河を越えてシレ棲域《エリア》へ入ったほうがいい。

森へ逃げこんでひと息ついたものの、アレサンデルが恐れていた事態になった。第五福音教徒《エスコバリアン》たちはこの機に乗じて、彼らを包囲したのだ。あとは森に火を放つだけだ。アレサンデルが両手をあげ、咳きこみながら出ていったとき、空は煙で真っ黒だった。彼は武器を取りあげられ、収容所に入れられた。電流を通した鉄柵が、まわりを囲んでいる。炎に焼かれた者たちのうめき声が、一日中続いた。

首もとを締めつける黒い法服を着た司祭が、収容者のところにやって来た。迷妄を正す新たな方法がある、と司祭は言った。その教えによりよく従う者は、いずれ正道に戻るだろうと。

収容所には三千人近くの家畜人《エレラク》がいた。夜のあいだに自殺した者は、百人にものぼった。アレサンデルは死体の片づけに動員された。共同墓穴は汚物でいっぱいだった。

ひとりの家畜人《エレラク》が、帰りかけた司祭を罵った。

「おい、この哀れな連中のために、お祈りひとつあげないのか？」

「彼らは、主を信じる者の群れに戻らなかった」と司祭は、一語一語考えながら答えた。シレ語を学んで、まだ間がないのだろう。

「でも、こいつらだって獣じゃないんだ」

司祭はその家畜人《エレラク》をにらみつけた。

「たしかに獣はヒト族の役に立つようにと、主がお造りになったものだ。それゆえ獣といえども、敬い尊ばねばならない。しかしきみたちは、主を信じる者の群れに戻らぬかぎり、オマルでもっとも小さな虫けらにも劣る。それゆえ、主の創造物として扱われるに値しない」

この言葉がどれほど恐ろしい意味を持つか、ほどなくアレサンデルは思い知った。彼はそれまでめったに使わなかったヒト語に、あらためて慣れねばならなかった。やがて全員が、三万人の囚人を収容できる巨大な再教育キャンプに移送された。武器を持った看守が、電流を通した囲いを見張り、棘の突き出た首輪をはめた猛犬が目を光らせている。

施設は新しかったものの、キャンプのシステムは長年続いたものらしく、きっちりと構築されていた。食堂や共同寝室はすべて、常にひらかれた礼拝堂に面している。敷地の端には、低い屋根のついた穴が十列ほど並んでいた。

キャンプに着くなり、アレサンデルたちは再編成された。

所長は彼らに直接話しかけた。

「シレ族の思想は毒のようなものだ。われわれはきみたちに、毒抜きをしてやろう。奪われたヒト族らしさを、きみたちに返してあげるのだ。その代わりきみたちには、主の大義に尽くしてもらいたい。今度はきみたちが、異教徒たちを改宗させるのだ」並んで聞いている者たちは、ひそひそとつぶやき合った。「きみたちのひとりひとりに、資格を持った教官がつき、神聖なる知識がどれだけ身についたかを監督する。しかし、まずはきみたちの魂を浄化することが不可欠だ。そのために掘った穴のなかで、きみたちはこのあと三週間すごすことになる。断食と祈りの日々に耐えることこそが、天国へ続く階段の第一歩なのだ」

看守はアレサンデルを地下の穴に放りこんだ。雷鳴のような大音響とともに、金属製のあげぶたが頭上で閉まった。それから二週間、彼は太陽の光を見なかった。教官はオーギュスタン・デピドック修道士といい、ヒト族再生会の一員だった。他種族の有害な影響を受けた緩衝地帯の異教徒を再教育するための、特別な団体だ。のっぺりとした丸い無表情な顔は――アレサンデルが見られるのは顔だけだった――重々しい声と驚くほど対照的だった。

収容者には、二日に一回しか食事が与えられなかった。その代わり、どっぷりと精神修養づけにされた。お祈りと訓話の繰り返し。それに反シレ族のスローガンを、一日中反復しなければならなかった。《シレ族は、自分たちがほかの種族より優れていると思っている……やつらは信仰心に欠けている。たとえ信仰を持っていても、それは犠牲者を拷問にかける口実にすぎない……やつらは行く先々に横領や汚職を広め、ヒト族の善意と向上心を常に脅かす……シレ族のなかに見出せるのは、無知で野蛮な民族、自然とヒト族に対する害毒だけだ……シレ族は傲慢なくせに他種族に寄生し、恥ずかしげもなくその血を吸っている連中だ。やつらはヒト族に対して絶えず陰謀をめぐらせ、ヒト族のもっとも気高い特質を密かに奪おうとしているのだ……》

アレサンデルは、体の奥から満ちあふれてくる憎しみから意識を切り離すすべを少しずつ身につけた。

「シレ族は悪魔《デーモン》だ」とオーギュスタン修道士は毎日繰り返した。「やつらが作りあげたもの、実現したものは、たとえどんなによく見えようとも、打ち壊さねばならない。なぜならそれは、悪なのだから。やつらの言葉や行動様式、書物は悪魔の産物だ。シレ族から生じるものはすべて、本質的に不敬虔で、この世に存在してはならないのだ」

アレサンデルは捕まる前から、こうした教えが実践されるのを目にしてきた。橋も家も十二面体人工頭脳《ドデカエドル》のついた機械も、徹底的に破壊され、叩き潰された。

修道士は自分で話すだけではまだたらず、家畜人《エレラク》の暮らしについてアレサンデルに長々とたずねた。

「シレ族はおまえに、性的逸楽の相手をさせたのではないか?」彼は退屈な質問を続けたあと、突然そうたずねた。

「いいえ、とんでもない。われわれの性行為を、彼らは嫌悪していました。それに……」アレサンデルは、あっけにとられながらも答えた。

「嘘をつけ!」とオーギュスタン修道士は、あげぶたのむこうで逆上したように叫んだ。「みんな、嘘ばかりつきおって。シレ族は下劣な生き物だ。主はわれらをこのようにお造りになった。やつらはそれが妬ましいのだ。地獄の悪魔《デーモン》さながら、醜い連中だからな」それから修道士は、声をやわらげた。「恐れずに話すがいい。おまえの告白は、決して他言しない」

アレサンデルはこの奇妙な考えに逆らわないようにした。修道士はアレサンデルの返答に満足するまでは、決して休ませてくれないだろうとわかっていたから。

アレサンデルはほかの家畜人《エレラク》といっしょに、ようやく穴から出された。

すでにあたりは暗く、松明の炎が淡い黄褐色の光をキャンプに投げかけていた。看守たちは熱狂し、番犬も涎を流しながら大声で吠えている。

家畜人《エレラク》たちは、簡素な闘技場の階段席に押しこまれた。アレサンデルは最前列だった。興奮と恐れが混じった不思議な感情が彼をとらえた。ある種、美しい光景だった。

「ほら、あそこ」とひとりの家畜人《エレラク》が叫んだ。「シレ族だ!」

あたりが静まりかえる。たしかにそれは、シレ族の囚人だった。ちょうど成年に達したくらいで、下胸部には癒着した傷跡がいくつも走っていた。このキャンプにシレ族は収容されていない。ということは、わざわざほかから連れてきたのだ。

シレ族は闘技場の中央へ進んだ。しゃべれないよう口輪が嵌められているのに、アレサンデルは気づいた。

体重が八十キロもありそうな番犬が三匹、闘技場の反対側から小走りに入ってきた。

シレ族は一時間に及ぶ激戦の末、息絶えた。黒っぽい毛並と大きな口をした巨犬《カルベ》は、こうした戦いのために調教されているのだろう。アレサンデルを初めとした家畜人《エレラク》たちは恐怖と嫌悪のあまり、誰ひとりシレ族の囚人を助けようとは思わなかった。

おぞましい死刑執行が終わるや、看守はアレサンデルたちをまた穴に戻した。

「あの巨犬はヒト族のすばらしい友人だ」とオーギュスタン修道士は、翌朝お祈りのときに言った。

「はい、そうです」

「正道に戻らなかった家畜人《エレラク》を嗅ぎわける犬もおるぞ」

続く一週間で、さらに三度の戦いが催された。いや、戦いなんて生易しいものじゃない。生きたまま、ばらばらにされるようなものだ。アレサンデルが驚いたことには、観客のあいだからわきあがる称賛の声は回を重ねるごとに増えていった。

オーギュスタン修道士は、見るからに満足げだった。

大量の本がトラックで運ばれ、キャンプの中央に積みあげられた。本に火が放たれると、第五福音教徒《エスコパリアン》たちはそのまわりに家畜人《エレラク》をひざまずかせ、祈るようにと言った。彼らにとってこの焚書は、無上の喜びらしい。オーギュスタン修道士はほとんどうっとりしながら、アレサンデルに言った。シレ族の書物を焼くことは、われわれがなしうるもっとも神聖な行為なのだ。こうして焚書を行うたびに、主がよみがえりたまうのだと。

炎が弱まり始めたとき、アレサンデルの近くにいた家畜人《エレラク》がすっくと立ちあがった。看守が肩甲骨のあいだを打ち据えたが、男は敢然としてオーギュスタン修道士に指をつきつけた。

「ヒト族を貶めているのはおまえだ。知識がつまった本を、燃やすなんて。おまえは主の使者なんかじゃない。おまえこそ神を冒瀆し、ヒト族を裏切る者だ」

アレサンデルははっとした。あれはシャリフの声じゃないか。男は先を続ける間もなく、飛びかかってきた三人の看守によって地面に組み伏せられた。

「そいつを押さえておけ」と修道士は叫んだ。「おい、剣をよこせ。みんなこっちへ来い」

近くにいた家畜人《エレラク》たちが、修道士の命令に従った。アレサンデルもそのひとりだった。

オーギュスタン修道士はシャリフの喉もとに刃先を押しつけた。よほど酷い扱いを受けていたのか、導師《イマーム》の目は落ちくぼみ、前腕は化膿していた。彼は修道士の目をまっすぐに見つめると、顔に唾を吐きかけた。

刃先がすばやく前後に動いた。シャリフの血が地面に飛び散るのがみんなによく見えるように、オーギュスタン修道士は体をずらした。

「今、彼は救われた」と修道士は力強く宣言した。

「われらが主に栄光あれ!」

アレサンデルは一歩前に出た。すぐに看守たちが銃をむけた。

「でも……死んでるじゃないか。あんたが殺したんだ」

「いや、彼に憑りついた悪魔を祓ってやったのだ。シレ族の呪縛から彼の魂を解放し、われらが主のもとへと送りとどけた。栄光あれ! 彼はわたしの憐れみに、天国から感謝していることだろう」

修道士の目は熱っぽく輝いていた。アレサンデルはその熱狂に毒されまいとして、喉を裂かれて横たわる死体を一心に見つめた。かつての指導者が目の前で殺され、シャリフといっしょにいた家畜人《エレラク》たちのなかに動揺が広がった。彼は抵抗運動にも理解を示す、穏やかで善良な人物だった。そのシャリフが殺されたのは、汎回教《パンスラム》の導師だったからだ。第五福音教徒《エスコバリアン》はシレ族だけでなく、汎回教徒《パンスラミスト》にも激しい憎しみを抱いていた。

第五福音教徒《エスコパリアン》にとってヒト族であるとは、彼らの神を信じ、その教えに服することなのだ。

オーギュスタン修道士は、収容者たちの不満げな沈黙に気づき、しくじりをこの場で繕おうとした。

修道士はアレサンデルのほうをふり返り、厳めしい声で言った。

「おまえの魂は最初からずっと、全能の主を受け入れようとしない。何が正しく、善であるかの判断ができなくなっているのだ」そして修道士は、看守に声をかけた。「死体を火に投げ入れたら、アレサンデルを懲罰房に放りこめ」

そこはシャリフが、殺される直前まで入れられていたところだった。パン焼き釜のすぐ隣にあって、気温は三十五度近くに達する。導師《イマーム》があんなに衰弱していたわけが、アレサンデルははっきりとわかった。

まさに想像を絶する苦しみだった。

時間の感覚がなくなり、一秒一秒が灼熱地獄のなかにしたたる汗粒と化した。シャリフはなんとか耐え抜いたが、アレサンデルはすでに絶食で弱っていた。体の水分が、暑さでどんどんと奪われていく。それでも彼は与えられたわずかな水を、いっきに飲んでしまわないように我慢した。

どれくらいのあいだ懲罰房に入れられていたのだろう？　一回でも小便をしたかどうかすら、アレサンデルは覚えていなかった。

ある日、水の配給がなされる直前、アレサンデルは下腹部に激しい痛みを感じ、七転八倒の末気を失った。目を覚ましたとき、涼しい快適な部屋でベッドに寝かされていた。肘の内側に点滴の針が刺さり、尿道にはカテーテルがつながれていた。

彼が目覚めるなり、女性看護師が駆けつけた。アレサンデルはなんとか笑い返そうとした。看護師の胸もとにさがっている棘十字に目がとまると、彼はたちまちシレ族風の無表情に戻った。

「もう少しで、亡くなるところでした」と彼女は小声で言った。「オーギュスタン修道士様は――そのお名前に称えあれ――毎日あなたのようすをたしかめにいらっしゃいました。今日も、まもなくいらっしゃるでしょう」

アレサンデルは声を出すのに、何度も咳払いをしなければならなかった。

「またあそこに戻されるのか?」

看護師は肩をすくめた。

「それはあなたがオーギュスタン修道士様に、どう答えるか次第です。あなたの腎臓は、機能停止を起こしていました。危ういところで助かったんですよ。あと少しでもあんなカラカラの暑いところにいたら、間違いなく亡くなっていたでしょうね。だからこの奇跡を、大事にしなくてはいけません。自らの良心を究明し、主をその胸に受け入れるのです」

アレサンデルはうなずいた。看護師はいったん部屋を出ると、十分ほどしてお粥の椀を持って戻ってきた。そしてアレサンデルに食べさせてくれた。

その日、オーギュスタン修道師は、忙しくてやって来なかった。

翌朝、アレサンデルは起きあがって、部屋を何歩か歩いてみた。大丈夫そうだ。彼はそっとドアをあけた。

アレサンデルの病室は、二、三百ものベッドが並ぶ共同病室にむかいあっていた。どのベッドにも、うずくまるようにして人が寝ているが、看護師も見張りの看守もいなかった。アレサンデルは近くのベッドを覗きこんだ。しかし寝ている男は何の反応もせず、目はぼんやりと虚空を見つめていた。

「よくなったようだな」と話しかける声がした。

アレサンデルは顔をあげた。鼓動が速くなる。オーギュスタン修道士が会いに来たのだ。

「この者たちはどうしたのですか?」

修道士は口を結んだ。アレサンデルははっとした。

オーギュスタン修道士はこんなふうにあけすけに質問されるのが、あまり好きではなかった。

「彼らはそれぞれのやり方で、主のもとへ赴いたのだ」と彼は答えた。「われわれの解毒法は、シレ族の考え方に毒された患者の多くに、すばらしい効果をもたらした。しかしながら、悪の進行がはなはだしい場合が、少数ながらある。そして自ら命を絶つ力のない者は、奇妙な形で神の救済を拒絶するようになる。そうした家畜人《エレラク》たちは、自らの魂を心の奥深くにしまいこんでしまうんだ。われわればかりか、彼ら自身の手も届かないところに。彼らは、自らのうちに引きこもったまま失われてしまう。そうなったらもう、手の施しようがない。乳児を扱うように世話をし、情け深い第五福音教徒《エスコパリアン》の家庭があずかってくれるのを待つだけだ。幸い、失敗率は低いがね」

アレサンデルの奥底で、何かが蠢いた。第五福音書を著したクリスト・イスコパルの教えに帰依したと、修道士に思いこませるんだ。今、アレサンデルの頭にあるのはそれだけだった。簡単に騙されてくれればいいがと願いながら、彼はいかにも悔い改めたかのように質問に答えた。

どうやらうまくいったらしい。オーギュスタン修道士はアレサンデルを解放し、雑用を任せるようになった。悪夢を見るようになったのは、そのときからだった。心の奥に潜むシレ族が、自分を苦しめているのだとわかった。追い出したくても、果物の腐ったところを切り落とすみたいにはいかない。二つの部分は、分かちがたく結びついているのだ。第五福音教徒の治療によって、家畜人《エレラク》たちは自分自身の一部を切り取られてしまう。アレサンデルが逃げ出そうと思ったのは、生存本能からだった。シレ族の考え方は彼のなかに深く根を張っているので、そんなふうに切り取られたら致命的なことになると、直感的に悟ったのだ。

二階建てのトラックが新たな改宗者の群れを積んで、

太平江《アイリユラフルマ》沿岸の町のあいだを往復していた。そのなかに潜りこむのは、あきれるほど簡単だった。アレサンデルはボートを借りて、大河の下流にある中立港に着いた。

もう名前も忘れてしまった河岸で、彼は一年暮らした。ヒト族の町はあまりに騒がしく、不潔に思えた。

結局アレサンデルは心の整理をつけきれず、内なるシレ族の魂を損ねてしまった。シレ族の魂は遭難した飛行船のように彼のなかをさまよい、悪夢をまき散らした。ヒト族に戻るチャンスがあったのに、それを拒絶してしまったのだと、彼にはよくわかっていた。

シレ族の近くにいることで、悪夢は激しさを増した。アレサンデルの予想に反して、悪夢は時を経ても静まらなかった。巡回の医師が、クラルマ川の蛭《アイジャトタ》から取った麻薬をやったらいいと教えてくれた。夢を消し去る効果があるからと。アレサンデルにとって、それは解放だった。しかし彼は、もっぱらヒト族が住む町へむかわねばならなかった。緩衝地帯の町に暮らすヒト族は、自信満々の顔をして町を闊歩している。彼らには、自分の居場所があった。そこから、また別の問題が生じた。というのも、家畜人《エレラク》は町から徹底的に排除されていたから。熱心な信者たちは町に張り紙をし、家畜人《エレラク》を捕まえてワクハンの新たな当局にさし出した者に、莫大な報奨金を約束した。そのたびに張り紙は市民たちの誰かによって破り捨てられたが、アレサンデルは用心のため顔を隠すフードつきのチュニクを着た。

ひげを生やすのも、うまいカムフラージュになった。しかし第五福音教徒《エスコバリアン》も、ほどなくそれに気づいた。却って怪しまれるからと、アレサンデルはひげを剃ることにした。

彼はまわりのヒト族を観察して感情表現のしかたを覚え、毎晩、鏡の前でまねる練習をした。流動する海のなかに固い珊瑚ができるように、いつしか彼にも表情らしきものが生まれ、少しずつ顔に感情の色がつき始めた。それでもシレ族といっしょにいれば、自分はヒト族だと感じ、ヒト族といっしょにいれば、自分はシレ族だと感じる。そんな思いは消せなかった。

ある晩、彼は《どんな種族のお客様も大歓迎》と看板を掲げた宿駅に入った。黄ばんで角のとれた書類が、金箔張りの額に収められ、カウンターのうえに飾ってある。

「これは何だ？」とアレサンデルはたずねた。

梅毒病みの顔をしたボーイは、驚いたように彼を見つめた。

「そりゃ、ロプラッド和平条約の複製ですよ。二十年も前から、ここにありますがね。調印されて、かれこれもう四十年になる。あんた、いったいどこから来たんです？」

アレサンデルは肩をすくめた。いまだに馴染めない身ぶりのひとつだった。こうして彼は、ロプラッド和平条約によって家畜人《エレラク》の身分は廃止されたことを知った。ワクハン地方では、条約の存在が厳重に隠されていた。第五福音教徒《エスコパリアン》にとっても、そのほうが都合がよかった。家畜人《エレラク》を解放する功績を独り占めできるからだ。

あとはもう、大して語るべきことはなかった。

「いや、まだひとつ残っていますぞ」とカジュルは言い返した。「いったいどういういきさつで、オマル鳥の卵のかけらを手に入れたかです」

どうでもいいことだと言わんばかりに、アレサンデルは口を丸くつぼめた。

「宿駅にひとりの老人がやって来て、おれに届けてくれたんだ。包みの中身をたしかめる間もなく、老人は黙って立ち去った。いったい何者だったのやら」

「今の話を、ほかにも誰かにしたことがある？」とシェタンはたずねた。

アレサンデルは一瞬考えてから、答えた。

「宿駅のボーイがいたな。蛭《アイジャトタ》の麻薬はどれくらいが適量か、まだよくわからなかったころだ。注射に耐えるのに、酒の力も借りていた。おれは酔っぱらって、話をせずにはおれなかった。ボーイがまた誰かに話したかもしれない」

「どうしてこの旅に出る決意をしたのか、その説明になってません。理由は何なんです？」

アレサンデルは指で髪をかきあげた。

「理由はあんたらと同じだ。心にかかる疑問が解決すると、約束されたからな。おれの場合、単純な疑問さ。もうとっくに、わかってるんじゃないか？　おれはどっち側にいるのか、知りたいんだ」

18

すべてが止まったままだった。風はそよとも吹かない。下桁の帆は年老いた三眼蜥蜴《オーニッド》の皮膚さながら、外包《エンベロープ》に垂れ下がっていた。空には雲ひとつなく、穏やかな海は広大な砂漠のようだった。

ここ数日の漁で、いくらか食料の蓄えができた。シカンダイルルは海孔雀《ペラゴンカイ》を一匹捕まえ、船に引きあげた。竜骨《キール》をうえにしてひっくり返った船みたいに、波間に浮いていたのだ。体長三メートルもあり、死んで何日にもなるようだ。マストの代わりになる背のとげは、根もとから折れていた。腐った骨は食べられなかったが、腹にびっしりとついた巻貝やフナクイムシは大丈夫そうだ。残念ながら、貝は傷みやすかった。みんな腹いっぱい（あるいは上腹部いっぱい）食べると、腐って悪臭を放つ死骸は海に捨てた。

立往生を余儀なくされて、グループの士気は下がる一方だった。とりわけアレサンデルは落ちこんでいた。彼をおびやかすもっとも深刻な危険は（というのも、もっとも過小評価されている危険だからだが）、自己憐憫だった。そこから鬱状態へは、あと一歩だ。麻薬絶ちの副作用なのだろう。シェタンやハンロルファイルの近くにいて、カジュルの陽気さに触れることが、この性向に抗する助けになった。

無風状態の停滞が続くまま、一週間がすぎた。そのあいだ、フェジイがいい気晴らしになった。アレサンデルはもう対戦に加わっていないが、ゲームのなりゆきは脇で見守っていた。イブン・シャジャラットの駒は、それもまた大自然の力に翻弄されるかのように、中央ボードの真ん中を行ったり来たりした。皆がこの駒をわがものにしようとしたが、今までのところ誰も成功していなかった。二人のシレ族が思いがけず手を組んだので、シェタンとカジュルは中央ボードの戦略を変更せねばならなかった。アメスが彼らに先んじた。それ以降、対戦は中央ボードで行なわれた。

アレサンデルは魚を獲るときのかごで、見張りをするようになった。船底の下におろしたかごへは、縄梯子を伝って行けた。見張り番に立っていると、飢えを忘れられた。もう二日も、みんなパンのかけらしか食べていなかった。

彼がデッキへあがると、シェタンが待っていた。

「交代するかい？　水平線には何も見えないがね」とアレサンデルは言った。

実は一時間前、ぼろぼろの帆をつけた飛行船が、視界のはじっこを漂流していくのが見えたような気がした。しかしそれは、《バターの陸地》と同じ蜃気楼だったのだろう。事実、ほどなく飛行船は忽然と消え失せた。

「いえ」とシェタンは答えた。「ちょっと話がしたくて」

「話？」

「ワクハンから逃げたあと、本当は何があったの？あなたはすべてを話していないわね」

「何のことだかわからないな」

どんな顔をしたらいいのかわからないとき、アレサンデルはまったく無表情になった。今回もそうだった。シェタンは簡単にだまされなかった。しかしこれ以上追及しても無駄だし、却ってよくないだろうとわかっていた。そこで彼女は話題を変えた。

「ゲームを見ていたでしょ。どう思う？」

アレサンデルは笑い出した。

「ゲームについて？　それとも競技者について？」

「その二つに違いはあるの？」

アレサンデルは目をしばたいた。

「シレ族ならば、そう言うだろうな。実のところ、おれにもよくわからないんだ。でもきみが心配なら、こう断言してもいい。不思議な出来事など何も起きやしないって。今はシル教の聖なる時代とは違うのだから。ゲーム自体が重要なんじゃない。大事なのは、手の打ち方だけだ」

二人は上部デッキにあがった。

「だったら手の打ち方を、あなたはどう見てるの？」

「そうだな……じゃあ、まずきみからだ。きみは手詰まりになっても、巧みに窮地を脱している。反応はすばやく独創的で、才能豊かだ。気をつけるのはタイミングを逃さないこと、必要なときに正しい選択を行なうことだ」

シェタンはびっくりして、ひゅうっと口を鳴らした。

「じゃあ、カジュルは？」

「次に負けるのは、彼だろうな。作戦はすばらしいが、焦って進めすぎて台無しにしている」

「アメスは？」

「正確な手運びで何度も救われている。彼のフェジイは穏やかだ。敵を叩きのめすのではなく、自分の手を堅実に作りあげていくタイプだな。ハンロルファイルもそうだが、アメスは調和のとれたゲームを、組織化された攻勢を好んでいる」

シェタンはいちばん重要な質問を、最後にとっておいた。

「それじゃあ、シカンダイルルは……」

「シカンダイルルはアメスと正反対だ。新しくもなければ、独創的でもない。蜘蛛が網を張り、獲物をおびき寄せて襲いかかるのに似ているな。恐るべきエネルギーをぎりぎりまでためこみ、勝負の最後になっていっきに放出させる」

二人は万華鏡展示室に着いた。

シェタンはあごを揺らせて、疑わしげな表情をした。

「どうしてゲームを続けなかったの？　シカンダイルルに対抗できるのは、たぶんあなただけだわ」

アレサンデルは首を横にふった。

「それはかいかぶりさ。フェジイの用語は正シレ語だ。家畜人《エレラク》のおれにはわからない。だから大人になるまで、ゲームはできなかった。それにフェジイには、シレ族の考え方が反映されている。発作や奴隷の身分だけじゃない、フェジイがおれの悪夢を増長させた。だから、さっさとやめにしたかったんだ」

「そんなこと、ひと言も言わなかったじゃない」

「フェジイのなりゆきを、害しかねないからな」

シェタンは何か言い返しかけたが、結局黙ったままだった。いくつもの相反する感情が、彼女のなかで渦巻いていた。誰も信頼し合っていない。そう思うと、なぜか悲しい気分になった。オマルに暮らす者たちは、結局みんなそうなんじゃないか。アレサンデルが黙ってひとり耐えることを選んだように。

突然、シェタンはたずねずにはおれなくなった。

「あなたは恋をしたことがあるの？」と同時に、口にするのがはばかられる考えが、彼女の脳裏にわきあがった。あなたはマスターベーションするとき、シレ族の女を思い浮かべるの？　そもそもあなたは、マスターベーションをするの？

家畜人《エレラク》は不快そうに顔をしかめた。

「恋だって？　おれが？　いいや、ないな。正直、考えてもみなかった」

「どのみち、考えてすることじゃないもの」とシェタンは言った。

アレサンデルは笑って見せたが、シェタンの質問に動揺していた。自分が恋するなんてありえない。誰かと深い友情で結ばれることすらなかった。しかし、望むと望まざるとにかかわらず、絆は生じてしまう。がんじがらめになりそうだと感じたときは、今までいつも断ち切ってきた。でも、ここではもう逃げられない。じっと耐えるしかないのだ。

アレサンデルは、遠ざかっていくシェタンに目をやった。この絆には何か心地よいものがあるかもしれない、と彼は思った。


二日後、カジュルが、腹をうえにむけて浮いている、死んだ魚の大群を見つけた。エイザメやマグロ、イカもいる。ものすごい悪臭を放っていて、獲るのはあきらめねばならなかった。飢えはいよいよ現実味を帯びてきた。みんな胃がきりきりと痛み、体は痩せ細った。アレサンデルは、図書室の本をかじろうかと真剣に考えた。異を唱えるアメスを、カジュルは大いに持ちあげた。いつもの馬鹿丁寧な口調だが、この日ばかりは皮肉ではないようだ。

「さすが教養人とお見受けした」とカジュルは言った。

シカンダイルルは猿鼠《ラットサイ》の罠を内房《バロネット》のあいだに仕掛けたが、一匹も捕まらなかった。

ゲームはだらだらと無気力に続いた。真っ先に叩きのめされたのはカジュルだった。彼は調子に乗りすぎて、もっとも強い持ち駒のオラントを、部隊を率いる将軍よろしく前に進めた。シカンダイルルはそれを、シェタンの駒が待機しているボードの隅におびきよせた。シェタンはアルダンの助けを借りて、迎え入れるだけでよかった。行き場をなくしたカジュルは、シカンダイルルの強い駒を手に入れようと練りあげてきた複雑な作戦も忘れて、ばたばたと逃げるしかなかった。

敵の猛攻に切り崩され、あちこちに散らばった持ち駒を、カジュルは疑わしげに見つめた。さらに回は五巡し、最後は争奪戦の様相を呈した。まるで皆を苛む飢えが、駒にまで伝染したかのように。

食料不足の影響は各自さまざまだったが、不平を言う者は誰もいなかった。アメスの精神活動は、心配なくらい緩慢になった。いっぽうシレ族の攻撃性は、これまた心配なほど高まった。

気温測定器によると、外気温は四時間で五度上昇していた。暖気流が近づいている証拠だ。シカンダイルルによれば、船の速度は三ノットだった。日が暮れる直前、冷たい北風が吹き始めた。さっきまでとは、ほとんど逆方向だ。海は荒れ、波が立っている。まるで煙突から吐き出されるみたいに、水平線の一点から白茶けた雲が立ちのぼり、空にたなびいた。その煙突にむかって、飛行船は進んでいた。

漁はあいかわらず、ぱっとしなかった。シカンダイルルは網のなかに木屑を入れて、海に落とした。ダクネ貝でも獲れないかと期待したものの、成果なしだった。大量の死んだ魚が、古い麻屑やタール、腐った卵の悪臭を放ちながら、次々に眼下を通りすぎていった。

「こんなもの、初めて見る」と独り子《ロシル》は言った。「まるで海中の生物に、海が自ら毒を放っているみたいだ」

彼らは思いきってバケツを引きあげてみた。半分腐ったヒラメが、なかに浮いていた。魚の死因が毒だとしたら、三種族にとっても有害である可能性は高い。

ヒト、シレ、ホドキンの少なくとも一種族にとって。

しかし慎重を期するよりも、飢えがまさった。アレサンデルは魚の端をつまみあげると、ぼろぼろと肉が崩れた。

「毒で死んだんじゃない。芯まで煮えてるぞ」と彼は言った。

「まさか、そんな」カジュルがせせら笑った。「海流の温度は、せいぜい二十四度です。太平湖だろうが、ほかの大洋だろうが、海水が沸騰しているところなんてありません」

アレサンデルは肩をすくめた。そうとわかっても、食料不足が解決されるわけではない。そもそもみんな空腹すぎて、カジュルの話などろくに聞いていなかった。

翌日、ハンロルファイルが午後の監視に立っていたときに集合のベルが鳴り、全員が見張り台に集まった。

「今度は何事ですかな?」カジュルがたずねる。

「自分でごらんなさい」

水平線から蒸気が太い柱のように立ちのぼっている。

なるほど、海が荒れていたのはあのせいなのか。

しかしハンロルファイルが皆に集合をかけたのは、その柱のうえに漂うもののせいだった。

ゼリー状の塊だろうか。一辺が三百リスクもある、琥珀色の立方体だ。太陽の光があたって、きらきらと輝いている。

「ああ、創建者《ヴァングク》の聖母様!」とカジュルが叫んだ。

「いったいどういうからくりなんですか、これは?」

宙に浮かぶ山は気流のなかを漂っていた。カジュルの問いかけには、誰も答えなかった。

飛行船は微風に流され、蒸気の柱へとむかっていく。蒸気は天空へと広がり、細い雲となった。昨日から、絶えず空にたなびいていた雲は、あそこから生まれていたのだ。海は徐々に荒れ始め、死んだ魚とオキアミの群れが混ざり合って悪臭を放つ泥沼と化した。立ちのぼる蒸気の下は、雨に曇っている。蒸気の柱は、かなりの規模に違いない。底部は少なくとも直径一ジャル、高度は五、六ジャルから十ジャル以上だ。

「台風だろうか？」とアメスが言った。

「いや、違う」シカンダイルルが答えた。「少しも動かないからな。まるでずっと昔から、あそこにあるみたいに。何か高温の熱源だろう。それが海水を沸騰させ、蒸気を発生させているんだ」

ハンロルファイルの腕状突起が激しく揺れた。飢えの影響だろうか、いつになく心が動揺しているらしい。

「オマルの地下で熱活動があるなんて、異常なことです」と彼は叫んだ。「鋼炭《カルブ》は不活性なのに」

「何か有機的な現象では？」アメスが言う。

「これほどの熱を発する生命体なんていませんよ。これは生物学的なものじゃない、物理学的なものです」

「ともかく」と独り子《ロシル》があとを続けた。「さっき見たゼリー状の塊は、この熱源で説明がつく」

「というと？」とアレサンデルはたずねた。

シカンダイルルはえぐり取られた壁の端まで進み、波を見下ろした。

「海底に自生する海藻の多くはゼリーから成っている。周囲の環境に変化が生じ、生存が脅かされると、身を守るためにゼリーを生成する」

つまり、立ちのぼる蒸気によって煮えたゼリーってわけか……今のところ、これ以上うまい説明はない。ハンロルファイルは同じくらい突飛な仮説を、ほかにも立てられないかと頭を絞った。けれどもみんな、議論を進める気はなさそうだ。

飛行船は、しゅうしゅうと沸き立つ蒸気のわきにさしかかった。空気は重く湿っている。帆が水分を吸収したせいで、船は海面すれすれまで降下した。彼らは一番下のデッキを大急ぎで一部切り離し、船を軽くしなければならなかった。

努力の甲斐あって、百メートルほど上昇したが、すきっ腹に堪える大仕事だった。シェタンは頭がくらくらし始め、自室に戻って横になった。

ほどなくカジュルがやってきた。

「さて」と彼はシェタンの枕もとに腰かけて言った。「いよいよ、選択をせねばならなそうですな」

「選択って、どんな？」

「食料不足がみんなの命を秤にかけねばならないとき、出来《しゅったい》する選択ですよ」

シェタンは肘をついて上半身を起こした。

「何が言いたいの？」

「いえ、別に。ただシカンダイルルかハンロルファイルが、われわれを見て涎を流し始めないかと思っただけです」

「じゃあ、あなたはシカンダイルルを食べる？」とシェタンは、嘲笑するようにたずねた。

カジュルは誇り高げに胸を張った。

「そんなこと、わが輩の良心が許しません。思うにほかの種族の肉を食することは、まさに食人行為です。ほかの面々も、同じように考えて欲しいものです」

「直接本人に言えばいいじゃない」

カジュルは、神経質そうな手つきであごひげをさすった。ひげはインディゴブルーの色が失せ、ごま塩混じりになっていた。絶食のせいで人並みに痩せてきたけれど、肥満がすっかり解消されたわけではない。

「いよいよ、万事休すとあいなりそうですな」彼はシェタンのほうを目で探りながら言った。「それはそうと、人生をもっと楽しむ方法があるのでは？」

「何をほのめかしてるのよ？」

カジュルは彼女の手を取った。シェタンの目が燃えあがる。

「あなたの考えているのが、もしあのこと、なら……」

「ほかにありますか？　われわれは二人とも、男女の機微には通じている。どうせもうすぐ、そんな気力もなくしてしまうのだから……」

カジュルはそう言いながら、嫌がるシェタンにしがみついた。しばらくもみ合った末、とうとうカジュルは腕をまわし、キスを迫ってきた。シェタンはあきらめるふりをして、カジュルの抱擁が緩むのを待った。そして片足を男の腹にあて、力いっぱい押した。老人は無様なかっこうでベッドから落ち、ひっくり返った亀みたいにそのまま数秒間ぐったりしていた。

シェタンはベッドのうえに立ちあがった。

「この薄汚いブタ野郎」彼女は吐き捨てるように言った。

それでもグループの誰かに聞かれないよう、大声を出すのはぐっとこらえた。あまりことを荒立てないほうがいい。もしこの先も生きのびることができたら、こいつには警戒しなければ。

「さっさと謝ったほうがいいわよ」

カジュルは恥ずかしそうに謝り、乱れた服装をなおした。

「たしかにわが輩は薄汚いブタ野郎かもしれませんが、自由な精神の持ち主なんです。大人物には、小さな悪癖がつきものなのでは？」

「大人物ですって？　笑わせないでよ。あんたは飢え死にしかけたって、ただ横にでかいだけのデブ男よ」

「そりゃまあ、わが輩はハンサムとは言いがたいでしょうとも。しかし長年の人生経験から言わせてもらえば、美男子っていうのはえてして頭がからっぽなもんですぞ」

「おかしいわね。だったらあんたなんか、大天才でもいいはずなのに」それからシェタンは、ドアを指さしこう言った。「出てって！」

アレサンデルとハンロルファイルは釣り糸をたらした。ほどなく糸がぴんと張った。三十分後、ヒラメやマグロ、それに六枚のひれがついた、独り子《ロシル》も知らないラケット状の魚を、みんなで貪り食っていた。太平湖はその恵みを、なかなかいっぺんに見せようとしないようだ。シカンダイルルは漂流していた木片についていたダクネ貝をこそげ落とし、その殻についていたエボシガイを剝き、なかに詰まっていた海藻を吐き出させた。海藻はとてもおいしかった。彼らに上機嫌が戻った。ヒト族は声高に話し始めた。カジュルが飛ばすあけすけなジョークに、シェタンさえ思わず笑い声をあげた。

午後になると、遊戯室に集まった。

「それじゃあ今度は、あんたが話す番だ」とアレサンデルがカジュルに言った。「それが負けた者の罰だからな」

老人は咳払いをすると、芝居がかったようすで身がまえた。

「よろしい！　みなさんを退屈させないと、お約束いたしますぞ。でもわが輩のことを語るためには、両親の話から始めねばなりません。まずはイブン・シャジャラットの伝説よろしく、どうしてわが輩が父親に死をもたらしたかを説明いたしましょう」

第六部　千＝命

空地の中央に、スケルナブの町を象徴する像が鎮座している。そのうしろには人心の掌握を旨とする《雄弁術》、周囲には《詩》の寓意《アレゴリー》が並んでいる。左は唯心論と唯物論の戦いによってあらわされる《哲学》と、目の前で発掘された陶器に問いかける《歴史学》。右は大洋と大地からその恵みを受ける《自然科学》、発芽であらわされる《植物学》、フラスコとメスを掲げた《生理学》。《物理学》は左手に記憶媒体《ヒ ガ ズ》を、右手には三角定規を持っている。

スケルナブ図書館所蔵。オレド城郭の上部に描かれたフレスコ画の説明。

19

　ニジュルは裁判官《カーディ》の資格を持ち、聖なる長城の東にある伝統的な汎回教徒《パンスラミスト》の町グヴォルクで、民事と宗教がらみの係争を裁く役人をしていた。ニジュルは高級娼婦のニナイスと相思相愛の仲となり、三人の子供をもうけた。カジュルと二人の娘である。ニジュルは娘が十歳になると、屋敷の寝室で自分といっしょに眠るようにと命じた。毎朝、三人は笑いながら軽口をたたき合った。娘たちはニジュルのうえにまたがって髪の毛を引っぱったり、キスをしたりした。ニナイスはこうした戯れを心配し、娘を父親から遠ざけようとした。ニジュルは妻を部屋に閉じこめ、死ぬまでそこから出さなかった。彼は毎日正午ぴったりに彼女のもとを訪れ、黙ってセックスをすると、十二時十五分に出ていった。

　娘たちは成長した。

　ある朝、ニジュルは最初に目覚め、ほっそりとした曲線を描く若い肉体を見つめた。彼は近くにいたほうの娘を、そっと愛撫し始めた。娘が目を覚まさないように気をつけながら。突然、抑えがたい欲望がこみあげ、彼は娘を力ずくで犯した。もうひとりの娘が逃げようとすると、彼は止まるようにと大声で命じた。そして二人の娘を、一時間近くにわたって順番に犯したのだった。やがて彼は、その場を去った。それは恥ずかしさのせいではなく、この自然に反する熱狂を冷ますためだった。

　そのときカジュルは十五歳。グヴォルクの町から三百ジャル離れたヌー・クーラン系の学校《預言者の輩《ともがら》》で、アルローマ文字表記のアラビア語を学んでいた。大変な勉強家で、末は法学博士だろうと目されていたが、彼は母校の図書館司書になりたいと、心ひそかに思っていた。現在の図書館司書は、カジュルを高く評価していた（カジュルが有力な裁判官《カーディ》の息子であるということも、この評価に影響していただろう。そのうえ父親はこの司書を、レンズマメのスープやヨーグルトであえたチキンとクミンのマリネでもてなすこともあった）。

　下の妹から母親経由で、急いで帰って欲しいという手紙が届いた。自分と姉におぞましい侮辱が加えられている、父親のニジュルは堕落した性癖の奴隷になりさがっていると彼女は訴えていた。ニジュルは娘たちに、髪で性器を洗うようにと強要した。彼は社会的な礼節まで失ってしまい、参事官たちの前でマスターベーションにふけることさえあった。グヴォルクでは、《シレ族》や《ホドキン族》という言葉を発することは禁じられていた。《近親相姦》や《男色》も禁句だった。ところが裁判官自身は平気で口にしたばかりか、実行までしたのだった。彼はシレ族の女奴隷を買って、妊娠させようと試みた。本当なら精神錯乱者として監禁すべきだが、ニジュルは堂々たる美丈夫なうえ、圧倒的カリスマ性を発揮していたので、誰ひとり実行に移す者はいなかった。

　二人の娘は精根尽き果ててしまった。父親は娘たちの歓心を買おうと、プレゼントや宝石攻めにしたが、倒錯した近親相姦的な欲望はますます抑えがたいものになったと、下の妹はカジュルに書いてきた。欲望はとおり一遍の快楽では満たされず、ますます彼を苛んだ。それまでの三十年間、人生を捧げた権力の追求も、自らの地位にふさわしい義務も、もう頭にはなかった。服装や財産のことも、気にかけなくなった。妻はニジュルを嫌悪したが、彼は食卓のうえで使用人の女たちをてっとりばやくものにした。

スキャンダルが広まると、誰も家には寄りつかなくなった。ニジュルは娘たちと三人きりで食事をしたが、何も不満はなかった。孤立すればするほど、好き勝手ができるのだから。

カジュルは逆上して学校を飛び出すと、出発間際だったグヴォルク行き始発電車に乗った。父親を殺してやると、心に決めていた。いや、あれは父親の姿をした悪魔だ。

けれども、自ら手を下すまでもなかった。ニジュルは娘の口から聞いて、手紙の投函を知った。彼は息子が犯そうとしている罪を予感して、二人の娘の喉を切り裂き、自らの動脈を切った。カジュルが部屋に入ったとき、父親はナイフを手にして死にかけていた。ニジュルは息子の腕を、力いっぱい握りしめた。

「この下種野郎！　妹たちはどこにいる？」とカジュルは叫んだ。

「あの娘《こ》たちは、永遠にわがものだ。二人の純潔はわたしがもらった。もう誰にも渡さない」ワインのようなどす黒い液体が父親の手首から流れ出て、カジュルの拳を濡らした。「よく聞け、息子よ……わたしを呪うがいい。だが、話だけは聞いてくれ。女はわれわれの不幸と劫罰のもとだ。アラーは女たちに息子を生ませ、その息子が父親を殺すのだ。わたしもおまえも似た者同士だ。おまえのなかには、血の呼びかけが眠っている。だから身の破滅を招きたくなければ、決して子をなしてはならぬ。わたしは、もう遅すぎるがな」

「哀れなやつだ、哀れな……」とカジュルは繰り返した。

彼は恐怖のあまり、父親が息を引き取るのも待たずに逃げ出した。褥に二人の妹が、血まみれになって死んでいた。

ほどなく二人の宗教監視員が、蒸気自動車で屋敷にやって来た。裁判官《カーディ》の異常な死を見て、彼らはただ唖然とするばかりだった。二人は市当局から委任を受けて、差し押さえ命令が出るまですべてのドアを封印し、裁判官《カーディ》の死体は墓穴のなかに投げ入れた。ニジュルが秘めていた悪を祓うために、墓穴のなかには生石灰が敷きつめられていた。カジュルはグヴォルクに戻るよう、厳しく言い渡された。

カジュルは従うしかなかった。《預言者の輩《ともがら》》校では、噂が広がっていた。教師たちは、裁判官に憑りついていた悪が息子に受け継がれているのではないかと心配した。カジュルは試練に耐えねばならなかった。終わりのない断食、毎日、だらだらと続けられる告解。夜もろくに眠らずお祈りをするせいで、いつも頭がぼんやりしていた。彼は部屋のなかで、修道士から質問攻めにされた。学校では友情に白い目がむけられ、密告が奨励された。いくら頭の働きが鈍っていたとはいえ、カジュルには修道士の意図がよくわかった。彼は隙を見て学校を逃げ出すと、物乞いと野宿をしながら各地を放浪した。昔の暮らしに戻るのはまっぴらだった。もう二度と断食なんかするものか、と彼は心に誓った。神を敬う気もさらさらなかった。

カジュルはスケルナブへ行くことにした。オマル十不思議の五番目にあたる、図書館都市として有名な町だ。倒錯した心を生み出す場所だと噂する者もいる。おれみたいな者にとっちゃ夢の町だな、と彼は思った。

途中、カジュルは三種族共同棲域《エリア》のはずれにある村に入った。三棲域が交わる地点から半ガイアの飛び地だ。

第五福音教徒《エスコパリアン》の劇団が、広場で公演をしていた。芝居はまるで受けなかった。シレ族がいつも悪役になる教訓劇ばかり演じているからだ。けれどもカジュルは、これだとばかりにすぐさま劇団に加わった。役者として才能がないのは明らかだった。けれどもセモリナ粉の菓子や甘いインゲン豆のパテ、胡麻のクリームが大好きだったおかげで、腹の突き出た王さまや、悔悛した老放蕩者の役が板についた。

劇団の団長は説教師だった。公演の合間には広場で辻説法を行なったが、そちらも大して受けなかった。三種族が平和的に共存している場所では、分離を呼びかけてもいい顔はされない。三種族共同棲域《エリア》にあらゆる宗派の寺院があるのは、それぞれの種族のアイデンティティを明確にしてくれるからだ。宗教色を薄めた寺院も数多くあり、店やホテルを営んでいた。

劇団は最初の公演が終わるなり、荷物をまとめねばならないこともあった。国境から離れた地域では、聖ヴァレスコの物語も人気があるが、緩衝地帯の住民には魅力に欠けた。聖ヴァレスコはシレ族の将軍を打ち倒し、その頭蓋骨を盃にしたという。しかし緩衝地帯では、そんな伝説がもてはやされるはずはない。劇団はたちまち行き詰まった。

舞台で奇跡を演じるときは、さまざまな仕掛けが使われる。その調整をするのも、カジュルの役目だった。そこで彼はひらめいた。

「公演だけでは、お金にはなりませんよ」と彼は団長に説明した。「ところでひとつ、気づいたのですが、聖人の奇跡が舞台にかかると、ひざまずいて心から祈り始める観客がたくさんいるんです。ただのトリックだと、わかっているのに。トリックだと知らなければ、効果はさらに大きいのでは」

「それがどう、生活の糧になると?」団長は眉をひそめてたずねた。

本当はカジュルの策略を察していたのだが、本人の口からはっきりと説明を聞きたかったのだ。

「村に着いたら司祭のところに行き、奇跡を演じて見せれば……ささやかな料金と引き換えに、信徒の信仰心を強める機会をふいにはしないでしょうよ。第五福音教《エスコパ》はこのあたりで、あまり勢力がありません。律儀な司祭なら、きっとその気になります」

「この、わたしが、そんなまやかしに同意すると思ってるのか?」団長は怒鳴りつけた。

その口調とは裏腹に、目には貪欲そうな表情がありありと浮かんでいる。カジュルは勝ち誇ったような笑みを浮かべた。

団長は役者たちを解雇した。残したのは二人だけ。清純そうな顔をした、聖母マリアを演じる金髪女優と（彼女はカジュルの最初の、そして手練の愛人だった）、青年でも聖人でも演じられる若い男優だった。作戦は大成功で、ほどなくお金がざくざくと入ってきた。彼らが行く先々で、第五福音教《エスコパリスム》への関心が再び盛りあがった。やがてあちこちの小教区からも、奇跡を起こして欲しいという依頼が舞いこむようになった。それでも彼らは、慎重にことを運ばねばならなかった。魔法を使うのは瀆神行為だというのが、公式の見解になっている。彼らが広めている宗教でも、魔女は火あぶりにされると決まっていた。村のなかには汎回教徒《パンスラミスト》やシレ族と戦っていたころの名残で、第五福音教徒《エスコパリアン》の民兵を備えているところもあった。

団長はだんだんと怖気づき、後悔し始めたが、カジュルは気にしていなかった。彼を掻き立てる動機はお金というより、絶えず新たなペテンを考え出す喜びだった。ちゃちな手品を前にして、たちまち分別のかけらもなくしてしまう人々を観察し、嘲っていたのだ。彼らは自分の空想に囚われてしまった……いや、むしろ、他人《ひと》に押しつけられた空想に、と言うべきかもしれない。なぜなら彼らは、自ら空想にふけることもないのだから。たいていは、作り物の燃える茨、スピーカーで拡大してデフォルメした声、白い雲につつまれた純白の精霊（でんぷんと塩素酸ナトリウムをベースにしたガスは有害だったので、精霊のシーンは短かった）だけで事足りた。観衆はこんな安っぽいトリックに騙されるのだから、宗教なんてどれもこれもあてにならないじゃないか、とカジュルは思った。聖ヴァレスコであれ聖トワヌであれ、聖イスコパルその人でさえも、想像の産物かもしれないのでは？

こうしたシニカルな態度の下には、また別の喜びが隠されていた。見世物を舞台にかけ、観衆をとらえる物語をほんの数分で語る喜びが。彼は人々を変える──逆説的なことだが、彼がもっとも嫌っているものに変えるのだ。けれども、人間そのものはどうでもいい。大切なのは見世物、それだけだった。

一行は村から離れ、キャンピングカーに寝泊りをしていた。カジュルは翌日、村の教会へ赴き、司祭に仕事を持ちかける予定だった。夕食を終えたところで、あとは床につくだけだ。団長と男優が眠ったら、お楽しみが待っている。早くもカジュルの頭は、そのことでいっぱいだった。

突然、団長がカジュルにむけて手をあげた。

「もうやめよう。不吉な予感がする。神のお姿が……」

カジュルは辛辣な口調でさえぎった。

「酒はほどほどにしたほうがいい。つまらない幻なんか、魔法みたいに消え去りますよ」

団長はカジュルを叱責しようと人差し指を伸ばしたが、結局黙ったままだった。もうずっと前から、カジュルが楽園の蛇みたいに巧みに囁きかける言葉に抗う術をなくしていた。かつてはゆるぎない信仰心を誇りにしていたのに、それが目の前でぐらつき、ひび割れていく……もう、酒に頼るしかなかった。

「お姿を見たんだ」と団長は弱々しい声で繰り返した。

カジュルは笑った。

「だから？　酔いが醒めれば、忘れてますよ」

「全能の神の啓示をみくびっちゃいかん。それは正しい行ないを喚起するものなんだ」

カジュルは立ちあがった

「悔い改めよ」と団長は単調で悲しそうな声で言った。「さすれば汝は救われる。誓って……」

「誓ったりするな」とカジュルは叫んだ。「この老いぼれめが、どうかしちまったな」

外から叫び声が響いた。

痩せた若い男優が窓に走りよった。

「松明を持った男たちがいる」

カジュルは歯噛みをした。団長は付近を警戒中の第《エス》五福音教《コパリスム》の民兵に、不法な仕事のことを漏らしてしまったんだ。

団長は体を丸めてベンチに腰かけ、平然と成り行きを見守っている。

カジュルは二人の役者をふり返った。

「金を山分けにして、ずらかろう」

ぐずぐずしてはいられない。一分もすれば、民兵が到着する。幸いキャンピングカーは、森のはずれにとめてあった。彼らは床のあげ戸から外に出ると、四つん這いになって六百リスク走り続けた。背後では松明の赤い炎が、ぱちぱちと火花を散らしている。しかしそれも、徐々に小さくなっていった。カジュルは起きあがった。そのわきで、恋人の女優が泣いていた。

「心配するな。あの豚どもは、これ以上追ってはこないだろう」カジュルはそう言って慰めた。

女は首をふった。

「わたしは敬虔な信者よ。わたしだって、あんなことしたくなかった……」

カジュルはせせら笑った。

「まあまあ。おまえはあの耄碌野郎の身を案じて、泣いているんだろ？　あいつはもう何年も、恥ずかしげもなくおまえを貪ってきた。本人が望んだとおり、一巻の終わりさ。贖罪の炎に焼かれてね。おれたちは、人生を楽しまなくては……」

いつまでも、ぐずぐずしてはいられない。カジュルは女の手を取った。ところが相手は熱いものにでも触れたみたいに、彼の手を荒々しくふりほどいた。

「なんて汚らわしい。わたしたちの導き手が亡くなったのに、姦淫の罪を犯そうなんて。カジュル、あなたは頭がいいし、恋人としても上々だったけど、その冷たい心を温められるのは、きっと地獄の業火だけね。あなたといっしょに堕落の淵に落ちるのはまっぴらだわ」

女は踵を返して立ち去った。カジュルはしばらく途方に暮れていた。脇にいた男優もこっそり逃げ出したらしい。

「そんなに劫罰が怖いなら、せいぜい清純を気取ってろ」カジュルは虚空にむかって悔し紛れに毒づいた。

それから手もとに残った金で、いちばん近いサンクトポリスの町へ行き、売春宿にしけこんだ。店きっての上玉を指命し、むなしい快楽で金を使い果たすと、生活のために代書人になり、首に鎖でつるした箱に活字ケースを入れて運んだ。

一年後、巡礼者の僧侶たちが聖なる長城のふもとから、サンクトポリスに戻ってきた。彼らは聖遺物と聖書詩篇をおさめた可動祭壇を持っていた。

「信仰はおありで？」と僧侶のひとりがカジュルにたずねた。

「わかりません。でもわたしは、罪を贖《あがな》わねばなりません」

「それなら、わたしたちといっしょに来なさい」

カジュルは一時の感情から、神学生になることにした。剃髪のときに聞いた話によれば、巡礼の目的は祭壇、すなわち《清浄の箱》を聖地に触れさせ、《エネルギーの再注入》をすることだという。

僧侶たちは、昔の聖堂《カテドラル》を模したと思しき大きな僧院に暮らしていた。カジュルの目から見ると、建物は馬鹿でかい農家のようだった。両側についた付属棟が、礼拝堂の代わりだった。僧院の戒律は、前に通っていた学校と似たようなものだった。

すぐさまカジュルは、すばらしい文才を発揮した。僧侶たちは教会の由来という形で、修道会を誉め称える文章を書くよう彼に命じた。カジュルはトワヌ修道士の名で、執筆に励んだ。沸きあがる創作意欲と相まって、彼の信仰心は熱を帯びた。彼を指導するカスタン修道士は、あまりに高ぶった一節を削除せねばならなかった。かつては筋金入りの無神論者だった自分が、今はそれと同じくらい激しい信仰に燃えていると、カジュルはよく自覚していた。けれども彼は、変えるつもりはなかった。

「冷たい水にでも飛びこんで、熱を冷ますといいんだが」とカスタン修道士は、うんざりしたように言った。

　カスタン修道士は、教義の矛盾が見られる部分も削除した。第五福音教《エスコパリスム》の聖書創世記では、エデンやテラなどさまざまに呼ばれる広大な庭でヒト族は創造されたとされている。この庭は《オマルのどこか》にあるが、そこから相反するさまざま解釈が生まれた。第五福音教の僧侶たちにとって、その地は象徴的なものだった。彼らは、それが信仰を持つひとりひとりのなかに細分化されて存在するのだと解釈していた。いっぽう異端のアパランタ派は実在の場所だと信じ、世界の果てへ調査隊を送ってそれを見つけようとした。僧侶たちはアパランタ派を、シレ族やホドキン族よりも激しく嫌悪し続けた。他種族は誤った創造物で、主がお情けで生かしているできそこないなのだ。しかしこの解釈は、神の無謬性を疑問視することになるとして、第五福音教徒《エスコパリアン》の多くは受け入れなかった。

「おまえの本には推論が多すぎる」とカスタン修道士は言った。「おまえの信仰心が煩悶している証拠だ。神を讃える文《ふみ》を思うときは、おのれの前に猿を連れ歩くようにせねばならん。猿を狙うもっとも大きな危険、それは鋭い目をしたワシだ。真理を有しているのは、われらが修道会だけ。ほかはすべて不信心者、異端者、悪魔なのだ」

「それこそ、わたしが示そうとしたことです」とカジュルは言い返した。「われらが正しいということを」

　翌日、カスタンはカジュルを部屋に呼び、原稿の束から抜き取ったページを——半分近くの枚数になった

――小さな坩堝《るつぼ》に入れ、彼の目の前で燃やした。

「ここにはおまえの信仰の、もっとも脆弱な部分がある」カスタンの目に炎が映った。「信仰の正しさを、論理によって語っている。ワシとは、合理的説明にほかならない。それは人間精神の、大きな欠陥のひとつだ。合理化など必要ない。なぜなら真理とは、存在すること自体に価値があるのだから。さらに合理化は有害でもある。真理それ自体の十全性を認めないのだから」

カジュルはこみあげる怒りをこらえながら、坩堝を見つめた。彼は自分に立ち返り、信仰に目をむけた。しかし彼の信仰も、雷に打たれた枝のように、たちまち灰と化した。彼は神に助けを求めた。神の姿を見たかった。そんなことをすれば、身の破滅だとわかっていたけれど。

しかしもう遅すぎた。カジュルは永遠の断罪を信じられなくなっていた。


「わかりました」と彼は身をかがめて言った。

カジュルは、この本を自らスケルナブの図書館へ持っていく許可を求めた。少年時代から、この町の名は絶えず頭から離れなかった。種族の違いにかかわらず、教養人と文人の聖地だ。何年か前、《預言者の輩《ともがら》》校の老図書館司書が、情熱的に語っていた。彼にとってスケルナブは、ラマダン山よりも価値があるのだと、カジュルにもよくわかった。

カスタンは手の内にあるもっとも豊かな才能のひとつを逃すまいとして、カジュルの申請を取りあげなかった……カジュルの腹はたしかにそのとおりだった。それでも彼はあきらめずに頼み続け、とうとうカスタン修道士も根負けして許可を出した。よく働いた褒美として、カジュルに神学説教師の地位も与えた。そうすれば、彼を修道院につなぎとめられると思ったのだが……それはまったくの見こみ違いだった。

カジュルは紙とインクを大量に準備して旅立った。

三カ月後、バルダイというヒト族の町に着き、そこからスケルナブまで列車に乗った。

旅の途中、原稿にいくつか手を入れ、《道徳的結論》という章をつけ加えた。

カジュルは活気に満ちたスケルナブの郊外に着いた。膠と古紙の臭いが通りに漂っているかのように、彼は胸いっぱい空気を吸いこんだ。微風が本の言葉を、魔法の文句さながら耳もとで囁きかけてくる。並々ならぬエネルギーが、体のなかにわきあがってきた。

町の中心にそびえる九つの巨大な塔のなかに、図書館は入っていた。塔のあいだは、がっちりとした高架橋で結ばれている。図書館を見下ろすのは不敬だとでもいうように、もっと高い建物はほかにひとつもなかった。スケルナブに集められた書物の量は膨大だったので、周囲にはさらに別館が数十棟建てられ、本の受け入れを行なっていた。カジュルはシレ族がたくさんいるのに驚いた。あとの二種族より、数ではるかにうわまわっている。

五、六年前、学校の図書館司書がスケルナブの歴史を、そもそもの起源から語ってくれたことがあった。カジュルはひと言も聞き逃すまいと、耳を傾けたものだ。

八世紀、スケルナブの町は約一ガイアにわたる地域の商売を統べくくっていた。当時、町にはたくさんの裁判所があり、各地の統治者たちは管轄下にある婚姻記録を登記しにこの地へやって来た。オムニアル城郭と呼ばれた最初の塔は、巨大化する行政機構を収容するために建てられた。しかしはなはだしい集中化によって、地域住民の一部が流出を始めた。半世代ほどのうちに、スケルナブは覇権を失ってしまった。そこで当時のシレ族市長は、オムニアル城郭のなかに図書館の蔵書を収め、財政援助者《メセナ》たちに開放することを思いついた。

たちまちスケルナブは、文化の中心地となった。町がてきたときから続くコスモポリタン的な伝統も、それをあと押しした。シレ暦九八〇年の軍事遠征で図書館は破壊されたものの、すぐさま再建された。三種族の棲域《エリア》から学者や神学者たちが、失われた書物の研究に集まって知識を共有し、意見を戦わせた。宗教的な熱狂についても、忘れてはならない。聖遺物造りやお布施集め、養護施設の運営、礼拝所の建設がらみの仕事など、商業活動にかかわることで教団は力をつけていった。民衆の信仰はさまざまに形を変えた。シル教、ホドキン族の疑似宗教、クニ教、さらには太陽《ヘリアル》崇拝などが混然としていた。しかし民衆が行なう儀式の多くは、暮らしの実利を祝うものだった。

十二世紀、スケルナブの町を経度、緯度ゼロに定めた最初の地図があらわれた。

カジュルは法外な料金を払って通行証をもらい、図書館に入った。

「どんな本を調べたいのかね？」と係員はたずねた。

カジュルは首をふった。

「どんなってわけではないのですが……できるだけたくさん」

係員は腕状突起を上胸部で組んだ。

「それなら、せいぜいがんばって長生きしなければな。ほかに用件は？」

「本の寄贈に来ました」

「宗教に関する本か、それ以外の本か？」

「ええと、宗教に関する本です」

「だったら、聖アモス城郭へ行かなくては。宗教書の受け付けはそこでやっている」

カジュルは礼を言って立ち去った。町を歩いていると、たちまち道に迷ってしまった。たくさんの飲食店が軒を連ね、車道の真ん中までテーブルを出している。フェジイのボードを広げ、紅茶や樹乳《カイマット》のグラスを片手にゲームにいそしむ者もいた。カジュルはしばらく歩くうちに息切れとめまいがし始め、一軒の店の前で足をとめた。ズッキーニや皮をむいた豆芋、強烈な臭いのするシレ族の野菜を入れた木箱が雑然と並べられ、古本が今にも崩れそうなほど山積みになっている。ドアを押して店内に入ると、黒い髪と長いまつ毛をした若い女が、読んでいた小説から目をあげた。旅行者だとひと目でわかるカジュルのみすぼらしい服装を見て、彼女の口もとから笑みが消えた。

「なにかご用?」

カジュルは口説き文句のひとつも返したくなるのを、ぐっとこらえた。

「聖アモス城郭に行きたいんですが、教えていただけますか? 手稿を寄贈したいので」

女はくりくりとした目を大きく見ひらき、本をカウンターに置いた。

「ご存じないようですが、手稿ではだめですよ。図書館は、最低四部以上印刷した本しか受け付けていません」

カジュルは顔をひきつらせた。

「それじゃあ、どうしたらいいでしょう?」

「あなたの手稿を出版してもらうんですね。宗教書の出版社は、この町にいくらでもありますから」

「でも宗教書の出版社が、わたしの原稿を本にしてくれるとは思えないな」

女はぷっと吹き出した。

「教会が店じまいを恐れて露《あらわ》にしたがらないオマルの真実が、その手稿には書かれているとでも?」

今度はカジュルが吹き出す番だった。彼を怒らしてやろうと思っていた女は、面食らってしまった。

「オマルの真実ではありませんが、教会や宗教の真実だとは言えるでしょうね」

女は面白がって、ちょっと原稿を見せて欲しいとたのんだ。

「《道徳的結論》のところを読んでください。旅の途中に書いたものです」カジュルは原稿をさし出しながら言った。
「へえ、あなたは預言者なのね」と彼女は言って、小声で読み始めた。
《宗教は三つの証にもとづいている。預言、聖人、奇跡である。過去の預言、すなわち第五福音教会の代理人たちが広めた預言に、ほかの歴史的事象とは異なった力があるわけではない。歴史を書いたのは常に勝利者なのだから、その四分の三は疑わしいのだ。それゆえ、宗教の歴史を客観的に把握していると言うには、信仰を持つ者、さまざまな空論家によって書かれた年代記を検討してみなければならない。聖人は熱狂と抵抗のなかから、簡単に生み出される。だからこそ宗教には、聖人が腐るほどいるのだ。奇跡は詐欺師たちがでっちあげてきた。わたしがその筆頭で、すべての聖人を合わせたより多くの奇跡を起こしたものだ》
女は最初の一段落で読むのをやめた。眉がきゅっと曲がっている。

「あなたの修道会は知ってるの……加筆の内容を？」

「もちろん、知りませんよ」とカジュルは素直に認めた。

「はっきり言わせてもらうけど、聖アモス城郭があなたの本にふさわしいとは思えないわね」

カジュルは肩をすくめた。

「どのみち、出版もできないだろうし」

「いいえ、大丈夫。わたしが本にするから」

カジュルは一瞬、言葉を失った。

「でも……まだ……全部を読んでいないのに。それにあなたは出版社をしているんですか？」

「本屋と印刷出版の免許を持ってるわ」

「どうやって、それを……」

「いっしょに店の奥に来て。条件について、ゆっくり話し合いましょう」

半年後、『悔悟した僧の告白』は大々的に売り出され、たちまち評判になった。カジュルは小説や哲学エッセー、艶笑芝居などを書きまくった。なかの一篇は、《世界の反対側》に着いた旅人の話を描いていた。そこは理想の社会で、下僕は主人のおかまを掘ることが許され、ミサでは下品な言葉を唱えるのだ。おかげで、カジュルの人形が燃やされる騒ぎまで起きた。芝居が演じられたどこかの遠い教権政治国では、欠席裁判で彼に死刑が宣告されたという。

カジュルは出版社の女を愛人にして、豪勢な屋敷に引っ越した。女は五年間に二人の娘をもうけた。カジュルは子供嫌いだったが、それについて詳しい話は何もしなかった。彼はできるだけ娘に会うまいとした。そして娘が八歳になると、さっさと寄宿舎に入れてしまった。

カジュルは無頼の評判を保とうと、樹乳《カイマット》を飲ませる店に足しげく通った。月に一度、医者がやって来て、グラス一杯の血を抜いた。カジュルはそれに凝固防止剤を加え、インキ壺に入れて羽ペンを浸し、執筆に使った。のちには、煮詰めた紅茶ですますようになったけれど。彼はスケルナブの図書館にふさわしい作品を書きあげようという野心を、つねに温めていた。

挑発的な言動の数々に加え、カジュルの世評が高いことに、第五福音教会もとうとう黙っていられなくなった。作品が発表されるたびに糾弾キャンペーンが繰り広げられ、祈りの儀式では、カジュルに対して《償いを強いよう》と呼びかけられた。彼の率直な文体や機知に富んだ饒舌が論じられることはなくなり、聖杯から作ったカップで酒を飲んでいるとか、聖書のページで尻を拭いているとかいった話がまことしやかに囁かれた。

ほどなく、カジュルの家が炎に包まれたが、彼自身は難を逃れた。日中は新たな城郭でさまざまな文献を漁り、オマルの起源を調べるのが習慣になっていたからだ。それを素材にして、不朽の作品を書きあげるつもりだった。

家に戻ると、共に暮らした女と五人の使用人が焼け死んだことを知った。

カジュルは焼け落ちた家を捨て、修道院のつつましい一室を借りて住むことにした。部屋は何者かによって、繰り返し荒らされた。殺してやるという脅迫手紙が、毎日何通も届いた。彼を投獄しようとする動きもあった。ある日、ひとりの女が短刀を手に、通りで彼に飛びかかってきた。けれども肥満体のおかげで、刃は脂肪を切り裂いただけですんだ。カジュルは女の腕をねじり、短刀を取りあげた。思わずふりあげた短刀を女にむかっておろそうとして……彼ははっと手を止めた。女が恍惚として笑っているではないか。カジュルは血まみれの短刀を、車道の真ん中に投げ捨てた。短刀は乾いた音を立てて跳ね返った。

「殉教者にはなれないぞ」カジュルは女に指を突きつけ、冷たく言い放った。女はくやしさと憎悪で、顔を引きつらせている。「殉教者っていうのは、おまえの仲間に殺された六人の罪なき者たちだ。このおれを狙ったんだろうがな。六人のなかには、おれが愛した女もいた。おまえなんか百人がかりでも、かなわないような女だ。彼らを讃える歌は、おれしか歌ってやれないだろう。けれどもよく知っておけ。大聖堂でおまえたちの聖人を讃える歌より、高らかに鳴り響くだろうってな」

カジュルはほとんど叫ぶように言った。しかし女は祈りにこもって、もう聞いていなかった。

あたりに人だかりができた。カジュルは女を放した。

「いつでもおれが相手になるぞ」と彼は群衆にむかって言った。「おまえを送った坊主どもに、帰ってそう伝えろ」

身に危険が及ぶことは少なくなったものの、この攻撃以来、彼の心はぼろぼろになってしまった。

一ヵ月後、カジュルのもとに教会から通達が届いた。正式な破門は、まだなされていなかった。通達は、あからさまな取引を持ちかけていた。太陽崇拝《ヘリアル》の思想に毒されたラモ修道会の異端的な僧侶たちを教会の懐に連れ戻したら、カジュルに対する公の非難を取り下げるというのだ。

最初は冗談かと思った。

ラモ修道会は国境地域で活動している。そこで彼らが及ぼす影響は、教会にとって目障りなものになっていた。彼らのもとへ行くのは、うまくしても二十年の流謫、下手をすれば厳しい最果ての地に骨をうずめることだと、カジュルとて知らないわけではなかった。それでも彼は、この申し出を受け入れた。

20

どのみちスケルナブには、もう何も未練はなかった。第五福音教会に示唆された脅迫手紙もあとを絶たなかった。カジュルはわずかに残った財産を売った。ほとんどは屋敷とともに焼けてしまったし、本の売り上げもすっかり落ちこんでいた。脅迫は書店にもむけられたからだ。出発するとき、彼は正直ほっとしていた。そんなことは、死んでも敵に知られたくなかったが。

南端地域では、広大な沼地に植民の波が絶えず押し寄せていた。異端の修道会に出会えるチャンスが大いにある。

ラモ修道会の僧侶は完璧な禁欲生活を送っていて、周囲に女を近づけようとしなかった。とはいえ、ただ瞑想のみに喜びを見出しているわけではない。彼らが自らに与えた使命は、砂漠を肥沃にし、沼地を干拓し、汚染されたシダの森を開墾することにあった。彼らはキャンピングカーで絶えず移動を繰り返していた。なかが空洞になった巨大な車輪に三眼蜥蜴《オーニッド》を入れて回転させ、それで車を引くのだ。やむにやまれず家畜を食べてしまったときは、自分たちで回すこともあった。

カジュルは、新たな土地を求める開拓民のキャラバンや、逃亡者の一団とすれ違った。皆がひとつに混ざり合って、生ける塊と化している。彼は珊瑚樹《ダンドリフォルム》の森に入った。低い枝は大槌で叩き落とし、そこを寝ぐらにしている鳴き猿《セルコープ》を無情に追い払わねばならなかった。

珊瑚樹のあとには、瘴気をしみ出す蜥蜴足《ヒユメア》が続いた。根もとには、自らの毒ガスにあたって剝がれ落ちた樹皮が山積みになっていた。この毒を避けるため、わずかにある村も地上六十リスクの杭のうえに住居を構えていた。住民はみんな、ちゃちなガスマスクを着けている。彼らの主な食材は毛虫だった。毛虫の身で、あまり美味とは言えないが栄養のあるパテを作るのだ。翼の全幅が二十四リスク——約八メートル——におよぶ、大きくて平たい鳥が、羽虫の大群がいるあたりを絶えず飛びまわっていた。村人の話では、鳥の羽根は粘液に覆われているのだという。それで虫を捕え、消化するのだ。蜥蜴足《ヒユメア》が発するガスの層が、あたりに広がっている。それに加えて、猛獣の攻撃も恐れねばならなかった。しかしもっと困るのは、ガスマスクのなかを住処とするシラミだった。

一年間の困難な旅の末、カジュルは南端地域にたどり着いた。

軽石樹《ナリス》の毬果《きゆうか》が無数に降り注ぎ、平野を埋めつくしているところから見て、雨季が近いようだ。肉づきのいい毬果はいくつも集まって、スポンジ状のドームを作った。それが成長した軽石樹の形態だった。ラヴェンダー色をして、高さは膝くらい。数週間もかけて層をなしていく。カジュルは軽石樹《ナリス》に巣を作る小さな斑《ディ》鴨《オーヌ》に気づき、卵をいくつかいただいた。

三ジャルの高さにそびえる山系のむこうには、大洋ほどもあると住民たちの言う沼地が広がっていた。山の頂上からは、僧侶たちの成し遂げた成果が遥か彼方まで見わたせた。それはスケルナブの図書館とクラルマ川の巨大ダムと並んで、オマルの十不思議に数えられていた。沼地は普通、山の支脈までとぎれない。ところがここでは、色鮮やかなグリーンベルトや草原、小さな森が沼地の左右にどこまでも続き、ほとんど幾何学的な模様を描いていた。そこかしこから、煙突の煙も立ちのぼっている。少なくとも幅五十ジャルに及ぶその土手が、ラモ修道会の領地だった。

　田舎の素朴な絵のようだ。

　カジュルは勝利に酔いしれた。ついに見つけたんだ。

彼は山を下り、香り立つ雛菊《アステラル》の小さな黄色い花が咲き乱れる牧場を抜け、新たに作られた村に着いた。住民はほとんどが職人たちで、礼儀正しく従順だった。美しい景色のイメージそのものだ。なかのひとりが、修道士たちのやり方を教えてくれた。修道士たちはイグサで巨大な筏を編み、その上に大量の泥を山積みにする。泥が固まりかけたところで、そこに食用植物の種を蒔く。水をやる必要はない。たくさんの浮島はやがてひとつになり、土手とつながる。修道士たちは完成したこの地を住民に与え、ほかの荒れ地を豊かにするため、立ち去るのだった。その代わりに、村の男の子を六人にひとりの割でもらい受け、移動修道院で育てるのだという。

「今はどこにいるんですか？」とカジュルはたずねた。

　職人は目の前に広がる沼の端を指さした。

「あっちにむかって、一週間ほど歩いたところだ。でも、何か売りつけようとか、改宗させようとか思っているなら、あきらめたほうがいい。あんたの話なんか聞かないだろう」

「凶暴なんですか？」

相手は肩をすくめた。

「おれの知る限り、そんなことはないな。あんたが苦しんでいると思えば、救済してくれるだろうよ……だってそうだろ、ひとりで沼地に入ろうとしているのは、あんたがラモの修道士を必要としているからさ」

カジュルはこの忠告を無視した。せっかく一年間も旅を続けてきたんだ。目的地を目の前にして、あきらめるなんてできない。

彼は沼地に足を踏みいれた。第一日目から、泥にはまって早くも身動きがとれなくなった。水面を覆う睡蓮の下に、腐った木のマグマが三リスクの深さまでたまっていた。生い茂る葦《ヘェ》は、干からびた実のように茎の先についた繭の重みでたわんでいた。水蜘蛛が不気味な音を立てながら、あとをついてくる。カジュルはマングローブの実を避けて進まねばならなかった。幹にびっしりとついている海綿状のキノコは、塩の結晶できらめく気根を伸ばし、マングローブから逃れようとしているかのようだ。毛ガニやコブ鴨が蠢く沼の真ん中からは、焼け焦げたような枯れ木がいくつも突き出していた。

カジュルは何日も歩き続けた。

ここでわが物顔に暮らしているのは、齧歯類と昆虫だった。巨犬《カルベ》ほどもある巨大な麝香ネズミもいれば、六本足の亀もいる。亀は鋭い嘴で木の根を切断し、そこから樹液を吸うのだ。ときおりカジュルはにわかづくりの筏から、水に浮いているカボチャに似た実を集めた。実のなかは空洞で、何かの幼虫が巣を作っていた。蚊に吸われた血は一リットルにもなるだろう。そのあげくに病気をうつされると、一時的に熱が出た。

ようやく彼は村に着いた。百軒ほどの小屋が杭のうえに建っている。

初めは誰もいないのかと思った。しかしよく見ると、小屋の軒先に老人たちがあぐらをかいて、木の根を噛みながらこちらをじっと眺めている。カジュルは前に進み出て、シレ族式のあいさつをした。しかし老人たちは無反応で、またもとの作業に戻った。どうやらたくさんの籐《とう》を広げ、ござを編んでいるらしい。

毛の抜けた三眼蜥蜴《オーニッド》がうなり出した。村にいるのはヒト族の男と、髪の毛を剃って臭い泥にまみれた少年だけだった。シレ族やホドキン族も、ヒト族の女もいない。男の三人にひとりは鉾で武装していたが、カジュルに襲いかかるような気配はなかった。そもそも誰も、彼の存在など目に入っていないようだ。

カジュルは一週間たっても、無言の住民たちと会話もできないままだった。鞄に入れた食料をおみやげにさし出しても、効果なしだった。食料はあたりの湿気でたちまち傷んでしまうので、彼は無駄づかいはやめることにした。どうせ誰も、彼の申し出に応えるものはいないのだ。少年たちでさえ、彼に何の関心も示さなかった。カジュルは侮辱されたような気がした。暇つぶしにと、手帳に観察記録をつけた。簡潔につづられたその記録には、いくつもの疑問点が記されていた。

《わたしは袋小路にはまってしまった。つつましさを旨とする以外、この者たちにはもはや第五福音教徒《エスコパリアン》らしさはほとんどない。彼らを教義のもとへ戻すことなど、わたしには難しいように、いや不可能なように思われる。あんな悪臭を放つ連中には、近寄ることすらままならない。彼らが飼っている尖頭山羊《シヴァーニュ》のほうが、まだましなくらいだ。彼らの考え方からすると、体を洗うのは不浄な行為なのだろう。苔を生やして寝床代わりにしているくらいだ》

ある朝、目覚めると、村は空っぽになっていた。小屋にも誰ひとり残っていない。若い男も老人も少年も、みんな黙って出ていってしまった。山羊を連れ、道具を持ち、種を甕に詰めて。

再び彼らを見つけるのに、一カ月以上かかった。今度は末なし川のほとりに居を定めていた。硫黄質の泥があふれ、胸の悪くなるような腐敗ガスが漂っている。植物らしいものといえば、汚らしい黄色をした木生の苔だけだ。平らな段状に広がる土手からは、絶えず霧が立っていた。

家畜は三頭の三眼蜥蜴《オーニッド》と、二匹の尖頭山羊《シヴァーニュ》しか残っていなかった。どれも主人に劣らず痩せこけている。最初のときと変わらず、修道士たちはカジュルと会話を交わそうとはしなかった。カジュルが着いてほどなく、仮小屋のひとつが崩れて、老人が下敷きになった。三人の若者が助けに駆けつけた。カジュルも力を貸そうと近づいたが、若者の二人が腕を広げてさえぎった。カジュルは彼らの脇を抜け、落ちた軒を持ちあげた。その下に老人が横たわり、うめいている。彼が丸太に手をかけるや、三人の若者は救助をあきらめ、遠ざかってしまった。カジュルは呆気にとられ、声をなくした。彼は鼻をすすりながら救助を続けたが、結局老人は息を引き取った。

翌朝、再び村は空っぽになった。カジュルはあとを追ったが、葦《ヘェ》の茂みのなかで足跡を見失ってしまった。修道士たちは、ますます荒れて危険な地域へと進んでいた。任務は失敗に終わると思いながらも、カジュルはあきらめなかった。もう引き返すべきだと、頭ではわかっている。わずかな怪我、軽い食中毒にも体が持たないだろう。しかし彼に対する修道士たちの態度は、どうにも不可解だった……謎は解明しなければならない。

別の修道士たちがカジュルを助けてくれた。そのとき彼は、ほとんど動くことも食べることもできなかった。言葉も満足に話せず、何か言おうとしても、口を突いて出るのはわけのわからない叫び声だけだった。間欠的に熱が高まり、譫妄状態が続いた。顔を覆う蓬髪には、シラミが群がっていた。

修道士の助力を得て——仕事の邪魔だったのでしかたなく助けたのだが、沈黙は続けていた——カジュルは肉体的、知的機能を回復した（体のほうはどれだけ回復したのか、今では測りがたいですがね、とカジュルはつけ加え、シェタンにそっとウィンクをした）。椅子に腰かけても、ずり落ちないようになった。ナイフとフォークを使い、髪を梳かし（つるつるに剃られた頭に、また髪が生えたならだが）、シャツを着てズボンのボタンをはめ、サンダルをはけるようにもなった（足のあちこちにできた固いたこを、削り落としたならだが）。

カジュルは五年間、彼らと生活を共にし、日々の労働にも加わった。洗礼を受けたいと思ったが、修道士たちは彼に対してずっと不信感を持ち続けた。それでも追い出されなかったのは、修道士たちが非暴力を旨としていたからだ。しかし、いつも遠ざけられていた。

カジュルは腐った水の運河に落ちて、またしても病気になった。それを機に、彼はスケルナブに戻る決心をした。

帰りつくまでに三年かかった。

彼は町の郊外の宿屋に泊った。するとほどなく窓の前に何十人もの人々が集まり、歓呼しているのを見てびっくりした。彼は思わず涙ぐんだ。町を離れて以来とてもたくさんのことがあったので、ようやく帰還したというのに、まったく別人になったような気持ちだった。どうせみんなも、おれのことなど忘れている。そう思っていたのは間違いだったのだ。

カジュルの哲学作品はさておき、艶笑芝居のファンだという裕福な商人が、宿を提供してくれた。教会は今、別の問題にかかずらっていて、カジュルに喧嘩を売る気はないだろうと商人は言った。彼はこの厚意に甘えながら、『ラモ修道会の信仰』なる本を出した。ラモの修道士たちによれば、オマルは平らではなく曲面なのだという。ヒト族もほかの種族も、オマルのうえで創られたのではない。皆、《天の通路》からやって来たのだ。《天の通路》とは神秘の世界に面した扉であり、すべての答えの源だ。神とは、シレ族の言う《創建者》のような、《大いなる建築家》なのである。ヒト族がオマルにやって来たのは、ある意思に基づいている。ヒト族は与えられた大地を耕し、第五福音教《エスコパリスム》の聖書が教えるごとくその地を満たし、動植物を支配するようにという意思に。対抗する種族の存在は、神の与えた試練である。その試練に耐えることはあっても、それと戦ってはならない。

こんな本を出したら、異端思想を広めたとしてたちまち糾弾されるだろうと、カジュルは覚悟していた。ところが今回、当局のやり方は違っていた。カジュルは昔の悪癖を取り戻し、売春宿通いが始まっていた。修道士たちと暮らしていた時期、何より苦しかったのはセックスができないことだった。だから、失われた時間を取り戻そうと心に決めたのだ。ところが、そうした店のひとつから出てきたとき、待ちかまえていた男たちに袋だたきにされた。

気がついたときは体を縛られ猿轡を嚙まされて、車の荷台に乗せられていた。

カジュルはトラックを乗り換えながら運ばれた。仮面をかぶった誘拐犯は、ひと言も口を利かなかった。ところが奇妙なことに、道路の揺れには覚えがある。まさか、そんな。しかし鉄格子の窓から見えたのは、案の定あの馬鹿でかい農家のような僧院だった。いわれのない恐怖が胸をしめつけた。この場所を二度と見ることはないと思っていたのに……それにカスタンの顔も。ところが今、やつが目の前で、腕組みをして立っている。そのうしろには、カジュルの本が庭の真ん中に山積みになっていた。革の覆面をした大男がカジュルに手錠をはめ、トラックから降ろした。いや、放り出したと言ったほうがいいだろう。

カジュルは立ちあがると、平静を装って咳ばらいをした。

「これまで燃やされた本の印税をすべてもらっていた

ら」と彼は本の山を眺めながら、しゃがれた声で言った。「今ごろ司教なみの金持ちだろうにね」

「本といっしょに燃やされないだけでも、ありがたいと思え」

「わかってないな。きさまが燃やそうとしているのは、わたしの一部、もっとも生き生きとした一部なんだ」

「その灰のなかから、おまえの信仰が再び芽生えるのだ」

カジュルは肩をすくめた。カスタンは真面目くさった顔で紙を広げ、カジュルにかけられた嫌疑の条項を読みあげた。彼は《真の信仰》に背く主張をし、神の姿に似せて創られた被造物を貶め、シレ族やホドキン族の手先になった廉で告発されたのだ。

「第一の告発については、反論しない」とカジュルは大声で言った。「たしかにわたしは、きさまがせっせと作り出している宗教的な偏見を本能的に嫌っている」

「ところがだ」と高位修道士は落ち着きはらって言い返した。「聖なるわが教えに反対するものたちも、おまえのことはあまり好いていないらしいぞ」

カジュルは横柄な笑みを浮かべた。

「シレのへたれケツ、しけた三眼蜥蜴面《オーニッド》どもめ。わたしが無神論を剣のようにふりかざし、いちもつのごとくそそり立たせるのが、目障りなんだろうよ。わたしが妬ましくて、いちゃもんをつけてるのさ」

裁判のあいだ、カジュルも少しは自己弁護をしたが、裁判官たちはその態度を不遜だと見たようだ。しかしなかには、疑問を抱く裁判官もいた。そして死刑判決を下したあとも、独房でカジュルの尋問を続けた。カジュルは彼らを通じて、これから待ち受けている運命を知った。絞首刑にされたあと、死体は燃やされ、その灰は秘密の場所に撒かれるのだという。

絞首台は葛樹《ジブ》で作られた。青樹《エラスメ》と同族の木で、幹は花冠のような形をし、横に伸びた枝にはとても丈夫な蔓が巻きついている。処刑にこの木が使われるのは、ぐるぐると絡まる蔓がつきものだからだった。絞首台とロープがいっぺんに手に入るというわけだ。

「死ぬ前に何か言い残しておくべき希望はあるかね?」カスタンが処刑の前日にたずねた。

「わたしの灰と本の灰をひとつに混ぜて欲しい」

カスタンは驚いたように、額に皺をよせた。

「それはまた意外だな。おまえは無神論者だろ。自分の灰がどうなろうと、かまわないじゃないか。どうせおまえを待ち受けているのは、ただの無なのだから」

「わたしは作家だ」とカジュルは、それがすべてを説明するかのように答えた。「文学を信じている。シレ族がフェジイを信じているようにな。わたしは象徴の力を信じている。それはすべての種族が持つ共通点のひとつだ。奇妙なことに、今まで誰ひとりとしてそれを重要視した者はおらんがね」

真夜中、独房の扉をたたく音がした。カジュルは眠っていなかった。穏やかな気持ちで運命を受け入れられると思っていたのに、そんなわけにはいかなかった。恐怖できりきりと胃が痛んだ。死んだら何も残らない。不名誉な絞首刑によって、彼の意識のきらめきは永遠に吹き消されてしまうのだと悟ったのだ。

《生きていることが、いちばん大事なんだ。ほかのことは何も、信じられないのだから。畢生の大作も書きあげていないじゃないか。だったらここで死ぬのは、われとわが身に対する裏切りだ。自らの信条を否定し、改悛してみせ、命乞いをすべきではないだろうか……》でも、そんなふうに考えるだけで体がこわばった。だめだ、魚に飛べと言うようなものだ。

独房の扉がわずかにひらき、足もとに何かが投げこまれた。ゴムのパイプと頸部コルセットだった。カジュルはすぐにぴんときた。

協力者の顔は見なかったが、策略はうまく行った。カジュルは修道院の脇に立っている葛樹《ジブ》に吊るされた。

幹の下に打ちつけたプレートには、《シレ族の手先のためのシレ族の木》と書かれていた。

いちばん辛かったのは、絞首台から外されるときだった。必死に体をねじ曲げていたおかげで、なんとか首を折らずにすんだ。

スケルナブから数ジャルのところにある小さな村に住処を見つけ、月に二、三度、こっそりと図書館に出かけた。彼の死について、たくさんの記事が出ていた。

七年後、スケルナブの郵便局に、カジュル宛の小包が届いた。小包は最後にわかっている住所、つまりカジュルを泊めた裕福な商人のもとに配達された。商人はカジュルが本当に死んだとは信じられず、張り紙をした。こうしてカジュルは卵の破片と、乗船のチケットを手にしたのだった。

すぐさま彼は、太平湖のほとりにあるプラットフォームジャンクションにむかった。チケットに書かれた日付けより、一年も早く着いてしまった。チケットが有効なのをたしかめると、彼は黒岸を訪れた。折からカジュルの旺盛な性欲は女たちにもてはやされ、男たちからは憎しみを買った。イャルテル号が途中ディダクティル列島に寄ってから、長い航行に出ると、話に聞いていた。だから、そこで最後のひとときをすごすことにして、舞踏会やら、狼犬《ヴェルフ》と猿轡をかまされた闘士との戦い、ボート競技、平底船の周遊を楽しんだのだった。

シェタンは疑わしげに頰を膨らませた。

「あなたはスケルナブにいたのよね。なのにあなたは贅沢三昧をして、ふしだらな暮らしを送っていた。オマル鳥の卵について調べもせずに。卵の起源をつきとめたのは、ハンロルファイルじゃないの」

カジュルは顔をしかめた。

「たしかにわが輩は快楽主義者です。しかしわが輩の著作は、多くの研究者に参照されていますぞ」

「われわれを集めた者は、そうした著作のひとつを読んであなたに声をかけたのだろうか？」アメスがたずねる。

「艶笑芝居のほうかも」とシェタンがまぜかえす。

「わたしはむしろ、オマルの起源にかんするあなたの研究に興味がありますね」とハンロルファイルが言った。

「それはまた、どうして？」

「医者になる前に、わたしの主な研究領域だったからですよ」

「そんなこと、言ってなかったじゃないですか。どうして、今ごろ？」とシェタン。

「言う時期が来たと思ったからです」

「その話をするつもりで？」

するとシカンダイルルがさえぎった。

「今はだめだ。フェジイの意義を損なう恐れがある。決めるのはフェジイだ」


カジュルはにやりとした。

「ほら、わが輩が言ったとおりだ。象徴《シンボル》の力だって」

「あれは象徴じゃない」シカンダイルルは言い返した。

そのときあたりがぎいっと軋み、独り子《ロシル》は言葉を切った。突風が外包《エンベロープ》に吹きつける。シェタンは舷窓に駆けよった。

「ほら、見て」

螺鈿のような空に少しずつ薄暗い斑点が広がり、やがて一面の闇になった。彼らは状況を確認するため、見張り台へむかった。

眼下の海には、見渡すかぎり小エビがあふれていた。

「こりゃまた、何事ですか？」カジュルは目の前の光景に驚いて叫んだ。

シカンダイルルは動くほうの腕状突起で、水平線の黒い点を示した。

「今見ているのは、前兆にすぎない。あと四時間もしないうちに、本当の災厄が始まる」

21

大洋には荒波が立ち、小エビを獲るのもままならなかった。一度、梁をおろしてみたものの、たちまち波にさらわれてしまった。巨大な低気圧が、水平線のあちらこちらで猛威を振るっていた。深まりゆく闇のなかで、大急ぎで帆を絞った。波しぶき混じりの突風はますます激しさを増し、ついには風速百二十ジャルにまでなった。

　ヒト族たちは縦揺れに備えて、万華鏡展示室の壁に巡らせた手すりに体をしばりつけた。

「さあ、お楽しみはこれからだ」とカジュルは叫んだ。

「まるで世界の終わりが、明日に迫っているようですぞ。《覇王たち》が天からわれらに岩を降らせているようだ」

　老作家は何の話をしているのだろうかと、アレサンデルは記憶の隅を掘り返した。ああ、そう、《覇王たち》とはノラチュキのことを指すヒト語だ。ホドキン族はアエジールと呼んでいる。天空に住む巨大な生き物で、かつては地上の大棲域《エリア》と交易を行ない、貴重な鉱石を三種族に与えていたという。アレサンデルが若いころ、シレ族の教師が教えてくれた。ヒト族のなかでもとりわけ過激な連中が、地上におりてきた《覇王たち》のひとりを捕まえようとしたと。試みは失敗に終わったものの、《覇王たち》はこれを宣戦布告だと受け取った。こうして流星戦争が始まり、《覇王たち》はヒト族の町に大きな岩を降らせたのだった。地上は危険だと《覇王たち》は思い、近寄らなくなってしまった。《覇王たち》が姿を消してからは、彼らの鉱石供給にたよっていた多くの産業が衰退し、文明は退行してしまった。その後数世紀のあいだ、再び《覇王たち》と接触しようという試みはことごとく失敗した。

「カジュル、本当に世界の終わりが近づいているなら」とシェタンが小声で言った。「わたしが最初にするのは、あなたを船の外に放り出すことだわ。そういうことよ、お楽しみっていうのは」

老作家も負けていなかった。

「これはどうも、お気づかいを。だったらせいぜい楽しみましょう。世界は爆笑から生まれたと、言われてるじゃありませんか……アラーの涙からじゃないならばね」

船底はみしみし音を立てているが、ボロ船は真の窮地には陥っていなかった。台風のなかでも、みんなして何とか活路をひらいた。

もともとあたりが暗かったので、気づかないうちに夜になっていた。珊瑚の塊が波頭を穿ち、また砲弾のように落ちていく。あまりに異様な光景なので、見張りを続けることにした。シカンダイルルの説明によれば、これは水素によって膨張した珊瑚の塊が、海底まで伝わる大波にもぎ取られることで起きる現象なのだという。珊瑚は水面から十二リスクすれすれまで跳ねあがるが、船にまでは達しなかった。しかし船の高度も、大きく変動していた。

カジュルはため息をついた。

「人生のもっとも危機的な出来事こそ、最良の思い出ですよ。目下の状況も、捨てたもんじゃないでしょう」

ようやく珊瑚の爆撃も治まり、皆は万華鏡展示室に集まった。

「どうやら助かったみたいだな」とアメスが言った。

カジュルがうなずく。

「われわれはどんな状況にも適応する動物ですからね。だからこそ、オマルは無限なのでしょう。われわれの適応力を試しているんです」

「オマル世界には明確な目的があると？」

「オマルにはひとつの目的があると、ラモ修道会は考えていました。第五福音教会と対立する、ほかの多くの宗派もです」

もっとも大きな台風は、イャルテル号から百ジャル以上のところを通過したが、その衝撃波は数日間感じ取れた。温かい水滴がぴちゃぴちゃと降り注いだ。雨は徐々に激しさを増し、ついには外包《エンベロープ》を打ち鳴らす豪雨となった。雨は三日間、ずっと降り続けた。三日と言っても、毎日夜みたいなものだったが。唯一、目にした光は、ぶ厚い雲を切り裂く稲妻だった。なかには船に落ちて、炎をあげるものもあったが、雨がすぐに消した。けれども内線電話の線が、雑音とともに切れてしまった。動く丘のような高波は、六階建てもの高さになり、刃に姿を変えて船底にまで飛沫を飛ばした。

二十四時間のうちに、三つの嵐に襲われた。そのたびに、高度が五十リスクおちた。

シェタンは最後の低気圧で船が揺れているあいだに眠ってしまった。目覚めたとき、大自然の猛威は収まり、静けさが戻っていた。彼女は舷窓へ駆け寄った。一面の霧が波を覆っている。そのうえには、ぼんやりとした鉛色の空が広がっていた。高度はかなり低下し、かごを降ろさなくても漁ができそうなくらいだ。しかし小エビは台風に吹き飛ばされ、姿を消していた。

やがて空が晴れ始めた。そのあと二十日間ほど、特筆すべきことは何もなかった。

こうして三週間がすぎた。生死の境をさまよう三週間。難破した直後と、状況は変わっていない。アレサンデルはまたしても気持ちが落ちこんできた。一ペザント、約十キロ近くも体重が落ち、あばら骨が浮きあがって見えた。冷たい両手を暖めるかのように、しょっちゅうこすり合わせている。彼は少しでも元気を出そうと、おれの心はそんなにやわじゃないと自分に繰り返した。フェジイを観戦していると、すべてを投げ出したくならずにすんだ。

フェジイのトーナメント自体も、緩慢な展開になっていた。布置はほとんど変化せず、対峙する軍は神経戦に嵌りこんだ。この一週間、敵に取られた駒はひとつもなかった。戦いは別の局面に入りつつある。そこで大事なのは、もはや敵を叩き潰すことではなく、敵の動きを封じて数で圧倒することだった。

アレサンデルはシレ族の格言を思い出した。ご主人様の家の者たちがよく言っていた格言だ。《ヒト族は数でしかない》シレ族は体格でも腕力でも、ヒト族をうわまわっている。知力だってヒト族に劣らないし、合理的精神では勝っているくらいだ。シレ族の暦は、ほかの種族も好んで使っているじゃないか。しかしヒト族には、ひとつ有利な点があった。繁殖能力だ。ヒト族の女は十五歳以降、少なくとも十人の子を出産できる。シレ族はそれほど早熟でも、多産でもなかった。

フェジイにはこうした対立関係が、さまざまな局面で露になった。だからこそ、フェジイはすべての種族の魂に響くと言われるのだ。

食料の割り当てはぎりぎりまで抑えられた。みんなおとなしく、自分の分け前をがっついた。ついにシカンダイルルは、食べ物を節約するためハンロルファイルと交接しようかとまで言い出した。カジュルは目を丸くし、シェタンは思わず吹き出してしまった。アメスだけは平然としている。

「どう思いますかね、ハンロルファイル君」カジュルはにやにやしながらたずねた。「こんな申し出は、そうそうあることじゃないですよ。それにあなたは、もう立派な大人なんだし」

この冗談には多少の真実もふくまれていた。四十歳以下で父親になるシレ族は稀だった。熟年まで生きのびたということが、遺伝子の強さと知性の高さを示す証なのだ。そうやって、生物的にも社会的にも種の永続を可能にする能力があるとアピールするのだ。さらにヒト族とは反対に、歳をとっても子種の質は落ちなかった。

「問題外です」とハンロルファイルはこもった声で言った。

シカンダイルルは腕状突起をだらりとさげ、指を広げた。

「わかってるだろ。選択の余地はないんだ。何日も前から、漁は収穫なしだ。食料は不足し、飢えはますます激しくなっている。食べる口がひとつ減れば、その分みんなが命を長らえられる」

「何を言っても無駄です。わたしはあなたと交接する気はない」

シカンダイルルはじれったそうにした。

「受胎しようっていうんじゃない。われわれの生殖サイクルを、前交《ファヤニリル》で活性化するだけだ」

ハンロルファイルはヒト族風に首を横にふった。シエタンは彼に近よって、腕状突起をやさしく握ると、自分の胸にあてた。

「シカンダイルルの言うとおりかもしれないわ。わたしたちは飢えている。もし、あなたが受けいれれば……」

ハンロルファイルは必死に拒絶した。

「独り子《ロシル》と交接するのはタブーなんですか？」カジュルがたずねる。

「いや」とハンロルファイルは、シカンダイルルが視界に入らないよう気をつけながら、ためらいがちに答えた。

「苦痛を伴うとか？」

「もちろんです。でもわれわれはシル教から、苦痛を乗り越える術を学んでいます」

「だったら、なぜ？　どうすればあなたの気持ちを変えられるんです？」

　こんな質問はナンセンスだとでもいうように、シレ族の男は老作家を見つめた。

「わたしが言うことじゃない」

　カジュルは爆笑した。

「いやまったく、女が望むことはアラーもお望みだ。これは永遠の真実です。オマルが無限の土地《テラ・インフィニタ》なのと同じくらいにね」

「そういうことです」ハンロルファイルは、眼点を皮膚と同じくらい真っ青にさせて言った。

　シレ族の生殖サイクル活性化は、八時間近くも続く。交わりはするけれど、受胎には至らない。受胎は二十日後に行なわれる。ここでは性交が目的なのではない。それどころか前交《ファヤニリル》を成し遂げるには、苦痛に耐えねばならない。苦悶崇拝の起源はそこにあった。種の存続のため、苦しみを馴致することに。

　シェタンはハンロルファイルに助け舟を出した。

「シカンダイルルがあなたのサイクルを活性化すれば、体が根本から変化するわ。生殖器官の生成のため、すべての機能が総動員される。とりわけ、消化システムが吸収されてしまう。あなたはもう、食べる必要がなくなる……もう食物を摂取できなくなる。それが怖いの？　あと戻りできなくなるのが？」

　たしかにそれは、ときおりあることだった。前交のあと、シレ族男性の一パーセントが変化した代謝機能がもとに戻らなくなるのだ。一カ月間、何も食べられずに、飢え死にしてしまう。

　ハンロルファイルはシェタンの手から腕状突起を振りほどいた。

「もちろん、そんな理由じゃありません。ただ単に、シカンダイルルに親しみを感じないだけです」

「この世界に生きとし生けるものすべて、愛情の問題を抱えているようです」とカジュルは言って、ため息をつく真似をした。「わが輩なんか何の親しみも感じない女を、どれだけ愛人にしてきたことか……」

シェタンは肘でカジュルをつついた。

「シレ族じゃなくてよかったわね。さもなきゃとっくに飢え死にしてるわ」

「おや、あなたこそわが輩に、いつまでおあずけを喰らわせるおつもりで？」カジュルは例によって陽気に言い返した。

アレサンデルがハンロルファイルに近づいた。

「ほかの方法をみつけるさ。今のところ太平湖は、おれたちにケチな態度をとっているが、そのうちもっと気前よくなるだろうさ」

翌日、その期待が実現するかと思われた。見張りの順番が終わるころ、アメスが皆を集めた。シカンダイルルは展示室の万華鏡からレンズを二枚抜き取り、手製の望遠鏡を作っていた。独り子《ロシル》はそれで長いこと水平線を眺めたあと、わきで足を踏み鳴らしているカジュルに手渡した。

「ややっ、木が見えたような」とカジュルは叫んだ。

「島みたいなものが、水平線のうえに」

「空飛ぶ島だって？」とアレサンデルが言う。「本当に蜃気楼じゃないんだな？」

シカンダイルルはまた望遠鏡をのぞいた。

「下方の空気が揺れていない。実在のものだ……荒れ果てた島のようだが」

船が近づいてきたのだと、アレサンデルは気づいた。それは一ヵ月近く前、彼がちらりと見かけた飛行船だった。あのときはほんの一瞬のことだったので、目の錯覚かと思った。それが今、再び進路が交差したのだ。アレサンデルの胸は落胆でいっぱいになった。今まで同じところをまわっていて、また出発点にもどったのだろうか？

「どうしたの？」シェタンが心配そうに言った。「急に顔が真っ青になったけど」

「いや……何でもない」アレサンデルは声を絞り出し

た。

　彼は自分の発見を明かさないよう、必死に堪えていた。おれの予想が正しいとは限らない。あの飛行船はたまたまイャルテル号と平行に走っていただけかも。

「あの船も、ずいぶんとひどい状態のようですな」とカジュルは、あいかわらずレンズをのぞきながら言った。「オアシス飛行船ではないでしょうかね？」

　シカンダイルルもそう思ったらしく、上胸部を締めつけはしなかった。漂流している飛行船までは、何ジャルもあった。その荒れ具合から見て、もう長いこと流されているらしい。どうして沈没しないのかは不思議だが、それはきっとわからずじまいだろう。

　ぼろぼろに崩れた船底から、シダや木やらがあふれ出ていた。逆さに伸びているものもあれば、水平に伸びているものもある。オアシス飛行船には樽や種子、鉢植えの芽、檻に入れた小動物が積まれている。シレ族の砂漠に種を蒔くのがその使命なのだ。あるいは、探査飛行船かもしれない。だとしたら、なかに本物の自然環境を再現し、野菜栽培や牧畜をしていても不思議はない。

　海賊に襲われたか、乗務員が病気で死んだかしたのだろう。ともかく飛行船は無人になってしまった。動物は檻のなかで死に、植物は茂りほうだいというわけだ。

　アレサンデルはハンロルファイルに望遠鏡を渡した。

「なかは根がぼうぼうに伸びてます」とハンロルファイルは言った。「あれでは、潜りこむのは無理そうだ」

「果実や樹液は役に立つ」と独り子《ロシル》が答える。「それに外包《エンベロープ》は、鳥の巣でいっぱいのはずだ」

　ふたつの飛行船のスピードが今のままなら、空飛ぶオアシスに充分近づくまでに少なくとも二日はかかるだろうとハンロルファイルは計算した。

　彼らは帆を広げ、見張りの間隔を短くした。シカンダイルルは、船が手の届くところまできたらどうするか、策を講じた。

手があいた時間には、フェジイも続けられた。アメスは空腹で頭が働かないらしく、致命的なミスを連発した。

彼は荒廃した自分の陣地を見つめた。首の両側についている嗅覚孔をぴくぴくと開け閉めし、それから口のなかで人工舌を鳴らした。

「次はわたしが話す番だな……」

「ホドキン族に話すべきことなどあるのか？」シカンダイルルが冗談めかして言った。「ぜひとも知りたいものだ」

アメスはひょろ長い腕を前で組み、競技台《クサイルン》のうえに複雑な形を作った。

「親のもとで育った子供時代について、語る必要はないだろう。興味を引くような話は何もないから。わたしはヴァロール＝トランヴィルで生まれた……」

カジュルは激しい興奮に駆られて、椅子から飛びあがった。

「ヴァロールですって？　スケルナブから五十ジャルではありませんか」

「あなたは、わたしたちの誰も知らないと言ってたわよね」シェタンがあとを受けた。「カジュルの話を信じるなら、彼を知っていたはずじゃない。本当に、自分で言うほど有名な大作家だったなら」

「そうでしたとも」とカジュルは顔を真っ赤にさせて叫んだ。

「カジュルが盛んに本を書いていたころ、わたしは旅に出てたから」とアメスは言って、見えない球を触るように二本指を曲げた。「地方から地方へ無線電信で伝えられるニュースに、文学の話題はほとんどないし」

シカンダイルルは指でボードをそっとたたいた。

「ホドキン族はめったに旅をしない。よほどはっきりとした理由があるときだけだ。おまえはどういう理由だったんだ?」

「ともかく、先を続けさせましょう」とカジュルがさえぎった。苛立ちのなかにも上機嫌が混ざった声だった。そして彼はアメスをふり返った。

「あなたが文学に通じていることは存じてます。けれども、われわれがかつて出会っているとは思えませんな」

アメスは考えをまとめるため、十秒間ほど《遮蔽》のなかにこもった。それから、柄の先に付いている銀色の四つの目を輝かせた。

「たしかにわたしは、スケルナブにあるホドキン族の学校で学んだ。きみが有名だったのは否定しないよ、カジュル。だがわたしたちは出会いようもなかった。なぜなら、わたしはここに集まった者たちのなかで、いちばん歳をとっているのだから。わたしは二百年前に生まれたのだ」

22

アメス・シクステド・ヴォルサルの親には、三種族共同棲域《エリア》でよく見られる特徴があった。父親はホドキン語、母親はシレ語、もうひとりの親である保者はもっとも広まっているヒト語を話した。五歳のとき——十四世紀が始まった年だった——アメスは選択を迫られた。ホドキン族の頭は、二つの言語を同時に吸収するようにはできていないのだ。ヴァロール゠トランヴィルの町はカースト的身分制度に従っていた。十世紀に遡る、ヒト族のクニ教の影響から生まれた制度だ。アメスの属する職人階級は、シレ族と恵まれた関係を維持していた。そこで彼はシレ語を選び、アィキジェ、つまり母語から切り離されたホドキン族となった。三十歳のとき、彼はスケルナブの図書館に雇われ、司書助手としてオレド城郭で働き始めた。

直属の上司はアメスよりも若い、短気なヒト族の男で、ヒト語を覚えるか職を辞すかと迫った。そこでアメスはヒト語を習った。つらいというより奇妙な体験だった。ヒト語の文法構造が体に染み入るにしたがい、シレ語のほうは干からびて、しおれた花弁のように剝がれ落ちていった。そうした薄皮のなかにあった彼自身の一部は、もはや言葉と結びつきえなくなった。理性ですっきりとわかる事柄もあれば、前には思ってもみなかった新たな意味を持つ事柄もあった。

一週間後、変身は完了した。シレ語用の人工舌を、別の舌に変えねばならなかった。そちらのほうがヒト語の発音に適しているが、口のなかでかさばった。言葉の壁がなくなり、生の現実に直面すると、変身過程の特異な体験は記憶から消え去った。

アメスの仕事は、運ばれてくる本の索引を作り、専用にプログラミングした十二面体人工頭脳《ドデカエドル》に記憶させることだった。リストを参照するのは町に在住の学者や行政官、あるいは料金を払って閲覧する一般の利用者たちだった。アメスの二本指に託される本は、おもに古写本、暦、職業に関する著作、医学書、料理書、礼儀作法の手引きだった。

これはアメスにとって、あまり楽しい仕事ではなかった。役所勤めは神経を使う細かな作業が多いが、とても人気の職業だった。彼はオレド城郭の四階にある部屋で働いていた。二種の異性から（ホドキン族の性は三つに分かれている）結婚申しこみ代わりのプレゼントが届くこともあったが、アメスは身を固める前に中央塔の職を得たいと思っていた。オムニアル城郭には、歴史資料や驚異譚集《ミラビリア》が所蔵されていた。

そして二十年後、アメスは夢の実現を垣間見た。

ある日、珍しい本が彼の仕事場にまわってきた。尖《シヴ》頭山羊《アーニュ》革の背表紙には、十＝命と値段が刻印されている。これはスケルナブ図書館がこの本を手に入れるのに、奴隷十人分のお金を支払ったという意味である。かなりの金額だが、さほど珍しいことではない。その十倍にも達する本もあるくらいだ。最高額の記録を持つのは、サンクト・イベン・アレクシスが持ち帰った地図要覧『クラル湖の彼方』だった。煙草の巻紙並みに薄い方眼紙が、八百枚も束になっている。調べるにはルーペが必要だ。注釈は三つの言語――アルローマ文字で綴られたアラビア語、俗シレ語、ホドキン語で書かれ、背表紙には千＝命と金文字で刻印されていた。

アメスはその本を開いたことはなかったが、とても珍しいものなので、サンクト・イベン・アレクシスはいい買物をしたという評判だった。

アメスは好奇心に駆られて、着いたばかりの本をひらいた。見返しをひと目見て、種分けを間違えているのは明らかだった。タイトルは『各時代を通したホドキン族年代記』。袋とじになった冊子が、うしろに綴じこんであった。小口からはみ出た糊が、そこだけ大きく膨らんでいる。

どうしたものだろう。いつもなら、すぐにオムニアル城郭に本を転送するところだ。けれどもアメスは上腕で――それは細かな作業に使う腕だった――ペーパーナイフをつかむと、袋とじのページをひらいた。

冊子のなかの第一ページには、《不死者《シャドレ》の歴史》という秘密の章題が書かれていた。アメスは驚きのあまり《遮蔽》に入った。不死者について言及した文章は今までほとんどない。それは独り子《ロシル》よりもおぞましく、家畜人《エレラク》よりも奇怪な存在だった。独り子《ロシル》も家畜人《エレラク》も、自ら選んでそうなったのではないのだから。この非＝種族に対しては、共心《エトフラグ》も及ばない。

アメスの中腕はいつまでも冊子をつかんでいた。さっさと引きちぎってしまうべきではないかと思いながら。

もちろん、引きちぎったりはしなかった。

彼は最初の数行を読んだ。そして危うく、二度目の《遮蔽》に入りかけた。冊子に書かれているのは、不《シ》死者《ヤドレ》の歴史だけではなかった。そこには、ホドキン族を不死者にする薬品の作り方も記されていた。

　不老不死の薬、抗クレーヌ剤の製造法だ。しかし作っているところを見つかったら、一族郎党ともども即刻死刑になる。

　極度の緊張のあまり体温が下がり、体が震え始めた。今、目の前にあるのは、不死になる物質を抽出する方法にほかならないのだ。

　ノックの音がした。アメスははっとわれに返った。「どうぞ」と答えたものの、声がうわずるのは抑えられなかった。

　それは上司の男だったが、部下の感情が高ぶっているのに気づいていないらしい。上司は申請リストを机に置くと、オレド城郭は慢性的な専門職員不足に苦しんでいるとぶつぶつと不平を言いながらまた出ていった。こんな幕間の出来事によって、アメスの考えははっきりした。

　この本がここにまわってきたのは、きっと偶然なんかじゃない。誰かがわざと……

　アメスを陥れようとする者がいるのだろうか？　でも上司ではないだろう。それに、家族の誰かということもありえない。アメスは密かに調査を始めた。

　そして、ひとつの名前に行きついた。セヴェエス・ノーン。オムニアル城郭に勤める保者で、三十年前から資料課主任をしている。アメスは禁じられた本を茶色の紙袋に入れ、勇気を奮い起こしてオムニアル城郭に赴いた。城郭のてっぺんには、電気照明灯の冠が輝いている。それは三世代前、いささか狂信的な市長兼図書館長が知識の灯台となるべく遺贈したものだった。

　セヴェエスは十三階の部屋でアメスを待っていた。アメスはなかに入るなり、調査の目的は達せられたとわかった。彼は書類が山積みになった机越しに、例の本を放り投げた。

「わたしのところにこれを送ったのはあなたですね。手がかりをたどってここまで来るのは、難しいことではありませんでした。あなたはわざとわたしに見つかるよう仕組んだんです。でも、どうして？」

セヴェエスは少しひらいた本をちらりと見た。

「こちらでも調べてみた。きみはわれわれを告発しないだろう。その気なら、とっくにしていただろうからな」

アメスは《遮蔽》に入るのを必死に堪えた。そのせいで、歯切れの悪い口調になってしまった。

「わたしがこの本をどうするだろうと？」

セヴェエスは静かにあとを受けた。

「わたしのもとに持ってくるだろうとね……そして、実際そうなった。読んでみたかね？」

アメスはびくっと身をそらせた。

「とんでもない」

「それでもきみは、中身については知っている。抗クレーヌ剤は……」

「聞きたくありません」

セヴェエスは六本の腕で、ばんっと大きな音を立てて本をたたいた。

「学者たる者、いかなる知識も拒絶してはいかん。よく聞きたまえ。わたし自身、不死者《シャドレ》なのだ……」

「まさか、そんな！　だって不死者には……（アメスが言葉を探すなど、決してないことだった）不死者には性的な特徴がなくなるはずです」

「そうとも。なくなったさ」セヴェエスは落ちついた声で答えた。

アメスはセヴェエスの頭の鶏冠《とさか》を指さした。

「でもそれは、保者の特徴ではないですか」

セヴェエスは下腕を水平に広げた。そして六本の腕に沿って、鱗を張りつけた偽の皮をするりと剝ぎ取った。その下から、すべすべした鱗屑の破片があらわれた。アメスは震えあがった。なんておぞましい。頭の鶏冠も作り物に違いない。

「いったいどうして、そんな……不死になる理由なんて何もないのに」アメスは力ない声でつぶやいた。

「理由なら山ほどあるさ。歴史家はそれを誰よりもよく知っているはずだ。彼らは過去を想像することから結論を引き出している。けれども不死になれば、時代の流れとともに歩み、それを肌で感じることができる。わたしなど、かれこれ三百年も感じているよ……」

セヴェエスは二世紀前からこの図書館に勤めているのだと説明した。少しずつ皺を描いて年老いたように見せかけ、やがて死を偽装する。それからまた若返った姿に戻り、名前を変え、別の城郭で働き始める。そんなことを、もう五回も繰り返しているのだという。

図書館の職員には、彼の同類がたくさんいるが、セヴェエスはその名を明かそうとはしなかった。

しかしアメスのことは、正しく見抜いていた。アメスは少しずつ説き伏せられていった。

「でも……家庭を築く気はまったくなかったの?」シェタンは思わず叫んでしまった。

アメスは眼柄が二本ずつむき合うよう、くるりとまわした。困惑を隠すため、考えこんでいるふりをしているのだ。

「そうしたいとも思った」と彼はためらいがちに答えた。「だからこそ、長いこと迷ったんだ。けれどもまだ独身だったし、結婚生活を犠牲にする心構えはできていた。わたしをずっと支え続けられる者は誰もいない。ほかの不死者《シャドレ》以外は。もっとも不死者同士は身を守るため、互いに集まらないようにしていた。変わらぬ愛情や友情を抱いてはならないと、セヴェエスは忠告した。だから孤独を覚悟しておけと」

「それでも、あなたは受け入れた」

「やがてわたしは、セヴェエスを恨むようになった。

完全な個体でありながら、性を持たず、子孫も残せない身だという事実を受け入れるには、長い時間がかかった。おそらくホドキン族のなかには、不死者《シャドレ》になるよう運命づけられた者がいるのだろう。たとえそれが禁忌《タブー》であっても……はっきりとはわからないがね。わたしの決断は定めだった。選択の余地はなかったのだ」

「定めですって?」

「知識欲は不死と同じく、呪いのようなものだ」

シェタンは胸の前で腕組みをした。

「ごめんなさい、アメス。話の腰を折ってしまって」

待ち合わせの場所はスケルナブ郊外の売春宿、その二階の一室だった。仮面をかぶった者たちがアメスを迎えた。彼は抗クレーヌ剤の風呂に入れられた。口からも嗅覚孔からも薬剤を流しこまれ、直接注入もされた。そうやって体じゅうの組織を、抗クレーヌ剤でいっぱいにした。変身は段階を追って進行する。ヒト族の場合、体の細胞は分裂を繰り返したあと、死滅するようにできている。しかしこうしたプログラムは、ホドキン族の遺伝形質に存在しない。異化のプロセスを始動させるのは、クレーヌと呼ばれるホルモンの働きである。クレーヌは特別な腺から分泌されるのではなく、脳の結節が作り出す。抗クレーヌ剤は、その効果をなくすのだ。しばらくすると、結節はクレーヌの合成を自然にやめてしまう。クレーヌは性活動にも影響するものだから、それがなくなれば生殖器官は委縮し、第二次性徴はなくなる。セヴェエスは老化を装うための化粧を、アメスに教えた。

アメスは四十年間、仕事を続けた。やがてセヴェエスが――彼は二十年前から別の名前を名のり、アメスより若返っていたが――そろそろ身を隠すときだと告げた。

アメスはそのとき、不死者の身がもたらす呪いを実感した。彼はいっきにすべてを失った。友人知己、財産……それに名前さえも……彼はいつまでも生き続ける。少なくとも、事故か病で命が絶たれない限りは。そして半世紀に一度、すべてを失う運命にあるのだ。

「そんなことの繰り返しは耐えられません」と彼はセヴェエスに言った。

「心の平穏は、不死者《シャドレ》の恩恵には入っていない。変身を受け入れた時点で、それはわかっていたはずじゃないか」

「あと戻りも可能なはずです。クレーヌの錠剤を飲めば……」

「クレーヌ剤を服用しても、もとの状態には戻らない。もう遅すぎるんだ。薬を飲むと、まずは通常より早いペースで歳をとり、性的な特徴もあらわれてくる。しかし、すぐに問題が生じる。器官のなかには、クレーヌの役割を忘れてしまったものもあるからだ。ところが、ほかの器官はそうではない。体がそれ自体に逆らうようになり、一年もすれば死が訪れるだろう。そんな目に遭いたいのか？　だったら、ひとつ忠告しよう。むしろ自殺するほうがましだってな」

どれほどの不死者が自ら命を絶ったろうと、アメスは思った。

しかし彼にはそんなこと、とても考えられなかった。小心臓が三回打つあいだ、《遮蔽》に入った。

「大学の書籍収集代表団が準備されています」とアメスは突然、切り出した。「わたしも一員に加われるよう、力を貸してください。必要な資格は持っています」

セヴェエスはためらった。

「だとしたらきみは、わたしの知る限り町の外へ出張に出る最初のホドキン族図書館員というわけだ。大学の代表団に加わるのは、普通シレ族か、まれにヒト族がいるくらいだからな……」セヴェエスは下腕を広げ、二本の指を絡み合わせた。「よかろう。それも面白いかもしれん。援助しよう」

セヴェエスは約束を守り、不死者《シャドレ》たちはアメスの代表団志願を、陰から後押ししてくれた。五年後、代表団はスケルナブを出発した。三千人のヒト族軍団と一万人の奴隷に守られたトラック部隊だ。

出発の前日、セヴェエスはオレド城郭の玄関ホールへ別れを告げに来た。

「本当に行きたいのか？　今ならまだやめられるぞ。遠征は二十年間、あるいはそれ以上続くはずだ」

アメスは愛着深い城郭の天井に眼柄をむけた。天井に並ぶ十角形の仕切りには、宝石のような彫琢がなされ、さらに螺鈿と鈴で飾られている。彼の眼柄は最後にもう一度、ジグザグ模様の入った玄関ホールの床板をちらりと眺めた。

「二十年だろうが、百二十年だろうが、不死者にとってそれが何だというんです？」と彼はつぶやいた。

「長旅の途中には、たくさんの危険が待ちかまえている」

「この一世紀来、種族間の抗争は減り続けています。これほどの好機は、いまだかつてありませんでした」

それからアメスは、冗談めかして続けた。「いずれにせよ、こう言われてるじゃありませんか。オマル創造のとき、まっすぐ前に歩き出した不死者は、それを一周し終えたときまた戻ってくるだろう。つまり世界の終わりにと。本を収集する時間は、たっぷりあるってことです」

アメスは大学派遣団でナンバースリーの位置にいた。十年の大旅行のあと、シレ族の団長が病気で死んだ。六年後、これもシレ族の副団長が山越えの最中に食あたりで死に、アメスが団長の地位についた。しかしスケルナブには引き返さず、彼はさらに三千人の奴隷を手に入れて旅を続けた。奴隷は二十年かかって、ほとんどすべて使い果たした。彼がロプラッド和平条約について話に聞いたのは、そのころのことだった。調印者のひとりがシャジャラット・イブン・シャジャラットであることも、そのときに知った。

アメスは百六十歳になっていた。長旅の疲れが、体じゅうに重くのしかかっていた。彼は集めた稀覯本を持って、故郷へ戻ることにした。百三十七冊にたっする本は、南京錠をかけたトランクに詰めこまれていた。こうして六十年間にわたってオマルを歩きまわり――彼自身の日記によれば、約八十万ジャルにもなる――便覧、一般解説書、辞書、百科事典、注釈書、神学や哲学の概説書、旅行記、そしてときには小説まで買い集めた。

ちょうど彼は五人の奴隷と引きかえに、ク・カーゼなる著者によるイブン・シャジャラットの伝記『真説シャジャラット・シラス・イブン・シャジャラット、悪名高き魔術師にして山師だった外交官』を買ったばかりだった。売り手は、この本の背表紙に砂時計が仕込まれていると言った。静寂のなかで読んでいると、砂の落ちる音が聞こえる。砂がすべて落ちきったら、本をひっくり返して反対方向に読むと、隠された意味がわかるというのだ。もちろん砂時計など、どこにもなかった。アメスは念のため、背表紙を剝がしてみた。すると一枚の紙切れが、地面に落ちた。拾いあげてみると、アルローマ文字で何か書いてある。

ブレイスガウム。南門の家。切妻壁の裂け目。

その下には、Cを二つ重ねたサインがあった。イブン・シャジャラットのイニシャルだ。

ブレイスガウムは彼の出生地だと言われている町で、キエメン地方の太平江沿いにある。アメスはこの本を驚異譚集《ミラビリア》用のトランクにしまった。はるか昔からやって来て、不老不死だと自称する男の伝説を、アメスは本気にしていなかった。しかし、なかなか興味深そうだ。

そもそもこの本からして、十一世紀のものではないか。

イブン・シャジャラットが実在し、自分で言うように不老不死だなんて、ありえるだろうか？

いずれにせよ、本の小口に隠されていた紙切れは黄ばんでいなかった。それはあとから入れられたものだ。アメスはキャラバンをキエメンにむけた。この人物が本当に存在するなら、出会えるはずだ。彼なら不死者《シャドレ》の呪いを解けるかもしれない。

大遠征の末そこに着いたのは、さらに二十年後だった。太平江の小さな支流にはさまれた石ころだらけの荒れ地で、アイコド・キエムというヒト族の領主が治めていた。地面がむき出しになった平らな草原のところどころに、薄紫色の岩が突き出ている。人手をかけた大工事が、ここであったのだろう。六年前、アイコドは大河の流れを一部変えて耕作地を作り出し、領地の価値を高めようとした。そのために多くの農民が駆り出され、元気な働き手がいなくなってしまった村も珍しくなかった。しまいには、旅行者すら徴集されたほどだ。

アイコドは城塞ではなく、花づな模様の入った革のテントに暮らしていた。テントは毎日場所を変えた。彼の生活を支配する数多くの迷信のうちには、二日続けて同じ場所で眠るべからずというのがあったからだ。聞きたい者には、彼はこうも語った。自分が死んだら亡骸は防腐処理がなされ、忠実な部下に守られて同じように旅を続けるだろうと。

領主の使者がアメスの意図を探りに、キャラバンにやって来た。使者が乗ってきた装甲車が吐き出すエンジンの黄色い煙が、鼻につんときた。

「団長がホドキン族だとは」と使者は驚いたように言い、頭をさげようともしなかった。「世襲領主アイコド・キエムはホドキン族の出身者には、嫌悪しか感じていないが……まったく怒ってはいないので安心されたい。もっとも本をお探しなら、無駄骨だろう。この地方には、もう一冊の本もない」

「それはまた、どうして？」アメスはたずねたが、答えは聞かなくともわかっていた。

「ご主人様がすべて、積みあげた薪のうえで燃やしてしまったのだ。書物には心を惑わし義務から逸脱させる力があるからと。今でもよく覚えているが、最後の一冊は『流星戦争前のアエジール』という題名だった。そんな生き物がいたなんて、想像の産物でしかない。本にはくだらぬことしか書かれていないという、いい証拠だ」

「長く滞在するつもりはありません。領主様の許可をいただき、数日の予定でブレイスガウムに行きたいのです」

使者は両手を組んだ。

「きみの一隊に、ご主人様は苛立っておられる。わたしがお供をして、この地から出ていかせるようにというご命令だ」アメスが落胆を表明すると、使者は肩をすくめた。「いずれにせよ、きみの要請は感心できない」

「それはどうして？」

「あそこにはもう、誰もいないからだ。一帯はもうすぐ水浸しになる。キエメン地方の利益のためにな」

アメスは交渉を試みたが、相手は頑として譲らなかった。アメスは《遮蔽》に入り、諦めたほうがいいのではないかと考えた。すでに百万ジャルも歩きまわった。何十年も前に、スケルナブに帰っているべきだったのだ。しかし彼はどこまでも幻想を追い続けた。さらには取引材料も、日向《ひなた》のバターのごとく溶けてなくなった。ロプラッド和平条約の公布以来、別な種族の奴隷は使えなくなったからだ。この命令どおりにしなくとも、まったく問題はなかった。そもそもアメスは二十年間も、それを知らずにいたのだ。違反者に対する罰も、ほとんどないに等しかった。しかし大学派遣団は、こうしたことがらに手本を示す義務があった。

アメスはだめだと言われても、ブレイスガウムへ行く策を講じた。彼の隊は、主に四十歳代かそれ以上のヒト族、それにシレ族からなっていた。代表団がまわった駐屯地の町で募った者たちだった。その多くはスケルナブの噂を聞き、名声にひかれてキャラバンに加わったのだった。だから彼らが、正式な任務の枠を超える作戦に尻ごみする可能性は大きかった。

とりわけ心配なのは、アイコド・キエムの軍勢がどれほどのものか、よくわからない点だった。今まで多くの地方を走破できたのは、アメスがとても慎重だったからだ。敵の情勢をよく知ってからでないと、決して対戦を始めなかった。

アイコドの使者は国境まで代表団に付き添った。国境石は小さな尖塔《ミナレット》の形に彫られ、うえには花崗岩のドームが載っていた。使者の車はUターンをすると、黄土色の雲のなかに消えた。

数分後、縞模様のある大きな三眼蜥蜴《オーニッド》に乗ったヒト族の一群が、国境のむこうに集まってきた。

アメスは自分の隊を防衛線上に配置すべきかどうか、躊躇した。相手に敵意があるようには見えなかった。一頭の三眼蜥蜴が群れから離れた。金の飾りを縫いつけ、緑の真珠を嵌めこんだ腰掛けは、鞍というより王座のようだった。またがっている男は黒く長い口ひげをこれ見よがしに生やし、そこにも真珠が飾られていた。目は黒く縁取りをした眼窩に落ち窪んでいる。むき出しの腕にアメスは注目した。そこにはホドキン族の鱗を思わせるモチーフが刺青されていた。

「おれの名はザルヴォド」男は指にじゃらじゃらとはめた紋章入りの指輪を鳴らしながら、自己紹介をした。「代表団を歓迎しよう。オマル十不思議のひとつにも数えられるスケルナブ図書館に収める本を探しているらしいな（男の声が勢いづいた）。ここでは本を燃やしたりしない。滞在する気があるなら、安くわけてやろう」

「本はもう充分です。それに支払うものもありません。何年も前から、学者の方々の厚意に甘えているのです」

ザルヴォドは困ったように口を結んだ。

「おれは学者じゃない。この地を治めている者だ。アイコドには迷惑していてな。キエメン地方を水浸しにするつもりらしいが、わが国のような下流の土地にどんな影響が及ぶかを、まるで考えていない」

「それはわたしに関わりのないことです」

男は目を輝かせ、鞍のうえから身を乗り出した。

「はっきり言おう。おまえは好きなだけ本を持っていくがいい。そのかわり、おまえの軍隊を貸して欲しいのだ。アイコドを降伏させる」

アメスは考えた。アイコドが目的を達成したら困るのは、わたしもこの男と同じだ。ブレイスガウムの町がなくなれば、探索は失敗に終わる。しかしザルヴォドは彼の敵に劣らず信用できそうもない。こいつに軍を貸したら、こちらは無防備だ。ザルヴォドはひと財産になるわたしの本を、奪い取ろうとするのではないか。

アメスは是非を秤にかけた。

もう帰国の時期が来ている。イブン・シャジャラットの家を訪れたら、すぐに引き返そう。

彼は同意のしるしに腕を広げた。

「わが兵を貸しましょう。でもその前に、わたしをブレイスガウムまで送り届けると約束していただきたい」

アメスはザルヴォドの命令に従うよう、兵士たちを説得した。その間にザルヴォドは国境地帯をまわり、できるだけたくさんの戦闘員を募った。

一カ月後、最初の攻撃がなされた。アメスは積み荷の本とともに、森に避難した。腹心の部下である四名のシレ族が、親衛隊としてつきそった。ザルヴォドは作戦を秘密にしており、アメスは攻撃の詳細を知らなかったが、ザルヴォドは案外あっさりと勝利した。アイコドは打ち負かされ、太平江の流れは変わらずにすんだ。

ザルヴォドは約束を守った。彼はアメスをブレイスガウムまで送っていった。それは黄色いレンガ造りの街道沿いに建てられた、細長い集落だった。アメスが来るという噂が伝わり、百軒ほどの家はすでに略奪されていた。もちろん、南端の家の切妻壁を調べようとする者は、ひとりもいなかった。アメスは裂け目をべたべたとふさいだ荒壁土を壊すだけでよかった。

「そこから、卵のかけらとイャルテル号のチケットを取り出したというわけですね」カジュルは物語の結末を察してそう言った。

「そのとおり」

ハンロルファイルは腕状突起を打ち鳴らした。

「そしてイブン・シャジャラットの本から見つかった紙切れは、あなたが手に入れる直前に隠されたものだった。違いますか？」

アメスは同意した。

「つまりわれわれを呼び集めた者は、少なくとも四十年前から探索を始めていたわけだ」

皆、一瞬黙りこんだ。明白な事実を指摘したのはアレサンデルだった。

「でも、そのころおれたちはまだ若すぎて、選びようがないじゃないか」

「われわれを集めた者も不死者《シャドレ》だったなら、驚くにはあたらないでしょう」

「あるいは、イブン・シャジャラットか……」カジュルがくすくすと笑いながら言った。

「わたしは、彼に違いないと思っている」とアメスは言った。

「そうと決まったわけじゃありませんがね」とカジュ

ルが言い返す。「何者かはともかくとして、そいつはアメスの性格や考えを知ることができた。助言者のセヴェエスから、秘密を聞き出したのかもしれません。アメスが心の奥底で求めているのは、呪われた不死の輪を断ち切る方法だということを、かくしてそいつは察知しました。オマル鳥の卵の謎が成果をあげたのを見て、ほかの候補者たちを探し始めたのです」

「これほど大規模な策略を練りあげるには、ずいぶんと根気が要ったでしょうね」とハンロルファイルが言い添えた。「候補になりそうな者たちを観察し、意中の者の願望に合わせて計画に手を加えるのですから。だとしたら、やはりイブン・シャジャラットその人かもしれません。だからといって、どんな目的かはまったくわかりませんが」

カジュルは太い指をぱちんと鳴らした。

「なにはともあれ、わが輩の言ったとおりに事は運んだということです」

シェタンはそのときはっと気づき、思わず口の端を緩ませた。そういえばアメスが自分の正体を明かしたとき、みんな平然と受けとめてたわ。許容力がとても広がってる……だって普通だと思われている世界に、お互い逃げこむことができないのだから。

言ってみれば、ここにいるみんなが怪物《モンスター》なんだ。わたしたちは怪物の共同体を作っている。それはもう否定できないわ。みんながみんな、それぞれのやり方で怪物になった。わたしなんて、真っ先にそうだ。義務に命じられるがまま、子をなすべきだったのに。フリークスの見世物一座結成、それがわたしたちの旅の目的だったのか？　暇を持て余した、ちょっと頭のおかしい金持ちが、各種族から最高の怪物を集めようとしたのかもしれない……最高か最悪かはわからないけれど。こんな可能性を思い浮かべてみたのは、きっとわたしひとりではないはずだ。

しかしシェタンにはわかっていた。すでに聞いた打ち明け話に比べれば、彼女自身の物語などまったく面白みに欠けることを。

シカンダイルルが動くほうの腕状突起でもう片ほうをさすった。駒を動かす前の癖だった。

「ザルヴォドがどうやってアイコド・キエムを倒したのかを、アメスは話さなかった。あたしがそれを教えてあげよう。あたしがひと役かっているのだから」

23

驚きの一瞬が過ぎ去ると、みんなシカンダイルルを質問ぜめにした。

シェタンが熱に浮かされたような指で、宙に浮かぶ難破船を舷窓ごしに示した。

「もうすぐ、手が届くわ」

独り子《ロシル》の告白も、たちまち二の次になってしまった。シカンダイルルがあらかじめ割りふっておいた持ち場に、みんないっせいに着いた。船底に沿ってあいた裂け目から、難破船の外包《エンベロープ》をつかめそうだ……というのも一尋《ひろ》下を浮いているのだから。すでに握り拳ほどの大きさになって、全速力で近づいてくる……

彼らは端を斜めに削った板にロープをつなぎ、大急ぎで錨を作った。十ノットの風で、錨は流されてしまう。獲物に手をかける時間は、ほんの少ししか残っていそうもない。

アレサンデルは虚空にむかってひらいた下部デッキの廊下で、ハンロルファイルといっしょになった。

ハンロルファイルは難破船を指さし、腕状突起で見えない線を描いた。

「このままでは、手の届くところを通りそうもない。カジュルの援助に行ったほうがよさそうです。ちょうどいい軌道上にいるのは、彼だけですから」

アレサンデルは裂け目から脚をたらして前に身を乗り出し、ロープの先の錨を揺すった。

「ちょっと待った。ここから気球の外包《エンベロープ》に引っ掛けられそうだ。うまくいけば、投錨点がひとつ余計にできる。あとは気球におりて……」

カジュルは錨を投げたところだった。錨は難破船の背を二十リスクにわたって転がり、帆の下の横木に引っかかった。ロープがぴんと張ったひょうしに、カジュルが前につんのめった。叫び声が響く。けれどもそれは老作家の口からではなく、シェタンのいる見張り台から発せられたものだった。

体が外包《エンベロープ》にぶつかってバウンドし、無傷でぴょんと立った。

アレサンデルはほっと安堵のため息をついた。

「カジュルはまったく悪運が強いな……」

と同時に、植物でいっぱいのゴンドラから黒っぽい紐が何本も飛び出し、波打つように広がった。

「危ないぞ」

アレサンデルは弾みをつけてジャンプすると、全速力で歩廊にのぼろうとしているハンロルファイルのあとを追った。そこで二人は見張り台にむかって走るシカンダイルルと、危うくぶつかりそうになった。

「何事だ？」

「難破船のなかはすべて、大羽虫《オジャピル》の巣と化していたんだ」とシカンダイルルが息を吐くような声で言った。

アレサンデルは目をぱちぱちさせた。

「何の巣だって?」

「大羽虫《オジャピル》、飛行性の大型昆虫だ。どうやらその巣をつついてしまったらしい。カジュルを助けるのには、あと一分も残っていない」

「でも、どうして……」

「さっさとしろ!」

彼らは見張り台から飛び出した。カジュルは下に移動する間がなかった。両手を腰にあて、新世界に乗り出す探検家の古典的な姿勢をとっている。

「痣ひとつついていませんぞ。いやはや、惜しいことしたものだ。わが強運を感謝したくとも、天にその相手を持たぬとは」

「頭を守れ」とシカンダイルルがわめいた。

カジュルのうえを影が飛んでいった。彼がぎりぎりのところで前に身を投げ出さなかったら、衝突していただろう。

「何ですか、あれは?」老人は紙テープのように波打つ影を見あげて言った。

「気をつけて。また別なのが来る」

アレサンデルは、難破船の胴からうじゃうじゃと出てくる大羽虫の群れを指さした。虫は輪になった腸のようだった。青みを帯びた半透明で、収縮性の細紐で縁どられている。

カジュルは取り乱したようにあたりを見まわした。身を守るものは何もない。さっき襲ってきた大羽虫は凧のように垂直に上昇したあといっきに下り、海面すれすれのところでまたUターンした。

シカンダイルルは裂け目から錨を投げた。端を斜めに削った板が、カジュルの足もとに落下した。

「それにしっかりつかまってろ」

カジュルは頭上に集まっている虫の群れに、ちらりと目をやった。あと数秒で、追いつかれてしまう。彼はロープをつかんだ。すぐにシカンダイルルは足を踏ん張って、ロープを引き始めた。獲物が逃げようとしているのに気づくと、捕食昆虫たちは超音波すれすれの鋭い音を発した。

ハンロルファイルは、麻痺した腕状突起をかばいながらロープを引く独り子《ロシル》を手伝った。上腹部が短く痙攣した。

「一瞬も無駄にできない。重しをできるだけ捨てろ。大羽虫《オジャピル》から逃れなくては」

カジュルは半分ほどのぼったところで体重を支えきれず、ずるずるとずり落ちてしまった。大羽虫が彼の足から胸のあたりにまで、スカーフみたいに群がった。

カジュルはそれに、まだ気づいていなかった。十字形に組んだ錨代わりの板に、体が引っかかった。シカンダイルルとハンロルファイルは、いっそう力を込めた。

罵り声が響き、ロープが細かくのたうち始めた。カジュルが大羽虫を払おうと、足をばたばたさせている。その衝撃で環形の虫が一匹つぶれ、胡桃ほどもある器官のかけらが混じった黄色い液が流れ出た。虫は弱まって、べたりと外包《エンベローブ》に落ちた。

アレサンデルは手を伸ばし、カジュルの脇の下を支えた。カジュルはうえへ這いあがるなり、四つん這いになったまま、いつもの気取りも捨てて罵声を発した。黄色い体液がズボンに染みをつけている。

飛行船はがたがた震えながら上昇した。ハンロルファイルやシェタン、アメスが重しを捨てたのだ。高度は数秒間で三百リスク高まった。

アレサンデルは外に目をやった。大羽虫たちは、戦いに加わらなかった仲間のもとへ戻っていく。

いっぽうシカンダイルルはカジュルを立たせた。

「大羽虫の体液が皮膚にかからなかったかどうか、たしかめて」

「塗りたくられてますよ」カジュルは泣き声を出した。

「風呂にでも入らないと……」

「すぐに拭いて。服も脱がなくては」

アレサンデルは嫌な予感がした。

「危険があるのか？」

「大羽虫《オジャピル》の体液には毒性があるらしい。どの程度かはわからないが」

カジュルは不快そうな顔をして、指をシャツでぬぐった。

「ともあれ、わが輩は何も感じませんが」

シェタンは着替えに行くカジュルと廊下ですれ違った。

「大羽虫はまだ追ってくるわ」と彼女は見張り台につくなり叫んだ。

「まったくしつこいやつらだ」アレサンデルは毒づいた。

シカンダイルルの話では、移動する大羽虫が飛行船をそっくり覆ってしまったこともあるという。何百万匹もの大羽虫が集まって液を分泌し、外包《エンベロープ》を溶かしてしまったそうだ。そうなったら飛行船は一巻の終わりだ。しかし数十匹程度なら、このボロ船にも危険はない。

「船にはそうでも、わたしたちには危険だわ」とシェタンは言った。「カジュルがどうなったか見たでしょ。外に出られなければ、どうやって漁をするのよ？」

高度があがったせいで、また吊りかごを使わねばならなくなった。しかもいつなんどき大羽虫がロープを齧りにやって来るかもしれない。あの虫たちが近くにいる限り、危険はあまりに大きすぎた。

「だったら、するべきことはひとつだけ」とシェタンが言った「やつらを殺さねば」

彼らは投石器を作った。アレサンデルは一発目で的に当てた。大羽虫は空中で弾かれ落下して、群れの残りにむさぼり食われた。大羽虫たちはたちまち遠ざかった。

みんなむっつりとした顔で、難破船が遠ざかるのを眺めていたが、やがて遊戯室に戻った。カジュルもそこに合流したのは、ようやく一時間後だった。彼は体を洗い、服を着替えていた。腰かけようとしてよろめき、椅子にばたっと倒れこんだ。

「大丈夫？」と隣にいたシェタンは声をかけた。

彼女はカジュルの頬に触れ、すぐに手をひっこめた。指の先にファウンデーションがついていた。

「水くさいわね……どうして病気なのを隠すの？」

カジュルは作り笑いをした。答えるまでもない。どう せ薬は何もないのだ。

ハンロルファイルが立ちあがり、有無を言わせずカジュルにシャツを脱がせた。

「嘔吐がありましたか？」ハンロルファイルは胸を聴診しながらたずねた。

「胆汁を吐きました」とカジュルは答えた。

「この痣は落下したときの衝撃によるものでしょう。大羽虫《オジャピル》の体液に触れた皮膚は、赤くなりません」

だからと言ってはっきりしたことは何もわからない、とシレ族の医者はつけ加えた。大羽虫の体液に毒があったとしたら、もうカジュルの血管に流れこんでいる……体の防御システムが働いて、毒抜きがされていなければ。あとはようすを見るしかない。

シカンダイルルはゲームを再開した。空っぽのお腹が鳴る音を、みんな聞こえないふりをした。競技者は三名だけだった。シレ族の二人とシェタンだ。

シェタンは自分がまだ負けていないことに驚いていた。トーナメントの最初の数日で、彼女は多くの駒を失った。だからその後の展開には、ほとんど期待していなかった。一時的にアメスと手を結んだ。そのあと、思いがけずシカンダイルルと同盟したおかげでカジュルを打ち倒し、シェタンは布陣を強化することができた。シレ族が協力してシェタンを負かす機会も二度ほどあったが、そのたびにハンロルファイルが拒絶した。

そして今度は彼が、窮地に陥っていた。

シェタンは毎晩、フェジイの夢を見た。いつも同じ夢だ。一手打つごとに線が伸び、それが交差して少しずつ形をなしていく。ボードに閉じこめられたその形は、必死に逃れようとしている。そうなったらオマルに不幸が襲いかかる、とシェタンは心のうちで確信していた。

ある朝、ふと夢の意味に思いあたった。わたしは敗北より勝利を恐れているんだ。勝てばグループを率いることになる。けれども彼女は、そうしたいと思っていなかった。

わたしはほかの者たちの命を、すでにこの手で左右した。結果は不幸をもたらしただけだ。

しかしそこには、また別の恐れも隠されていた。アレサンデルがシカンダイルルの手について言った言葉を、シェタンはよく思い返した。

《シカンダイルルは恐るべきエネルギーをぎりぎりまでためこみ、勝負の最後になっていっきに放出させる》

シェタンは飢えにさいなまれながら、抑えこまれたそのエネルギーを駒の動きのなかに何度もかいま見たような気がした。フェジイのエネルギー。それが彼らを導いているのだろうか？

絶食のせいで頭がどうかしているのよ、と彼女は自分を叱り、こんな妄想を断ち切ろうとした。

大羽虫《オジャピル》はようやく追跡をあきらめたが、二日間の絶食でみんな衰弱していた。アメスは内房《バロネット》を二つ萎めて高度を下げ、漁をしようと提案した。

「ガスは大事だ」シカンダイルルが意見した。「船上でわれわれに残された、もっとも貴重なもので……」

「命の次にね……」とシェタンは言い返した。「どうすればいいっていうの？　順番に空腹で倒れるのを、ただ待っていろと？」

「内房《バロネット》のガス抜きをしても解決にならない。食料を節約する方法がある」

ハンロルファイルは黙っている。

「それがわれわれの切り札だ」シカンダイルルはそう言うと、ちらりとアレサンデルを見て、謎めかすようにつけ加えた。「おまえなら、よくわかってるだろ」

「いったい何の話ですか」とカジュルが不満がましく言った。

ハンロルファイルは、ヒト族が肩をすくめるのに等しい身ぶりをした。

「あなたがたに関係ありません」

シェタンは咳払いをすると、話し始めた。

「ハンロルファイル、あなたがもうすぐ負けるのは、みんなわかっている。あと数手で、運命は決するわ。だからって望みもしないのに、シカンダイルルと交接しなくちゃいけないわけじゃない。それは取り決めに入っていないもの」

「フェジイの取り決めとは、また別のことです」とハンロルファイルは答えた。「あなたが戦っているあいだ、わたしとシカンダイルルのあいだで同時に別の対戦が始まっていたんです。シレ族だけに関わる戦いが」

シェタンは助け船を求めてアレサンデルのほうを見た。しかしアレサンデルはうなずいている。

「たしかに、おれにはわかっていた」

シェタンはびっくりして、非難するように彼を指さした。

「どうして言ってくれなかったのよ。そうすればわたしたちで……」

「おれたちには入りこめないんだ。とりわけきみには……シレ族だけに関わる戦いなんだから」

有無を言わせぬ口調だった。シェタンは頬を膨らませて、ため息をついた。無力感でいっぱいだった。

けれども彼女は、はっと気づいた。どうしてここまで生き残れたのか、そのわけがわかったわ。どうやらシカンダイルルが初めから終わりまで、フェジイの展開をリードしていたらしい。あらかじめ決めたとおりの順番でひとり、またひとりと敵を打ち倒し、打ち明け話をさせていたのだ。

トーナメントが再開され、ハンロルファイルは最後の防御に火花を散らせた。自らの死をかけてイブン・シャジャラットを領地内に閉じこめようとしている。シレ族だけの秘められた戦いでは、言葉を発する必要はないのだとシェタンは確信した。すべては駒の仲立ちで展開する。たしかにフェジイはただのゲームではない、言語に代わるものなのだ。ヒト族には、その一部しか触れられないけれど。

ハンロルファイルの攻撃は独り子《ロシル》の不意を襲った。シカンダイルルは大事な駒を犠牲にするのもためらわず、部隊を二つの前線に送った。その勇断が功を奏した。

「これで決まりだ」カジュルがひと言そう言った。ハンロルファイルが負けた瞬間だった。

シェタンはボードを眺めた。これからは彼女ひとりで、シカンダイルルに立ちむかうのだ。イブン・シャジャラットはボードの端で、ハンロルファイルの駒に囲まれている。シカンダイルルのほうがその近くにいるが、絶えずシェタンの手も食い止めなければならない。だからシェタンのほうは、全軍を動員して次々に攻撃をしかけることになった。

シカンダイルルは試合を中断し、立ちあがってハンロルファイルをふり返った。

「さあ、時間だ。どうせなら早いほうがいい」

ハンロルファイルはほとんどわからないくらい、微かに体をひきつらせて同意した。

独り子《ロシル》はハンロルファイルに近づき、下胸部に触れた。ハンロルファイルのほうはと言えば、まるで体のうえを這う毒蜘蛛を刺激しまいとするかのようにただじっとしている。

カジュルは拳を口にあて、ごほんと咳ばらいをした。

「もしかして……ここでするおつもりで？」

「ああそうか」と独り子《ロシル》は言った。「忘れていた。ヒト族は隠れてするんだったな」

シレ族は別の部屋に姿を消した。アレサンデルはカジュルをじっと見つめた。

「あんたでもショックかい、シレ族の交接を見るのは？　少しも興奮するようなものじゃないけどな。知りたければ教えてやるが、三つの段階に分かれているんだ。まずは卵管の……」

「いや、よく知ってますよ」カジュルはやけに不快そうな口調でさえぎった。「だからこそ、あんまり見たくないんです。あんな複雑な性機能を備えた種族なんだから、当然頭もいいはずだって、ずっと思ってきましたよ」

「きみがいた僧院のジョークかね？」とアメスが言う。

カジュルは彼にウィンクを返した。

「坊主どもは好きですからね。そういやわが輩の艶笑芝居にも、このジョークを使いましたよ」

アレサンデルは疑わしげに頬を膨らませただけだった。彼らは空腹をこらえて、細かく船に注意を払った。これから八時間、シレ族は皆の前に出てこられないだろう。しかも交接によって体につく傷は、何日間も残る。

シェタンは何度もアレサンデルとすれ違った。彼女の脳裏には、さまざまな疑問が渦巻いていた。独り子《ロシル》と交接することは、普通の女を相手にするより苦しいのだろうか？　苦痛があまりに激しいと、死に至ることもあるのか？　しかし彼女は、あえてたずねる勇気はなかった。

いずれにせよ、アレサンデルは無表情の仮面で顔を隠していた。何時間かするうち、言いようもない不安がグループを包んだ。彼らの部屋はシレ族の部屋に近かったので、遊戯室に閉じこもった。カジュルは口もとを歪めて、何度も席を外した。

ハンロルファイルが最初に戻ってきた。行為はうまくいったのか、彼にたずねなくては。けれどもシェタンはぐっと堪えた。彼は生きている。大事なのはそれだ。どこかに筋目や傷がついていないか、変形していないか、シェタンは思わず見まわした。器官の変化が、彼を別の種族にしてしまったかのように。

もちろん、目につくものは何もなかった。胸や腹の体節が徐々に細まっているくらいだ。何を期待していたの？　激しい行為で、腕状突起が一本ちぎれてしまうとでも？

「シカンダイルルもほどなく来ます」ハンロルファイルは競技台《クサイルン》の前に腰かけながら言った。「今度はわたしが打ち明け話をする番ですね」

「きみは本当に……」とアメスが口をひらく。

「状況は何も変わってませんよ」

「アメスとシカンダイルルの話は結びついている」とアレサンデルが言った。「それなら、まずシカンダイルルが先に話すのが理屈では？」

「尊重すべきはフェジイの論理です。そういうことで、了解しているはずでは」

シカンダイルルがあらわれて、話はそこまでになった。独り子《ロシル》はうるさい虫を追い払おうとするかのように頭をふると、何も言わずに競技台の前に腰かけた。仲間の同情はシカンダイルルではなく、ハンロルファイルに集中しているとシェタンは思った。シカンダイルルだって、苦痛は感じただろうに。

シカンダイルルは独り子《ロシル》だから、同情を受ける権利がなくてもしかたないってこと？

こうした考え方はまさにヒト族的なものだということも、シェタンはよくわかっていた。シレ族にとって苦痛とは、身体の攻撃に対する反応というより、視覚や嗅覚と同じく誰もが持つべき感覚なのだ。苦痛はシレ族の精神のなかで、異なった反響をする。痛みが持つ機能はほかの種族と同じだと思うのは、間違いなのだ。

ハンロルファイルは腕状突起をゆっくりと競技台《クサイルン》に置いた。

「前の方々に比べると、わたしの話はあまり波乱万丈とは言えません」と彼は前置きをした。「おそらくそれは、わたしがどのようにして医者になったのかと結びついているでしょう……あるいは、なぜわたしが本当に目指した仕事をあきらめるに至ったのかと」

第七部　平らな大地

わたしはこの世に壁を探し、そして虚空に出会った。

伝　聖ヴァレスコの言葉

千回生きて歩き続ける者は、いつしか空を歩く。

諺

24

ハンロルファイルは十五歳のとき、双子の兄イグプセレニムとともに医学校へ入るため、州いちばんの大都市オリマルへ行った。オリマルは三種族都市《アンフィポール》のひとつだった。半円状の町は同じ広さの三地区に分割され、各種族に割りあてられている。三地区がひとつに集まる町の下方には、円形大広場があった。広場の建物はさまざまな様式で建てられているが、見栄えは必ずしもよくない。平均的な犯罪件数は高いが、大方の住民たちは町がうまく機能していると思っていた。

同時に生まれた兄弟二人が同じ職業を目ざすのは、あまり見られないことだった。シレ族の社会では、できるだけ早期にそれぞれの道を進むのがよしとされていたから。彼らが学業の傍ら情熱を抱いたものは、その教えどおり異なっていた。イグプセレニムは地質の形成と変化に興味があり、ハンロルファイルは空を観察していた。しかし心の奥底では、二人とも同じ地平を目ざしていたのだ。大地と空がひとつになるところ、すなわちオマルの自然を。ハンロルファイルはなにごとにつけ、いつも兄とは意見が対立した。ときには激論を戦わせることもあったが、お互いかけがえのない兄弟だと感じていた。彼らが抱く情熱には、兄弟の関係がそのままあらわれていた。騒々しくてみんなは眉をひそめるが、創造性に富んでいる。

オリマルは豆芋《シヴレ》とトール麦がかろうじて育つ草原に建てられていた。畑は測量技師が細紐を張って測り、十二面体《ドデカエドル》人工頭脳つきのトラクターが完璧に耕した。

この町は知的な活動の中心地として評判高かった。

かつて禁止された学問が太陽の下で、理性が絶えず新たに生み出す光に照らされ栄えていた。一日中、夜もふけるまで、中央大広場《アゴラ》で即席の討論会が催された。流行りのテーマは、《大地のむこう端には何があるのか？》《世界は突然終わるのか？》《対《シンメトリック》になった太陽が対蹠地世界の住民を照らしているのか？》などだった。天才的なシレ族と十二面体《ドデカエドル》人工頭脳計算機が、複雑な方程式を解く競争が行われることもあった。

　こうした催しもさることながら、奇抜な理論が次々に披露される講演会に引き寄せられ、ほかの種族《レー》も好んで広場に集まった。例えば対称《シンメトリック》原理の信奉者たちは、鋼炭《カルブ》層の表と裏にはまったく同じ世界が広がっていて、生き物は皆自分の分身をオマルの裏側に持っているのだと主張していた。ヒト族がこんなに議論好きだなんて、ハンロルファイルは思ってもみなかった。オリマルはほかのシレ族の町よりずっと気さくな感じがすると、ヒト族のある旅行者が言っていた。ほかの町ではみんな、黙って通りを歩いていると。

　地質学も天文学もまだ公式には教えられていなかったが――禁止が完全に解かれるのは、一、二世代あとになる――この町はこうした学問に対しても寛容だったので、棲域《エリア》じゅうから集まった学者たちが研究を進めたり、広めたりしていた。

　イグプセレニムは町に着くなり、密かに出まわっている本を何冊か買った。そこではシル教の教義が、完膚なきまでにやっつけられていた。

　なかの一冊は、アルローマ文字で書かれた地質学の概説書だった。著者はオマルの年代を確定したと主張していた。沿岸地方の川は、すぐ下が鋼炭《カルブ》の層になっている。その川底から腐敗した植物の泥を採取して調べたのだ。結果は三万年だった。イグプセレニムはその本を三回も読み返した。

「どうだ、すごいじゃないか」と彼は大声で言った。

「三万年だぞ。通説の六倍だ」

ハンロルファイルは疑念を隠そうとしなかった。

「それは確かなのか？」

「著者は沼地で十五年も研究を続け、何度も測定を繰り返して確信を得たそうだ。三万年というのは統計的平均値だから、実際はもっと古いかもしれない」そこでイグプセレニムは弟を小突いた。「どうしておまえは、せっせと空なんか眺めているんだ？　オマルの地表では小さすぎて、おまえの好みに合わないとでも？　答えが見つかるのはそこなんだぞ」

「空を観察すれば、オマルことがもっとよくわかるんだ……ぼくに言わせればね。きっとオマルの正確な表面積だって測ることができる」

「どうやって？」

「まだわからないけれど」

「そんなに博識だって言うなら、どこまでも幻を追えばいいさ」

ハンロルファイルは何と答えたらいいかわからなかった。

数週間後、ハンロルファイルは広場で兄と待ち合わせをした。昔から公開実験が行なわれている東の一画だ。この地区の巨大な建物は、学問的な厳密さを喚起する幾何学的配列で有名だった。オマルの起源に関する討論会が、その近くで開かれることになっていた。

ハンロルファイルは、ホドキン族やヒト族が集まっている野外アトリエの脇を通った。シレ族の男が、木製の計算器具である三角計算尺《ジャルイメイル》の作り方を説明していた。数十年も平和が続いたあとだったが、シレ族が十《ド》二面体人工頭脳《デカエドル》の基本プログラムをヒト族に教えることとは、いまだに禁止されていた。しかし電気を使わない器具まで、禁止は及んでいなかった。

アトリエの裏では演壇に乗った講師が、オマルの基層をなす鋼炭《カルブ》のかけらを手に話していた。ハンロルファイルは不思議に思って近よった。ホドキン族のたわごとなど、わざわざ聞くには及ばないだろうが。男が言うには、鋼炭《カルブ》はオマルの骨のようなものなのだそうだ。そのうえに広がる岩板層は肉で、生物は表皮にあたるのだと。けれども、彼が手にしたかけらそのものは、とても魅力的だった。ほんの二、三十年前まで、鋼炭《カルブ》の破片を持つのはまだ罪だとされていた。今ではタブー視されることなく、科学の対象になっている……それでも物理・化学の調査で解明されない点は数多かった。軽くて力学的耐久性に富み、通電性もいい。そうした鋼炭《カルブ》に匹敵する物理的特性を持つ合金は、現在のところ誰も作っていなかった。その証拠にと、ホドキン族の講師は小さな水圧プレス機や濃い酸性液、電気のバッテリーを使って、鋼炭《カルブ》の破片にさまざまな責め苦を与えた。

イグプセレニムならこの実験に魅了されただろうが、実のところ……

約束の時間に遅れてしまい、ハンロルファイルは駆けだした。幸い、討論会の場所はすぐそこだった。

参加者は十名ほどだった。シレ族とヒト族が半々だ。イグプセレニムはその真ん中にいた。葦《ヘェ》の芽のかたちをした街灯に寄りかかり、長い演説をぶっている。ハンロルファイルに気づくと、彼はこっちへ来いと合図してまた話を続けた。

「古来公認の教義によれば、オマルはテーブルのように平らで、エーテルの大海原に浮かぶ泡のなかにあるのだと言われています。エーテルというのはヒト族の言葉で、どうやら大気層の外にある虚空を指すようです。しかしそれはまた、あらゆる宇宙の誕生をつかさどる混沌とした空間でもある。だからこそ、鋼炭《カルブ》の基盤を掘ることは死刑に値するのです。虚空へむけて、裂け目をひらいてしまいかねないから」

下腹部をひきつらせる者もいれば、面白がっているしるしに腕状突起を組んでいる者もいる。たしかにそれは、古い世代に教えられていたことだった。

「しかしその基盤がどのくらいの厚さなのか、内部構造はどうなっているのか、どのくらいの重さなのかさえ、正確なところは誰にもわかりません」

「全重量は無限さ」と聴衆のひとりが言った。「鋼炭《カルブ》の広がりは無限なんだから」

「ぼくはそう思わない」とハンロルファイルが参加者のなかから声をあげた。「大地は物質でできている。物質と無限とは相いれないものです」

皆の注目がハンロルファイルに移った。

「どういう根拠で、そう断言するんだ？」と相手はたずねた。

簡単には説明できないと、ハンロルファイルは身ぶりで示した。

「ぼくたちの世界観は不完全なものです。それは知的能力の欠如ではなく、観察不足から来ています。どうしてここで、オマルについて語れるでしょう？　必要なだけうしろにさがって、オマルを見たこともないのに。太陽の光の半分は、大地に吸収されると言われています。大地は吸い取ったエネルギーを熱として、地表にもっとも近い大気層に戻します。その結果生じる乱流が、観察を妨げるのです。ぼくたちシレ族の飛行船は十ジャルの高さを飛ぶことができますが、それではまだ充分ではありません。理想的には四十ジャル、いや五十ジャルまでのぼらないと。その高さなら大気が薄いので、風や対流、汚染による歪みなしに、正しく大空を調べることができるのです」

「きみは何を観察しようとしているんだ？」

「まず第一に、太陽です。空に見ることのできる唯一の天体でありながら、われわれはそれについてほとんど何も知りません。太陽は光の雲に包まれた黒っぽい岩の塊で、金色の肌をした生物が住んでいると信じている者もいるくらいです……ある色相の明度や電磁波が時期によって微妙に変化したり、十分の一リスクの潮汐が大洋に起こるのは、太陽の前を二つの大きな天《ヘリアル》体が移動しているからだという話を読んだことがあります。ヒト族の天文学者が《俘虜星》と名づけたその天体の存在を、確かめてみなければなりません。ぼくは強力なフィルターを取りつけた望遠鏡によって、太《ヘリ》陽《アル》のうえで黒い点が動いているのを確認しました。一カ月で一周するペースでしたね。けれどもそれは、実際以上に大きな影響力を持ちうるかもしれません」

　聴衆は礼儀正しく拍手をした。

　シレ族聴衆のひとりが、よく響く声で彼を呼びとめた。

「きみが研究と称するものは、何の役にも立たないぞ。太陽《ヘリアル》について、これ以上何を知らねばならないんだ？　太陽《ヘリアル》は大昔からわれわれを照らしているのだから。教義と信仰は、学者の疑念にさらされるべきではない。きみはその知識を、シレ族の利益のために使うことでよしとしなければ」

　怒ったヒト族たちが、囃し立てるように口笛を吹いた。なかのひとりが言った。

「おっしゃるとおり。神はいまだかつてどんな検証実験にも合格したことはないんだから」

　ハンロルファイルは混乱を静めようとした。

「ぼくは学問の徒です。科学はどんな種族のものでもない。ただ知性の力をもっともよく発揮させる種族だけが、科学を手にできるのです」

「科学の役目は有用性にある……」

「いや、われわれの精神を豊かにし、知識の地平を広げることだ」

　五分後に日が暮れることを告げる鐘がヒト族地区から鳴り響き、聴衆は散っていった。大空の研究に対し、みんな本能的に反感を抱く。そう思ってハンロルファイルは落胆した。空は彼らが世界にむける視線の反映にほかならない。暗黒時代は終わったのに、いまだに皆の精神には暗い影が射しているのだ。

　シレ族地区へ帰る道々、イグプセレニムは眼点の前で指を動かした。

「ほら、わかっただろ。みんなの目はいつも大地のほうをむいているんだ。決してうえを見あげたりしない。小石につまずくといけないからな……例外は太陽《ヘリアル》崇拝教徒だけさ。首尾よく実験を進めたいなら、彼らの力を借りるといい……」

イグプセレニムは冗談半分に言ったのだけれど、ハンロルファイルは真剣に考えた。太陽《ヘリアル》崇拝は数ある新興宗教や、科学的な発見の進展にともなって生まれた分離派運動のひとつではない。オマルに三種族が出現したときから続く宗派だ。それでもやはり狂信的なところは否めない。圧縮の力で燃えあがったガス球を、神と崇めているのだから。太陽《ヘリアル》は何よりも彼らの宗教的希望と……そしてハンロルファイルの唯物的希望の写し絵《イメージ》だった。だからこそ彼は、頼る相手を選んではいられなかった。

何週間もかけて、ようやく信者のひとりにたどり着いた。太陽《ヘリアル》崇拝教徒はしばしば迫害を受けたので、秘密主義が習い性となってしまったのだ。

ハンロルファイルはその信者と、日暮れにホドキン族地区のアーケード市場で会った。あたりには茹でた豆芋《シヴレ》のむっとするような臭いが立ちこめていた。

待ち合わせの相手はゴヘイカミロイムという名前だった。ハンロルファイルは驚きを隠せなかった。ほかの町でもさることながら、とりわけここでは宗教《セクト》に熱心なシレ族は珍しかったから。

「宗教《セクト》か」とゴヘイカミロイムは、その言葉の意味を初めて知ったかのように繰り返した。「でもついこのあいだまで、地質学に打ちこむのも宗教活動だと思われていたがね。その点では天文学だって、あまり恵まれていたとは言えない。そうだろ？」

ハンロルファイルは唖然とした。ゴヘイカミロイムの主張にではない。太陽《ヘリアル》崇拝教徒が自分や兄のことを調べたらしいとわかったからだ。

「その比較は皮相的なものですよ。科学と宗教は何の関係もありません」ともかく彼はそう答えておいた。

「しかしきみもわたしも、よくわかっているはずだ。ここでこうして会っている目的こそが、今考えるべき問題だと。われわれを動かしているのは永遠の真理、ベールの端をめくることのできる真理なのだ」

ハンロルファイルは神学的な領域に立ち入りたくなかった。今はシル教の神聖期のように、こうした議論を率直に戦わせるときではない。イグプセレニムがよく彼にたずねた。おれたちの心は道徳によって高まるのか、それとも周囲を取り巻く世界を理解することによって高まるのかと。簡単に答えられることではないが、ハンロルファイルの考えは決まっていた。この時空間に閉じこめられた物質的現実を知らなければ、いずれにせよ正しい答えは得られないはずだと確信していたから。オマルを知るとはどういうことなのかがわかれば、道徳の問題も解決の糸口が見つかるだろう。でもそれはただの直感で、結局は信仰と同じく危ういものだとハンロルファイルは思った。

とはいえ初対面の相手に、そんな迷いは見せないほうがいい。

「あなたは真理を得たと思っている。けれども、科学の基本は疑うことにあります。だからそれは根本的に宗教と対立するのです。科学を難ずる試みは、失敗し続けました。今でも、常に失敗しています」

「科学はきみの導き手だ。それは観察しうる現象というより、現実そのものであるべきでは？」

「同じことです。現実の外には何もないのですから」

「そこのところだな、わたしときみの意見が分かれるのは。この世界には隠された真理がある。われわれは確かな意図のもとでこの世に置かれたのだと、太陽崇《ヘリアル》拝教徒は思っている。そもそもきみは、われわれについて何を知っているんだ？」

大したことは知らないと、ハンロルファイルは認めざるをえなかった。前に彼らのシンボルを見せられたことがある。組み合わせた二つの歯車のように、輝く太陽のなかをもうひとつ別の太陽が、光を内側に発しながらまわっている。太陽崇拝教徒《ヘリアル》は、その絵の意味を誰にも明かさなかった。

ゴヘイカミロイムは屋台を抜けて市場を出た。ハンロルファイルはあとを追った。今の会話をどうとらえたらいいのかわからなかった。ホドキン族地区には球根状の家が建ち並んでいる。ゴヘイカミロイムはハンロルファイルを従え、そのあいだを進んでいった。

「どこへ行くんですか？」

「きみに見せたいものがある」

ハンロルファイルは一抹の不安にとらわれたが、すぐにそれを抑えた。どこか寂しい場所に連れこみ、身ぐるみ剝ごうというつもりなら、わずかな戦利品にがっかりするだけだ。ゴヘイカミロイムはたしかに太陽崇拝教徒《ヘリアル》だ。しかしおもてに出さないものの、彼には科学者らしいところがあるとハンロルファイルは感じていた。

ゴヘイカミロイムは身を屈めて、水銀灯で照らされた食堂に入った。電気が通じているのはシレ族地区だけだから、自家発電装置を備えているのだろう。はたして、発電機のうなる音が階上から聞こえた。ホールの壁は一面、穴だらけのおかしな板張りになっていた。残っている客はわずかで、切れ切れの会話が宙に漂っていた。

「……トール麦を十キンタル、いいな？　ここいらの穀物は質が悪いので……」「この数世紀間に神聖地形図教団が集めた知識は、科学にとって役立つだろうな。やつらの掲げる公準ときたら、馬鹿げたものだけれど……」「結婚ということじゃ、保者なしの関係と同じくらいうまくいってるさ。一年とたたないうちに……」「π分の一の二乗かけるラクロムは……」「ヴィゴクシマウルのやつ、絶対に税務管理官と知り合いだな。だからやつは……」

　ゴヘイカミロイムはハンロルファイルを、じいじいと音を立てる大きな電球に照らされたテーブルへ導いた。そして通りかかったウェイターに、酒壺をふたつ注文した。

「何でもいいから適当に入れてきてくれ。でも、必ず陶器製の壺にしてくれよ」と彼は言い添えた。「ともかく、不透明なやつにな」

　極彩色に鱗を染めたホドキン族のウェイターはうなずいた。ハンロルファイルはじっと黙っていた。苛立ちを見せても意味はない。

　ウェイターが発酵した大麦樹乳《カイマット》の壺とグラスを持って戻ってきた。太陽崇拝教《ヘリアル》徒はグラスを脇にのけ、酒壺のほうはテーブルの両端の、際から数センチのところに置いた。

「太陽崇拝教《ヘリアル》のなかにも多くの分派がある」彼はすこし間を置いてから言った。「わたしの属する派は、なかでもかなり理性的なほうだ。新たな事実に基づいて、われわれの掲げる主張を強化しようとしている。今、典拠にしている知識は古びてしまったんでね。そんなわけで、きみの実験を手助けしようということになった」

「ぼくのほうは、あなたがたの助けになれるかどうかわかりませんけど」ハンロルファイルはこんな男と関わってしまったことを、早くも後悔していた。「ぼくはあなたがたの世界観とは相容れませんし……」

「まあ、最後まで聞きたまえ。われわれには、何と言うか、古くから伝わる資料があってね。十三世紀以上昔からだ。必ずしも宗教的なものばかりではない。例えばなかのひとつは、大地が平らでないことを証明している」

　ハンロルファイルの眼点が赤く縁どられた。曲がった地平線を想像するなんて、折れ線の円を思い描くようなものだ。考えられないわけではないが、経験に基づいた常識に反している。けれども、そうした奇妙な主張は路上討論会にもよくあがった。

「地平線のカーブを測る器械のことは、聞いたことがあります」と彼は言った。「でもそれは知覚できないほどわずかなものなので……」

「もっと簡単に証明する方法がある。ほら、ここにある二つの酒壺、これをむき合って立っている二人だとしよう。テーブルはもちろんオマルだ。電球には太陽《ヘリアル》の役をやってもらう。子供にもわかる簡単な見立てだ。さて、何か気づいたことは?」

ハンロルファイルはひとつ目の酒壺をじっくりと眺め、それから二つ目を眺めた。

「光源と反対方向に影ができています」

ゴヘイカミロイムは満足そうに指と指を合わせ、腕状突起を組んだ。

「ひと目見てそれを指摘する者は珍しい。けっこう。ではもしオマルが平らならどうなる?」

「太陽の真下にいるのでない限り、すべての者に影があるはずです。でも実際には、そうなっていません。オマルのどこに暮らしていようと、斜めに伸びる影を持つ者はいません。しかし太陽はひとつだけで、空の真ん中でいつも輝いています(そこでハンロルファイルは考えた)。あるいは太陽《ヘリアル》はわれわれからとても離れているので、光の影響は感知できないほどわずかなものなのかも……いや、だとしたら太陽はものすごく大きくて、ここから丸く見えているはずがない……」

ハンロルファイルは言葉を切り、頭のなかに模型図を描こうとした。それはホドキン族が好む万華鏡のように、とても単純であると同時にとても奇妙なものだった。

ゴヘイカミロイムが称賛の表情をしているのにも、ほとんど気づかなかった。

「たしかに太陽《ヘリアル》の大きさと質量は、われわれの十二面《ドデ》体人工頭脳《カエドル》でも測れないほどだが」

「いや」とハンロルファイルは続けた。「オマルのほうが太陽《ヘリアル》のまわりで、完璧な円を描いているんだ。リボン状に……あるいは球体状に」

「すばらしい！　われわれも第二の結論に傾いている」

「どうして？」

ゴヘイカミロイムはグラスをつかむと、そのうちひとつをハンロルファイルに手渡して樹乳《カイマット》を注いだ。そして彼はゆっくりと飲んだ。

「議論の前に、きみの研究計画を聞かせてもらいたい」

　まったくもって衝撃的な話だ。ハンロルファイルは呆然とするあまり、具体的な問題にうまく気持ちを戻せなかった。

「こんなに早く援助が得られると思っていなかったので。少し時間をください」

「一年だ」とゴヘイカミロイムは立ちあがりながら言った。「一年後にまた会おう」

25

ハンロルファイルはそのときまで、太陽崇拝教《ヘリアル》にどれくらいの資金があるのか知らなかった。彼は準備を整えるのに必要なお金と十名の学者の協力、望遠鏡を手に入れた。望遠鏡は長さも横幅もあり、奇妙な形をしていた。レンズは巨大で、カメラも備わっている。臭化銀のゼラチン水溶液を塗った感光板は、専用にプログラムした十二面体人工頭脳《デカエドル》によって自動的に交換できた。総重量は百ペザントにも達するだろう。次にハンロルファイルは、なるべく軽い気球を作れる技術者を探し始めた。できるだけ高く、大気圏外ぎりぎりまでのぼる気球が必要だった。この知らせは、オリマルの町中に広まった。

自分の学業はとりあえず中断しようと、ハンロルファイルは決心した。ある朝、ヒト族の男が彼の研究室にやって来た。くすんだ顔色をし、ヒト族のなかでも小柄なほうだ。細くつりあがった漆色の目は、法螺鳥《コックヴリル》のように彼方を見つめている。彼は丸めた大きな設計図を小脇に抱えていた。そしてそれを、ハンロルファイルの前に広げた。

「わたしが考案したロケットなら気球よりもっと高くまで、あなたの望遠鏡を持っていけますよ」男は強い北端地方なまりで言った。「たしかに、真空では火が燃やせません。でもわたしは、燃焼に必要な酸素を運ぶ方法を開発しました」

男は説明を続けたが、ハンロルファイルは途中で反論した。

「それではうまくいきません。推進の振動で望遠鏡はたちまちばらばらになってしまいます」

男はにっこりした。

「望遠鏡の構造を強化し、衝撃を和らげるバネを備えた台のうえに設置すればいいんです。発射の状況を再現できる実験室を作り、テストしてみましょう。あなたを大気圏外までお連れしましょう。もしかしたら、覇王《アエジール》たちと出会えるかもしれませんよ。大空に棲むというあの巨大な種族と。かつてわれわれは彼らと……おや、何を考えているんです?」

たしかに魅力的な計画だと、ハンロルファイルも認めた。しかしそれを実現するには、資金が足りそうもなかった。

しかし一年がすぎても、適当な代案は見つからなかった。チームのもとメンバーたちは、望遠鏡を飛行船に積んではどうかと提案したが、いちばん近い港でも一万ジャルは離れている。それに飛行船では、充分な高さまであがれないだろう。ハンロルファイルはあれこれ手を尽くして、もっとお金を出してくれるようゴヘイカミロイムを説得したが、太陽崇拝教《ヘリアル》の資力にも限界があった。そして彼らは実験の行く末に疑問を持ち始めた。ロケット技師の男は痺れを切らせて、オリマルの町をあとにしてしまった。男は住所を残していかなかったので、彼についてわかっていることといえば、太平湖のほとりに引っ越したということくらいだった。

いっぽうイグプセレニムのほうは、最初の医師免許試験に合格した。さらに結婚の誘いも受けたところだった。年若い者には、めったにないことだ。申し出は断ったものの、それによって彼の自尊心は高まった。

「望遠鏡計画なんて、やめにしたほうがいいぞ」と彼は弟に忠告した。「ますます行き詰まっているそうじゃないか」

「やめろなんてよく言えるな。そっちは地質学をあきらめたのか?」

「医学のほうが面白くなったんだ。おまえとはわけが違う。それに実入りもいいし」

ハンロルファイルは下胸部を斜めに震わせ、声を調整して反対の意を示した。

「ぼくだって医学には興味を持っているけれど、探求の道に乗り出したんだ。皆が抱いている世界観にはたくさんの矛盾点があって、もはや宗教では……」

「おまえも世界の一部なんだ。それを認めないのに、世界のなかに答えを探して何になる？　おまえに道をはずしてもらいたくない。現実に目をむけず、ただ情熱にかまけるヒト族たちみたいにな。やつらは自分自身を忘れたくて、そうしているんだが」

ハンロルファイルは返事をしなかった。最後に兄と戦ったフェジイの試合でも、対立はすでに明らかになっていた。おまえは重い責任を負いすぎている、とイグプセレニムは言った。もちろん、そのとおりだ。ハンロルファイルは責任の重圧に耐えかね、集中力が鈍ってうまく決断がくだせないこともあった。自分の健康も、シル教の義務もないがしろにした。彼の指が固くなり始めたのに仲間のひとりが気づき、このままでは病気になると注意した。ハンロルファイルが耳を貸さないでいると、ある晩ゴヘイカミロイムが研究室にやって来て、休息するようにうながした。

「一、二週間無駄になったっていいじゃないか。希望がすべて潰えるよりは」

するとハンロルファイルは眼点を縮めた。

「一週間ですって！　そんなことをしたら、きっと……」

「そんな状態ではだめだ。家に帰り、何か食べて眠りたまえ。あとのことは、それから考えよう」

ハンロルファイルは立ちあがった。現実から目を背けても無駄だ。もうすぐ援助金も尽きようとしている。愛しい望遠鏡のことを考えると、どっと疲れが湧いてきた。

ヒト族の男がひとり、戸口で待っていた。六十歳くらいだろうか、白髪で皺だらけの顔をし、ほとんど老人と言っていい。男は手をさし出した。やけに指が短かった。

「わたしの名はロジエ、気球乗務員です。たしか気球をお探しだとか」

「それを考えようにも、もう資金がないんです」とハンロルファイルは疲れて答えた。

「でもわたしの申し出には、関心がおありだと思いますよ。あなたと会いに、はるばるやって来たんです」

ハンロルファイルは男を研究室に案内した。そこは部屋というより物置だった。半ば解体した器具が雑然と散らばっている。けれどもロジエは気に留めていないようだ。

「あなたの望遠鏡は一トンになると聞きましたが」

「正確には百ペザントです」

「大変な重さだ。とても大きな気球が必要になりますね」

「飛行船に載せたらどうかという話もありました」

ロジエは胸の前で腕組みをした。

「わたしも昔、シレ族の飛行船に志願しようとしたのですが、ご存じのように、乗務員として認められるのはシレ族だけでして。ヒト族の飛行船なんて、まあ言わぬが花だ。でもわたしの天職は、もっと別のところにありました。わたしの関心は、できるだけ高くのぼることだったんです。飛行船の構造は、その分野で記録を打ち立てるようにはできていません。それは気球だけができることなんです」

ハンロルファイルはしばらく考えた。帰って眠りたいという欲求は吹き飛んだ。

「すでに試してみたんですか?」

男は胸を張った。

「シレ族の依頼を受け、自家製の楕円形気球で地上十五ジャルまでのぼりました。螺旋温度計、水銀温度計、湿度計を積んでね。それに十二面体《ドデカエドル》人工頭脳もありました。その高度でもきちんと動くか、確かめるためです。大気の試料採取もしました。濃度は薄くとも、含まれるガス成分の比率は地上と同じだとわかりましたよ」

「三十ジャルまでのぼれると思いますか?」

「わたしは無理ですよ。乗組員には寒すぎます。半分の高度でも、指が凍りつきましたからね」男は短くなった手をふった。「おかげでうえの関節のところから、切断しなければなりませんでした」

「望遠鏡で写真を撮るだけではだめなんです。それが回収できなければ。望遠鏡はわれわれの手を離れてしまうわけですから」

ロジエは嬉しそうな顔をした。

「もちろんですとも。その点は抜かりありません。観察台に二つの気球を取りつければいいんです。パイロット用気球には、荷を支えるのにちょうど足りるくらい水素を詰めておきます。尖頭山羊《シヴァーニュ》の腸で作った大きいほうの気球は、ぱんぱんになるまで膨らませます。上昇とともに周囲の気圧が低下すると、気球の水素は膨張します。あらかじめガスの量を計算しておけば、決まった高度で気球が破裂する。いやなに、実に簡単な仕掛けですよ。破裂した気球の残骸と観察台の重さで、パイロット用気球がゆっくりと地上におりてくるというわけです」

ハンロルファイルのなかに、再び気力が湧きあがってきた。彼はさまざまな装置についてより詳細な説明をロジエに求めたが、すでに成功を確信していた。費用だって今まで検討したほかの計画に比べれば、ずいぶんと少なくてすむ。広々とした草原というオリマルの環境そのものも、気球を飛ばすのに適していた。最初の飛行実験は乾季の初め、三ヵ月後に行なわれることになった。

「それくらいの余裕を見たほうがいいかと思いますね」とロジエは言って、禿頭にしばらく手をあてていた。まるでそこにある何かを、読み取ろうとしているかのように。「穏やかないい天気なら充分で……おや、どうかされましたか？」

「何ですって？」

「腕状突起が……」

それは引きつったように揺れて、鈍い痛みを発していた。ハンロルファイルは眼点の前に腕状突起をあげた。痺れた指に赤い苔が点々としている。

「いつから話をしてましたっけ？」

ロジエは手で曖昧な身ぶりをした。

「さあ、どうでしょう。三、四時間前から明るくなってます」

「それじゃあ、一晩中議論していたんだ。すみません。できれば……ところで、喉が渇いていませんか？」

ロジエはうなずいた。二人は外で昼食をとったあと別れた。この三カ月のうちにロジエが気球を作りあげるということで、彼らは合意した。

男は約束を守った。ハンロルファイルは気球そのものが邪魔にならないように、望遠鏡に斜めの鏡をつけた。二回の飛行実験のあいだに、気球をあげる場所を探し歩いた。そしてオリマルから五十ジャルの、見晴らしのいい丘のうえに決定した。丘は一面、筒茸《サズディル》に覆われていた。シレ棲域《エリア》ではどこでも、草のように生えているキノコだ。彼方には豆芋《シヴレ》や煙草《シカン》、トール麦、でんぷん製造用トウモロコシの畑が広がっている（トール麦を除いて、すべてヒト棲域《エリア》から来た穀物だったが、地主はシレ族だった）。作物を運ぶために琥珀のブロックで舗装された広い道が通っていたので、輸送についても問題なかった。

一日の仕事が終わると、ハンロルファイルとロジエはときおり軽くフェジイの試合をした。力は互角だった。二人の打ち方は互いを潰し合うのではなく、高めようとしているのだとわかっても、驚くにはあたらなかった。

「どうしてわたしたちはフェジイをするんでしょう

ね？」とロジエはたずねた。「あなたは望遠鏡を調整しているときにも、同じように力強い別の世界に入ろうとしていると感じているのではありませんか？　ひとつ発見があるたび、ひとつ現実的な問題が解決されるたびに、それは勝利の一撃であり、実り豊かな駒の配置となる。そんなふうに感じているのでは？」

　ハンロルファイルはためらうことなくそれを認めた。老人はしばしば、ハンロルファイルにも勝る興奮ぶりを見せた。時間に間に合うよう、いくつも奇蹟を成し遂げた。気球が揺れても望遠鏡の筒と太陽の位置関係が一定になるような装置さえ開発した。ハンロルファイルだけでなく、ゴヘイカミロイムもじきじきにやって来てロジエを褒め称えた。

　彼らは通常重い荷物の運搬に使われるトラックを四台、チャーターした。ハンロルファイルはゴヘイカミロイムも輸送に参加しないかと誘ったが、太陽《ヘリアル》崇拝教徒は遠慮したいと答えた。彼もその仲間たちも、おもてに立ちたくなかったのだ。

　ハンロルファイルは兄のイグプセレニムに手紙を書いたが、返事はなかった。兄弟の進む道は決定的に分かれてしまった。それを知って、ハンロルファイルは熱狂に水を差されたが、チームの仲間には悟られないようにした。周囲の空気は興奮で震えていた。気球をあげる日、野次馬でいっぱいのワゴン車がトラックについてきた。

　ハンロルファイルはトラックを降りて、うえを見あげた。雨があがったのは季節のわりに遅くて、ようやく二週間前だった。もくもくとした積雲が、嵐の到来を告げるかのように空に広がっている。もっと雲が濃くなるようなら一大事だ。

　一時間後、雲はあとかたもなく散り、代わりに暖かい微風が吹き始めた。そのあいだにロジエはパイロット用気球を膨らました。ハンロルファイルは丘のふもとに集まった群衆を眺めた。シートを広げ、パラソルの陰でにぎやかにおしゃべりしている者もいれば、三脚に望遠鏡をとりつけ、気球があがるのを見ようと待ちかまえている者もいる。

地平線を眺めていたひとりが叫び声を抑え、突然丘をのぼってきた。

「大変です」と彼は呼びかけた。「ちょっと見てください」

ハンロルファイルは丘を駆けおり、接眼レンズに身を乗り出した。何かが靄のように地平線に覆いかぶさり、こちらにむかってくる。

「何ですか、あれは？」

「砂嵐です。乾季の初めに、この地方でときおり見られる現象でしてね。十分もしないうちに、ここまでやって来ます。かなり高くまでのぼっているようなので、丘のうえにいても呑まれてしまうんじゃないかと」

ハンロルファイルはちらりとロジエを見あげた。ヒト族の老人は信じがたいほどの勢いで、せっせと作業に励んでいる。ともかく彼に知らせなくては。

「気球はもうすぐ出発の準備ができます」とロジエは大声で言った。「あと何リットルか、最後のガスを入れているところです」

ハンロルファイルは動揺のあまり喉がつまった。彼はヒト族がする興奮の身ぶりをまねた。そうしたふるまいに、ロジエは敏感なはずだ。シレ族は激しい感情をあまりおもてにあらわさないと、ロジエも知ってはいたけれど。砂嵐はもう肉眼で見えた。観衆のあいだから、警告の叫びがあがった。ロジエを急かさないほうがいいかもしれない。とうとうロジエは半月形の刃をした短刀《ウクラン》を、ハンロルファイルにさし出した。

「準備完了だ。ロープはあなたが切ってください」

「本当にいいんですか、自分でやらなくて？」

「あなたが決めることです」

望遠鏡のチームから反対の声があがった。

ハンロルファイルはそれを無視した。

「やってください。お願いします」

ロジエは急に遠慮したのか、まだ迷っている。砂嵐はますます大きくなった。彼はすばやく短刀《ウクラン》をふりおろした。切り離された気球は観客たちの喝采のなか、ぐんぐんとのぼっていく。支えのロープがきしみながら張りつめたかと思うと、機材を積んだ平台が上昇し始めた。

「さあ、放たれたぞ」ロジエが大声をあげた。

観衆の望遠鏡がいっせいにうえをむいた。まるで日の出をむかえた花のようだ。ハンロルファイルも、だんだんと小さくなる丸い飛行物を見あげた。

空は真実にむかってひらいた窓だ。すべての答えは、そこからやって来る。だから、あらゆる努力を空に注がねばならない。兄さんに対するこれ以上の反論があるかい？

砂嵐が二人を包み、何も見えない状態が十五分ほど続いた。そのあいだに、トラックは荒れ地へむかった。撮影時間はおよそ一時間だ。そのあと気球は、ゆっくり地上におりてくるはずだった。

突風が吹き始めたときは、午後になっていた。ハンロルファイルは心配になり、もっと遠くまで散らばるようチームに命じた。できるだけ広い範囲をカバーできるように、観衆もほとんどが半径十ジャルのなかにワゴンを止めていた。そして皆、空を見つめている。

それから数時間して夜になるまで、どこからも何の知らせも入らなかった。

彼らは投光器の明かりで捜索を続けた。

やがてハンロルファイルは、不承不承オリマルへ帰る命令を出した。

それから二日間、何台ものトラックが丘のまわりを走りまわった。平台かその残骸の一部でも見つけた者には報奨金を出すことにしたが、それでも成果なしだった。

やがて小包がハンロルファイルのもとに届いた。オリマルから三十ジャル、気球をあげた場所から五十ジャル近く離れた広大な領地からだった。小包には感光した写真板と短い手紙が入っていた。

貴殿の機材はわが領地に落下した。したがって、それはわたしのものだ。回収をお望みなら、二千ティアリでお譲りする。

署名 ルクダマイン

ハンロルファイルはほっとすると同時に、怒りがこみあげてきた。望遠鏡はきちんと役目を果たし、今どこにあるのかもわかっている。すぐ近くなのに、手を出せない。持ち主の要求は法外なものだった。ハンロルファイルはもう一文無しだというのに。太陽崇拝教《ヘリアル》も財政が厳しいらしく、これ以上一ティアリも出してくれないだろう。寄付金を募っても、集まるのはせいぜい五百ティアリというところだ。

こうなったらルクダマインに直談判して、無茶を言わないよう説得しよう。ロジエもいっしょに行こうと申し出た。

「わたしならきっと譲歩させられます」ロジエはそう言い張った。

ハンロルファイルもしまいには受け入れた。ゴヘイカミロイムはいくつか情報を提供した。ルクダマインは地方の有力者で、半世紀前から没落を始めた名家の当主を務めている。広大な領地からあがる利益は、湯水のように出ていく金を埋めるにはいたらないのだと。

メタンガス車がやって来て、ハンロルファイルとロジエを乗せた。珊瑚樹《ダンドリ》が植わった広い庭の真ん中に建った屋敷は、フェジイの競技台《クサイルン》のような形をしていた。鏨《たがね》彫りを施した正面は、花模様の大きな石の絨毯といったところだ。階段状になった運河の分岐点には、彫像が飾られている。運河を満たす水の費用だけでも、かなりの金額になるはずだ。

こんなに裕福なら、二千ティアリが何だっていうんだ？

　車を降りるとき、ロジエが屋敷のまわりを巡回する武装した衛兵をそっと指さした。

「屋敷の主人は警戒しているようですね」

　ハンロルファイルが感想を答える暇もなく、ルクダマインが二人を迎え出た。なかなか印象深い男だった。底の厚い木靴を履いているとはいえ、背は三メートル近くもある。

「篤志家のみなさんは、誰でも大歓迎ですよ」とルクダマインは皮肉っぽく言った。「ちょうどいいところにお着きになりました。増水が始まるところです」彼は客を庭に案内した。銅鑼の音が小さく響く。「さあ、時間だ」

　この合図に応えるかのように、運河の水が広いお堀に注ぎこんだ。やがて水はあふれ、樋を通って集められる。

「この運河は、クラルマ川のおもな支流を再現するように設計したんです。四時間に一回、増水が行なわれます。自動的に水を満たしているんです。すごいでしょう？」

　そりゃすごいさ、とハンロルファイルは思った。クラルマ川の増水で、毎年何千人もの犠牲者が出ている。それも美の一部だってわけか。

　けれども彼は、皮肉を口に出さないようにした。目の前にあらわれるのがまさかこんなやつだとは、さすがに想像していなかった。よりによって気球は、最悪の場所に落ちたもんだ。ハンロルファイルはヒト族の表情を読み取れるようになっていたので、ロジエが何を考えているかひと目でわかった。

　ルクダマインは二人を屋敷の客間に連れていった。分厚いガラスのふたがついた大箱に、写真の乾板が積みあげてあるのを見て、ハンロルファイルは食ってかかりたいのをぐっとこらえた。乾板は無造作に放りこまれている。なかにはひびが入ったり、縁が欠けたりしたものもあるだろう。取り返しのつかない損失だ。

「調べてみたいのですが」とハンロルファイルは言った。

「ほかには何か?」ルクダマインはヒト族の嘲笑をまねて、心室のひとつから空気を吐きながら言った。

「よろしい、一枚で充分でしょう」彼は大箱をあけ、乾板を一枚、てきとうにつかむと、ロジエの目の前に突き出した。「望遠鏡は倉庫にしまってあります。わが領地には倉庫が何百とありますからね、自分で捜そうと思っても、決して見つからないでしょうよ。だが問題はそんなことじゃない。望遠鏡や乾板を取り戻すのに、いくら支払う用意があるのか。大事なのはそこです」

「今回の計画は、金儲けに結びつくようなものではありません。だから器具それ自体には、原材料費以上の価値はありません。われわれはその金額で買い戻すつもりです」

ルクダマインはすばやく指をねじり、乾板を砕いた。ハンロルファイルは思わず身構えた。それでも何とか自制して、怒りで青ざめているロジエをなだめるように腕状突起をあげた。

「納得できる答えではありませんね。あなたがたにとって、これは何年にもわたる研究と希望をあらわしている。別の望遠鏡を作る機会はないでしょう。わかってますよ」ルクダマインはもう一枚、乾板をつかんだ。

ハンロルファイルは先まわりして言った。

「壊したければ、全部壊せばいい。支払いをけちってるわけじゃない。お金がないんだ……」

「ないなら見つければいいでしょう。わたしには手立てがあります。あなたがたをその気にさせる手立てがね。これから毎日、一枚ずつ、乾板を粉々に砕いていきます。言ったでしょう、取り返すのは大変だって」

ルクダマインは駄目押しのつもりか、腕状突起にぐっと力をこめ、持っていた乾板を割った。

ロジエはうしろにさがっていたので、ハンロルファイルには彼の動きが見えなかった。砕かれた乾板のように、時がばらばらに飛び散った。ルクダマインは本能的に副胸部を守った……銃弾が左の腕状突起を貫き、腹にめりこむ……ドアから飛びこんできた衛兵の顔めがけて、ロジエは拳銃を投げつけた……ルクダマインは黒ずんだ血をまき散らしながら、うしろに倒れた。第二の銃声がした。あとから入ってきた衛兵が撃ったのだ……ロジエは胸に銃弾を受け、もんどりうって倒れ壁に激突した……

銃声のこだまが薄れていくあいだに、時が再びひとつになり、そのあと一連の出来事が続いた。

衛兵が次々にあらわれた。皆、惨劇の場面を見て呆然としている。ロジエに銃を投げつけられた衛兵が状況を説明した。

「撃ったのはこのヒト族だ。もうひとりは何もしていない」

けれども衛兵たちは、ハンロルファイルのことなど念頭になかった。彼らはルクダマインのまわりにしゃがみこんだ。

なかのひとりが傷口に指を入れてつぶやいた。

「弾は第二結節のところから、上腹部の奥まで入っている。胸の血管が交差している部分だ……助からないな。ルクダマインはすぐに死ぬ」

ハンロルファイルはロジエのうえに身を乗り出した。胸から大量の鮮血が流れ出ている。もう手遅れだ。血の泡が口もとにこびりついているが、その下からも微笑みは見てとれた。ハンロルファイルは胸を揺さぶる思いを、どう表現していいのかわからなかった。

なんでこんなことしたんです？　あなたが狂気の沙汰に出るのを、どうしてぼくは予測できなかったんだ？

しかし大空は、あらゆる問いに答えてくれるわけではなかった。ロジエの死には、明白な意味があったのかもしれない。計画が潰えぬよう、身を捧げたのだ。自己犠牲には、何か偉大なものがある。ひらけた精神の持ち主なら、それを直感的に理解している。だからこそどの種族にも、それぞれの殉教者がいるのだ。しかしハンロルファイルには、なにか絶望的な行為としか思えなかった。愚かな死に方をしたという点では、ロジエもルクダマインも同じじゃないか。彼らの死は計画の精神を汚し、内側から腐らせてしまった。いまや聖なる長城よりも高い壁がハンロルファイルの前に立ちはだかり、あんなにも追い求めてきた真理から彼を隔てている。

こうなった以上、もうあきらめるしかなかった。

ハンロルファイルは警察に逮捕されて尋問を受けたが、ほどなく釈放された。おそらくゴヘイカミロイムが手をまわしたのだろう。ゴヘイカミロイムは落下した器具もうまく回収したけれど、ハンロルファイルは彼と連絡を取ろうともしなかった。この事件について、たくさんの記事が書かれた。ハンロルファイルにも執筆の依頼が来た。発表前の記事に目を通して欲しいとも言われたが、彼はすべて断った。

ハンロルファイルは医学の勉強を再開し、他種族に対する医療を専攻した。ちょうど盛んになりつつある分野だった。医師免許を取得するなり彼は荷物をまとめ、どこか適当な町行きの切符を買って列車に乗った。

出発してから二日後、差出人の書いていない小包が届いた。

なかには卵のかけらが入っていた。そして、最終的な行先を示すチケットが。

26

シェタンは黙ってうなずいた。けれども彼女は、どの種族であれ情熱に胸を焦がす者たちの気持ちが――そして彼らに付き添っていこうとする者たちの気持ちが――よく理解できなかった。今、聞いたばかりの話に、彼女はその確信を強くした。ハンロルファイルは町を離れ、事件を忘れようとすることで、そうした心の牢獄から逃れられると思ったのだろう。もしそうだとしたら、今、彼がここにいること自体、失敗の証ではないか。

自分たちを招集したのは太陽《ヘリアル》崇拝教徒かもしれないと、アレサンデルは持論を展開したが、誰もそうは思っていなかった。シェタンはカジュルをふり返って、

思わず叫び声をあげそうになった。老人は白目をむいて、椅子にぐったりと倒れこんでいた。みんなしてカジュルを部屋に運んだ。ハンロルファイルはそっと彼のシャツをめくって、紫色の斑点が浮かぶ上半身を調べた。

「大羽虫《オジャピル》の毒がまわったようです」とハンロルファイルは言った。「残念ながら、確かな診断を下すのに必要な機材がありません」

カジュルは昏睡状態から醒め、ごほごほと咳きこんだ。

「大羽虫ですか」と彼は咳の合間に言った。「わが輩に毒を盛ったのは、雌でしょうな」

そのとおりだ、とシカンダイルルが答える。

「親父の遺言ですからね、女に気をつけろっていうのは」とカジュルは言って、くすくすと笑った。「親父は下種野郎でしたが……ひとつだけ感謝しているんです……いえ、わが輩がこの世に生を受けたことじゃあ

りません。自殺してくれたことですよ。おかげで親殺しの罪を犯さずにすみました……そもそも、すべて本人のせいなんだ」

「落ちついて」シェタンは小さな声でそう言うと、カジュルの額に手をあてた。額は燃えるように熱かった。

　アレサンデルの記憶に、ある言葉がよみがえった。家畜人《エレラク》収容所の教官だったオーギュスタン修道士が、絶えず言っていた言葉だ。《動物や植物はヒト族に役立つために創られた》だとしたら大羽虫《オジャビル》は、神のご意志に背いたらしい。

　アメスはカジュルのために、水差しを持ってきた。そして皆、床についた。

　翌日、カジュルの皮膚は一面赤く変色していた。

　彼は不思議と落ち着いていたが、ときどき顔をしかめた。

「素手でシカンダイルルと対決したかったですな」と彼はひきつりながら冗談を言った。

　ほどなく胆汁を吐くほどの激痛が始まった。けれども痛みを和らげる方法は何もなかった。シェタンは水でカジュルの体を冷やしたが、それもすぐに蒸発してしまった。皆にとっても大事な水だ。遊戯室でシカンダイルルは、水を無駄にするなとシェタンを責め、口論が始まった。

「カジュルは病気で苦しんでいるのよ」シェタンは怒りに震えながら叫んだ。「彼を苦悶崇拝に宗旨替えさせようたって、もう遅いわ。苦しみを和らげてあげなくては」

　アレサンデルは彼女の肩に手を置いた。

「独り子《ロシル》に言っても無駄だ。痛みの持つ意味が違うんだから……」

「ええ、わかってるわ。じゃあ、どうすればいいの？　いっそ、殺してしまえと？」シェタンはシカンダイルルを指さした。「あなたがやる？」

「おまえじゃないか、彼の苦しみを和らげたがっているのは」とシカンダイルルは言い返して、部屋を出ていった。

シェタンとアレサンデルは病人のようすを見に戻った。アメスが額を拭いてあげている。カジュルは二人が来たのを見て、頭をふった。

「申しわけない。こんな惨めな状態で、お迎えせねばならんとは……」カジュルは咳きこみ、息を詰まらせた。それが少し治まると、彼は先を続けた。「わが輩は作家です。つまりは、何の役にも立たない人間だ。だからひとつ、約束してください。わが輩が死んだら、この体をシレ族たちに食わせると。さすれば……多少はお役に立てるかと……」

「彼らに言ってみるわ。きっと喜んで受け入れてくれるでしょうね」とシェタンは嘘をついた。

「ちょっとこちらに」カジュルは声を潜めて言った。「すみません……本当に申しわけない。このあいだは、あなたに対してつい自制心を失ってしまい……」

「忘れたわ。もうその話はなしにしましょう」

アレサンデルもカジュルのうえに身を乗り出した。「死にはしないさ。わかってるだろ。あんたがおれたちにとって、どれほど必要不可欠か。あんたがいなければ、フェジイだってずっと不完全なままだ」

「それじゃあわが輩は、いつかまっとうできるんでしょうか？」カジュルは力を振り絞り、喘ぐように言った。「オマルにはこんなにたくさん女がいるのに、彼女たちにふさわしい愛を注いであげる機会が、わが輩にはもう残っていないでしょう……いやはや！」

カジュルが正気を保っていた最後の数時間、シェタンはずっと枕もとに付き添った。瀕死の病人は祈ったり卑猥な言葉を発したりを繰り返し、その合間に「アーミン」と唱えた。そして眠りに落ちると、ようやく彼の顔はほころぶのだった。シェタンが驚いたことに、その機を狙ってシカンダイルルがようすを見にやって来た。シカンダイルルは彼のうえに身を乗り出し、ほとんど聞こえないくらいの声で言った。

「眠っていると子供みたいだな」

単にヒト族なだけ、とシェタンは答えたかったが、カジュルがもぞもぞと動いた。彼は三度目をあけたが、だんだんと弱っていった。そして夜遅く、彼は意識をなくし、そのまますぐに息を引き取った。


翌朝、シェタンは万華鏡展示室に集まったみんなに知らせた。流れる涙とともに、悲しみもあふれ続けた。誰ひとり、言葉を発しようとしなかった。アレサンデルは目をそむけている。泣いていないのを、知られたくないのだろう。それはどうでもいい。でもシェタンは、彼をどうしても自分のほうに引き寄せたかった。アレサンデルは当惑しながらも、させておいた。涙が首筋を流れ、うなじがひりついた。

シカンダイルルは部屋を出ると、肩に担いだカジュルの死体を外に投げ捨てた。シェタンはその分、船が軽くなったような気がした。

翌日、彼らはフェジイをやらなかった。突風で帯板が飛び散り、第二デッキから万華鏡展示室まで大きな裂け目ができてしまったからだ。骨組みを強化しようと朝から晩まで働いたが、今度は第四デッキが編んだ毛糸をほどくみたいに一日でばらばらになり、見張り台が持っていかれた。こうしたトラブルが外包《エンベロープ》のなかにも影響し、折れた横梁が内房《バロネット》のひとつをすっぱりと断ち切った。なかのガスは一分ですべて出てしまった。ボロ船は傾き、高度を七百リスク落とした。彼らは外包《エンベロープ》の下に避難した。船は数時間にわたって骨組みをきしませ、ようやく新たな安定を見出した。

体は衰弱していたけれど、みな仕事に戻った。こんなこと、もうさっさと終わって欲しいとシェタンは思うようになった。

三日後、島が見えた。

とぎれとぎれの黒い線が、はるか彼方で少しずつ濃くなっている。

法螺鳥《コックヴリル》やカモメが鋭い鳴き声をあげながら、船のまわりを飛び始めた。

全員が第三デッキに集まっていた。風は陸地にむけてまっすぐ彼らを運んでいる。激しい感動がシェタンの喉もとにこみあげた。奇妙なことに、そこには苦しみも混ざっていた。

望遠鏡は見張り台もろとも吹き飛ばされていた。アレサンデルは両手を目の脇にあてた。

「たしかに島だ。あまり大きくないな。せいぜい、二、三平方ジャルだろう。草は生えているが、木は見えない」

海岸線に沿って、波とも呼べない波がわずかに寄せている。浜の裏には、低い不ぞろいな丘が続いていた。

海岸まで来ると、船はそっと着地した。シカンダイルルはハンロルファイルを助けて地面におりた。次はアメス、アレサンデル、そしてシェタンの番だった。シェタンは足が砂に沈みこむのを感じた――生まれて初めて感じるような、えも言われぬ心地よさだった。大粒の茶色い砂には、水気が残らなかった。接岸は簡単だったが、船をつなぐのはもっと難しそうだ。疲労と興奮が混ざり合い、熱に浮かされたような状態で活動を続けた。体だけが勝手に動いているような感じだった。

「しばらくはこのままで大丈夫だろう」とアレサンデルが言った。「すくなくとも、今日一日くらいは」

次は浜辺にひざまずいて、食料探しが始まった。水のたまった穴がたくさんあいていて、その底にごつごつした甲羅の蟹が潜んでいた。船底や壁から剝がした板のうえに、みんなで獲物を山積みにし、そのまま甲羅もむかずに火をつけた。焚火のなかをつついて黒く焼けた蟹を取り出し、砕いて食べるのだ。食べ物を受けつけなくなるはずのハンロルファイルでさえ、皆と同じように貪り食った。

シェタンは満腹になると、瞬きしながらあたりを見まわした。なんだか幻覚から抜け出したような感じだった。頭がくらっとして、思わずあぐらをかいてすわりこんだ。まるで地面に足を釘づけにされたみたいだ。彼女はつまみあげた砂を、指のあいだからまた落とした。少しずつ不安がよみがえってくる。

陸地か。そのうえをずっと歩いていなかったので、体が忘れてしまったらしいわ。

「カジュルもきっと、この島を見たかったでしょうね」と彼女は、立ちあがりながら言った。「もし無人島だったら、彼の名前をつけてあげたいわ」

アメスは二本指を砂に突っこみ、掻きまわして汚れを落とした。

「誰もいないさ」と彼は答えた。「当然だ。飛行船に気づかないはずがない。大きな音もたてたし」

「それに焚火も」とハンロルファイルが言い添えた。「住民がいるなら、とっくに反応があったでしょう」

アレサンデルはべたべたした蟹肉のついた指をなめた。

「飛行船を空飛ぶ怪物だと思い、怯えているのかも。だとしたら、どこかに隠れていても不思議はない」

「野生に戻った遭難者ってわけ？　ロマンチックな話ね」とシカンダイルルが冷やかした。「手下のヒト族もそんな話が好きだった」

長く連なる丘が、浜辺とそのほかの部分を隔てていた。サボテンのように分厚い薄紅色の葉をした木が、海岸の縁に沿って小石のあいだに根をおろしている。

ハンロルファイルが小さな丘を登り始めた。アメスがそのあとにつづいた。ハンロルファイルは何も言わずに腕状突起をあげ、アメスが下にいる仲間に知らせた。

「むこうに家がある！」

四百歩ほど行った先に、樽を横倒しにしたような建物が、丘を背にして建っていた。脇に支えがついている。彼らは慎重に近よった。大きな三角形の煙突が突き出ていて、どこもかしこも板張りだった。近くには誰もいない。ドアはシレ族が通れるくらいに大きいが、どんな種族が建てたのかは決めがたかった。

「おかしな小屋ね」とシェタンは言った。

近づいてみると、家族で暮らせるくらいの大きさだとわかった。手入れの行き届いた丸いガラス窓が二つあるが、カーテンが閉まっていてなかは覗けない。家の脇には、きれいに洗った骨の山がいくつも並んでいた。アレサンデルはつま先で山を崩し、見分けのついた骨を小声で数えあげた。

「三眼蜥蜴《オーニッド》……猿鼠《ラットサイ》……鳥。ヒト族やほかの種族の骨じゃないな。まあ、それだけでもよかった」

「ドアには鍵がかかっていない」シカンダイルルが言った。

ドアは少し軋んでひらいた。なかにはひと部屋しかなかった。隅には簡易寝台が四つ並んでいる。真ん中に置かれた大きなテーブルのうえには、航海用具と酒壺、状態のいい二冊の本があった。一冊は第五福音教《エスコパリスム》の聖書で、広げたページには末梢線が引かれている。もう一冊は『驚異の書』と題された絵入りの本だ。

「ヒト族だな」とシカンダイルルがひと言言った。

アレサンデルはうなずいた。ベッドの大きさや、ヒト族が扱うのに合わせた道具が並んでいるところから見て間違いないだろう。きちんと整理整頓され、床はぴかぴかに磨いてある。

「そんなに遠出はしていないはずだ」とアメスが指摘した。「狩りか漁か……」

シカンダイルルはテーブルに近よると、道具をひとつ手に取って裏返し、また置きなおした。

「半世紀も前から使っていない道具だ。日付もあるが……」

たしかにそのとおりだと、みんな認めざるを得なかった。目の前にあるのは、四十年以上前に遡るものだった。にもかかわらず、住人はたった今この場所をあとにしたばかりのような、不思議な雰囲気が漂っている。何もかもが、完璧な保存状態だ。彼らは外に出て、遺体なり墓なりがないかと捜し始めた。二百歩ほどのところに、墓がひとつ掘られていた。でも、ほかの者たちはどうしたのだろう?

彼らは探索の範囲を広げた。鳥の巣や高木性のサボテンを除けば、島は閑散としていた。

夜になると、彼らは浜に戻った。シェタンは大喜びで水浴びをした。気をつけたほうがいいとアメスが忠告した。たしかに海の底には、危険な生き物が潜んでいるかもしれない……けれどもシェタンは気に留めなかった。少し迷ったあと、アレサンデルもいっしょに来た。二人は大きな歓声をあげながら、水をかけ合った。

海岸からシカンダイルルが、二人にむかって叫んだ。

「余力を残しておけ。嵐に備えて、船の係留ロープを締め直しておかねばいけないから」

「それよりあなたも来て、楽しんだらどう。水は気持ちいいわよ」とシェタンはのんきに答えた。

シカンダイルルはやれやれというように頭をふっただけだった。

彼らは夜中までかかって、船の固定点を増やした。しかし楽観はできない。少し突風でも吹いたら、船がばらばらにはならないまでも、つないでいるロープは引きちぎれてしまうだろう。外から見ると、船は信じられないほど悲惨な状態だった。この数週間、持ちこたえていたのが奇跡的なくらいだ。

翌日、シレ族は島を入念に調べて、遺体の痕跡を見つけようと提案した。もし見つからなければ、この島にいた生存者たちは海から脱出しようとしたことになった。

る。

小さな砦を見つけたのはアメスだった。南面から海を見下ろす、白亜質の崖のうえだ。遠くからも見えるよう、コンクリートの台に設えてある。丸っこい瓦のドーム屋根がのった、円形の建物だ。直径は四メートルもない。木のドアには分厚くニスが塗ってあり、うえに押せば閉まる掛け金がついていた。みんなびっくりして顔を見合わせた。

「この建物はあきらかに、雨風に耐えられるように作られている」とアレサンデルは言った。「下の小屋よりもあとに建てたものだな。十年もたってなさそうだが、何か気づいたことはあるか?」

「ともかく、なかに入ってみたほうがいいんじゃない?」シェタンが答える。

シカンダイルルは近よって、掛け金を動かした。

こもった嫌な臭いがした。シカンダイルルは光が入るよう、ドアを大きくあけ放した。薄暗がりのなかに、さらに暗い石板のような塊が立っている。ハンロルファイルはよく調べようと、部屋の真ん中に進んだ。それは何か複雑な装置だった。十二面体人工頭脳《ドデカエドル》の中心にある水晶体の記憶媒体《ガヒズ》が、臓腑の奥に組みこまれている。ハンロルファイルはシカンダイルルとの前交以来、ずっとこもっていた沈黙から抜け出し、妙に甲高い声で言った。

「あそこにあるのは、バッテリーらしい……こんなものを見るのは初めてです。バッテリーはこの装置につながっています(彼は壁の一面に這わせたケーブルを、腕状突起でたどった)……それにドーム屋根をあけるモーターに」

「バッテリーですって?」とシェタンは繰り返した。

「でも、とっくに切れているでしょうね」

ハンロルファイルはモーターにつながる壁のボタンを押した。カチッと音がして、モーターが唸り始めた……屋根から射しこむ光がさらに明るくなる。シェタンは口をあんぐりとあけた。

ハンロルファイルは、装置のうえに突き出た放物線を示した。

「これはラジオビーコンです。ほら、ここにアンテナがある。これらのボタンを同時に押すと、メッセージを送るようにプログラムされているようですね」

ハンロルファイルの腕状突起が、前面のパネルからピンポン球のように大きく突き出た二つのボタンに軽く触れた。ほかのみんなは顔を見合わせた。

「選択の余地はないな」とアレサンデルは言った。

「どのみちおれたちは、ここから動けないのだから」

アメスがボタンに近づき、二つ同時に押した。装置のなかで次々に振動が続いた。

「これでよしと……」

念のため、彼は操作を三度繰り返した。

「お次はどうなるの?」とシェタンがたずねる。

この質問の裏に隠された意味は、みんなもわかっていた。ラジオビーコンは自分たちのために用意されていたのだろうか? 太平湖はとても広いのだから、この島に流れ着くなんて予想できないだろうに。それでも、もしかして、すべて最初から……

空が曇った。彼らは黙って飛行船に戻り、できるものはすべて陸揚げしようと作業にいそしんだ。それから浜辺に転がっている石を、重し代わりに飛行船に積んだ。そのおかげで、シカンダイルルもしっかり船を舫うことができた。

日暮れとともに嵐になった。彼らは突風に飛ばされないよう身をかがめて、小屋に避難した。

朝になると、飛行船は消えていた。

シカンダイルルは檻のなかの猛獣のように、浜辺を行ったり来たりした。飛行船がつないであった位置を示すものといえば、ちぎれたロープの破片と磯波に洗われている板切れくらいだった。

いよいよ、身動きとれなくなった、とシェタンは思った。奇妙なことに、彼女はこの出来事に無関心だった。

「競技台《クサイルン》をおろし忘れてしまった」と独り子《ロシル》は怒ったように言った。「フェジイの試合は決着がつかないままだ」

「そんなに重要なことかね？」アメスがたずねる。

「もちろんだ」

シェタンは肩をすくめた。だからどうだっていうの。たとえ……突然、彼女の心のなかに、ゲームボードが写真のようにくっきりと浮かんだ。そのうえに展開する駒の配置が半透明の木のように、震える枝を未来のフィールドに広げていた。

枝のあいだには、勝利がある。わたしの勝利が。

「どうしたんだ？」アレサンデルが近より、そうたずねた。「幽霊でも見たような顔しているぞ」

「何でもないから、気にしないで」とシェタンは答え、大笑いし始めた。

なんてことかしら。わたしは勝てたんだ！　いや、むしろこう言うべきだろう。わたしは負けたかもしれない。だってこんな啓示は、決して得られなかっただろうから。でも、今はもうわかってる。わたしは勝てたんだと。

これまでずっとフェジイのことを、現実とは無関係の純粋に知的な営みだと思っていた。なにかの助けになる啓示が訪れようとは、想像もしていなかった。

今度はアレサンデルが微笑んだ。

「小屋を建てたのはイブン・シャジャラットだと思っているだな。だから笑ったんだろ？」

シェタンは手の甲で目を拭った。わざわざ誤解を解く必要もないわ、と彼女は思った。

「そうかもね。これまで経験してきたことに比べれば、不思議でもなんでもないわ」

ところが急に、アレサンデルの目が水平線にむいた。

「あの黒い点……あれは鳥じゃない」

「飛行船でもなさそうだ」アメスが近よりながら言う。

「飛行機らしいな」

　はたして轟音が近づいてきたかと思うと、頭上を飛行機が通過した。胴はずんぐりとして、うしろに曲がった広い翼はちょうど法螺鳥《コックヴリル》のようだ。広いコックピットがうえに突き出している。内部の半分は軽い金属製、あとの半分は布製だった。さまざまな材料をつぎはぎしたパッチワークのうえには、飛行船と同じようにたくさんのいたずら書きがあった。プロペラは見えないが、前と後ろに大きな空気吸入口がある。皆が呆気にとられて眺めている前で、飛行機は長く伸びた二本のフロートを海面にあてて一度バウンドし、それから泡の筋を引いて滑走した。飛行機は浜辺の前まで来ると、流れにあらがうかのように、轟音のなかでエンジンが止まった。

　コックピットからシレ族の男があらわれ、一礼した。それから、鱗にきれいなエナメルを塗ったホドキン族がロープを投げおろした。

「ようこそ！　全員、ご無事ですか？」

　もう長いこと孤立状態ですごしてきたので、この新たな到来者は別世界からあらわれたような気がした。

　皆が呆気にとられているなか、最初にわれに返ったのはシカンダイルルだった。

「いや、仲間のひとりが死んだ」とシカンダイルルは大声で言った。「名前はカジュルだ」

　ホドキン族は、連れのシレ族をちらりと見た。

「それはお気の毒に。さあ、飛行機に乗ってください。イブン・シャジャラットがお待ちです」

27

彼らは順番にロープをよじのぼり、後部コンパートメントに並んだ二つの腰かけにすわった。

パイロットはコアンダリュウムと名のった。歳は五十がらみ。脇で無線の操作をしているホドキン族の保者、ファセス・キントも同じくらいだ。アメスは席に着いたとき、ファセスと目が合った。そしてすぐに確信した。こいつはわたしが不死者《シャドレ》だということを知っている。でもそれを、受け入れているのだ。

全員が乗りこむと、コアンダリュウムは床から突き出た金属製のT字型レバーに腕状突起を巻きつけた。レバーの両側には、ボタンが四個ついている。エンジンはなかなかかからず、しばらく空咳を続けていたが、ようやく軽快な轟音をあげた。体に圧力がかかる。横を見ると、窓の外に大海原が広がり始めた……ちょうどシェタンの脳裏に、次々と疑問が広がるように。けれども彼女は仲間と同じように無言を続け、ただエンジンの音が鳴り響くなか旅は続いた。それだけで充分だ。エンジンが動かすのはプロペラではなく、コンプレッサーだった。そこで圧縮された空気が、胴体を巡ってジェットノズルからうしろに吐き出されるのだ。長い幕間が終わったところだと、誰もが感じていた。そして自分たちに共通の物語が、ようやくまた始まるのだと。けれどもまだ驚きが冷めやらず、幸福感に浸るにはほど遠かった。

途中まで行ったところで、アレサンデルがファセスに合図をした。ファセスは彼らにパンと水筒を配った。どこまでも続く青い大海原のなかに、群島があらわれた。乗客たちは丸窓に額をよせて、島を数えあげた。四つの小さな島が、肩甲骨のかたちをした大きな島を取り囲んでいる。大きな島の面積は、少なくとも千平方ジャルはあるだろう。

「ここはアパランタです」とコアンダリュウムが告げた。

シェタンは喉を詰まらせそうになった。

「でも……アパランタは伝説の地だわ」

コアンダリュウムはほとんどわからないくらい、微かに上半身を震わせた。

「たしかに。カーゼのユーモアですよ。五十年前、あの大きな島に移り住んできたときの。とはいえ、まんざら間違いでもありません。カーゼのすることは、必ず何か意味があるんです……多少なりとも」

「どういうこと？　誰なのよ、カーゼって？」

アメスが中腕を勢いよくあげた。

「その名前には、聞き覚えがある。各地をまわって本を買い集めていたころ、イブン・シャジャラットの伝記を手に入れた。その著者がカーゼだった。たしかヒト族だったのでは」

キャビンが上下に大きく揺れた。コアンダリュウムが機体をUターンさせ、島のうえに張り出した暖かい空気層に吸いこまれたのだ。

「それはイブン・シャジャラットの本名なんです」とコアンダリュウムは言った。「アパランタにやって来る前は、長いこと旅をしていました。あなたが読んだ本も、彼のユーモアに違いありません」

「自分自身の伝記を、別の名前で書いたのか」とアレサンデルがつぶやいた。「そのカーゼってやつは、おかしなユーモア感覚をしているな」

「それじゃあ本当に、イブン・シャジャラットは不老不死のヒト族なのか？」アメスがたずねる。

「まあ、ある意味では」ファセスは言葉を濁した。

「もうすぐ会えます。そうすればすべて明らかになりますよ」

「そう願いたいな」シカンダイルルが不満げに言った。

真ん中の島には、穏やかな景色が広がっていた。森に包まれた低い丘が、いくつも連なっている。起伏はなだらかで、いちばん高い頂上でも二ジャルくらいだろう。ホドキン族やシレ族風の家が二十軒ほど集まった集落が、川の近くまで点々と続いている。ということは、台風はめったに来ないのだろう。アレサンデルは三つの漁港にも気づいた。停泊している船が、海に色味を添えている。どの港にも防波堤はなかった。

ファセスはしばらく無線で呼びかけていたが、やがて飛行機は着陸態勢に入った。

そのときアレサンデルは不思議なものに気づいた。陸地の奥に三、四ジャル行った谷の底で、くすんだ金属製の巨大なドームが火口状の穴をふさいでいる。直径は少なくとも九百リスク、ヒト族の数え方なら三百メートル近くになるだろう。隣には工場らしき建物、さらに少し先には増築中の宮殿を思わせる巨大建築物もあった。アレサンデルは未だかつて、こんなものを見たことがなかった。

彼は指さした。

「信じられないな。何だ、あれは？」

「あなたがたがここにいる理由ですよ」とファセスは答えた。

シカンダイルルは前に身を乗り出し、動くほうの腕状突起をホドキン族の狭い肩に置いた。

「どういうことだ？　もっとはっきり言え」

けれどもファセスは、それ以上詳しい話はしようとしなかった。独り子《ロシル》の腕状突起が肩のうえで引きつった……やがてシカンダイルルは、締めつけていた腕状突起を緩めると、シートのうえで身を縮めた。

シェタンは胃が喉もとまでせりあがってきたような気がした。一瞬のち、飛行機が着陸した。

「ブラヴォ」とシェタンはコアンダリュウムに言った。

「見事な操縦ですね」

「カーゼのプランに沿ってこの水上飛行機を作ったの

は、このわたしですからね」彼は自慢げに答えた。「いろいろ役に立つんです。魚の群れを見つけたり、島のあいだを行き来したり、ラジオビーコンを巡視したりするのに」

「島はたくさんあるんですか?」

「二十ほどです」

「それじゃあ、まさしく列島ですね」

「ほかの島はもっとずっと小さいし、かなり離れているものもあります。けれどもアパランタ島を取り巻く四つの島には、定期便が出ています」

シェタンはもの思わしげにうなずいた。飛行機は滑走路の端の、格納庫にしまわれた。溝の深いタイヤのついた自動車が、前に止まっている。格納庫が鉄板製のところからして、金属は豊富にあるらしい。島民はきっと鉱山を見つけたのだろう。アパランタ派信者が追い求めている楽園アパランタ島が、神話のなかでどう描かれているかをシェタンは思い出した。鉄やアルミニウム、銅で舗装され、野獣のいない庭。地の果てのむこうにある場所。そこでは時間の流れが止まり、そこですべての種族は創られた。アパランタは第五福音教徒《エスコバリアン》の言うエデン、対蹠地世界、二つの大河の源流など、あらゆる伝説的な国を指し示す原型的な場所となった。

コックピットがひらいて、順番に外に出た。シェタンはアスファルトに足をつくと、手足を伸ばした。コアンダリュウムは、溝の深いタイヤのついた無蓋の車に飛び乗った。車は奇妙なデザインをしていた。一見すると、ヒト族風だけれど……

「宮殿におつれします」とコアンダリュウムは言った。「あなたがたが着いたことは、カーゼも知っています。けれども明日までお会いできないと、無線で知らせてきました。申しわけないと言ってます。軽食と冷たい飲み物を、お部屋に用意してあります」

シカンダイルルはささっと指を複雑に動かし、感謝の意を示した。彼らの旅は二カ月間続いたのだ。あと一日、長かろうが短かろうが、大した違いはない。それでもシェタンは、少しばかりフラストレーションを感じた。

　みんな車に乗りこんだ。ダッシュボードのハンドルは、小さくたたまれている。コアンダリュウムはハンドルに触れず、慣れた手つきでパネルを操作して行先をプログラムした。車は小さく振動しながら、音もなく動き出した。そして滑走路を離れ、高木状のサボテンが両脇に生える道に入った。サボテンに混じって松の木や、受け皿のかたちに剪定した青っぽい灌木も生えていた。

　陸地の奥に入ると、島にいるという感覚はたちまち薄れた。畑と草原が交互に続くあいまに、原始林が広がっている。オレンジ色や白い毛並の尖頭山羊《シヴァーニュ》が草を食んでいた。車は干し草を積んだ二台のトラクターとすれ違った。運転していたシレ族の子供が、シートのうえから背伸びをして挨拶をした。道の端を歩いている者たちも、彼らが通るのを興味深げに眺めている。なかにはかごを背負った山羊を、こちらにむかって押しやる者もいた。

　アレサンデルは手を額にあてた。

「一杯やりたいところだな。できれば酒がいい」

「喉がかわいているのか？」アメスがエンジン音に負けじと声を張りあげ、そうたずねた。

「いや、それはおれにとって、なんというか……《遮蔽》みたいなものさ」アレサンデルは景色をそっと抱くような身ぶりをした。「なにもかもが、まるで天国みたいじゃないか」

「どんな共同体でも同じですが、わたしたちにも緊迫の時期があります」とコアンダリュウムは答えた。「アパランタは島ですからね。狭い土地のなかでともに暮らさねばなりません。そこがアパランタのいいところであり、悪いところでもあるんです」

今のところ、シェタンはいいところしか見ていなかった。彼女はほとんど宗教的な高揚感に包まれた。わたしは探し続けていたものを、ついに見つけたのだろうか？

車は首都と思しき町に入った。大きくて広々としている。シェタンはすぐにその特異性に気づいた。三種族がすべて、町の代表者らしい。日常の表示板は三種族の言葉で書かれているが、それぞれの種族が暮らす特別な地区があるわけではない。手入れの行き届いた切妻の家々からは、ゆったりとした暮らしぶりがうかがえる。しかし大陸の町のように、移民を呼びこもうとしてことさら豪奢を競うという感じではなかった。家の隅がホドキン族風に丸みを帯びているのは、沖から吹きつける突風を逸らすための工夫だろう。

「気づいただろ？　公共の建物が堂々としているのに」とアレサンデルが指摘した。

彼の言うとおりだった。工場、倉庫、屋内常設市場、各種店舗、それに寺院も。シェタンは第五福音教《エスコパリスム》の大きな教会があるのに気づいた。鐘楼に石造りの柱、アーチ形の広い入口が特徴的だ。その少し先には、正面に輝く二つの円が彫刻された太陽《ヘリアル》崇拝教の寺院まである。

「イブン・シャジャラット崇拝がほかの宗教を排斥しないってことが、少なくともこれで確かめられたわね」とシェタンは冗談めかして言った。

「イブン・シャジャラットは自分を神格化する誘惑と、常に戦い続けたんだ」とアメスが言い返した。

「でもそれって、あまりヒト族らしからぬ態度に思えるけど……」

彼らは宮殿に到着した。すぐ脇にある巨大な金属ドームは、島全体の中心点らしい。宮殿は尖った屋根のついた、大きくて見晴らしのいい五階建ての建物だった。きっちりとした輪郭が、今まで彼らが見ていた正面の丸く張り出した流動性と好対照をなしている。窓を縁どるアーチの効果か、それぞれの階が下の階にもたれかかるような感じだ。一階に大きくひらいた窓からは、たっぷり陽光が入った。けれども一階は地面からゆうに一メートルの高さがあり、そこへ行くまでにまずスロープをのぼらねばならない。いったいどの種族がこれを建てたのか、シェタンには判別できなかった。どうやら、ほかの者たちも同じらしい。

「ここにカーゼは住んでいるんですか?」

「こもりきりと言ってもいいくらいです」

車が中庭に入り、瓦をはめこんだ石のスロープの前に止まった。二人のヒト族が、扉の脇に立っている。彼らは制服を着て、腰には拳銃を下げていた。この島で武器を持った者を目にするのは、これが初めてだった。

アレサンデルは車からおりると、眉をひそめた。

「おや、何か振動を感じないか?」

シカンダイルルは腕状突起を聴道にあてた。

「モーターが低くうなっているような音が聞こえるな。むこうにある、工場みたいな建物から来ている。何をしているんだ?」

シカンダイルルは巨大なドームの隣を指さした。それは一辺が六十リスクもある四角いコンクリート製の建物で、細長い小さな窓がいくつもあいている。脇にはケーブルにつながった発電機が置かれていた。

「おもな役割は空気の吸引です」とコアンダリュウムは説明した。「施設に必要な電気は、ソーラーパネルによって発電されています。絶えず作動しているので、存在すら忘れてしまうくらいです。もし今、止まったら、みんなすぐに気づくでしょうがね。あなたがたも、そのうち慣れるでしょう。アパランタの南面には風車が並んでいて、島民に電気を供給しています」

けれども彼は、こんなに大きなポンプが何に使われているかは明かさなかった。島が沈んでしまわないよう、基部に空気を送りこんでいるのだろうか? 下に穴のあいた巨大なブイに、空気を入れるように、とシエタンは思った。いや、違うわ。それはきっと、あの謎めいたドームと関係あるはずだ。説明はカーゼ本人の口からなされるのだろうと、みんな思っていた。彼らは皆、釈然としない気持ちを抱きながら、じっと待つしかなかった。

二人のシレ族がやって来て、彼らを玄関ホールに案内した。武装した二人のヒト族は、一行が脇を通ってもじっと前を見ていた。

「宮殿は役所と議会の役割も果たしているんです」とシレ族のひとりがアメスの質問に答えて言った。「あなたがたも島に滞在中は、ここで寝泊まりしていただきます。宮殿のなかは、どこでもお好きなように見てください。ただし、カーゼの執務地区は別ですが。あなたがたのお部屋は西翼にあります。ご案内しましょう」

「のちほど、またうかがいます」とコアンダリュウムは去り際に言った。「みなさん、島のようすもご覧になりたいのでは？」

「それはもう、ぜひとも」とアレサンデルは答えた。

彼らは迷路のような広くて人気《ひとけ》のない廊下を抜け、西翼の二階にあるそれぞれの部屋にむかった。天井の高さはシレ族仕様だが、花柄のモチーフや壁を這う刳り型装飾は、シレ族の芸術様式には見られないものだ。窓の外には紫色の花が咲き乱れ、そのむこうに庭が覗けた。どこか病院や修道院のような静けさが漂う場所だった。

「ここは、わたしの知っているどんな建物とも違う」アメスが眼柄をきょろきょろ動かしながら言った。

案内の男は上胸部をわずかに収縮させた。

「今ではほとんど忘れられた、とても古い様式のものですから。シレ族風だと思っておられるのでは？」

「たしかに」とアメス。

「だったら間違いですよ。これはもともとヒト族のものでテ……さあ、ここがみなさんのお部屋ですよ」

彼らはそれぞれの部屋に入った。アレサンデルとシェタンの部屋は隣どうしだった。イャルテル号の客室より十倍は広そうだ。幾何学模様の敷きつめ絨毯が床を覆っている。家具はベッドと戸棚、サイドテーブルだけ。漆喰の壁は輝くように白く、大きなガラス窓は宮殿の中庭に面していた。眼状斑のついた珊瑚樹《ダンドリ》が並ぶ陰になって、取水場も見える。各部屋に黄色い陶器製の浴室がつき、ベッドは広くていい香りがした。クロームめっきした金属製のワゴンには、料理が用意されていた。

シェタンが近よると、ワゴンは目の前まで自動的に移動して、保温トレーのふたがあいた。シェタンは思わず叫び声をあげ、うしろに一歩飛びのいた。いい匂いのする煙が部屋に広がった。

ドアがさっとあいて、アレサンデルがあらわれた。

「きみも気づいたのか？　ワゴンが……」

「ええ、たった今。ありがとう」と彼女はむっとしたように答えた。

こう言い返されて、アレサンデルは動かしかけていた足を止めた。頬が赤く染まっている。みんなして、何週間も狭苦しい船内に押しこめられていたので、プライバシーを守る気持ちが少し薄れてしまったのだ。

「すまない。叫び声が聞こえたような気がしたので……」

「いいのよ。でも、次からはノックしてね」

ワゴンはもう動いていない。

戻りかけたアレサンデルのほうを、シェタンはふり返った。

「よかったら、いっしょに食べない？」

アレサンデルはうなじを掻きながら、自分の部屋に数歩近づいた。

「ワゴン、こっちへ来い」と彼は身ぶりを交えて言った。

ワゴンは命じられたとおり戸口を抜け、静かに彼のそばまでやって来た。アレサンデルはブリキの車体を軽くたたいた。

「十二面体人工頭脳《ドデカエドル》とモーターを、天板の下に取りつけてあるんだ。シレ族のアイディアだな。でもシレ族の機械は普通、モニターやデータ処理システムを収めるため、もっとかさばっているんだが……」

「まるでハンロルファイルが話してるみたい」シェタンは冗談まじりに言った。「彼だったら食べ物より、下の機械のほうに関心があるでしょうね」

とりわけ、今はそうだろう。ハンロルファイルは生殖段階に入ってからというものほとんど口をきかず、息をするのも控えているかと思うほどだった。ハンロルファイルの体内から何かおかしな音が聞こえないかと、シェタンは何度も耳をそばだてたほどだった。ハンロルファイルは体の内側からどろどろと溶け出し、錬金術のように不思議な変容を遂げて新たな形に作り直されているのではないか。馬鹿げた考えだが、シェタンはそんなイメージを抱かずにはおれなかった。

「まったくすごいな。頭がくらくらしてこないか？」アレサンデルは感嘆の声をもらした。「ここが本当に伝説のアパランタではないにせよ、ほとんどそれと変わらないくらいだ。今朝はみんな、もうだめだとあきらめかけていた。なのに今、夢にも思わなかった贅沢に囲まれているんだから」

「たしかにすごいわ……でもまだ、いくつかの疑問点が残っている。だからわたしは、心から喜べないの。カーゼは不老不死だとされているけど、そんなことありえないわ。寿命を延ばすことができるのはホドキン族だけだってことは、大先生じゃなくても知ってることよ。わたしたちヒト族には絶対に無理。代謝の仕組みが彼らとは違うんだから。それに、わたしたちがここに連れてこられた理由もまだわからない。さらには……」

「まあ、たしかに。ところで、お腹はすいてないのか？」

「えっ？　ああ、そうね」

アレサンデルは壁際にあった椅子を引いて、ワゴンの前に腰かけた。美味しそうな香りが立ちのぼってくる。シェタンも一瞬、迷ってから、にっこり微笑んで同じようにした。彼女はフォークを鼻先にかざした。

「わたしはね、わからないことがあるといらいらするの。この先、何が待ち受けているのか、知りたいのよ」

「驚かされるのは嫌いなのか？」

「ともかく、驚きを押しつけられるのはね。ボードのマス目をあっちこっちと動かされるフェジイの駒になるなんて、考えただけでもぞっとしないわ。わたしたちは初めから、どこか知らない目的地にむかうレールのうえを進んできたのよ。わたしたち今まで、いくつもの分岐点を通ってきた。ずっと自分たちの意思で選んできたつもりなのに、結局すべてはその目的地に近づく道だった」

「おれたちにとっても、それでよかったのでは？」

「そうね」とシェタンはしぶしぶ認めた。「だからこそわたしは、そんなふうに狭い硬直した目で現実を見るのが耐えられないの。でも、あなたのほうがどうかしているわ。まったくフラストレーションを感じていないみたいで」と彼女はつけ加えた。

アレサンデルはちらりと皿に目をやった。魚とおろし野菜の胡瓜酒《キュキューム》ソース煮が盛ってある。彼は焼いたパンをひと切れつかむと、料理に浸した。

「シレ族の二人に対しても、同じように感じてるのか？」

「いいえ、まったく」

シレ族ならそれも当然だけれど、あなたはヒト族だもの、アレサンデル、とつけ加えかけた。でも最後の点については、ずっと確信が持てずにいた。ふと、妙な考えが脳裏をかすめた。彼がもっとヒト族的な感覚に戻れるよう、わたしは何かしてあげただろうか？

シェタンは三口目を食べたところで、ようやく煮込みがどんなに美味しいか気づいた。料理に添えてある甘草風味のビールはとても軽いので、アメスでも悪酔いを心配せずに飲めそうだ。デザートはリンゴの蜂蜜漬けだった。

そのあとは二人とも、それぞれの思いに浸りながら食事を終えた。沈黙のなかには、声にならない言葉がつまっていた。彼を部屋に入れたのは間違いだった、とシェタンは思った。湧きあがる怒りが、オーラのように彼女を包んだ。

ともかく、彼に飛びついたりしてはだめ。わたしと同じヒト族だってことを、彼に証明してやろうなんて思わないこととシェタンは自分を戒めた……でも、よく考えたら、そんなにいけないことかしら？

いつもなら、シェタンはためらわず自分からイニシアチブを取った。せっかくの機会を、みすみすのがすようなことはない。アレサンデルは昔の恋人たちと比べても、かなり魅力的なほうだ。彼の表情からは何も読み取れないが、無表情じたいが混乱の証だ。シレ族の仮面のうえに被った《ヒト族の仮面》を、もう制御しようとしていない。

馬鹿ね、彼を責めてはいけないわ。法螺鳥《コックヴリル》が法螺鳥《コックヴリル》だからって、文句をつけるようなものだ。

《地の辺》市にむかう沿岸航行船で出会った伝道師の記憶が、脳裏によみがえった。正しい道へ引き戻すという口実で、言い寄ろうとした男だ。あのときシェタンの怒りは伝道師にではなく、自分自身にむけられていた。彼女はそれに気づいて、ぐっと堪えたのだった。するとと怒りはすぐに消え去った。

シェタンはビールをひと口飲むと、ワゴンを押し戻して伸びをし、鼻をくんくんさせた。

「このひどい臭いは、食べ物じゃなさそうね」と彼女は直截に言った。「どうやら、臭っているのはわたしみたい」

アレサンデルが立ちあがった。

「おれたち二人ともだ。コアンダリュウムが迎えに来る前に、ひとっ風呂浴びたほうがよさそうだな」

シェタンの頭にあけすけな考えがちらりと浮かんだが、彼女はそれをすぐに追い払って、ただひと言「それじゃあ、またあとで」と言っただけだった。

隣室に通じるドアが閉まると、彼女はさっそく浴室に入って服を――ボロ着をといったほうがいいだろう――脱いで、バスタブに体を浸した。

ふと見ると、バスタブや壁と同じ薄黄色をした陶器製の回転ノブがある。ノブを回すとすぐに、天井から温かいお湯が吹き出た。シェタンは思う存分シャワーを浴びた。昨日も海で水浴びをしたけれど、こびりついた垢を落とすには足りなかった。小瓶に入った液体石鹸もあった。彼女はまず髪を洗った。全身を洗ってきれいにすすぐと、水を撥ねかけないように気をつけて浴室を出た。タオルにくるまり、着ていた服は浴槽に放りこんで洗った。ブラッシングは十五分も続いた。

ここ数週間来、初めて壁の鏡に自分を映した。肋骨が浮いて見える。お腹にうっすらとついていた脂肪のたるみは、あとかたもなく消えていた。しかし切り傷や青痣だらけの肌は、強く引き締まっていた。シカンダイルルは皆を巨犬《カルベ》の群れになぞられていたけれど、ひどく痩せこけた巨犬だと言わざるをえないだろう。

もしやと思って、シェタンは部屋の隅にある戸棚をあけてみた。ハンガーにかけた服が、ずらりと並んでいる。彼女は大喜びで濃紺のミニ・サリーと革のサンダルを選んだ。色とりどりのブレスレットもあったが、それには手をつけなかった。

控えめな銅鑼の音がドアから響いた。

「どうぞ」

それはコアンダリュウムだった。

「ああ、服を見つけましたね」と彼は満足げに言った。

「遠慮なく……」

「いいんですよ。着ていただくためにご用意したのですから。よろしければ、アパランタ島をご案内しますが。それともお休みになりたいですか？」

「いえ、疲れてなんかいません。それに、料理もおいしかったです」

「あなたが誉めていたと、コックに伝えておきましょう……それでは、いっしょにいらしてください」

全員が参加していた。アレサンデルはあせた黄色のゆったりしたズボンと、肘を紐でしばる、少しだぶついたシャツに着替えていた。アメスや独り子《ロシル》、言葉少なげなハンロルファイルもめかしこんでいる。アレサンデルは、まるで初めて見るみたいにシェタンを見つめた。シェタンは肩甲骨のあいだがちくちくするような感じがした。

彼らは電気自動車に乗りこんだ。コアンダリュウムはマニュアル運転で海岸にむかった。

「ドーム以外はすべてお見せします。ドームについては、カーゼがご説明します。あれはすべて、カーゼによるものですから」

「聖人たちよりは神とじかに話せってこと？」とシェタンは、皮肉っぽい口調で冗談を言った。

コアンダリュウムは一瞬考えたあと、平然と答えた。

「そのとおりです」

森林はアパランタの三分の一を占めていた。木はどれも樹齢五十年を超えていないようだ。つまり、カーゼがアパランタにやって来たあとに植えられたということだ。アワツキムシや大型の猿鼠《ラットサイ》が木々に群がっていた。カーゼは生態系をそっくりここに移入し、うまく定着させたらしい。

「わたしたちが飛行船で流れ着いた島には、先住者の痕跡があったが」とアメスが切り出した。「あれは何者だったのだ？」

シレ族は胸筋を動かし、わからないという意を示した。

「わたしが飛行機であの小島を見つけたときは、もうずっと前から誰も住んでいませんでした。おそらく遭難者でしょう。商用飛行船と海賊との戦いが、たくさんありましたから」

　沿岸道路沿いに、いくつも集落が続いていた。住民は皆、愛想がよさそうだが、出会った者たちとゆっくり話す暇を、コアンダリュウムはほとんど与えてくれなかった。シカンダイルルがいちばん注意深く観察していた。島の総人口は五万ほどで、五つに分けられた地区に分散している。カーゼが長い旅行の末に帰還したとき、一緒にやって来た者たちの子孫だ。シカンダイルルはさっと聞きとがめた。

「帰還というのはどういう意味だ？　カーゼはこの島の出身なのか？」

「いいえ」とコアンダリュウムはあわてて言った。

「彼はもっと遠いところから来ました。時間的にも空間的にも」

　こんな答えでは疑問が増すばかりだと、コアンダリュウムも気づいたのだろう、彼はそれ以上何も言わなかった。

　島をぐるりと一周する街道を除けば、ネットワークの中心は宮殿と金属製のドームだと、皆にもよくわかった。アパランタはいわば小型の三種族共同棲域《エリア》だった。村々には三種族が共存している。けれどもそれは、三つの居住地区がはっきり区別されている三種族都市《アンフィポール》とは違っていた。ここではすべてが混然一体となっている……しかも不思議なことに、とてもうまくいっていた。かつて多くのユートピアが、流血のなかで終わりを迎えた。だから厳しい管理もなく異種族を共存させるのは、グルセリンや硝酸、硫酸を混ぜ合わせるに等しい軽率な行為だと誰もが認めているのに。

　島巡りは続いた。コアンダリュウムの隣にすわっていたシェタンは、突然彼の指をたたいた。

「ほら、あの漁港。あそこに少し止まってもらえるかしら?」

「もちろん、いいですよ」

港は二つの鉤型堤防に囲まれていた。港内に十ほど並んだ浮き橋は、低喫水の船しか来られない浅瀬の底板にしっかりと杭で固定してあった。およそ半分の漁船が、そこに舫ってある。船体はどれも、青と灰色に塗られていた。黒くて四角い帆を掲げた船もたくさんあった。あれは柔軟性のあるソーラーパネルなんです、とコアンダリュウムが説明した。カーゼが群島の住民のために考案した発明品のひとつだと。ハンロルファイルがあれこれ技術的な質問をした。コアンダリュウムはあまり答えられなかったが、ハンロルファイルが自ら話し始めたのを見てシェタンは嬉しくなった。

埠頭に積まれた大きなかごには海藻の残骸がこびりつき、潮の匂いを発する壁を作っていた。そこに手押し車が立てかけてある。沖合には、アパランタ島を囲む四つの島のひとつが、うっすらと小さく見えた。けれども、みんな車からおりるや海に背をむけ、埠頭に沿って並ぶ家々を眺めた。魅力的な小村といったところだ。

こんなつつましい村でも、三種族が混ざって暮らしていた。目をあげると、洗濯物をかける紐が空に縞模様を作っている。紐はヒト族の家の窓から窓へ渡されていた。シェタンはふと気づいた。紐にかけた服を、ハンロルファイルがじっと見つめている。まるでそれが、なめした皮であるかのように。

すぐに港の責任者が、一行を出迎えにやって来た。シレ族の女で、体節には刺青らしい模様を入れている。シレ族の女はハンロルファイルをきっぱりと無視した。

「それじゃあ、あなたがたでしたか。カーゼが選んだのは」シレ族の女は紹介がすむと言った。

シェタンが驚きを見せると、女はやはり刺青の入った二本の指をぱちんと鳴らした。

「ここではみんなが知っていることです。アイユールが立ち去ってもかまわないって者も、そりゃたくさんいるでしょうけれど」女は打ち明けるように言った。

「どうして？　あなたはカーゼの計画をよく思っていないと？」

コアンダリュウムは眼点を曇らせたが、シレ族の女は気にしていないようだった。

「たしかにカーゼはわたしたちに、豊かで安心な暮らしを与えてくれましたよ」女は腕状突起の先をソーラー帆船にむけた。「でもわたしは、汎回教《パンスラム》の教えに基づいて精神鍛錬を心掛けてますから。汎回教の神はひとりだけ。でもそれはカーゼではない……神様と同じくカーゼにも、会ったことはありませんけどね」と女はユーモアを交えてつけ加えた。

シェタンは議論を続けたかったが、コアンダリュウムが困り始めているようなので、あきらめるしかなかった。

一行は飛行場の前を通った。アメスは半分しぼんだ小さな飛行船が、楕円形の格納庫の陰に隠されているのに気づいた。

「あの飛行船は何に使うんだ？」

「ときには大陸に行かねばなりませんから。わたしたちは辺土に暮らしていますが、ほかの世界とまったく無関係ではいられません。島の議会が移住を認める者もいます。たいていは技術者や農業の専門家ですが……彼らは家族を連れて、そっと島にやって来ます。飛行船の航行範囲には、スタッドヴィルも含まれています。カーズはそこに、あなたがたを迎える係員を配備してありました。あなたがたが自力で、というかほとんど自力で到着したことを、係員に連絡しなくてはなりませんね……」

皆、驚き顔で目を見合わせた。もともとの目的地だったスタッドヴィルも、ここから遠くないのだ。彼らはもう、ほかの世界から手の届かないところにいるのではない。すっかり忘れていたことだけれど。

夜になった。さわやかな微風が吹き始め、シェタンの薄衣を震わせた。家々には電気が通っていたが、海賊に狙われるのを恐れてか、通りに街灯はなかった。それでもコアンダリュウムが車を止めると、宮殿の明かりが灯った。

彼らは一階の広間で夕食をとった。広間には彼らのために花が飾られ、コアンダリュウムとファセス・キントも同席した。夕食のあと、二人は皆をそれぞれの部屋まで送った。

数分後、アレサンデルがシェタンの部屋をノックした。

「どうしたの？」

「みんなで話し合いをすることにした」とアレサンデルはささやいた。「きみも来るか？」

「どのみち、気が立って眠れそうにないもの。いっしょに行くわ」

彼らはハンロルファイルの部屋に集まった。おもむきは変態《メタモルフォーズ》のようすを聞くためということになっていたが、そちらは順調に進んでいた。集会の本当の目的は、昼間見たことについて意見交換をすることだった。盗み聞きされているかもしれない、とシカンダイルルが注意をうながした。

「おれたちをスパイしてるっていうのか？」アレサンデルがたずねる。

いずれにせよ、カーゼはすでに皆のことをよく知っているようだ、とアメスが指摘した。

「われわれはここに呼び集められた」とシカンダイルは言った。「でも何を命じられようが、従う気はないね。無理強いされるのは嫌なんだ」

アレサンデルは肩をすくめた。

「おれたちに選択の余地があるかい？　もちろんおれ

たちは囚人じゃない。でも行動の自由は、たしかにとても制限されている。あちこちに監視員がいるのを見たぞ」

「選択の余地はある」と独り子《ロシル》はきっぱりと言い返した。「少なくとも、あたしにはある。ここじゃカーゼは神みたいなものらしい。だったらそいつを意のままにすれば、アパランタはわれわれのものだ」

シェタンはくすくすと笑った。

「先走っているわよ。あなたがリーダーじゃないんだから。わたしたちでもない。フェジイの試合は終わっていないのよ」

シカンダイルルは腕状突起をすばやく巻いたり伸ばしたりした。

「それならこの場で決着がつけられる。あたしの部屋に競技台《クサイルン》があるから。調べてみたら、イブン・シャジャラットの駒もあった。おまえに受ける気があるなら、試合を終わらせよう。あたしとおまえの試合を」

シェタンは心臓が胸から飛び出しそうになった。恐怖がこみあげてくる。けれども彼女はうなずいた。

そこはハンロルファイルの部屋とよく似ていた。シカンダイルルはサイドテーブル代わりになっていたボードをひろげた。ボードの下には標準的なゲームの駒が並んでいて、なかにイブン・シャジャラットの駒もあった。シカンダイルルは使えるほうの腕状突起を驚くほどすばやく動かし、無人島に到着する前にあったとおりの位置に駒を並べた。

「さあ」とシカンダイルルは言った。「おまえの番だ」

ほかのみんなはベッドや椅子にすわって、観戦している。シェタンは中央ボードを見つめた。小島で彼女に訪れた啓示のなかに、もう一度身を置こうとしながら。可能性の木を取り戻すのだ。

木はたしかにそこにあった。手を伸ばせば、ほとんど触れるくらいに。乱雑に絡み合う何百万本もの枝は、すべて敗北へむかっている。そのなかから、勝利をもたらすたった一本の小枝へと至る道筋もはっきりと見えた。いっそ忘れていればよかった。自分がそう思っていたことに、シェタンは気づいた。けれども忘れるなんて、彼女には許されなかったのだ。

シカンダイルルは勝利に値する。わたしなんか、まぐれ当たりにすぎないんだ。

この啓示が訪れるまでは、たしかにそうだった。しかし今となっては、負けるには遅すぎる。

シェタンにはシカンダイルルの弱点が見えた。他者を強圧することで隠されている、自らに対する弱点が。フェジイは今、神聖な試練というもっとも重要な次元をあらわした。関係性のゲーム。そこでは他者を深く見つめ、おのれに勝たねばならない……あらゆる種族《レース》を超越した意識の本質そのものに迫らねばならないのだ。

シェタンは注意力を集中させ、葦槍《ヘエ》のように鋭く尖らせて、迷うことなく駒を動かした。彼女は敗者たちの補助ボードを包囲し、たちまちシカンダイルルを致命的な円のなかに追いこんだ。独り子《ロシル》は、イブン・シャジャラットにかけていた手を緩めざるをえなかった。シェタンはその機に乗じて背面から攻撃をしかけた。シカンダイルルの主要な駒のうち三つが、一回の手で失われた。

アレサンデルの顔に驚きの表情がひろがった。

「ロリムの陣形だ」と彼はつぶやいた。「でもシェタン、きみはそんなもの知らないはずなのに。そう、もちろん知らなかった。だからこそシカンダイルルも、きみがこんな複雑な動きでやってくるとは思わなかったんだ」

そんな言葉も、シェタンの耳には入っていなかった。彼女はただ、無意識に導かれるがままに打ち続けた。シカンダイルルの絶望的なフェイントを予見し、自分のボードに押し返して、まるで壊疽患者に切断手術を施すように容赦なく駒から切り離した。「空《から》ボード」とシェタンは宣言した。「こう言うって、決まってるのよね？」

シカンダイルルには、まだ六つの駒が残っていた。なかに大駒もひとつある。けれども中央ボードからの撤退は、敗北を意味していた。独り子《ロシル》はイブン・シャジャラットの駒を見つめ、がっくりと頭《こうべ》を垂れた。シカンダイルルを窮地に陥れたのは彼なのだ。シェタンひとりの力ではない。少なくともシカンダイルルは、今、この瞬間そう思っていた。

虚しさがシェタンの心に湧きあがった。とても不思議な感覚だったので、しばらくただぼおっとしていた。まるで誰かを亡くしたかのように、涙があふれそうなのに気づいた。死んでしまったのは、ゲームに捧げた自分自身の一部かもしれない。

試合の終わりが苦しみをもたらすなんて、思ってもみなかった。ずいぶん長いあいだ、ゲームを続けてきたんだ。きっとカジュルも小説を書きあげたとき、こんな辛く胸を刺す虚しさを感じたのだろう。

シカンダイルルは驚きのあまり白くなった眼点をまだボードにむけたまま、そっと立ちあがった。眼点のまわりが、やがて青みを帯び始める。独り子《ロシル》は指を引きつらせながら、腕状突起をシェタンのほうにあげた。

「ボードはおまえのものだ」

できればシェタンは、シカンダイルルにたずねてみたかった。あなたの場合、痛みのなかにも安堵があるの？　その感覚が消え去るまでに、どれほどの時間がかかるの？　数分？　それとも永遠？

アレサンデルが立ちあがって、シェタンの手を握った。

「さあ、リーダーが決まったようだ」

第八部　アイユール

オマルは心が夢見うるものを越えて広がっている。けれども無限は、ありうるものの領域にありえぬものを導き入れる。その外で跳ねまわり、蠢くのは、異形の生き物たちだ。建ち並ぶアパランタの黄金都市には、ひとつしかない目をぎらぎらと光らせる者たちが住んでいる。雲を突き抜け、千ジャルもの高さにそびえる山々。そのうしろになる果実には、命を長らえさせる宝石がはまっている。すべての願いは、どこか遥か彼方の場所で叶えられる。

28

緊張感が朝の空気を重くしていた。五人の仲間たちは中庭の、宮殿に続くスロープの前に控えていた。海風に吹かれ、雲が次々に流れていく。けれどもそれはひとつに寄り集まり、怪しい空模様を作るには至らなかった。

朝食のあと、ファセス・キントが皆を迎えに来た。十名ほどのシレ族衛兵が、枝を揺さぶる珊瑚樹《ダンドリ》の陰にかしこまって並んでいた。彼らが塀代わりになって、見物客を遠ざけているのだ。とりわけシカンダイルルが野次馬たちのお目当てなのは、容易に見てとれた。

シェタンとアレサンデルは互いに寄り添っていた。ヒト族は反射的に群れたがるが、シレ族は逆にできるだけ距離を取った。行動範囲をより広げるというのが、彼らの防衛規範だった。

けれどもわれわれは、直接脅威にさらされているわけではない、とアメスは思った。皆がこんな無意識の行動を取るのは、目の前にいる男のせいなのだ。男は傾いた車椅子に腰かけ、長たらしい自分の名をゆっくりと名のった。「セレル・カーゼ・バルバク・シャジャラット・イブン・シャジャラット……」名前はさらに続いた。飛行船の古い電話機から聞こえてくるような、くぐもった声だった。

「みなさんの部屋は、イャルテル号の一等客室には匹敵しないでしょうが、気に入っていただければと思います」と男は締めくくった。

おもてなしに感謝します、とシェタンは礼を言いながら、相手をじっと観察した。

外見からすると、ヒト族のようだ……車椅子につながった機械の隙間から覗く限りでは、少なくともそう見えた。体型は壮年のヒト族男性で、蠟のような肌と、黒く光る目をしている。上半身を支える脚は腿のところで切断され、そこからごちゃごちゃとケーブルが伸びていた。左腕は肘かけに置いているが、右腕はなかった。

シェタンもほかの仲間たちも、これがいったい何者なのか——いやむしろ、これがいったい何なのか——まったくわからなかった。

シェタンはひげのない、少しむくんだその顔をじっくりと眺めた。目じりの皺や肉のたるみからすると、六十歳くらいだろう。まるで罠の首輪が食いこんだみたいに、喉に白っぽい傷跡がある。ぴったり左右対称の顔は、どことなく見るものを不安にさせた。男は微笑んだ。けれども俗っぽいその顔には、シレ族のような無表情しか浮かばなかった。家畜人《エレラク》だったのだろうか？

男が醸し出す雰囲気は、今にも壊れそうな、ひびの入った陶器を思わせた。ぴんと指で弾いただけで、ばらばらになってしまいそうね。

「わたしの顔を見ていますね？」とカーゼは、マスク越しのような奇妙な声で言った。「申しわけない。もう長いこと、顔の筋肉が動かなくなっているのでね。声帯も同じだ。すっかり老朽化してしまい、とうとう酸素吸入も効果がなくなってしまった。要は材料の損耗ということです。ここ最近は、劣化のテンポが早まっている。だからあなたがたは、ちょうどいいところに来てくれたのです」

ハンロルファイルがシェタンに近より、耳打ちした。「ほら、あの機械、あれが彼の生命維持装置なんです。少なくとも十個の十二面体人工頭脳《ドデカエドル》がつないである。いっぺんにこんなにたくさん使うなんて、今まで見たことがない。妙ですよ、これは。何か不可解なものがありますね」

シェタンはうなずいたものの、そこからどんな結論を導き出せばいいのか、やはりわからなかった。彼女は咳払いをすると、耳の遠い老人に一生懸命話しかけるように大声で言った。

「あなたの歳ほど、長生きできるヒト族はいません。あなたが何者なのか、蒸し返すつもりはないけれど……」

カーゼは訪問客たちを冷たい目で見まわした。

「あなたは、わたしがイカサマ師だと思っているのでしょう。それは無理もない。あなたは知性を働かせ、そして正直に疑いを表明した。『幻想』と題したわが自伝のなかで書いたように、おそらくわれわれはオマルに集められたのだ。《われわれ》というなかには、すべての棲域《エリア》に住むすべての種族《レース》、大棲域と呼ばれるなかの者たちが含まれている。われわれがオマルに集められた唯一の目的、それは自意識を持った生物の心を苛む疑念をあらわにし、そうした疑いの心から確信を作り出すことなのです」

男の目がくるりとまわってアメスにむけられた。

「あなたの自伝の三百六十三ページに、一語一句そのとおりに書いてありました」アメスは《遮蔽》に入るまでもなく、はっきりとそう言った。

「そんなもの、暗記すればすむことだ」とシカンダイルルが口をはさんだ。「あんたが書いたという証拠にはならないだろうが」

「たしかに」とカーゼは認めた。「どのみち著者だからといって、自分が書いたものをほとんどすべて覚えているだろうか？　カジュルなら、そんなことはないと答えたでしょうね」

「あなたはわざわざ、疑いを抱かれるような議論をしている」とシェタンは指摘した。「つまり、何が言いたいんですか？」

カーゼは即座に答えた。

「わたしが本当は何者なのかだ。シェタン、あなたの言うとおりだ。どんなに長寿なヒト族でも、わたしほど長くは生きられないだろう。不死者《シャドレ》のなかにだって、四百年以上生きた者はいない」カーゼはそうつけ加えて、アメスをじっと見た。「わたしの年齢は、あなたが想像しているよりずっと多い。わたしはアンドロイド、ヒト族型のロボットなのだ」

「まさか……」

「嘘ではなさそうです」とハンロルファイルが言った。「彼は生物ではありません」

そのとおりだと言うように、シカンダイルルは体を痙攣させた。独り子《ロシル》もハンロルファイルと同じように、カーゼがヒト族の臭いも、どんな有機的な臭いも発していないのに初めから気づいていた。

やがてアレサンデルが疑問を投げつけた。

「暗にあんたはヒト族に作られたと言っているようだが、それはありえない。考える機械を作れるのはシレ族だけだ。十二面体人工頭脳《ドデカエドル》だって、自意識を備えているわけじゃない」

「わたしはあなたがたの言う機械の定義に、必ずしも合致しているわけではありません。しかしかつてヒト族は、意識を備えた考える機械を作っていた。オマルに各種族《レー》がやって来る、ずっと以前に。だがわたしを作り出した技術も、ほかの先進技術同様、オマルの人口爆発とともに失われてしまった」

「つまりあんたが生まれたのは、オマルができたよりも古いっていうのか？」

「そうではありません。オマルは作られて十万年になるが、わたしはもっとずっと新しい。今から数千年前には遡りますがね。移民の宇宙船がオマルに到着したのが、約千五百年前です。わたしはオマルの外にある、ヒト族の植民地惑星のひとつで作られた。言ってみれば、生きた化石なのです」

アレサンデルはまたしても、わけがわからないという顔をした。

「化石?」

カーゼははっと気づいたらしい。

「もちろんあなたがたには、何のことだかわかりませんよね。あなたがたにオマルの話をするのは、思いのほか簡単ではなさそうだ。それに惑星や銀河、星、創建者の門の意味を理解させるのも。外宇宙の存在を認めずに、今までずっと暮らしてきたのですから」

「星の意味なら知っていますよ」とハンロルファイルが言った。

「ええ、あなたにとって、それは理論的な概念にすぎません。そこに一貫性を与える宇宙のモデルから、切り離されたものなんです。モデルが森なら、オマルは森を隠している木だ」

シェタンはアメスをふり返った。

「ともかく、長生きに関しては完全にあなたの負けね……」

「記録を競うことが、わたしの目的ではない」アメスは中腕を胸の前で組み、大真面目な顔で皮肉を返した。

アレサンデルは入口に顔をむけた。

「ワゴンは自動的に動いたが、あれもヒト族がオマルに来る以前のものなのか?」

「もちろん、そうではありません。過ぎ去りし昔を懐かしんで、復元したのです。わたしが乗船したときにあった道具の、できの悪いコピーにすぎない。どんな機械も長年の損耗や腐食には耐えられない。たとえわたしと同じように、部品が壊れるたびに取り替えていてもね」カーゼは再びアメスに目をやった。「最後には時が勝つ。それは生物の体についても同じです。細胞だっていつかは事故による損傷、病気、修復しがたい不調の犠牲になる」

不死者《シャドレ》はあえて何も言わなかった。

「それであたしたちに、何をして欲しいの?」とシカンダイルルはたずねた。「どうやってあたしたちを言いなりにさせるつもりなの」と、本当なら言いたいところだった。

「あなたがたに期待しているのは、誰にもなしえないことだ」とカーゼはからかうように答えた。「同盟を結ぼう。わたしのほうからは、約束したとおりのものを提供する。あなたがたには、英雄的《ヒロイック》な大義のために尽くしてもらいたい」

シェタンはアレサンデルのほうをちらりと見て、反応をうかがった。今のところアレサンデルは、シレ族に劣らず無表情だ。

カーゼが話を続けた。

「しかしその前に、われわれの前にそびえるあのドームに何が潜んでいるのかを、明かさねばなりません。そしてわたしがこの半世紀、ドーム内部の気圧をほとんどゼロに保ち続けているわけも」

カーゼは一本だけの手で、車椅子の肘置きについたほとんど見えないコントロールボタンを押した。すると車椅子が動き始めた。

彼らはカーゼのあとについて短い通路を抜け、ドームの脇にぴったりとくっついている四角い建物へとむかった。ファセスの服と同じくらい色鮮やかな幹をした、背の低い青樹《エラスメ》が、道に沿って植わっていた。

鈍い振動が強まった。カーゼの車椅子を先頭に、ポンプ場の入口へ進むあいだに、シェタンは彼の自伝から引用したという一節を思い返した。

《わたしたちはたくさんの疑念が唯一の確信に通じるよう、オマルに導かれた》でもカーゼが言わなかったのは、それがいかなる確信なのかだ。その目的を達成するため、どうしてこんなにも多くの生物、無生物を浪費しなければならないのかも、彼は説明していない……時間だってかかるわ。彼が主張するとおり、わたしたちがこの世界にやって来た目的が、自己を高め、世界を理解することだとしたら、いったいなぜこんなにも多くの時間を、食べたり眠ったり排泄したり、そして戦争をしたりすることに費やしているのだろう？

ポンプ場に到着したところで、シェタンは物思いから覚めた。そもそも、答えなんかないのだろう、と彼女は思って肩をすくめた。そのほうがいいんだ。哲学者も預言者もオマルに暮らす生き物たちの運命について考えることで、まだあと数世紀は忙しいだろうから。

衛兵たちが、建物の一面すべてを占めようかという大きな鉄扉をあけた。一行は戸口に立ち止まり、空気を吸引する巨大な三基のポンプを眺めた。圧縮機の動悸がシェタンの胸郭を震わせた。シュッシュッシュッという空気音が、太いチューブに反響している。チューブはポンプ場に隣接するドームにつながっていた。施設は古びていた。建設されたのは、ドームと同じころなのだろう。

「二基のポンプが必要でして。三基目はトラブルに備えて、最低限のメンテナンスをしているのです」

シェタンは緩やかにカーブするドームの腹部を目で追い、開口部を探した。なかに何が隠されているのか、覗けるのではないだろうか。けれどもそんな丸窓は、ひとつも見あたらなかった。

アメスはもっとも長い中腕を広げた。

「この施設の役割は？」

「ドームの下にいる客にとって理想的な環境を維持することです。半世紀前、客が死にかけていたとき、わざわざ彼のために作ったのです。真空発生装置によって、気圧は大空の五分の一に維持してる。客の健康状態を良好に保つには、あと半分まで下げねばならないけれど、それではドームが持たないんでね」カーゼは先を続ける前に、ひと息つくようなポーズを見せた。

「わたしは客を解放しようと思ったが、それは不可能だろうとわかっていた。わたし自身の老朽化も進んでいたし。有能な者たちの助力が必要だったのです。つまり、あなたがたの」

「客を家に帰すために、われわれを呼び集めたというのか。でも、その客とは何者なんだ？」

「《覇王たち》の話を聞いたことがありますね？　《覇王》というのはヒト族の呼び方ですが。ホドキン族はアエジール、シレ族はノラチュキと呼んでいる。わたしはホドキン族の呼び名を使おうと思う。彼らがとりわけ交易をした相手は、ホドキン族でしたから。われわれの力で、アエジール族との関係を変えられるかもしれません」

アエジール、エーテル層の種族かとアレサンデルは思った。第五福音教徒《エスコパリアン》たちもその存在はしぶしぶ認めているが、昔から彼らは謎に包まれていた。シレ族はアエジールのことを真空の海孔雀《ペラゴンカイ》、大棲域《エリア》を覆う大気層の彼方に住む生きた飛行船と表現している。オマルを作ったという神秘的な創建者《ヴァングク》とアエジールを同一視している者たちもいた。アエジールについては、神話が史実に取って代わっていた。

シカンダイルルはくすくす笑いだした。

「ノラチュキ族はエーテルの海を泳いでいて、オマルの地表には決しておりてこない。高い大気圧に押しつぶされてしまうからな。空っぽの貝殻が、子供の指に挟まれて砕けてしまうように。どんなに無知なヒト族でも、それくらい知っている。なのにおまえは、このドームの下でノラチュキ族が生きているというのか。だったらそいつはどうやって、ここまでやって来たんだ？」

カーゼは苦労して手をあげた。

「たしかにアエジール族は地表の大気圧には耐えられません。われわれが太平湖の底の水圧に耐えられないように。重力もおなじくらい重要な要素です。重力によって骨が変形し、折れてしまうから。幸い、アエジール族は痛みを感じません。さもなければ、頭がおかしくなってしまうでしょう」

独り子《ロシル》はフェジイの試合に負けても、気分を害していないようだ。そうとわかってシェタンはほっとした。ともかくシカンダイルルは、恨んでいるようなそぶりはまったく見せていない。昨夜、シェタンは真夜中に目が覚め、心配になった。もしシカンダイルルが新たなリーダーに逆らおうとしたら、どうなるだろうかと。

いっぽう、シェタンはまだリーダーとして堂々とふるまう準備ができずにいた。でも、ほどなく決定を下さねばならない。カーゼに従うのか、従わないのか?彼女がこの問題を解決できなければ、グループは空中分解して、皆それぞれ勝手な答えを出すことになる。

シェタンはたずねた。

「そのアエジール族の名前は? 男、女、それとも保者? あるいは、もっと別の性があるの?」

「そのすべてと言えるでしょう」とカーゼは答えた。「わたしは男だということにしています。でもみなさんは、お好きなように考えればいい。名前はアイユールと呼んでいます。それが彼の舌から引き出すことのできた、最初のホドキン語だったからです。でも厳密に言えば、名前はありません。解決すべき問題のひとつは、彼とコミュニケーションを取るのが難しいことなのです」

アメスはドームの壁に近より、眠っている巨像の腹を撫でるように手をあてた。

「見てみたいな。窓はついていないのか?」

「窓はありませんが、内部観察のモニターと音声スピーカーがついています」とカーゼは言った。「もっとも、大したものは見えませんがね。ドームの内部に取りつけた画像センサーは建設時のもので、方向回転用のモーターは二十年も前に壊れてしまいました。さあ、こちらからどうぞ。ご自分の目で確かめてください」

カーゼは銅でできた制御台《コンソール》の前に皆を連れていった。圧縮機か発電機の操作パネルだろう、とシェタンは思った。隅が丸みを帯びたモニターが、大きな黒い目のように中央に嵌めこまれている。シカンダイルルはこうした技術について知っていたけれど、海賊船では決して使わせなかった。意思の疎通は声だけで充分だ。

カーゼが合図すると、衛兵のひとりが脇のボタンを押した。モニターが青白く灯って、吹雪のように乱れる画像のなかにゆっくりと形が浮かび始めた。けれども画質が悪くて、ほとんど何が何だかわからない。

シェタンとアレサンデルはいっせいに身を乗り出した。興奮のあまり、喉が締めつけられるようだった。過去においても、こんなに近くからアエジール族を見たと自負できるオマル学者はほとんどいないだろう。本当のところ、誰もいきさつを知らない戦争のあと、アエジール族は大棲域《エリア》との通商をやめてしまい、ときおりホドキン族と接触するくらいだった。四世紀のあいだにアエジール族の記憶はだんだんと変形され、彼らを空飛ぶドラゴンのように思っている者も多かった。

丸い牢獄の奥に横たわる黒っぽいごつごつとした塊は、直径が二百五十リスクくらいあった。正確な大きさはよくわからない。アイユールはチューリップの花を思わせた。透明な角皮に覆われた紡錘形の雄蕊のまわりを、厚い皺くちゃの花弁が何層にも囲んでいる。骨状の組織が束になって基部から突き出し、絡み合った根のようにたわんでいくつにも枝分かれしていた。どうやら被飽化を続けているらしい。それがもとで奇怪なポリープが増殖し、なかには内壁にまで達するものまであるくらいだ。

このままポリープが増え続けたら、あと数年でドームを破裂させかねない。

「生きているの？」とシェタンは呆然としながらたずねた。

カーゼは咳ばらいをしたが、それは笑い声のようにも聞こえた。

「生きていますから、ご安心を。アイユールは空気から身を守るため、できるだけ体を収縮させているのです。ドームの継ぎ目から入ってくる空気は、ポンプで恒常的に吸い出しているのですがね。骨組成物質の分泌によって、重力に耐えているのでしょう。虫が殻を被るようなものです。でもそんな状態が無制御に続いているので、体は恒常的に弱ってしまいました」

「たしか、ドームには窓がないと言ったな」とシカンダイルルが口をはさんだ。「だったら画像センサーは暗闇でも機能するのか？」

「いや、そうではなく、上部にライトと鏡を取りつけて光を注いでいます。それがアイユールの食べ物にもなるのです」

シェタンはびっくりしてカーゼを見た。

「アイユールは光を食べるの？」

「植物だって光を使って養分を取り入れてますからね」とハンロルファイルが指摘した。

「アエジール族の新陳代謝には、光が必要なのです。有機物質も摂らねばなりませんけど」とカーゼは続けた。「そちらは運搬車で運んでいます。エアロックを通って、なかまでレールが続いていますから。ちょうどいい食事の配分がわかるまでに、数ヵ月かかりました」

シェタンはアイユールの運命を想像しようとした。大空を泳ぎまわっていたのに、窓ひとつない金属の箱のなかに、突然半世紀も閉じこめられることになるなんて。それに耐えられるとしたら、アイユールの精神はほかの三種族とまったく異なっているに違いない。

「どうしてアイユールはここに落ちてきたんですか？」シェタンは、モニター画面に目を釘づけにしながらたずねた。「怪我をしていたとか？」

カーゼは衛兵に画面を消すように命じると、出口にむかって車椅子を走らせた。

「彼がここにやって来たいきさつは、長い話になります。かいつまんで言うなら、アエジール族は九世紀、ヒト族やシレ族との関係を断ちました。アエジール族のひとりが、捕まりかけたからです。そのあと、短い戦争になりました」

アメスがうなずいた。流星戦争のことは、誰もが知っている。暗黒時代のなかでも、とりわけ暗い時期に起きた歴史の一ページだ。できればみんな、忘れたいと思っている。主要な二種族が天文学に対して抱く嫌悪感は、まさしくそこに起因するのだろう。天からは碌なものがやってこない、というわけだ。

アメスは、話し続けているカーゼへ注意を戻した。

「ホドキン族とはかろうじて接触を保っていたために、ほかの二棲域《エリア》にも物資調達にむかおうと思うアエジール族が多少なりともあらわれました。そのなかのひとりが、アイユールだったのです。彼は希薄化した大気層にとらわれ、傷を負いました。摩擦熱で、防御服もほとんど焼けてしまいました。わたしは死にかけていたアイユールを助け、保護したのです」

保護したと言えば聞こえはいいわよね、とシェタンは思った。もしかしたら身代金目当てで、捕虜にしたってことじゃないの？

「アイユールを空に帰す方法を講じねばならないということは、初めからわかっていました。そこで彼を最良の条件で解放するため、大棲域の果てからはるばるメンバーを集めようと思ったのです。時間はありました。アイユールは囚われの身にも、充分耐えられそうでしたから」

アレサンデルはシェタンと同じことを考えた。

「彼を解放する代わりに、何を得ようとしているんだ？」

「正直言って、それはまだわかりません。このところ、わたしの体はだいぶガタが来ていましてね。もう何もできません。彼を首尾よく解放するのは、あなたがたにお任せします。だからその成果を手にするのも、あなたがたでけっこうだ。みなさんで公平に分け合っていただけるものと、信じていますよ」

シェタンはカーゼの説明を聞きながら、考えをまとめようとしていた。しかし次から次へと疑問が浮かんで、まるで整理がつかなかった。

「どういう基準で、わたしたちを選んだの？」彼女は時間稼ぎにたずねた。

カーゼは疲れきったかのようにため息をついた。

「それはみなさん、ご自分でわかっているはずだ。でもあなたがたは、確認したいんですね。アメスにはまず最初に、任命状を送りました。大きな問題のひとつは、アエジール族とのコミュニケーションですから、アィキジェ、つまり母語から切り離されたホドキン族にまさるものはない。彼らはどんな他族語にも、短時間で同化できるのです。おまけにアメスは不死者《シャドレ》だったので、完璧に秘密を守ってくれるはずです。それに必要とあらば、この計画をヒト族の規模を越えた長い期間で検討できます。仕上げにもうひとつ、彼はこのわたし、イブン・シャジャラットに強い関心を抱いていました。だからおびき寄せるのは難しくなかった。ハンロルファイルについては、どんな種族《レー》も治療できる医学的な能力から、アイユールにはうってつけの医者だと確信しました。シカンダイルルを選んだのは、海賊船がアイユールを運ぶのに役立つだろうと思ったからです」

「カジュルは作家だ」とアメスが指摘した。「彼には何をさせるつもりだったんだ？」

「この偉業を書き残してくれるでしょう。彼なら喜んでやったはずです。代表作を書きあげたいと思っていましたから、それにぴったりの素材が提供できます」

アレサンデルは思わずうなずいた。あとは続けるまでもないだろう。シェタンの使命はグループを率いること。そして、このおれは……アレサンデルは自分の役割について、見当がついた。そしてシカンダイルルがカーゼにたずねる言葉を聞き、彼は体を石のようにこわばらせた。

「でも、どうやってあたしをおまえの望みどおりにさせるつもりなんだ？」

カーゼは老人らしい落ち着いたしぐさで、車椅子の肘置きをたたいた。

「あなたが熱望するものを与えることで」

「あたしが何を熱望していると？」

「踏みにじられた名誉の回復です。それは復讐によって成し遂げられる。わたしは復讐の相手を提供しましょう」

独り子《ロシル》は戸惑っているらしく、腕状突起をよじらせた。

カーゼはアレサンデルをふり返った。

「さあ、今ここで、あなたの運命が明かされます。これよりあなたはシカンダイルルのものだ」

「どういうこと？」とシェタンが叫んだ。

「もし望むなら、シカンダイルルはあなたを殺すこともできる」とカーゼは続けた。「もちろんわたしは、そんなに極端な解決はおすすめしませんがね。しかしこの島では、それも許されるでしょう」

「われわれはもう、アレサンデルの打ち明け話を聞いている」と独り子《ロシル》はさえぎった。「あたしとは何の関係もない話だった。疑わしいところはなかったが」

カーゼの声はもう、小さな金属音のようだった。

「彼が真実をすべて話したと？」

アレサンデルはシカンダイルルに近づいた。きっぱりとしたその口調に、恐れは感じられなかった。

「たしかにおれは、あんたが殺そうと追い求めている相手だ」

29

宮殿に戻ってハンロルファイルの部屋に集まるなり、シカンダイルルはアレサンデルに釈明を求めた。

「カーゼの言ったことが本当なら」シカンダイルルは牙をきしらせながら、耳障りな声で言った。「おまえはもう死んだも同然だぞ」

「アレサンデルを殺して、あなたの名誉が回復できるの?」シェタンが間に入った。「それどころか、今よりもっと惨めになるだけじゃないの?」

「そんなこと関係ない。第五福音教徒《エスコパリアン》みたいな口をきくな」シカンダイルルが言い返す。

「シル教も第五福音教も汎回教《パンスラム》も、戒律のなかで復讐を勧めてないわ。そんな無益な暴力をやめなければ、ロプラッド和平条約なんて意味ないでしょ?」

「誰にもとやかく言われるすじあいはない。アレサンデルの命はあたしのものだ」

シェタンはにらみつけるように目を細めた。そして拳を腰にあて、独り子《ロシル》の前で身構えた。

「仲間内で恫喝し合うなんてとんでもない。少なくとも、わたしがリーダーのあいだは許さない。わかったわね」

シカンダイルルは注意して、シレ族的な攻撃態度を見せないようにしていた。それでも反論はやめなかった。

「あたしの決意はグループと関係ない、個人的な問題だ」

「その問題を聞かせてもらうわ。まだわたしに従う気があるなら、今度はあなたが話す番よ。それがフェジイの敗者に対して、みんなで決めたルールじゃないの」

「アレサンデルはそのルールを破り、真実をすべて話さなかった。何から何まで嘘だったのかもしれない」

アレサンデルは壊れた機械みたいに、何度も繰り返し首をふった。

「勝ったのはわたしなんだから、あなたは取り決めどおりにすべきよ」シェタンはそう言ってから、すぐに続けた。「復讐の動機が明らかになれば、真実をはっきりさせやすいわ」

きっとシカンダイルルは反旗を翻し、出ていくだろう。シェタンは一瞬、そう思った。けれども、シカンダイルルは立ちむかってこなかった。フェジイの勝者を傷つけたら——最悪、殺しでもしたら——グループのメンバーは誰もついてこないだろうから。独り子《ロシル》はあのルールを認めたことを、さぞかし後悔していることだろう。

危機が迫ったら、それを回避するのがわたしの役割だ。たとえそれが、自分で選んだことではないにせよ、とシェタンは思った。生きのびるのが優先課題ではなくなって、まだたった二十五時間しかたっていないのに、わたしたちをつないでいた絆は、早くもほころび始めている。

しかし、シカンダイルルは譲歩した。

「わかった、それでは話そう」とシカンダイルルは言った。初めは嫌々言葉を絞り出していたが、すぐに独り子《ロシル》は自信を取り戻した。「四十五年前、母はあたしを生んだ一週間後に死んだ。サロクラル地方のシャールという町でのことだ。クラルマ川流域は千年来、シレ族が全面的に支配していた。双子の兄弟は妊娠一カ月目に、悪性嚢腫で死んだ。七カ月後、つまり普通より三週間遅れで、蛹のあたしは母の胎内から摘出された」

「だったらお母さんは、自分を犠牲にしたってこと?」とシェタンは口をはさんだ。「ヒト族の女と違って、あなたがたは自然に流産することもできるのに。

そうすれば、あなたのお母さんは死なずにすんだでしょうに」

シカンダイルルは腕状突起をくるりと巻いて、また伸ばした。

「たしかに母はあたしを生かすために、死を選んだのかもしれない」

「お母さんがどうしてそんな選択をしたのか、知りたいと思ったことはないの？」

「母はそれまで子供を産んだことがなかった。この中途半端な妊娠をあきらめたら、もう子供は望めないだろう。今となっては、考えてもしかたないことだけれど」

シレ族の親子関係は、ほかの種族とは違っているのだと、アレサンデルはシェタンに説明しようかと思った。けれどもシェタンは、それ以上この問題には踏みこまなかった。

シカンダイルルはヒト族やホドキン族との戦争に加わったことはない。しかしフェジイの師が語る大勝利の話に、戦いの情熱を掻き立てられた。ロプラッド和平条約はこの地方に行きわたっておらず、ヒト族奴隷の制度も昔ほどではないにせよ、まだまだ堅固に続いていた。シレ族ひとりにつき五人のヒト族奴隷がいたような村もある。反乱はめったに起こらなかった。クラルマ川の灌漑により、トール麦が安定して収穫できたからだ。けれどもサロクラル地方は、広大な銅の鉱脈を開発することでとりわけ利益をあげていた。鉱夫は解放奴隷たちだった。鉱石を運ぶ川船がさらなる繁栄をもたらした。

シカンダイルルは近所の子供たちから、年中からかわれていた。ほかのみんなと同じでないことが、社会のなかでどれほど嫌われるかを、三歳年上の子供たちから日々思い知らされた。力は強いしフェジイの腕もよかったが、シレ族におけるシカンダイルルの立場は不安定だった。戦時ならすぐれた兵士として、独り子《ロシル》ももてはやされるけれど。

「平和な時代には、独り子《ロシル》は恐れられるだけだ」とフエジイの師は言った。「つまりは、忌み嫌われるということだ。おまえはシレ族社会にとっても、脅威なのだ。そのことを、しっかり胸に刻んでおけ」

シカンダイルルはこの時期を試練としてすごしたのではなく、そこで自分の特異な位置を築きあげたのだった。ヒト族の知性は共同体の存続を基礎にして発展してきたのだ、と師は教えてくれた。それゆえヒト族は自然と群れを作り、孤独には耐えられない。仲間から切り離されると、ヒト族は心に変調をきたしてしまう。もっと強健な精神を持ち、もっと古い文明から生まれた（この点については、ほかの種族《レイ》から異論も出ているが）シレ族には、自律的な意識が宿っているのだと。

いっぽうシレ族の欠点は、同胞意識の欠如だ。みんなシカンダイルルのことを、ほとんどヒト族並みに扱った。しかし仲間の苛めによって、シカンダイルルのヒト族嫌いはむしろ助長された。やつらはとてもひ弱で、毛深く、べとべとして、女のほうはさらに……あんな生白くてやかましい連中といっしょにされたんじゃたまらない。

けれどもシカンダイルルはヒト族を避けるのではなく、もっぱら彼らが集まる場所によく出かけた。食堂、安酒場、売春宿などだ。そこでヒト族を待ちかまえ、出てきたところをつかまえ喧嘩を売る。命にかかわりかねない大乱闘になることも、一度ならずあった。シカンダイルルの名は近隣のヒト族じゅうに知れ渡り、疫病のごとく忌み嫌われた。

背丈はほどなく仲間たちを越した。シカンダイルルはシュルキパルヴァインに目をつけた。冷やかしたり囃し立てたりしなかった、数少ない幼馴じみのひとりだ。今では面とむかってからかう者など、誰もいなかったけれど。シカンダイルルは出産可能な年齢になっていて、ぜひとも子供が欲しいと思っていた。けれども相手から、きっぱりと拒絶されてしまった。

「あたしの母胎はあなたの子をなすのに充分じゃないっていうの？」

「そうじゃないけれど」とシュルキパルヴァインは答えた。「きみと関わり合いになりたくないんだ」シカンダイルルは、自分を侮辱したこのシレ族少年の頭をたたき割ってやりたい衝動を抑えた。「きみはここを出たほうがいい」と少年は続けた。「きみがいなくなっても、誰も悲しみはしないさ」

シカンダイルルはほんの一瞬考えただけで、そうしようと決めた。そして誰も知り合いのいない町へ行った。奴隷たちの集まる広場で、結婚式が行なわれていた。縁日の見世物も出ている。三眼蜥蜴《オーニッド》に乗った曲芸師、道化師、軽業師。四方にロープを張ったリングのうえに、レスラーが腕を組んで立っていた。シレ族でもホドキン族でも、あるいは同じヒト族でも、相手になるのでかかってこいと、レスラーは大声を張りあげていた。

「誰かおれに挑戦する者はいないか？　われと思う者は？　お代は二ティアリだ」

シカンダイルルは我慢できなくなった。そしてリングの支柱にさげてある陶器の甕に、二ティアリを投げ入れた。身の丈八リスクの独り子《ロシル》を見て、レスラーは唾を飲んだ。けれども観衆の叫びを前にして、あとには引けなかった。シカンダイルルも町の喧嘩には慣れている。レスラーは身構えた相手の体勢を崩し、腕で腕状突起を締めあげた。激痛が走る。シカンダイルルは反射的に全体重を上半身にかけ、体をひねって男の後頭部にのしかかった。

締めつけていた腕の力がすっと抜け、シカンダイルルは立ちあがった。観衆は水を打ったように静まり返っている。たしかめるまでもなく、周囲から立ちのぼる恐怖の臭いで、対戦相手は死んだのだとわかった。よく知っている臭いだ。ヒト族はシカンダイルルの前に出ると、自分でも気づかないうちにそんな臭いを発散させた。シカンダイルルはゆっくりと陶器の甕に近より、たたき割ってなかの四ティアリをつかんだ。目の前の群衆がさっと道をあけた。

二ティアリの金のために、あたしは人ひとりの命を奪ったんだ、とシカンダイルルは思った。たとえヒト族とはいえ、獣とはわけが違う。意味のないことをした。あたしの名誉は、多少なりとも失われてしまったのでは？　こんなことになったのは、シレ族社会で疎外されていたせいだろうか？

《ヒト族なんて数にすぎない》という格言を唱えていると、後悔はすぐに薄れた。あのレスラーを殺すつもりなんてなかったのだ。そもそもむこうだって、覚悟のうえだったはずだ。彼の仕事には危険がつきものなのだから。

もしあたしがヒト族で、シレ族と戦い殺してしまったとしたら、もっと後悔するのだろうか？

けれどもこの疑問に答えられなかった。

シカンダイルルはわれ知らず、ヒト族の足が踏み固めた道を進んでいた。銅の鉱山へ続く道だ。二十二番坑道で、現場監督の口があいたところだった。シカンダイルルはそれに志願した。独り子《ロシル》を雇うならストライキをすると、たちまち鉱夫から抗議の声があがった。

募集係はしばらく考えてから、シカンダイルルにこう告げた。

「われわれは業績を伸ばしているところだ。ストライキを抑えこめば、解放奴隷たちの反感を買うだろう。きみのことは調べさせてもらったがね。《ヒト族殺し》っていうあだ名だそうだが、本当のことなのか？」

「戦う場所は変えました」とシカンダイルルは答えた。《それは昔の話だ》という意味だった。

「ただでさえ、やっかいごとがいっぱいなんでね。これ以上、かかえるのはごめんだ」募集係はまたしばらく考えてから続けた。「とはいえ、独り子《ロシル》には上司も感心するだろう。よし、採用だ。だが、少しでももめごとを起こしたら、すぐにお払い箱だからな」

募集係はシカンダイルルに《ヒト族刺し》を手渡し、こう念を押した。これは権力のしるしであって、実際に使う道具ではない。前任者は一度も使わなかった。きみもその例に倣ってもらいたいと。

シカンダイルルは二十二番坑道へむかった。鉱夫たちが入口を半円形に取り囲み、独り子《ロシル》をなかに入れまいとした。肌は煤で汚れ、服は黄土色の埃にまみれている。彼らは抗議のしるしに、つるはしを逆さに持っていた。シカンダイルルの姿を見るなり、皆その背丈に圧倒された。

「代表者は?」

男がひとり、前に進み出た。つるはしで穿たれたのだろう、深い傷跡が頬に走っている。男は相手が独り子《ロシル》だと気づかないふりをした。服からアルコールの臭いがしたが、息は酒臭くなかった。

「あんたかい、ヒト族殺しっていうのは」

「あたしの仕事はみんなを働かせることだ。殺すことじゃない。やむをえない場合以外、あなたたちの誰にも危害を加えるつもりもない」

男は地面に唾を吐いた。

「おれたちだって、やむをえずストをやっているんだ。切り崩せるなんて思うなよ。だいいち、あんたのせいで、こっちは給料が出ない。あんたが出ていくまでな」

こんな馬鹿者、ひとひねりで殺せるだろう。でもそれは、何の役にも立たない。いや、むしろことを面倒にするだけだ。こいつらは団結している。あたしは責められ、その場でくびだ。

しかしシカンダイルルも、そう簡単に折れるわけにはいかなかった。

「出ていく気はない」

「だったらおれたちが出ていく」

「脅しで何とかなると思うな」

男は手でさっと合図をした。鉱夫たちはつるはしの柄をつかむと、いっせいに地面に投げ捨てた。

意味するところはわかったが、シカンダイルルはひと言も発しなかった。

代表の男は鉱夫百五十人分の辞表を出しに行った。彼らは全員、解放奴隷だったので、募集係は留まるように強制できなかったし、上司の前で現場監督を責めるわけにもいかなかった。シカンダイルルは早々に仕事を辞めた。

鉱山を去る元鉱夫たちの列に、シカンダイルルは追いついた。彼らは荷物を詰めこんだトレーラーを引いていた。

「何の用だ?」代表だった男が、シカンダイルルの前にまわってたずねた。


男はびくついていた。独り子《ロシル》が仕返しするのを、恐れているのだろう。列がとまって、二人のやり取りを遠巻きに眺めている。

「あたしを簡単には追い払えないと言ったはずだ」とシカンダイルルは答えた。「これからどうするつもりだ?」

「クラルマ川の河岸に行き、港で働こうと思う。みんなでまとまれば、立派な働き手になる」

「だが競争が厳しいぞ。雇われる者とそうでない者が出てくる。グループはばらばらになるかもしれない」

男は下唇を噛み、つぶやいた。

「なるほど。何か考えがあるのか?」

「鉱山よりもっと楽な仕事がある。それに、もっと実入りのいい仕事が」

シカンダイルルは計画を話した。ヒト棲域《エリア》よりも栄えているシレ棲域《エリア》を巡回して、領主や大地主たちに歴史的な戦闘を実物大で再現するショーを見せるのだ。

それには大量のエキストラが必要になる。雇い主の奴隷も役に立つだろうが、将軍クラスはきちんと訓練を受けてなければならない。その役については、シカンダイルルが指導する。

元鉱夫たちは申し出を受け入れた。なかにはすっかり熱中し、自腹で制服をそろえる者も、独り子《ロシル》の背丈《レー》に思わず魅せられてしまう者もいた。ほかの種族は戦うべき敵ではなく、利用できる道具なのだということを、こうしてシカンダイルルは学んだのだった。所詮、相手はよそ者だ。それだけに躊躇なく使えた。

シカンダイルルは、最初の千年間に起きた戦争を跡づけた本を手に入れた。そして辛くも勝利をおさめた戦争を選び、敵のあっぱれな戦いぶりも強調した。再現ショーは一万人のエキストラを使い、一週間にわたって続くこともあった。

こうして十年間、歴史ショーの一座はクラルマ川を遡った。川は急カーブを描きながら、太平江に近づいていた。そしてシカンダイルルはキエメン地方に入った。

この地域は迂回したほうがいいと、仲間が忠告した。ヒト族の世襲領主アイコド・キエムが自分の利益のため、支流の流れを変えようとしているせいで、数年前から紛争が起きているからだ。近隣の国々にとっては死活問題だった。

シカンダイルルが出発の合図を出そうとしたとき、豪奢な装飾を施したキャタピラ車が一行の前に止まり、茶色い縮れ毛の男がおりてきた。ヒト族の手に合わせたシレの連発マスケット銃で武装した、目つきの悪い衛兵が三人、まわりを囲んでいる。男はずんぐりむっくりで、雄牛のような顔つきをしていた。いかにも気短そうな表情だ。首からいくつも下げたお守りが、胸の前でじゃらじゃら音を立てていた。

「おまえの噂は聞いている」と男は耳障りな声で言った。「わたしはアイコド・キエム、キエメンの世襲領主だ。目下、手がけている大計画があって、おまえの手を借りたいのだが」

「われわれは先を急いでいる」とシカンダイルルは答えた。「このあたりは空気が悪い」

アイコドはもじゃもじゃの眉をひそめた。そんなふうに真正面から盾つかれ、腹を立てているのだろう。シカンダイルルはゆっくりと男を観察した。

「おまえは独り子《ロシル》だな」とアイコドは言ったが、シカンダイルルは返事もしなかった。アイコドはため息をついた。「独り子《ロシル》は権力好きで知られている。だからこそわたしは、おまえを高く評価しているのだ。いいかね、少しばかり特別なショーの公演を引き受けるなら、おまえをわが親衛隊の隊長に任ぜよう」

「あんたの下僕になるなど、あたしには何の興味もない」シカンダイルルは無関心そうな口調で言った。

アイコドは歯の抜けた口をあけて笑った。

「おまえはわが領土にいるんだぞ、独り子《ロシル》。兵がおまえを囲んでいる。それでも断れると思っているのか?」

首に下げたお守りのあいだにホイッスルもあった。アイコドはそれをつまんで、唇にあてた。鋭い笛の音が響くと、あたりからたくさんの笛の音が答えた。何ごとだろうと、一座の男たちが車から降りてくる。シカンダイルルは動くなと合図した。

領主はいっそう大きく笑うと、繰り返した。

「断れると思っているのか?」

シカンダイルルは腕状突起を震わせた。

「断れるとも、アイコド。あんたには勝利を味わう資格などない」

この距離ならこいつを殺せる。衛兵は手を出す暇がないだろう。

アイコドは瞬きひとつせず、じっとシカンダイルルを見つめていたが、やがて大声で笑い出した。

「いい答えだ。おまえのような者を、まさしく必要としていたのだ。サルトナンダイルの代わりが、充分務まるだろう」

「何者だ、サルトナンダイルというのは？」

「親衛隊の隊長だ。珍しい男の独り子《ロシル》でね。おまえと結婚させてもよかったが……」

　シカンダイルルは動揺を抑え、冷静さを保った。たしかに男の独り子《ロシル》はめったにいない。オマル全土でも、ほんのひと握りだろう。

「単独で生まれてくるのは、遺伝的特性ではない」とシカンダイルルは言った。「ただの偶然だ。あたしと男の独り子《ロシル》で子供を作らせたからって、独り子《ロシル》が生まれやしない」

　アイコドは退屈そうに手をふり、話を終わらせた。

「それはどうでもいい。どのみちあいつは、数週間前に処刑してしまったからな。本題に戻ろう」

「まだ何も承諾していないぞ」とシカンダイルルは言った。「あたしが手を貸す代わりに、そっちが差し出す条件は？」

　アイコドはいったん車に入ると、小箱を手に戻ってきた。

「これがわたしの条件だ。手助けしてくれたら、こいつを進呈しよう。驚くだろうが、もともとこれはおまえ宛の品でね。サルトナンダイルが持ってきたんだ。おまえの才能を必要としている何者かが、やつを密使として送ったのだそうだ。ところがやつはわたしの家来になり、満足な働きができなかった。拒絶するなら、まずはこれを見てからすればいい。わが誠意の証として、じっくり検分する時間を与えよう。だが気をつけろよ。とても壊れやすいからな」

　何かのかけらが、四つにたたんだ飛行船のチケットのなかに入れてあった。イャルテル号、スタッドヴィル行き、二等、片道。飛行船の名前は、聞いたことがなかった——どのみち飛行船なら、オマルじゅうに山ほどある。町の名前も初耳だ。シカンダイルルは卵の破片をそっと取り出した。内側に、奇妙な彫刻がされている。チケットの裏側には、たしかにシカンダイルルの名前が書かれていた。でも、転売することは可能だろう。いっぽう破片のほうは、何の価値もなさそうだ。ただしおもてには枠に囲まれて、こんな約束が書かれていた。《汝が求めるものを見つけけん》

「サルトナンダイルを送った者とは？」

いつものシカンダイルルなら、こんなかけらは躊躇なくたたき割ってしまっただろう。けれども何か、ひっかかるものがあった。シカンダイルルはそれをアイコドに返した。

アイコドは口もとに満足の笑みを浮かべた。

「それはわからない。だからこそサルトナンダイルは、ずっとわたしに仕えてきたんだ。これがわたしの手にあったから。彼はこれを取り戻そうというミスを犯した。きっととても大事なものに違いない」

「それがあたしに、何をしてくれると？」とシカンダイルルはたずねた。

ところがその言葉を口にしたとたん、シカンダイルルのなかで変化が起きた。何の価値もないような、この奇妙な品が、自分の運命に結びついているのだとわかったのだ。絶望的な思いで探し求めているものが、まだぼんやりした影にすぎないとしても、ここに留まろう。

「あんたの望みは何？」

「ついてこい」アイコドは満足げな顔で答えた。

予想に反して領主は宮殿ではなく、豪華な刺繍をほどこしたビロードのテントに暮らしていた。なかは二つに分かれ、彼の居室とハーレムになっている。

テントに入ると、十人の愛妾たちが垂れ布の陰で冷たい笑いを浮かべた。シカンダイルルは一顧だにしなかった。

「近隣の領主たちも馬鹿じゃない」とアイコドは説明を始めた。「今は猶予期間だとわかっている。わが帝国を強化するため、いずれわたしが次々に攻撃をしかけるということを」そしてあんたの果てしない征服欲を満足させるためにねとシカンダイルルは心のうちで言い添えた。「だからわたしは、やつらの攻勢に備えねばならない。おまえは誰よりもよくわかっているはずだ。攻撃は最大の防御だってな」

アイコドの作戦はこうだ。近隣諸国の長《おさ》や重臣たちを、戦闘再現ショーに招待するのだ。だがショー自体はどうでもいい。彼らの優秀な兵士たちも、ショーのエキストラに加わるようにと持ちかける……ところがエキストラのなかには、特殊訓練を受けたアイコドの部隊員も潜んでいる。彼らは鉄のナイフを持ち、コルク弾の代わりに本物の銃弾を備えて、時が来たら攻撃にかかるというわけだ。大殺戮が始まり、いっきに敵を殲滅できるだろう。

シカンダイルルの一座のメンバーが負傷したり、死んだりする危険性はあった。彼らの安全を確保するよ うあらゆる措置を取るからと、アイコドはシカンダイルルを説得した。

「引き受けてくれるか?」とアイコドは最後にたずねた。

独り子《ロシル》は、テントの入口で待っている仲間たちをちらりと見た。そしてひと言、「いいだろう」と答えた。

準備には三週間かかった。アイコドは計画が漏れないよう、何重にも注意を払った。作戦はすべて、秘密裏に進められた。その間、シカンダイルルは立体模型のうえで、戦闘再現の指揮を取った。

シカンダイルルが四十の旅団と二十の大隊の位置、当時の将軍たちの名とその階級を得々として説明するのを、みんなは黙って聞いていた。そして十分後、シカンダイルルは自ら切りあげて、話の続きに戻った。

「もちろん、アイコドの計画どおりにことは運ばなかった。たしかに大殺戮は始まったが、殲滅されたのはアイコド軍のほうだった。あたしはいつものように壇上に立って、アイコドの傍で合図を送り、ショー進行の指揮を取っていた。ザルヴォドという男が招待客の先頭に立ち、一致団結して攻撃をしかけてきた。彼らが服の下に銃を隠し持っていたとは、アイコドも予想していなかった。アイコドの参謀たちは、あたしのまわりで撃ち殺された。アイコド自身は、指揮台の下に逃げこんだ。あたしは彼を追いかけてナイフで刺し殺し、卵のかけらと飛行船のチケットを取りかえした。それから壇上に戻って、アイコドの死体を敵の足もとに放り投げた。おかげであたしは殺されずにすんだ。彼らはあたしに足かせをはめ、ザルヴォドの前へ引き立てた。命だけは助けてやろう、と彼は言った。けれどもアイコドに協力した廉で一座は解散させられ、財産も没収された。彼は公衆の面前であたしを侮辱し、もう二度とヒト族を手下に使ったりしないと誓わせた。サルトナンダイルの遺体は焼却されていた。あたしも少し調べてみたけれど、彼については何もわからなかった。どこから来たのか、彼は誰にも明かしていなかった。アイコドの作戦を失敗させたのは誰か、ザルヴォドにたずねてみた。しかし彼は口ひげの陰で笑みを浮かべ、名前は決して明かさないと本人に約束したと答えた。

心がくじけてしまわない限り、敗北を恥じることはない。でもあたしには、ひとつだけすべきことが残っている。あたしを破滅させた相手に復讐することが」

皆の目がアレサンデルに集まった。

30

アレサンデルを好きにしていいと、カーゼは宮殿に戻る直前、シカンダイルルに約束していた。けれどもシカンダイルルは家畜人《エレラク》の話を聞いているうち、本当にそうしたいのか確信がなくなってきた。ともにフェジイを戦った仲だ。望むと望まざるとにかかわらず、彼はもうあたしの運命の一部なのだ。それにアレサンデルは家畜人《エレラク》にすぎない。シレ族にとって憎むに値するのは、同族の者だけだ。そう考えれば、彼を許してもいいのではないか。初めシカンダイルルは、家畜人《エレラク》としての彼を軽蔑していた。しかしすぐに、彼は見どころのある人物だと思うようになった。生きる価値のある男だ。

アレサンデルはワクハン地方から逃げ出したあと、太平江沿岸の村をつなぐ船を乗りつぎ、川を遡ってキエメンにたどり着いた。領主は河岸工事の人手を大量に求めていた。家畜人《エレラク》だろうが何だろうが、おかまいなしだ。賃金は安かったが、アレサンデルは旅を続けるために金が必要だった。彼は難なく雇われた。通りにもトラックの運転席にも、アイコド・キエムの肖画が貼ってあった。仕事の条件はワクハンよりも悪いと、すぐにわかった。彼はさっさと出ていくつもりだったが、やがてそれは難しいことがわかった。国を取り巻く国境検問所は、外からの攻撃に備えるより、逃亡の企てを阻止することに重点を置いているらしい。その話によく出てくるのが、アイコドにとって最大の敵であるザルヴォドの名だった……それにアイコドが彼を厄介払いしたがっていることも。

アレサンデルは占領地区の暮らしが長かったので、国内の抵抗組織に接触するのはお手のものだった。国境検問所のひとつには、組織の一員が潜入していた。数ティアリ出せば、何でもない手紙に見せかけた暗号メッセージをキエメンと近隣地域のあいだでやりとりすることも可能だった。こうして三カ月後、アレサンデルはザルヴォドの計画を知ったのだった。彼は渡された銃弾を、自由と引きかえに味方につけたエキストラの奴隷たちに配った。その奴隷たちが、戦闘再現ショーに招かれたザルヴォドの精鋭軍にそっと銃弾を手渡したのだ。

「続きは、シカンダイルルが話したとおりだ」とアレサンデルは言った。「アイコドは倒され、ザルヴォドがキエメンの領主になった。おれは解放された労働者たちと、出発しようとしていた。アイコドと共謀していた一座の座長は処刑されなかったことを、そのときに知った。おれの名前は決して明かさないでくれと、念のためザルヴォドに頼んでから、また旅を続けた。こうして巡り歩いた町のひとつで、また金を稼いでいるとき、小包が届いた。なかには卵の破片が入っていた。おれはすぐに太平湖沿岸へむかった。途中、立ち寄った空港で、イャルテル号がプラットフォームジャンクションの前に、そこに寄港することを知った。十ティアリの通行税と、値上がりしたチケット代の差額を払って、おれはそこから乗船した」

「どうしてそのことを、最初に話さなかったの?」

アレサンデルは肩をすくめた。

「まさかそれが、あんたがたに関係してたとはな。座長が独り子《ロシル》だったなんて、聞いていなかった。おれが窮地に陥れた相手が、シカンダイルルだとは思わなかった。シカンダイルルが復讐のため、おれをオマルじゅう捜しまわっていることも知らなかったんだ」

シェタンは横目で独り子《ロシル》のようすをうかがった。シカンダイルルが復讐を実行するのは、誰にも止められないだろう。そうなった場合、アレサンデルは黙ってやられるのではないかという気すらした。

「おまえは生かしておく」とシカンダイルルはつぶやいた。「その意味はわかっているだろう」

アレサンデルはうなずいただけで、ほかに何の感情もあらわさなかった。

独り子《ロシル》は言葉を続けた。

「ザルヴォドはあたしを逃がした。もちろん、一座はばらばらになったけれど。ザルヴォドはあたしの首に賞金を懸け、さっさと領地から出ていくよううながした。さらには近隣の町にまであたしの人相書きを配り、もう仲間集めができないようにした。うまいこと考えたもんだ。さもなきゃあたしは、やつも殺そうとしただろうからな。破滅のもとになったヒト族を、あたしは追い始めた。けれども相手が家畜人《エレラク》だとは知らなかった。家畜人《エレラク》は身を隠す術に長けている。あたしはすぐに足跡を見失った」

シカンダイルルは、太平江河岸に沿って数多く点在する空港のひとつに着き、裕福な船主と知り合った。船主は飛行船の航空地域で猛威を振るっていた海賊を、何とかしたいと思っていた。とはいえ場合によっては、ライバル会社の飛行船から略奪された品を売りさばくのも辞さない男だった。シカンダイルルは小さな戦闘用飛行船を用意するよう、船主を説得した。そして彼のためにしばらく働くうち、ひとつの計画がめばえた。チケットで決められた約束の場所に出かけよう。でも、あたし自身の条件でやる。シカンダイルルは奪取した四隻の飛行船を自らの旗印のもとに集め、勝手知ったる雇い主の船を襲って、太平湖沖合に出た。海賊を率いるシカンダイルルの威光には、多かれ少なかれ血なまぐさいエピソードもいくつもあった。イャルテル号を乗っ取るべく、独り子《ロシル》はほどなく待ち伏せをしかけた。

けれども運命は、別の決定を下した。

アイユールをどうするか、カーゼの意図は何なのかが、これまで皆の論点だったが、救助された安堵感が薄れてくると、今度は不快な印象を抱くようになった。古いアンドロイドはまだ形を成さないパズルのピースを目の前に投げ出し、焦らしているのではないかと。

夕食のときに、もう少し詳しい話が聞けるだろう。一階におりるとコアンダリュウムが待っていて、彼らを応接室に案内した。

幅十五歩、奥行きはその倍もある部屋だった。天井もそれ相応に高い。料理が用意された大きなテーブルの端に、カーゼがすわっていた。三種族取り合わせた二十名ほどの名士、長老たちが、にぎやかに話をしている。アレサンデルは、ファセス・キントがホドキン族グループの真ん中にいるのに気づいた。テーブルはきれいに切り出した、薄い鋼炭《カルフ》の板でできている。手作りの椅子は、ふっくらとした脚をしていた。

彼らが部屋に入ると、皆いっせいに話をやめ、すぐに挨拶と食器のなる音が始まった。招待客は三種族にわたっているのに、食器はナイフやフォークというヒト族のものだ、とアレサンデルは思った。しかし、誰もそれに不都合を感じていないらしい。

コアンダリュウムはカーゼにもっとも近い席を示した。

彼らのグループが集会に出席するのは、これが初めてだった。シェタンは気づまりを感じたが、すぐに払拭できた。ともかくアレサンデルよりは、早かったはずだ。彼は苛立っているかのように、両手をすり合わせていた。

カーゼの望みに応じて、シェタンはイャルテル号が襲撃され、漂流したいきさつを語った。話が終わると、拍手とざわめきが起きた。そのあとアンドロイドが、シカンダイルルの質問に答えることになった。彼は小さな飛行船で、よく島の外へ出た。イブン・シャジャラットとして各地を歴訪していたころに築いた親密な関係を、そうやってずっと保っていた。太平江沿いを中心にして広がる、この秘密のネットワークなくして、目的を達成することはできなかっただろう。彼はフェジイの小像をつかった策略を練り、まだチームのメンバーを最終的に決める前から、イャルテル号のチケットを買った。シカンダイルルのもとに送られた男の独《ロ》り子《シル》、サルトナンダイルルは、ロプラッド和平条約に調印したシレ族代表者の孫だった。彼はシカンダイルルに気づかれないよう、長いあいだ観察していた。そして、メンバーに適任だという報告をした。シカンダイルルならば、無事空の果てに飛び立つ手助けをしてくれるだろうと。シカンダイルルが海賊になったと知っても、カーゼは海賊船がアイユールの護送に役立つと期待した。

ハンロルファイルの存在と、彼が空にかける情熱を知ったのは、黒岸で知り合ったヒト族からだった。それはあのロケット技術者だった。のちに、死んでしまったけれど。

いつものように、夜は突然訪れた。会食者たちは立ちあがって席をあとにし、残っているのはグループのメンバーとカーゼ、それにコアンダリュウムだけとなった。

「来てください」とカーゼがかすれた声で言った。車椅子はもう、戸口にむかっている。「アイユールに関してもうひとつ、お見せしたいものがあります」

彼らはカーゼについて、ドームの吸気ポンプ場へ行った。コアンダリュウムは、モニター画面を嵌めこんだ銅製の制御台《コンソール》に近よった。けれどもモニターの電源は入れずに、右側のダイヤルをまわした。部屋の四隅にとりつけたスピーカーから、虚ろな音が聞こえ始めた。

突然、乾いた連続音がシェタンの耳に響いた。スクゥククゥクゥ、タクタクタクタク、タクタク・タクタク。その五秒後、金属を捻じ曲げるようなうめき声が、鼓膜をつんざいた。コアンダリュウムはすみませんと言ってボリュームを下げ、くぐもった長い発信音が切れ切れに聞こえるだけになった。

「何なの、これは？」シェタンは叫び声をあげた。しかし本当は、何が起きたのかよくわかっていた。アエジール族がわたしたちに呼びかけているんだ。

「あなたがたのことを、感じ取っているんです。やって来たときからすぐに」カーゼは答えた。「彼らの言葉はとても複雑なので、ようやく数名のホドキン族が少し理解できるようになっただけです」

「ファセスもそのひとりなのか？」とシカンダイルルがたずねる。

「そのとおり。でもアイユールが発したひと言を通訳するのに、何分もかかりますがね。アメスならもっと適任でしょう」

「どうして？」

「長年生きていますから」

アメスは同意のしるしに、眼柄をさげた。ホドキン族の言語中枢は、年齢とともに複雑化する。ヒト族とは逆に、彼らの学習能力は——あるいはファルミエがアレサンデルに教えたように、彼らの同化能力は——年老いるとともに増していく。だとすれば、アメスの能力はとても高まっているはずだ。

「明日から、さっそく始めてみる」とアメスは言った。

カーゼは大喜びした。

「すばらしい。初めはファセスがお手伝いします」

「安請け合いするんじゃない」シカンダイルルが慌てて口をはさんだ。「まだ条件について決めていないじゃないか」

カーゼはシカンダイルルをふり返った。

「条件というのは、あなたのお仲間についてですか？」

「いいや」とシカンダイルルはもったいぶって答えた。

「だったらアメスは、自分で決めればいいわけですね？」

「たしかに」

「それなら、わたしたちは合意ずみだ」

独り子《ロシル》は踵を返し、ポンプ場を出ていった。コアンダリュウムはちらりとカーゼを見たが、アンドロイドはぞんざいに言い放った。

「放っておけ。慣れるには時間がかかるだろう」

シェタンはアイユールについて、さらにいくつか質問をしたが、ほどなくみんな引きあげた。シェタンは部屋に戻ると、ふとアレサンデルをベッドに誘いたい誘惑に駆られた。さっきみんなと集まったとき、アレサンデルが投げかけてきた視線に、彼女も気づいていた。

でも急かさないほうがいいわ。シェタンはため息をつくと、シーツにもぐりこんだ。

その日は一晩中、アエジール族が夢のなかを飛びまわった。


翌朝、シェタンはシカンダイルルの部屋をノックした。むかいの部屋のドアが細めにあき、アメスが顔を覗かせた。

「シカンダイルルは外出中だ」とアメスは言った。「コアンダリュウムが用意した電気自動車でね。帰りは二時間後くらいになるだろう。シカンダイルルに何か話があったのか？」

カーゼもちょっと不用心ね、とシェタンは思った。監視もつけず、シカンダイルルに島を見てまわらせるなんて。けれども、ここで意見するのはやめておいた。

「何でもないわ」と彼女は言葉を濁した。「食事に行くけど、いっしょにどう？」

「そうしよう」

応接室には、すでに朝食が用意されていた。二人は席に着いたが、昨晩はごちそうだったので、アメスはあまり食欲がなさそうだった。丸いガラス窓から、曇り空のぼんやりとした光が射しこんでいる。テーブルにはフルーツの盛り合わせと、甘みをつけた尖頭山羊《シヴァーニュ》の乳が出ていた。シェタンはフルーツを二つばかりつまみ、エジプト豆の粉をベースにした厚いクレープと紅茶をとった。ひと口紅茶を飲んで、あまりの苦さにお湯で薄めた。カップを置いて冷ましていると、アレサンデルがやって来た。

「ハンロルファイルはシカンダイルルが戻るまで休んでいるそうだ」と彼は言って、アメスの隣に腰かけた。「昨晩、カーゼからあんなふうに言われて、シカンダイルルは腹を立てているんじゃないか」

「シカンダイルルはひとに指図されるのが嫌いだから」シェタンは独り子《ロシル》の言葉を思い出しながら言った。「シカンダイルルに自分の役目を引き受けさせるのは難しそうね」

フェジイで勝ったからって、わたしにもやれる自信はないわ。

「あれこれ考えずに、カーゼの望みどおりしてやればいいじゃないか」とアレサンデルは言った。「別に恥ずべき仕事じゃないだろうに。少なくとも、おれはそう思うがな」

アメスは二本指を組んだ。

「シカンダイルルの言うことにも一理ある。たとえ婉曲的なやり方にせよ、カーゼはわれわれの自由意思を奪っているんだ。だったら理屈から言って、カーゼのために働く義務はない」

「でも彼は約束を守った。あるいは、守ろうとしている」

「それはもう少し、ようすを見なくては」シェタンはぽつりと言った。

まだ打ち明け話をしていないのは、シェタンひとりだ。カーゼが彼女に何を約束したのかは、誰も知らないことだ。

しかし彼女だけはわかっていた。願いはすでに聞き入れられたと。

「それに」と彼女は続けた。「謎の呼びかけに応えたからって、わたしたちとアィユールの運命がどう結びつくっていうの？　わたしたちがここにいるのは、ある意味偶然の結果だわ。だからといって、偶然に感謝しろとでも？」

アメスはうなずいた。

アレサンデルは食事を始めたものの、まだ納得がいかないとばかりに顔をしかめている。アエジール族を救うのは立派な行為じゃないか。何も栄誉を求めているわけではないが、命がけでここまでやって来たのだから、苦労に値する目的に殉じたほうがいい。その点で、カーゼのやり方は完璧だった。

彼はじっとシェタンのようすをうかがっていたが、やがて意を決してたずねた。

「それできみはどうするつもりなんだ？　アイユールを助けるのか？　おれたちはきみをリーダーとして受け入れた。だからきみの意見に合わせる」

シェタンは下唇を噛んだ。

「みんな自由にすべきだわ」

けれども自分の決心は固まっていると、彼女は気づいた。それはシカンダイルルも含め、みんなが望んでいること……そしてシェタン自身が望んでいることだ。

「わたしはアイユールを、できる限り助けるわ。だからってカーゼの命令に、盲目的に従うわけじゃない」

アレサンデルはにっこりした。期待していたとおりの答えだ。彼はまたフォークで皿をつつき始めたが、シェタンはさっきから気になっていることがあった。

「アレサンデル、あなたはカーゼに対して怒っていないの？」

「どうして？」

「あなたを交換条件に使ったからよ。シカンダイルルの協力を得るため、あなたの命を犠牲にしようとしたわ」

驚きの表情が、アレサンデルの顔に浮かんだ。

「シカンダイルルが復讐を本当に実行すると思ったら、カーゼだってあんなこと言わなかっただろうさ」

「本気でそう思う?」

アレサンデルは肩をすくめただけだった。

シェタンは目でアメスにたずねたが、アメスはただ黙っていた。それじゃあわたしたちは、みんながみんな、そんなに何でもお見とおしってわけ?

彼らは食事を終えると、ハンロルファイルを迎えに行った。そしていっしょにドームへむかい、ぐるりと見てまわった。十二本の強化鉄塔が、内部から構造を支えている。ほかにも鍵のかかった三つのポンプ場が金属ドームを囲み、外壁に通気口が並んでいた。気密パッキングはところどころ腐食していた。錆びた梯子がてっぺんまで伸びているのは、腐食部分の補強をするためだろう。

彼らには自由行動が許されていた。アメスは中継センターの入っているポンプ場にこもり、アレサンデルはあたりを見て歩いた。シェタンはコアンダリュウムといっしょに飛行場へ行った。シカンダイルルは飛行船に興味を示していたので、きっとそこにいるだろう。

案に相違して、独り子《ロシル》はいなかった。コアンダリュウムが水上機の整備をするのを見せてもらったが、いっしょに乗ってひとまわりしようという誘いは断った。しばらくはもう、空の旅はたくさんだ。さんざん空中ですごしたあとだけに、地面を歩くのが嬉しかった。

宮殿に帰る途中、島の奥に続くくねくねとした道に入ってみた。何という種類だろうか、大きな木が茂る森のはずれにヒト族の村があった。

シェタンはひとりの老婆と出会った。野良仕事で日焼けした顔は、すっかりやつれている。頭には色あせたスカーフを巻きつけていた。髪の毛がまったくはみ出していないところから見て、禿げなのだろうとシェタンは思った。レミュアルドだと老婆は名のり、関節症で変形した人差し指を突き出した。

「三時間もせっせと歩けば、バスに乗れますよ。そういや、あんた、カーゼが選んだひとりじゃないかね？」

「わたしたちの話を聞いているんですか？」

レミュアルドは大きな音を立てて洟をかんだ。

「特にあんたたちを無事に連れてきた、勇敢な独り子《ロシル》のことをね。そこらの村で演説をしてるらしいわ」

「何て言っているの？」

「ここじゃみんな、時間を無駄にしてるって。わたしたちにはすぐれた力があるのだから、それを生かして外に打ってでなくちゃいけない。海賊をやっつけ、太平湖をすべて手にすべきだと」

シェタンはうなずいた。

「なるほど、そういうこと」

シェタンは宮殿に着くと、部屋に戻って渇きをいやし、体を洗った。それからハンロルファイルの部屋を訪ねた。そこではハンロルファイルとアレサンデル、シカンダイルルが話し合いをしていた。こんなふうにみんながいっしょにいるのを見て、シェタンは何となく嬉しかったし、それがまた自分でも驚きだった。種族も考え方も違うけれど、辛い長旅で心をひとつにすることができた。再び自由を取り戻しても、まだばらばらになっていない。

シェタンが入ってくるのを見ると、みんな立ちあがった。

「アメスはどこ？」

アレサンデルは椅子を指さし、すわるようにうながした。

「まだポンプ場だ。一時間前に行ってみたけれど、おれの話なんかほとんど耳に入っていなかったな。忘れちまっていなければ、そのうち来るだろう。通訳の仕事に全力で取り組んでいるようだ」

シェタンは結果が待ち遠しかった。アエジール族と話せたら、なんてすごいことだろう！

彼女は一日の出来事を、かいつまんで語った。けれども、老婆との話には触れなかった。

「カーゼはこの計画から、何を得ようとしているんだろう？」ハンロルファイルが言った。「アイユールの解放と引き換えに、ほかのアエジール族たちが報酬を出すと？」

シカンダイルルは麻痺している腕状突起を撫でた。

「シェタンがわれわれの漂流譚を語っているあいだ、あたしはカーゼをじっくり観察した。あいつの破損はかなり進んでいる。アイユールが移動に耐えられるかは、危ういところだ。仮にわれわれが、無事アイユールを仲間のところに送り届けたとして、何らかの感謝が得られるとは限らない。感謝なんていう考え方が、そいつらにあったとしての話だがな」

アレサンデルは指をぱちんと鳴らした。

「イブン・シャジャラットは危険な賭けに出ることで有名じゃないか？　威光、たぶんそれが、カーゼの動機だ。諸種族の運命に関わる力を手に入れたいのかもしれない。すでに六十年前にも、そうしたようにな。彼にとっておれたちは、媒介にすぎないんだ」

シカンダイルルは懐疑的な身ぶりをしたが、頭は猛烈に回転していた。新たな勝負が、始まったらしい。

アメスはポンプ場の銅製制御台《コンソール》の前にうずくまって、スピーカーが吐き出すぱちぱちという連続音を聞いていた。伝統的な軍事用安全帯《ハーネス》であるトロマラムを身につけた四名のシレ族衛兵が、入口を見張っている。アメスの出入りは昼夜を問わず自由だという指示を、衛兵はカーゼからじきじきに受けていた。

アイユールは約一時間前から声を発していた。アメスの頭のなかで、時は大きく膨張した。まだ雑音にすぎないものを、彼は体に染みこませた。意味をとらえようとはしない。同化のプロセスに、意識的な部分は皆無だ。それは自然に訪れる。だから彼は何も考えないようにした。

　突然、アメスの眼柄がドアにむいた。カーゼの姿が戸口にあった。車椅子が動き出すと、唸るような音がした。カーゼはすぐに状況の変化に気づいた。

「どうです、順調に進んでいますか？」カーゼは耳障りな声でたずねた。

　アメスは時の流れに戻るため、短い《遮蔽》に入った。

「とても忍耐が要りそうだ」と彼は立ちあがりながら言った。「今のところ、この音のマグマから、何の意味も浮かびあがってこない」

「当然でしょう。ゆっくりとやってください。あなたは困難な時をすごしてこられたんだ。三カ月は覚悟してますよ。アパランタのアィキジェ、つまり母語から切り離されたホドキン族たちは、アエジール語の基礎に同化するのにそれだけかかりましたから」

「すでに何名がことにあたったんだ？」

「五十年間で、十名のアィキジェたちがアエジール語を学びましたが、まだまだ不完全なものです。しっかりした土台に基づいてはいません。この言葉は他種族が聞いても、頭のなかでぼろぼろと崩れてしまうのです」

「だからこそ、わたしを呼んだのだな？　アエジール族のもろい言葉を保てるくらい歳を取ったアィキジェが必要だったから」

　カーゼはうなずいた。

「不死者《シャドレ》ならば、ほかのホドキン族よりも有能だろうと思いました。アイユールが話す言葉のなかで、われわれは何かを聞き落としている。そうに違いないと確信しています」

「彼は何と言っているんだ？」

「まずは欲求と恐怖を訴えています。飢え、孤独、永久にとらわれたままでいる不安を……接触したホドキン族たちは、彼に対する共心《エトフラグ》が問題なのだと言っています」

たしかにそうだ。ホドキン族における共心《エトフラグ》とは、ヒト族の《共感》と同じようなものだと思われているが、本当はもっと大きな概念だ。それはこの世界で、他者との関係によって自分自身を定めることなのだ。試合のないフェジイだと言ってもいい。ところが、他者は変質してしまった。大棲域《エリア》の住民たちは何世紀も前からアエジール族と断絶していたため、アエジール族はとうとうオマルの共通イメージから姿を消し、四種族は三種族になった。だから今、アメスはこの新たな現実を受け入れ、彼の共心を大気圏外《エーテル》の次元まで広げねばならない。

昨日は一晩中、《遮蔽》に入っていた。そうしなければアエジール語の習得に取りかかれなかっただろう。そして今日、彼の準備はできていた。

カーゼは制御台《コンソール》の下のパネルを指さした。簡単な掛け金がかかっている。


「そこにあるものが、きっとお役に立つでしょう」

アメスがパネルを引くと、うしろから音声伝達システムと連結された小型の十二面体人工頭脳《ドデカエドル》が出てきた。

「それで録音と再生ができます。お好きなように使ってください」

制御台の操作でいくつもの音声シークエンスを録音し、スピーカーから再生することが可能だった。シークエンスにはそれぞれ一時間の容量があり、ダイヤルの目盛で呼び出せる。もうひとつのダイヤルでシークエンス内での早送り、巻き戻し、速度の調整ができた。アメスは適当にシークエンスをひとつ選び、しばらく聞いてから停止した。

「これはありがたい。でもあなただって、アエジール語を学ぶ時間がたっぷりあったのでは？」

カーゼは首をふった。

「わたしのメモリーは、だいぶガタがきているんでね、もう無理ですよ。あなたより二十倍も歳を取っているのですから。いや、もっとかもしれない。外の体は何度も交換しました。記憶中枢だけが、情報ネットワークと呼ばれるもののなかに収められていたこともありました。ヒト族の形を体に使うのは、罪だと見なされた時代にはね。わたしが作られたのは大昔ですから、知性の働きに必要な忘却機能によって、記憶の大部分が消去されてしまいました。あなただってわたしと同じくらい長く生きたら、そんな不快を味わわねばならないでしょうよ」

一説によれば、四千年生きた不死者《シャドレ》もいると言われているが、それは伝説にすぎないだろう。そこに描かれている生き物は、もはやホドキン族とは似ても似つかない。もちろんまともな精神の持ち主なら、そんな話を信じはしないが。けれどもアメス自身、もうひとつの世界からやって来た者だ。決して変わらず明白だと信じていた多くのものが、揺らいでしまった。不死の者とは生きているのではない、生き続けているのだということを知った。彼は時間を服従させているのではなく、荒々しい流れのなかに呑まれまいとしながら必死に泳いでいるのだ。不死とは絶対的な概念なので、行く先々であらゆるものを燎原の火のように焼き尽くす。それを体験した者でなければ、誰も本当に語ることはできない。炎で火傷した者でなければ、火を語りえないように。だからこの会話は、アメスとカーゼ二人のあいだでしか、交わされえなかっただろう。

不死であることの不快か、とアメスは《遮蔽》から抜け出ながら思った。まるでとぎれた言葉を続けるかのように。

「忘却とは、不死の者たちを襲う呪いだと？」

カーゼはカミソリの刃のように剣呑な笑い声をあげた。

「むしろ忘却しないこと、と言うべきでしょうね……わたしは人工物ですから、自分で自分の記憶を制御できません。その中身や構成を。思うにわたしの基本設計はあまりにヒト族的だったんです」カーゼは数秒置いてから、先を続けた。「そこで話は、あなたが今、アパランタにいる理由へと至ります。つまり、あなたはなぜわたしの呼びかけに応じたのかということに。あなたはとても頭のいい方だ。だから本当に不死から解放してもらえるだろうとは、一瞬たりとも思わなかったでしょう。致命的な副作用なしに抗クレーヌ効果を発揮する秘薬など存在しません。もしそんなものがあったら、あなたの祖先が何千年も前に見つけていたでしょうからね。そしてあなたがたは皆、不死になったでしょう。あなたがここに来たのは、自分の未来の姿を見るためだ。それがわたしの提供する交換条件です。だからこそ、わたしはここに存在する……そしていつか、あなたも」

そのとおりだと答えるまでもなかった。アメスはただ身を固くして聞いていた。

「たしかに」とカーゼは続けた。「わたしは作られたときから、わかっていました。事故でもない限り、わたしの作り手たちよりもずっと長く生きるだろうと。それにわたしは、性の喪失を克服する必要もありませんでした。初めは、定められた機能を果たすために生きていました。今となっては、それが何だったのか思い出せませんがね。次にわたしは、情熱に生きることにしました。情熱があれば、ヒト族らしい一生を送れます。いや、さらにもう一生だって。でも、それ以上は無理でした。やがて生き続けること自体が、ただひとつの目的になりました。自分自身の永続性と、かけがえのない個となるべき精神構造を確保することが。しかしそれすら時がなしとげると、次には……」一瞬、彼は言葉を切った。「次には、すべてどうでもよくなり、無関心に生き続けた。そしてついには、無関心そのものまでが消耗してしまうと、世界の美しさがあらわれたのです」

「世界の美しさだって？」

「美しさ、つまりは、無秩序《エントロピー》の最終的な勝利を許さないすべてのものです。自ずからあらわれ出る新たな現象、生命のサイクル、文明の勃興と衰退、そして忘却……こうした流れをとらえ、ささやかな力添えによってそこに影響を与えることにこそ、生きる意味があるのです」

ささやかな力添え。例えば、ロプラッド和平条約のような。それがこんなに大きな変動をもたらすだろうと、アンドロイドは予見していたのだろうか？　おそらく、そうではない。われわれも同じだ。たとえアイユールを救うことができたとしても、その結果はわからない。とてつもないこと？　あるいはささいなこと？　どちらでも、かまわないではないか。大事なのは時の流れに乗って、力添えを成し遂げることだ。

カーゼの漠とした話の意味がわかり始めた。

「あなたの手助けを続けよう」とアメスは言った。

「ほかの者たちが、何と言うかはわからないが」

問題はシカンダイルルだ。しかしシェタンだって、壊れかけた古いアンドロイドの期待にはたして沿うかどうか。

「そこまではあなたにお願いできません」とカーゼは答えた。「どのみち、何も心配してませんがね。力添えが正しいものならば、わたしの計画は完遂するでしょう。そうでないなら、失敗しても惜しくはない」

31

　一ヵ月後、アメスはアエジール語の基本を理解した。それが複雑なのは、さまざまなレベルのコミュニケーションが常に並置されているからだった。ひとつひとつの文のなかで思考と関係が一体化し、徐々に豊かな象徴性を帯びていく。アメスはタペストリーのより糸をほどくように、それらを切り離す自分なりの方法を開発した。アエジール語の習得は大河に一本の糸を垂れ、でたらめに概念を釣りあげることから始まった。こうしてとらえられたのは、どんな種族にも共通の概念だった。飢え、死の意識、無秩序《エントロピー》、共心《エトフラグ》のなかで純化される好奇心といった誰もが抱く感情だ。色、香り、音といったさまざまな形の樹木が絡み合い、心のなかでひとつに溶け合っている。それは流れのあとに新たな泥土を残す川のようなものだ。泥土のうえにはまた独自の樹木が伸び、思考と関係の一体化があらわれる。

　今はまだ、アイユールに応えるまでにはいたっていないけれど、それも遠いことではないだろう。ほかのアィキジェたちほど先へは進んでいないが、彼らが見逃していた何か不可解な存在にはすでに気づいていた。まだ何も確信はないけれど。

　ときにはアレサンデルと昼食をとったり、宮殿の廊下でシェタンと立ち話をすることもあった。けれども彼の精神がこね直されて新たな型に流しこまれるにしたがい、仲間たちは距離を置き始めたようだ。彼らはよく外出したが、食事や寝起きは宮殿で続けた。シェタンはいっしょに散歩をしようと、何度も誘ってきた。彼女は散歩にとても熱心で、よくアレサンデルやハンロルファイルも――少なくとも最初のうちはだが――連れ出していた。アメスはとうとう根負けして、つき合うことにした。

　小砂利の海岸は、宮殿からほんの千二百リスクのところだった。二人の背後には、枝を縮めた背の低い珊《ダ》瑚樹《ンドリ》の林が細長く広がっていた。沖から吹きつける風が、アメスの鱗をわずかに逆立てた。子供たちが波しぶきを浴びながら、小さな動物のあとを追いかけていた。くすんだ色のずんぐりとした動物で、脚は切り落とされている。子供たちはそれをつかんでは、そっと下に落とした。シェタンは前にもこの奇妙な調教ごっこを見たことがあったので、あれは翼を退化させた法《コッ》螺鳥《クヴリル》だとアメスに説明した。自然のプロセスが行きついた先ね。エサの魚が豊富で捕食動物のいない隠れ家を見つけた法螺鳥は、空を飛ぶ必要がなくなるの。

「あなたは今も、これからも、大事な友人よ」とシェタンは続けた。「でもわたしたちはみんな、あなたの話し方、もののとらえ方、身のこなしがどこか変わったように感じてる。だから、わたしたちがあなたを避けているような感じがしたとしても、悪く思わないでね。何でもないことだから。新たなアメスに慣れるまで、待っていて欲しいの」

「きみたちを責めるつもりはない」とアメスは答えて、後腕をシェタンの肩に置いた。早くも言葉を選ぶのに苦労し始めていた。「小さな子供だったころ、ヒト語を学んだときにも体験していることだ。それに、変化をしているのはわたしだけではない」

　たしかにこのところ、ハンロルファイルの部屋で集会が行なわれることはめったになかった。ハンロルファイルは変《メタモルフォーズ》態が終わりに近づき、部屋にこもりっきりだった。きっぱりと生殖を拒否する彼の態度を、プライドの高いシカンダイルルは受け入れられるだろうかとアメスは思った。前交によって男はパートナーが決まってしまい、ほかの女は受けつけなくなる。ハンロルファイルはシカンダイルルとしか生殖ができないのに、撥ねつけ続けているのだ。シェタンやアレサンデルもこの状況を心配し、いささか困惑していた。けれどもシカンダイルルは、それに甘んじているようだった。そもそもいつもどこかへ出かけ、夜になるまで戻ってこなかった。

そんな会話があってから二日後、ハンロルファイルはドアの鍵をあけた。繁殖期間が終わったのは、胸部の体節がつながっているのを見ても明らかだった。彼は宮殿の料理場へ行き、応接室に料理を持ってくるようたのんだ。そしてカーゼやほかの仲間たちを夕食に招待した。シカンダイルルもみんなと同じように加わり、元気になってよかったとやさしい声までかけた。ハンロルファイルも礼儀正しく返事をした。

とろ火で煮た尖頭山羊《シヴァーニュ》の腿肉に食らいつくハンロルファイルを、シェタンは思わず抱きしめた。

「みんな、寂しがってたのよ」

「みんなありがとう。体の器官が完全にもとに戻るには、まだ少なくとも二ヵ月かかりますが」

「あなたがまた食事をしてるのを見られて、本当に嬉しいわ」

ほどなくカーゼは車椅子を出口にむけて走らせた。

「申しわけないが、ちょっと失礼しますよ」と彼は言った。「ハンロルファイル、すぐに戻ります。あなたにお見せしたいものがある」

カーゼが出て行くなりシカンダイルルが口をひらき、島民に対して調査をしたのだがと切り出した。もっともシェタンはそれが単なる調査ではなく、損得ずくだとわかっていた。彼女はその後もレミュアルドに会って、話を聞いていた。老婆によると、独り子《ロシル》は自分のもとに集結するよう公然と島民に呼びかけているという。そしてヒト族生来の貪欲さに訴えかけ、今まで遠慮していた批判もどんどん口にすべきだと煽っていた。

アパランタは飛行船で飛べば大陸からほんの二千ジ

ャル、スタッドヴィルからは二千五百ジャルのところにある、とシカンダイルルは言った。海賊の襲撃に備えて、島の港には武器庫があることも独り子《ロシル》は調べあげた。

シカンダイルルが何をたくらんでいるのかはわからないが、分別を持って慎重にやって欲しい、とアメスは思っていた。女海賊はイャルテル号の失敗にいつまでも拘泥していないだろうという点で、彼はほかの仲間と同じ気持ちだった。

アパランタの最初の住民は六十五年前、イブン・シャジャラットことカーゼと行動をともにしていた者たちだった。その数は、当時数百名。何世紀にもわたって続いた隔離政策にうんざりして、ロプラッド和平条約がその推進者自身のリーダーシップのもとに施行されることを望んでいた。シカンダイルルはそんな話を、聞いてきたのだった。

けれどもカーゼは、千年前に滞在したことのある太平湖の島へ、隠遁したいと思っていた。彼をオマルへ運んできた宇宙船が砕け散った場所だ。それにここは人目につかないので、植民化の波を受けていなかった。この奇妙な巡礼の途中、潮に運ばれて打ちあげられた鯨のように地上に落下したアイユールを見つけて、アパランタまで連れてきたのだった。宇宙船に積んできた大量の金属は、草木や土に埋もれてまだ残っていた。カーゼはその豊かな糧を利用して、いっしょに来た者たちに新たな技術を提供した。例えば、ソーラーパネルのような。辛くも救出したアエジール族を住まわせるため、半円形の気密室も大急ぎで作った。

カーゼの話や、たまたま出会った島民から集めた情報が、これでだいぶ補われた。カーゼに対する崇拝は昔に比べて陰ってはいるものの、あいかわらず続いていた。実際、アパランタの住民にも、オマル系の外にある宇宙をはっきりと思い描ける者はほとんどおらず──オマルの地殻を越えた先には霧に包まれた虚無があるだけだという先祖伝来の考え方は根強く残っていた——太陽崇拝教徒《ヘリアル》の言う創建者の門《ヴァングク》のネットワークは、抽象的な概念に留まっていた。カーゼが横暴なふるまいをすることは、決してなかった。議会でも中央の席にはつかず、ただ黙って話を聞いていた。

アパランタに滞在した最初のひと月は、ほかの仲間たちと同じようにシェタンにとっても、何週間にもわたる耐乏生活のあとの回復期だった。彼女は浜辺を散歩し、島の南部にある果物や野菜の市場へも何度か出かけた。通貨はティアリだったが、シェタンが驚いたことに、硬貨は合金製だった。

レミュアルドの村へこの前行ったとき、老婆は陽気な顔でたずねた。あんた、恋人はいるのかと。

「男はよく味わっておかなくちゃ。海に取られないうちにね」と老婆は言った。

「でもわたしは、そう簡単には考えられないの」

「おやまあ、男なんて簡単なもんさ。そうじゃないって思ってるなら、おしまいだよ。宗教と同じだ。あたしは第五福音教徒《エスコパリアン》だけど、あんたは？」

「わたしは……無宗教ね」

「ははあ、自分じゃ信心家だって言っている薄汚い連中と、ひと悶着あったのかい？」

シェタンは迷ったあと、ゆっくりとうなずいた。

「まあ、そんなところね」

「だったらあたしがたずねているのは、そういう意味じゃない。何か信じているものがあるかってこと。何でもいいから」

「たぶん……ないわ」

「あんたのたぶんはいいかげん聞き飽きたよ」とレミュアルドは言って、にっと笑った。「たぶんで言うなら、いつかあんたと教会で会えるかも……おや、笑ってくれたね。あたしがどうして教会へ行くのか知ってるかい？　だってあそこでは、することは決まってる。お祈りして、お祈りが叶うのを望むだけ。けっこうなお勤めじゃないか。あちこち歩きまわる代わりに、ぜひいつかやってみるといい」

　アレサンデルが仲間に飲み物を配っているあいだ、シェタンは部屋の埃やごみを自動的に吸い取る掃除機について、面白い話を披露していた。宮殿内にはほかにもロボットが闊歩していたが、認知能力が限られているので、コミカルな状況が生じることもあった。大部分のロボットはキャスターがついていたが、なかには関節が曲がるゴム底の脚をしたロボットもあり、ぎくしゃくとした歩き方だった。ロボット作りは、カーゼの好きな趣味のひとつだった。シカンダイルルはロボットに興味津々だった。シェタンはそれに気づいていたが、独り子《ロシル》の意図がはっきりしないうちは、ほかのみんなには話さないでおいた。

「ずいぶんじっくりとロボットを観察しているようですね」とハンロルファイルが言った。

　シェタンは覗きの現場でも見つかったみたいに顔を赤らめた。

「だって面白いんだもの」シェタンはそう言って、黙ったままのシカンダイルルを横目で見た。「何か悪い？」

「いえ、とんでもない」

　夕食は夜遅くまで続いたが、シェタンはたちまちすぎたように感じた。カーゼが戻ってきて、ハンロルファイルについて来るように言った。

　シカンダイルルはお休みを言って出ていき、ほどなくアメスもそれに倣った。アレサンデルはシェタンといっしょに部屋に戻った。戸口でアレサンデルがさよならを言ったとき、シェタンは彼の肩に両手をかけた。前もって考えていたことではなく、にわかに高まった欲望のあらわれにすぎなかった。アレサンデルは体をこわばらせたが、シェタンが唇を重ねてくるのを避けようとはしなかった。彼女は何杯酒を飲んだろう、とアレサンデルは心のなかで数えた。飲みすぎてはいな

い
はずだ。この一カ月、その気ならシェタンは何人もの島民と寝ることができたろう。チャンスはいくらでもあった。しかしアレサンデルの知る限り、彼女は節制していた。シェタンが舌を入れてきたとき、パニックが襲った。ヒト族の肉体の温かく甘美な香りが、アレサンデルの鼻をくすぐった。彼はできるだけそっと体を離した。

「すまない……」

シェタンは彼のくちびるを指で押さえた。

「何も言わないで。まだ起きてないことに、すまながる必要はないわ。大丈夫、わたしに任せて」

シェタンは手さぐりでドアをあけると、あとずさりして部屋に入った。アレサンデルは不器用に服を脱いだ。こめかみがずきずきする。自分自身の欲望が驚きだった。脳味噌がまともに働かない……いや、彼は考えたくなかった。もうはちきれそうだ。シェタンもそれに気づいた。二人は混ざり合う吐息に包まれ、優しく、貪欲に愛を交わした。あとのことは、もうどうでもいい。大事なのは彼に与える快楽、彼から得られる快楽だけだ。

ハンロルファイルはカーゼの車椅子を押して、彼の専用区域に入った。日頃はみんな、立ち入りを禁止されている一角だった。迷路のような廊下を進みながら、カーゼはアイユールの状態ついてハンロルファイルの見立てをたずねた。患者の聴診をしなければ診断できないと、ハンロルファイルは答えた。モニター画面の映像はぼやけていて、アイユールの体を網のように覆う骨のあいだから、大まかなようすが確認できる程度だった。表皮にはところどころ瘤や皺、ひびが見える。しかしそれも、不鮮明な映像によるものかもしれなかった。

「ドームのなかには入れません」とカーゼは言った。「入口がないのです。たとえ入れても、酸素不足でたれちまち死んでしまいますよ」

「気密服を作ればいい。酸素は外のポンプにつないだ管で送ります。食料を運ぶ装置を使って入れるのでは」

カーゼはしばらく考えていた。

「なるほど、検討に値しそうだ……ほらそこ、左側。すぐそこです」

今、歩いている廊下は、宮殿のほかと比べるととても質素だった。ところどころに灯った常夜灯のおかげで、かろうじて真っ暗にならずにすんでいる。彼らは雑然とものであふれた広い部屋に入った。明かりはオレンジ色のスポットライトだけ。色とりどりのケーブルや接続器具が床に散らばり、道具箱や分解した機械の残骸のあいだを這っている。壁の一面は、積み重ねた十二面体人工頭脳《ドデカエドル》で埋まっていた。どうやらここには、貴金属以外にもひと財産あるらしい。ハンロルファイルは記憶媒体《ガヒズ》や十二面体人工頭脳のプログラム装置、電子回路に気づいた……けれども大部分の装置は、何に使うものなのか彼にもわからなかった。掃除ロボット製造の作業場に連れてこられたのだろうかと初めは思ったが、こんな遅い時間にそれも妙だ。何かもっと重要な要件に違いない。

カーゼは十二面体人工頭脳の壁に面した操作台の前まで、車椅子を走らせた。コンピュータは変わった配置で積み重ねてある。アンドロイドは車椅子の記憶媒体を操作台に接続し、深々と腰かけなおした。

「これでよしと。立体画像装置を使えば、もっと簡単にお見せできる」

「見せるって、何を？」

車椅子がくるりと回転した。

「あなたがあきらめたもの、しかしいつも頭から離れないもの。オマルの本当の姿です」

それはとても自然な口調だっただけに、ハンロルファイルの胸を真正面から激しく揺さぶった。彼はしばらく、必死に考えをまとめた。

　そしてようやく口をひらいた。

「ほかのみんなも実演に立ち会ったほうがいいのでは？」

　カーゼは大笑いした。

「オマルの姿は、誰もが追い求めている真実ではありません。いくらオマルの起源を知っても、それがあなた自身の起源を明かすのでなければ意味はない。あなたのお仲間は、ほかの答えを求めています」

　そう言われてハンロルファイルは守勢に立たされた。

「わたしはただ純粋に、無私の知識を求めているだけです」

　カーゼはハンロルファイルの抗議を、疲れたような手つきでさっと払った。

「無私の知識なんて存在しません。見てごらんなさい。第五福音教徒《エスコバリアン》や汎回教徒《パンスラミスト》たちがどんなに必死になっているか。わたしを作ったヒト族のことしか、彼らは語ろうとしない。そうやって宇宙の歴史を、自分たちの世界観に合わせようとしているのです」

「それがわたしとどんな関係が？」

「第五福音教徒や汎回教徒はわれこそがヒト族の本質だと、世界の本質だとさえ思っています。自分と外界の区別がつかない赤ん坊のようなものなんです」

「わたしは真実を手にしているなどと言ったことはありません」

　カーゼは十二面体人工頭脳《ドデカエドル》の前にある操作台を、指でとんとんとたたいた。彼は黒い目でハンロルファイルをじっと見つめ、仰々しい口調で言った。

「でもわたしは真実を手にしている。あなたにそれを役立てて欲しいんです。あなたとの約束を守るためにね。昔、移行したデータベースを、これらの十二面体人工頭脳で使っていました」ハンロルファイルが不審げな顔をするのを見て、彼はつけ加えた。「データベースというのはたくさんの情報を組織的に——例えば、トポロジックな要素に従って収めるための電子的メモリーのことです。これらの古いメモリーと互換性のあるグラフ表示システムを構築するのに、数年かかりました。しかし、準備はもう整っています」

視界の端で何かがきらめき、ハンロルファイルは思わずふり返った。光は部屋の真ん中から発していた。小さなライトに囲まれた丸い台座のうえに、ぼんやりとした像が浮かびあがってきた。一辺が六十センチほどの、ほとんど厚みのない平らな四角だ。ハンロルファイルは、炎に呼び寄せられる虫のように近づいた。台座から半リスクうえに浮いた不気味な像のなかを、彼の腕状突起はすっとおり抜けた。すぐに彼は幻惑から覚めた。これはよく知られている視覚現象だ。シレ棲域《エリア》のオリマルでも、これとよく似た路上実験に立ち会ったことがある。ある条件のもとで強力な光線を交差させると、三次元の像が作れるのだ。縁日ではこうしたホログラムをつかって、見せ物にしていた。


「地図のようですね」とハンロルファイルは、四角の表面に描かれた図形を調べながら言った。「そう、たしかに地図だ……端から端まで伸びたこの曲がりくねった筋は、大きな川に違いない。太平江かクラルマ川のどちらかでしょう。一ガイア近い面積をあらわしているのに、驚くほど正確だ」

「そう、ぴったり一ガイアです。データベースには大棲域がそっくり収められています。残念ながら解像度が充分ではないので、アパランタは表示できませんが。拡大しても大したものは映りませんが、あなたがたがたどった道筋の一部をお見せできますよ」

カーゼは操作台の前で指令を出した。微かな振動とともに、太平江は地図のなかを数十アンジャルにわたって移動した。山脈は小さな頂が点々と連なるネックレスのようだ。それでも目で見えるよう、高さは地図の縮尺に比べて強調されているのだろう。大河は太平湖に注いだ。小枝の形に運河がひろがるケー河口が、はっきりと確認できる。黒岸は黒いマーカーの線さながら、沿岸地帯の下を染めていた。その先には、大洋が地図いっぱいに広がっている。

ハンロルファイルは眼点を動かして、わずかな窪みでも見つからないかと横から地図を眺めた。

「ちょっと待ってください。縮尺を変えますから」とカーゼが言った。

地図が縮んでいく――いや、地図そのものではなく、なかに描かれた図が。ハンロルファイルはこの擬似映像《シミュレーシヨン》に、興奮を抑えられなかった。まるでロケットに乗ったようだ。そういえばもう何年も前、望遠鏡を積みこむロケットを作ろうとした。あのときは資金不足で、実現しなかったけれど。ジェットエンジンの脇の丸窓から、オマルを眺めているみたいだ。地図が真ん中からゆっくりと窪み、海岸線が曲がり始めた。山脈が押しつぶされ、大河の筋が消えて、太平湖の全体像とクラル湖の一部があらわれた。

「二つの湖の完璧な地図を作った者は、まだ誰もいません」ハンロルファイルは声をあげた。「これを手に入れるためなら殺人も辞さないという輩だって、たくさんいるでしょうに。あなたはこんなに安々と見せてくれた……」

カーゼは黙っている。しかしその沈黙は、雄弁に物語っていた。ハンロルファイルは選ばれし者のひとりなのだ。ホログラム地図の存在を知り、それをじっくりと眺めることを許された数少ない者の。

今度は二つの大洋も縮まり、大棲域《エリア》の全体像が姿をあらわした。鋼炭《カルブ》を穿つ窪みが、数百、数千ガイアの面積にわたって広がっている。並外れた大きさだ。しかし無限ではない。

「これが本当の姿なのか」とハンロルファイルは叫んだ。

「その一部です。本当の姿は、もっとずっと広大だ」

ホログラムの表示が切り替わり、緑色をした球の断

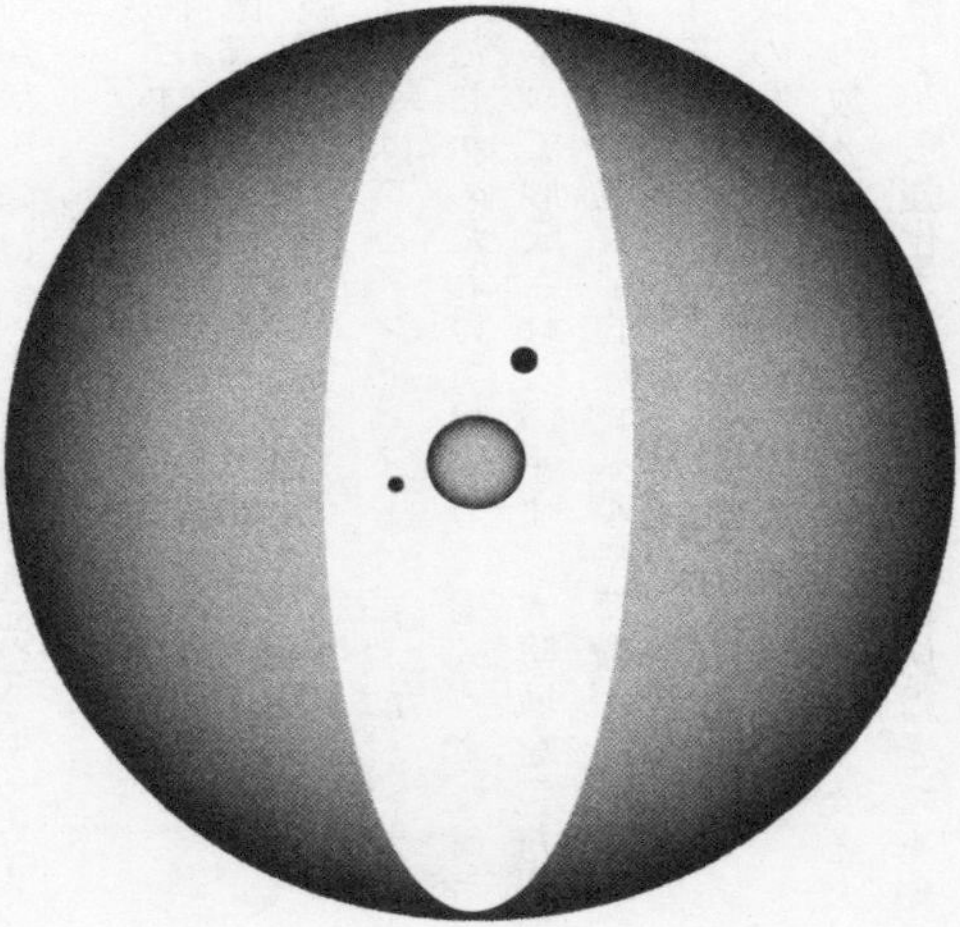

面図があらわれた。大棲域《エリア》はほぼ赤道のあたりに位置した。球がゆっくりと回転しているのは、表面の内側に暮らしている者たちに、擬似重力を与えるためだろう。だとすれば、大棲域が赤道部分にあるわけも容易に説明がつく。図の中心で輝く天体は太陽《ヘリアル》だ。太陽と球の表面を隔てる距離の四分の一あたりを、二つの小さな球がまわっていた。
「やっぱりそうだったのか」ハンロルファイルは、腕状突起で画像に触れながらつぶやいた。「太陽のサイクルが不規則なのは、この二つの天体で説明がつく。古い書物には惑星と書かれています。ヒト族の学者は俘虜星と呼んでいますがね。それぞれに名前もつけているくらいです。太陽に近いほうにはアコマット、遠いほうにはバンヴェンニストと。わたしたちはアズキリンとヌフェフリンと呼んでいます。ホドキン族には彼らなりの呼び名があるでしょう。太陽《ヘリアル》の重力場によって、円形の軌道上に乗っています。でも太陽にとて

も近いので、オマルの地表からは見えません」

　カーゼはうなずいた。

「たしかに太陽《ヘリアル》は、二つの惑星を光で呑みこんでいる」

「太陽《ヘリアル》とオマルの距離はどれくらいですか？」

「一億二千万ジャル以上あります」

「外殻部分は、すべて鋼炭《カルブ》なんですか？」

「おそらくは」とアンドロイドは言った。「わたしも自分でたしかめたわけではありませんがね。オマルは鋼炭《カルブ》によって形成されています。大棲域《エリア》を包む岩盤層が、各地方の地質学的なレベルや特徴、それに気候を決定するのです」

「鋼炭《カルブ》の厚さは？」

「ほんの数メートルです。岩盤の重さを支えるため、構造は下から強化されています。鋼炭《カルブ》はとても耐久性がありますが、ほかの材料と同じく一定の度合いで切断できます」


球全体の規模で見たら、太平湖も小さな豆ひと粒、花粉ひと粒ほどの大きさもなかった。大棲域だって、ささいな染みでしかない。ハンロルファイルはほかにも大棲域にあたるものはないか探したが、十二面体人《ドデカエ》工頭脳《ドル》のデータベースにも限界があるようだ。

　彼は片方の腕状突起で二つの惑星を追った。

「シレ族はこのうちどちらかから来たのでは？」

「どちらの惑星にも大気がありません。つまり空気がないのです。アイユールから聞いたところでは、太陽《ヘリアル》から遠いほうの星はアエジール族の領土なのだそうです。彼らはそこで採掘した金属を使って、大棲域の種族と交易をしていました。もうひとつの惑星、アコマットのことは……わたしもよくわかりません。アエジール族も決して近づかないとか」

「だったらわれわれはどこから来たんです？」

　カーゼは擬似映像《シミュレーション》のスイッチを切った。緑の球体はシャボン玉が弾けるみたいに消え失せた。

「それはとても複雑な話なので」カーゼの声には、いつにもまして雑音が混ざっていた。「まずは星間路についてご説明しなければなりません。ヒト族はもともと、太陽《ヘリアル》のまわりをまわる俘虜星に似た岩石の球体に住んでいました。そして星間路を通り、散らばっていったのです。この道は創建者《ヴァングク》の門と呼ばれています」

「創建者《ヴァングク》だって？　ええ、ヒト族がこの名を口にするのを聞いたことがあります……たしか、罵り言葉で。そういえば、シル教にも同じような教義がありますね。ウォフライ・クサンスといって、ウォフラインの門という意味です。創建者ウォフラインがオマルを創ったのだと。フェジイにもウォフラインを象った小像の駒がありますが、名人級の者しか使いません。それは概念をあらわす抽象駒《アシュタイクセンル》だからです」

「コアンダリュウムもそう言ってました。創建者《ヴァングク》は各種族のためにそうした門を置き、オマルを創ったのです。各種族は創建者《ヴァングク》の門を互いにつなぐ広大なネットワークを利用していました。けれども、それぞれのネットワークは互いに切り離されていたので、ヒト族、シレ族、ホドキン族はオマルにやって来るまで出会ったことはありませんでした」

カーゼは直径一ジャルのリング型の門を描いた。巨大な輸送宇宙船――たいていは貨物船か、入植者を乗せた移送船だ――も通れる大きさだ。門の機能は最後まで謎のままだった。

「でも創建者《ヴァングク》はなんのために、そんな門を諸種族に与えたんでしょうか？」

カーゼは肩をすくめた。

「それぞれの種族が宇宙にふわしい年齢に、早く達するようにかもしれません。いつか創建者《ヴァングク》が姿をあらわしたら、教えてくれるでしょうがね。さまざまな門のネットワークによって、諸種族は互いに距離を置きながら銀河じゅうに広がっていきました。ところが今から十五世紀前、活動中の門が突然オマルの門に集中したのです。そのとき惑星間を移動中だったシレ族、ホドキン族、ヒト族の宇宙船が、こうしてオマルの内宇宙に、すべて同時にあらわれました。その数、数千隻。それぞれの門がむかう先には大棲域《エリア》があり、あらかじめ創建者《ヴァングク》によって、われわれの生物学的必要性に合わせた大気が準備されていました。同じような出来事は何千年ものあいだに、ほかのさまざまな種族《レー》にも繰り返し起きてきたに違いありません。オマルは銀河系の種族の坩堝《るつぼ》となったのです」

いくつもの銀河、恒星や惑星をちりばめた宇宙……ハンロルファイルは眼点が曇るほどの集中力で、ネットワークの大きさを思い浮かべようとした。門のむこうには、シレ族、ヒト族、ホドキン族が暮らす何千もの惑星がある。ところが十五世紀前、そうした惑星は突然、互いに切り離され、すべての道がオマルの門へと続いた。オマルという巨大な人工物の真ん中に隔離された大棲域のように、門はやって来た者たちを孤独のなかに見捨てたまま閉じてしまったのだろうか？　もし、そうだとしたら……でも、いつかきっとネットワークはひらき、通じ合うだろう。そのときオマルは創建者《ヴァングク》にとって、諸種族が互いに仲よく共存できるかを確かめるための試金石になるのかもしれない。創建《ヴァン》者《グク》が結果に満足するまで、試練は続くのか？　そもそも、判断の基準はどこにあるのだろう？

ハンロルファイルはできるだけ具体的な問題に頭をむけようとした。

「わたしたちを大棲域に連れてきたオマルの門は、どうなったのですか？」と彼はたずねた。

「船団があらわれたあと、すぐに消滅してしまいました。だから船団はもう引き返せず、着陸するしかなかった。わたしも当時、宇宙船の一隻に乗っていました。オマルの住民はすべて、そうした宇宙船の乗客、乗組員の子孫なんです」

「つまりは、とてつもなく大がかりな誘拐ってことですか」とハンロルファイルは叫んだ。彼は罠の規模を思い描こうとしたが、時間も労力も測りようがなかった。

「門のネットワークは、釣り餌であると同時に簗《やな》の役目も果たしました。わたしたちのケースは、特殊なものではないでしょう。過去にも同じような誘拐が、きっとたくさんあったのです。そしてこれからも。オマルはとても広大なので、何千もの大棲域《エリア》が作れます。ということは、何千もの種族《レース》がいるかもしれないということです。シレ族、ヒト族、ホドキン族は性質が近いためにいっしょにされました。同じ空気を呼吸し、糖質と蛋白質を摂取し、二足歩行をし、性行為によって子孫を残す。そして分節言語と知的な社会組織を有する。ほかの種族は、われわれとは違った肉体的な特徴に合わせて作られた特別な大棲域に集められているのでしょう。アンモニアやメタン、塩素のガスが充満するなかで暮らす種族がいたって、不思議はないですからね」

「でも……なんのために？」とハンロルファイルは繰り返した。

次々に明かされる意外な事実をなんとか受け入れようと、彼は絶望的な努力をした。新たなことがわかるたび、精神がかっと熱くなった。できればフェジイのテーブルにつき、この新たな現実をゲームのなかに取り入れてみたい。それは物狂おしいまでの生理的な欲求だった。

「おそらく創建者《ヴァングク》の意図は、宇宙からすべての知的種族を集めることにあったのでしょう」カーゼはまた肩をすくめた。「あるいは外宇宙に迫っている危機から、諸種族を守るためか。彼らが選んだ場所で種族同士が殺し合うのを見て、楽しんでいるのかもしれません。だとしたらオマルは実物大の実験室、野外実験場というわけです。いや、もっと別な目的があるのかも。実を言えば、わたしはとっくに理解をあきらめています。

考えて何になるんです？　彼らに会わないかぎり、この問いに答えを望んでも無駄なのに」

32

アレサンデルはうなじの下で両手を組み、きれいに片づいたシェタンの部屋をぐるりと見まわした。つけたままにした浴室の明かりだけで、部屋を照らすのに充分だった。電球か……アレサンデルには、これが未だに驚きだった。掃除ロボットのおかげで、あいかわらず床はぴかぴかだ。家具のうえには服もがらくたも食べ物のかすも、まったく散らかっていなかった。

隣でシェタンがもぞもぞと体を動かした。アレサンデルはほとんど機械的に笑みを浮かべた。内心、何を感じているのか、自分でもよくわからなかった。

「眠れた？」と彼女はあくび混じりにたずねた。

「いいや」

「息づかいでわかってたわ。よかったら、ここで寝ていっていいわよ」

「ありがとう」

ぜひ、そうしたかった。

シェタンは彼の脇腹に、無造作に腕をあてた。

「ねえ、ボロ船で漂流していたころ、あなたはてっきりインポだと思ってた」

「きみが迫ってきたのに、撥ね退けたからか？」

脇腹にシェタンの肘鉄を喰らって、アレサンデルの腹筋がぎゅっと締まった。

「いやだ、迫ったりしてないわよ……さっきまではね。あれは後悔してないけど」

じゃあ、おれのセックスに満足してくれたんだな？　とアレサンデルは思った。少なくとも、おれがヒト族だっていう証拠を見せたことに？

けれども今は、そんなことをたずねるべきじゃない。シェタンとの交歓に、うっとりするほど強烈な喜びを感じた。傍らに寝そべる彼女を見るだけで、喜びはさらに大きくなった。行為そのものに解放感はなかったし、それで癒されたとも思えない。しかし自分の体がすべてとなったあの瞬間、彼は爪の先までまったきヒト族になれた――そして同時に、完璧に。

安らぎのため息が唇から漏れた。血管を流れるホルモンが尽きかけていたが、このうえない心地よさはずっと続いていた。

「ああ、完璧だった」

そうささやいたとたん、言葉の無意味さに気づき、彼は頭のなかでもう一度反芻し始めた。ほっそりとした手が胸に置かれ、ゆっくりと肩から顎、口へとあがってくる。彼はびくっとした。今、おれは何をすればいいんだろう？

「きみのことを話してくれ」と彼は言った。

手が止まり、引っこんだ。

「新たなフェジイの試合に臨もうっていうの？」

声は冷たくなっていた。

アレサンデルは横をむいて、シェタンの目を見つめた。

「試合も賭けもたくさんさ。ただきみのことを、もっとよく知りたいだけだ」

シェタンはシーツをかささせて、あおむけになった。トンボの羽根が触れ合うような微かな笑い声が、彼女の唇から漏れた。

「無茶な要求ね……どうしてカーゼがわたしを選んだのか、わからないわ。命令するのは、シカンダイルルのほうがむいている。遠征隊を率いるにはぴったりだわ」

「軍の将校を率いるなら、シカンダイルルが適任だろうけど」とアレサンデルは確信のこもった口調で言った。「でも遠征隊を組織して世界の果てに連れていき、アエジール族と交渉までするとなると、できるのはきみだけだ。カーゼは間違っていなかった」

シェタンは虚空をぼんやりと見つめたままシーツを体に巻くと、ベッドの端にすわった。

「話したくないわ」

「ここだけの話にする。もしそれが心配なら」

シェタンはこくんとうなずいた。長い沈黙が続いた。アレサンデルはそれを破ろうとはしなかった。それからシェタンが唇を濡らしながら、大きく息を吸う音が聞こえた。

「わたしが生まれたのは……いえ、どこで生まれたかなんて、どうでもいいわ。太平江沿いの、どこか丘のうえ。本当の名前はシェタンじゃない。本名は……何て名前かもどうでもいいわね。わたしが生まれたとき、両親は良家の息子と結婚できるよう手はずを整えた。二人の星座を交換し、未来の花婿からの結納金も受け取って。結婚式の日まで、わたしは相手に会うことは許されなかった。名前すら教えてもらえなかったわ。わたしたちはお互い、純潔を守らねばならなかった。

だから彼が十二歳で死んだことすら、ずっと知らなかったわ。
婚約は解消され、結納金は返さねばならなくなった。でも両親は、全部使ってしまったから、わたしが返さねばならなくなった。十六歳のとき、町を潤している大きな工場で働くことになった。町から千ジャルのところにある峡谷でとれた苔を精製して、繊維ファイバーや固形肥料を作る仕事よ。工場では、わたしみたいな小さな手が重宝がられるの。工員はみんな、職場の納屋に寝泊まりしてた。繊維を扱う酸性ガスのせいで、平均寿命は三十五歳そこそこ。だからほかの何千人もの労働者たちと同じように、そこで一生を終えてもおかしくなかったわ」

ところが、検診によって運命が変わった。住みこみの工員として雇われる前には健康診断を受けて、仕事に耐えられるかどうか、性病にかかってないかを調べねばいけないことになっていた。その日、看護師が休みだったので、工場はたまたま開業医に応援を頼んだ。医者はシェタンに服を脱がせ、はっと息を呑んだ。そして工員には不適だと診断を下すと、シェタンの両親に金を払い、兄弟たちの反対を押し切ってすぐに彼女と結婚した。彼は穏健な汎回教徒《パンスラミスト》だった。第五福音教徒《エスコパリアン》だったら、絶対に結婚しなかったろう。というのは、その地方で第五福音教徒は一夫多妻を行なっていたが、逆に汎回教徒はそれを戒めていたからだ。夫はシェタンに読み書き、算盤を教えた。たちまち彼女は、診療所の仕事を取り仕切るようになった。

シェタンは三年間で小さな診療所を病院にまで大きくし、夫を市長候補にまでのし上げた。彼の当選は皆を驚かせた。誰よりも驚いたのは夫自身だった。シェタンは夫が任務を全うするのを助け、リベラルな改革を進めたり、労働者の待遇を改善したりした。若い女が踊ったり音楽を演奏したり、文字を習って意見を言ったりするのを禁じる法律を廃止した。女は結婚したら四人の子供をもうけ、そのうち少なくとも二人は男児でなければならないという法律も廃止した。これはシレ族との戦争時代に遡る法律だった。シェタンの影響力は、ほどなく地元のブルジョワ階級に知れ渡った。彼女を誹謗する宗教家たちは、彼女をシェタン、つまり《悪魔の女》とあだ名した。しかし町の評判は高まり、シェタンは地元穏健派の人々にとって人気の的となった。繁栄と寛容は表裏一体だった。

ある朝、シェタンは夫がベッドで窒息死しているのを見つけた。正確な死因は誰にもわからなかった。兄弟たちが司法解剖を認めなかったからだ。さらに彼らは、シェタンが葬儀に参列することも許さなかった。ヌ＝クーランは火葬を禁じているので、夫の遺体は袋に詰め、棺桶にも入れずに埋葬された。こうして彼は生のサイクルを閉じ、土に還っていった。

未亡人は夫の兄弟と再婚しなければならないと、法律で定められていたが、シェタンはそれを拒絶した。侮辱されたと思った家族は彼女を裸にして町の広場に引き立て、公衆の面前で打ち据えた。

死にかけた彼女を救ったのは、純朴な通行人たちだった。シェタンは市役所の別館に運ばれた。夫の家族たちは彼女を追い出そうとした。それがうまくいかないとわかると、今度は夫を毒殺したとしてシェタンを告訴した。子供ができないよう不妊の手術を受けたとか、魔術を行なったとか、彼女の性器は際限なく男を咥えこみ、精力を吸い取ってしまうなどと口汚く罵った。こうした攻撃にもかかわらず、シェタンは市長に立候補し、見事当選を果たした。

「それから三年後、敵は力ずくで権力を奪ったわ。わたしは自分の髪の毛で手首と踝を縛られ、袋に押しこまれた。そして崖のうえから太平江めがけて投げ捨てられた。苔を詰めるための袋は、内側に蠟で防水加工がされていた。そのおかげで沈んでしまわず、何時間も流されて、数ジャル離れた岸に打ちあげられた。わたしはシェタンと名のり、故郷の町へは二度と戻らなかった」

「なるほど。それで、本名は何と？」とアレサンデルはたずねた。

シェタンの唇は、ぴたりと閉じてしまった。その名前は彼女自身のどこか奥深くに、永遠にしまわれたままだろうと思うしかなかった。けれどもアレサンデルは、どうしてカーゼがほかならぬ彼女を選んだのかがよくわかった。彼女は宗教にとらわれない自由な女にとって命がけの危険、つまり原理主義に対して、権力の行使というもっとも危険な領域で挑んだからだ。そして彼女は、見事に生きのびた。

それでもまだ、ひとつ疑問が残っている。

「きみは何を求めてここに来たんだ？　穏やかに暮らせる場所、誰もが寛容でいられる場所を求めてかい？」

シェタンの顔から笑いが消えた。

「オマルのどこを探しても、死ぬまで穏やかに暮らせる保障なんかないわ。不寛容は、あらゆる種族《レー》の心につきものよ。不寛容と戦うことはできる。でもいつかそれは、気高い精神のあいだに入りこんでくる。舗石の隙間から生えるイラクサみたいに」

アレサンデルは無意識のうちにうなずいていた。これは彼女の本心なのだろうか？　アレサンデル自身、家畜人《エレラク》だといって頭から差別されてきた。それでも彼は、イャルテル号で保育園をやっていたファルミエ神父と同じように、不寛容は生まれつき誰もが持つものではなく、完全に消し去ることのできる社会的な行動なのだと信じたかった。

「いずれにせよ」とアレサンデルは言った。「カーゼはきみが遠征を率いるのと引き換えに、何を提供しようっていうんだろう？」

「彼は歳とって、壊れかけている。今まで何度も体を取りかえてきたと、わたしたちにも言ってたわ。でもオマルでは、そうもいかなかったでしょう。必要な技術が失われてしまったのだから。彼は千五百年近くのあいだ、何とか自分で修理をしてきたけれど、どんな修理にも限界があるわ。カーゼは死期を悟って、自分が亡きあとアパランタを引っぱっていく者を探しているんだわ」

それはアレサンデルも、多少なりとも予想していたことだった。カーゼはアエジール族との交渉を、シカンダイルルに任せる気かもしれない。そこから最初の成果を引き出し、さらにはアイユールを助けた代償も得させようとしている。けれども、アパランタを治めるのはシェタンだ。独り子《ロシル》はそれでよしとするだろうか？　いずれにせよ、カーゼがシカンダイルルに目をつけたのは、独り子《ロシル》に復讐心が芽ばえるより以前のことだ。だとしたら、もともとシカンダイルルに用意されていたのは島の統治と、そこに隠されている金属だったに違いない。

「でもきみは、その責任を引き受けるつもりなのか？」

シェタンは肩をすくめた。

「わたしはかつて、愛する町を治めていたわ。でもその結果、災難が引き起こされただけだった。そしてわたしは逃げ出した。本当なら、戻って戦うべきだったのに」

アレサンデルは起きあがって、彼女の肩を抱いた。

「きみは命がけで逃げたんだ。おれと同じようにね。でも、きみのほうがずっと強い」

「いいえ、わたしなんか……」

「きみは本当に強いよ」

アレサンデルは抱きしめる腕に力をこめた。シェタンは何か答えようとした。けれども、アレサンデルが《強い》という言葉にこめた本当の意味に気づいて、黙ってしまった。彼の言う《強さ》とは他者にむけられたものではなく——そこにあるのは自らのイメージにとらわれた、空虚な破壊者でしかない——自分自身に対してむけられたものなのだ。だからシェタンは、彼に言ってあげたかった。あなたは失敗したと思っているかもしれないけれど、あなた自身を求めて、誰よりも遠くまで行ったのだと。

けれどもアレサンデルの目を見て、それは言うまでもないのだとわかった。

だからただ、彼の抱擁に応えた。

第九部　飛　翔

世界は多かれ少なかれ、われわれが好むようにしか存在しない。

33

ハンロルファイルの指導により、低い気圧にも耐えられる気密防御服が作られた。ガラス張りのヘルメットには空気の注入口が取りつけられ、外部に設置されたポンプと柔らかい管でつながっていた。食料を運ぶワゴンに乗ってエアロックを抜ければ、パイプラインの接管を確認したり、アイユールの聴診もできる。彼はその機会を利用して、オマルの性質に関する質問をするようアメスに頼んだ。何度か虚しい試みを重ねたあと、アメスはもうお手上げだと言った。彼が得たアエジール語の知識は基本語彙に限られており、専門用語は抜けていたからだ。

ハンロルファイルが真空のドームに最初に入ったとき、仲間たちは宮殿の下方にあるポンプ場のモニター画面を心配そうに見守った。何層にもなった気密服を窮屈そうに着こんだシレ族は、もぞもぞと動く楕円形の染みだった。空気を送る長い管や、棘状に突き出た骨のせいで、アイユールのまわりを思うようにまわれなかった。それでも彼は大まかな聴診をすませ、検査用のサンプルを採取してドームを出た。帰りは問題なかったが、戻ってくるなり質問攻めに遭った。

アメスがポンプ場に皆を招集したとき、アレサンデルは最後にやって来た。カーゼは車椅子を制御台《コンソール》のすぐ脇につけていた。シカンダイルルは来ていない。独り子《シル》はここ最近、ほとんど呼びかけに応じなかった。一週間前、シェタンは飛行場の近くで、シカンダイルルが町民たちに囲まれているのを見かけた。ヒト族の演説者がするように、使えるほうの腕状突起を盛んに動かしながら、声を張りあげて何事か話している。聴衆のなかには、シカンダイルルの言葉に拍手喝采する者もいた。シェタンはどう考えていいのかわからなかった。いずれにせよ、まわりのみんなはアイユールのことで頭がいっぱいで、宮殿は騒がしい巣箱と化していた。

銅製の制御台は、すでにモニターが灯されていた。画像はあいかわらず同じだ。白っぽい、膨らんだ鞘のような体。そこから曲がった長い棘状の骨が、放射状に伸びている。

あのドームのなかには、とらわれになった精神があるとアレサンデルは思った。

けれどもそれは、意思をあらわせるようになっていた。マイクロフォンが、ぱちぱちという連続音を伝えていた。

数日前から、アメスは制御台にとりつけた電信機を打って、アイユールに返事をしていた。それによってわかったことにより、計画の見直しが迫られた。

「何と言っているんですか？」とハンロルファイルがたずねた。

アメスは長い電信メッセージを送ったあと、おもむろに口をひらいた。

「アイユールはわたしの語彙が貧弱だと言って、おかしがっている。前に送った文で、わたしが誤解をしているのでなければ……」

「そのためにわれわれを招集したんですか？」とカーゼが言った。「あなたがアエジール語に同化するスピードには驚いていますが……」

「いや、そうではない」

「だったら、なぜ？」

「彼の言葉をよく調べた結果、それ自体が不完全だとわかった。今まで聞き取ったとおりを、アエジールは話していた。いくつもの重要な側面が、もともと不足していたのだ」

一瞬、皆のなかに驚きが広がった。

「彼の言葉が不完全ですって？」とカーゼは繰り返した。「それはあなたの全体的な理解が、何というか……表面的だからでは？」

アメスは首を横にふった。井戸の底から言葉をひとつひとつ釣りあげるかのように、彼はゆっくりと話した。

「いや、むしろその逆だ。理解が深まったからこそ、前任者のアィキジェたちはアエジールが見せるものしか見ていないとわかったのだ」

「つまりアイユール自身の一部が、われわれに届いていないのだと？」

アメスはうなずいた。

「それがどれくらいなのかは、まだわからない。普通は雑音にしか聞こえないものを解釈し始めてみた。どうやらアイユールは、一見自律的な精神の表層を目覚めさせているらしい。それが彼の、全体なのだと、われわれに思いこませるためにね。彼の精神構造は、いうなれば尖頭山羊《シヴァーニュ》の瘤みたいなものだ。水に浸された意識の核は、外にむかってノイズのようなシグナルを発している。だがそれは、意味を読み取りうるノイズなのだ。厳密な意味でアイユールが夢見ているとは言えないが、彼はさまざまな能力が最低限機能するように保っている。眠っている精神の深層が、彼の表層と常に呼応しているかのように。わたしがとらえたのは、そうしたノイズのようなシグナルなのだ」

アレサンデルは何が問題になっているのか、おぼろげながらわかり始めた。

ハンロルファイルが大声で意見を述べた。

「その表層的な意識とは、精神的防御プロセスなのでしょう。アイユールがオマルに落下したときに、それは始動したのです。ちょうど彼の肉体が分泌した液が、外皮となって全身を覆ったように……」

カーゼがそこでさえぎった。

「アメス、ほかに何かわかったことは？」

「彼は目覚め始めたようだ。わたしが彼の言葉の奥深くに潜む、思考と関係の一体化を探っているのに気づいて……つまりわたしが理解したと気づいて」

「何ですって？　アイユールが目覚める？」

アレサンデルとシェタンは思わずモニター画面に目をやった。眠りから覚めたマンモスさながら、アイユールがドームの下で突然ぶるっと体を震わせるのが映っているかのように。カーゼはアメスの前に車椅子を走らせた。

「困った事態ですね。そうなると彼を空に還す準備が、とても複雑になるかもしれません」

「必ずしもそうではない」

「どうして？」

「もう少しアイユールと話してみなければならないが、われわれが空へむかう必要はなくなるかもしれない」

カーゼはさらに説明を求めた。

「まだ詳しい話は聞いていないのだが、アイユールは自分の置かれている状況を把握し、仲間のところに帰りたいと思っている。しかしながら、大気圏の端まで飛んでいくなんて、馬鹿げた話だと思っているらしい」

沈黙が続いた。

「ほかに方法があると、アイユールは言っているんですか？」ハンロルファイルがたずねる。

アメスは胸の前で中腕を組んだ。

「水とエネルギーがあればいいと」

「水とエネルギーですって？」とカーゼは繰り返した。

「たったそれだけ？」

そうだ、とアメスは言った。スピーカーが発するぱちぱちという音が、いっそう激しくなった。アメスは何か技術的な会話を延々と始め、翻訳には時間と労力がかかった。シェタンとアレサンデルはすぐにわけがわからなくなり、部屋を出た。

「どう思う？　今の話」アレサンデルは宮殿に続くスロープのうえでたずねた。

シェタンは肩をすくめた。

「どう思うかって？　まあ、わたしにはできっこないことだわ。アメスは鋼炭《カルブ》の下に銅の鉱脈を見つけたようね。そんなこと、誰も予想しなかった」

「でも、それで持ち札が変わるってことは、きみもおれもわかっている」

シェタンはうなずいた。もしアイユールが自力で宇宙に戻れるなら、引きかえに得られるものはなくなる。するとまたしてもいちばん割を食うのは――カーゼを除けば――シカンダイルルだろう。

「この際アイユールの反応は、考慮に入れないほうがいいのでは？」

アレサンデルは首を横にふった。

「宇宙へ行くなんてできそうもないことは、きみだってわかっているだろう。五十年前、アイユールを密閉した箱に入れて何千ジャルも運ぶのは可能だったろうが、今では困難な問題が山ほどある。真っ先に心配なのはアイユールの健康状態だ」

シェタンはしぶしぶうなずいた。ハンロルファイルはアイユールから採取したサンプルを、すでに分析していた。その後も繰り返しドームに通い、診断をくだした。アイユールは文字どおり、床に根をおろしてしまった。大きな乗り物にのせて、もっと小さなドームに移すのは不可能だと。

「だから実質的に、選択の余地はないんだ」とアレサンデルはつぶやいた。「アイユールが自らアパランタを飛び立つか……そうでないかだ」

アイユールの要求を満たすのは、思ったよりも難しいことが明らかになった。水は全く不純物が入ってはいけないので、今までにないような浄化装置を作らねばならず、うまく作動させられるようになるには何週間もかかった。ドームまで無菌状態で液体を運べるパイプラインまで建設された。エネルギーのほうは、住民に電気を供給する風力発電機の力を借りねばならなかった。カーゼは議会に出むき、アイユールをできるだけ早急に仲間のもとへ還さねばならないと言って協力を仰いだ。

ハンロルファイルはほとんどいつも気密服を着たきりで、アイユールの診察にあたった。そして何かの図表を書いたり、アメスに通訳を頼んで内密のやりとりをした。

さらにアイユールは冷却タンクの建設も求めた。シェタンとアレサンデルは帰還準備の技術的側面には無関心だった。どのみち彼らでは、何の役にも立たない。アパランタの住民はすべて、この大事業に参加しなければならなかった。そのため不便も忍ばねばならないと、抗議の声もあがった。シェタンは議会に二度招かれ、カーゼの人気が低下しつつあることを知った。吸引ポンプの停止こそ提案されなかったが、アイユールがたまたま死亡しても、残念がる者ばかりではないようだ。それでもカーゼはうまく役人たちを操った。開発された技術は広く応用できることを強調し、何世紀もの間に彼が蓄積した知識はまだすべて明かしていないとほのめかしながら。

幸い準備は終わりに近づいた。

モニター画面に映ったアイユールの姿は変化していた。体の下方にできた四つの嚢は膨れているが、先端は細まっている。二週間もしないうちに棘は乾いて、大部分は崩れ落ちてしまった。今ではもう中央の膨らみは、アイユールの体を支えるリングのうえにしかついていない。体を包んでいた表皮膜は濁って固まった。ハンロルファイルはこの変化の理由を、シェタンに説明しようとした。生理学や生物学の知識に基づいた解説はちんぷんかんぷんだったけれど、その口調にあふれる驚嘆ぶりが彼女には微笑ましかった。

「われわれをオマルの地表に張りつけている重力から、何の装置も使わずに独力で自由になれるなんて、ものすごいことだと思いませんか?」とハンロルファイルは毎日のように繰り返した。

「たしかにものすごい」アレサンデルとシェタンは答えた。「それでわれらが友人は、いつ出発できるの?」

「もうじきです。幸いドームは、なかのアイユールを決して傷つけないように設計されています。最後の瞬間、空気を注入して、内部と外との気圧が同じになるようにします」

宮殿の空気はぴりぴりとしていた。皆の気持ちが迫りくる出発に集中するにしたがい、議会での非難も和らぎ始めた。

住民たちは自らドームの前に集まった。シェタンは群衆のざわめきに誘われ、部屋の窓から外を見た。お祭りのような雰囲気が漂っている。けれども彼女は、微笑みのなかに涙が含まれているのに気づいた。

真珠が貝の一部なのと同じように、アイユールはアパランタの一部だったのね、と彼女は思った。貝は自分が真珠を秘めていることを知らない。真珠が取り出されるときの痛みで、初めてそれに気づくのだ。

ほどなく行列がやって来て、小旗と横断幕を配った。シェタンは窓の手すりによりかかり、司祭が拍手の嵐に包まれてドームに祝福を与えるのを眺めた。彼女も拍手せずにはおれなかった。

司祭が引き返し始めたとき、廊下側のドアからノックの音がした。

「どうぞ」彼女は声をかけた。

それはアレサンデルだった。

「間もなくアイユールの出発だ」と彼は言った。「すぐに宮殿から退去しなければ」

「それじゃあ、わたしたちが呼ばれた意味はなかったわね」とシェタンはぼんやりと言った。「きっとすばらしい光景だわ。それだけでも、わざわざやって来たかいはあったけど」

「おれたちはまだ、何も見ていない」

シェタンはにっこりとして、人差し指でこめかみをたたいた。「見たわよ、このなかを」

アレサンデルも笑ってうなずいた。

「たしかに、すばらしい光景だった」

そのとき下から悲鳴が響き、銃声が何発も聞こえた。

「おいおい、何事だ?」アレサンデルは叫んだ。

彼は窓に駆け寄って身を屈め――いきなりさっとあとずさりした。うしろにいたシェタンに危うくぶつかるところだった。

次の瞬間、窓ガラスに放射状のひびが入り、天井の漆喰が剝がれ落ちた。

「下から撃ってくるぞ」

シェタンの部屋の窓には、それ以上弾はあたらなかった。しかし、あたりに飛んでくるのが見える。二人は部屋の奥に避難した。流れ弾にやられる危険は避けなければ。

アメスが大慌てで入ってきた。

「部屋を出てはだめだ。一階が襲われた。わたしはポンプ場から辛うじて逃げてきた。カーゼが今、どこにいるのかはわからない。いったい誰がこんなことを?」

「誰だと思うのよ?」とシェタンは食ってかかるように言った。

「ハンロルファイルはどこだ?」アレサンデルがたずねる。

アメスは後腕をぶらぶら揺すった。

「まだポンプ場にいる。最後にもう一度、アイユールのところへ行きたいと言って。最初の銃声が聞こえたとき、気密服を着ているところだった。彼はわたしを外へ押し出した」

「アイユールのところへ行くだって？」アレサンデルは逆上したように言った。「どういうつもりなんだ？　アイユールはあと一時間で出発なんだぞ」

わけがわからない、とアメスは言った。するとシェタンが、急に笑い出した。

「きっとハンロルファイルは、自分の取り分をもらいに行ったんだわ」

「何の話だ？」アレサンデルがたずねた。

アメスはなるほどというように口を鳴らした。

「彼はアイユールのなかに避難所を見つけたんだ」と彼は突然言った。「きみの言うとおりだ、シェタン。われわれのなかで、いちばんアイユールを詳しく調べたのは彼だ。たとえ空気を送る管がつながっていなくとも、気密服を着ていれば五、六分くらいはもつだろう。彼はアイユールの体内にコックピットを作ったのだろう。アエジール族と交易が行なわれていたころ、大気圏外《エーテル》の
そんなふうにして使者が派遣されていた。怪物の体内に作った空洞に入って、宇宙に出ていたんだ」

アレサンデルは啞然としていた。

「アイユールはあんたに何も言わなかったのか？」

「ハンロルファイルは彼と契約を交わしたのだろう。出発に力を貸す代わり、いっしょに……というか、なかに入れて連れていって欲しいと」

《気球よりも高く、ロケットよりも高く飛んでオマルを観察すること。凹状に曲がった世界を観察すること。それに太陽《ヘリアル》と二つの見えない惑星を。これらすべてを、さらに多くのものを》どうしてハンロルファイルは友人たちに黙っていたのか。アレサンデルにはそれがわかっていた。

「ハンロルファイルがそんなことするなんて、思ってもみなかった」と彼はつぶやいた。「でも考えてみれば、明らかに……」

遠くで爆発音がして、アレサンデルは言葉を切った。

さらにもう一回、爆発音が続く。彼は危険も顧みず、窓に駆け寄った。群衆はパニックに襲われ、散り散りになっていた。黒煙が二本、東と西から立ちのぼっていた。

「カーゼ派の島民が反撃に出られないように、シカンダイルルが港の武器庫を吹き飛ばしたんだわ」とシェタンは言った。「こうなったら警察の出番ね。島のシカンダイルル勢は大したことないはずよ」

三回目の爆発があたりを揺さぶった。シェタンは飛行場のほうへ目をあげた。食いしばった歯の隙間から罵声が漏れる。小さな飛行船が地上三十メートルのあたりに浮かび、ゆっくりと旋回していた。

さあ、ここがあなたの今いるところよ、シカンダイルル。あなたは上空から状況を見下ろしている。前線はすべて、いっせいに攻撃した。武器庫、飛行場、平原。あなたがまんまと大混乱を引き起こしたってことは、認めなくちゃいけないわね。穏やかなユートピアはこれで終わりだわ。

けれども悪いのは独り子《ロシル》だけじゃない。みんなこの状況に責任があるのだ。カーゼもすべてにおいて正しかったわけではない。シカンダイルルを信用しすぎていた点で、大きな間違いをした。シェタンは初めから気づいていた。しかしいくら証拠を突きつけられても、シカンダイルルがみんなを裏切るなんて信じたくなかった。

アレサンデルはアメスにむかって指を突きつけた。

「アイユールに出発の準備ができているなら、まだ勝負がついたわけじゃない。いっしょに来てくれ」

アメスはうなずいた。

アレサンデルはちらりとシェタンを見た。

「よし」と彼は言った。「ドームに空気を入れるには、ポンプの流れを逆にすればいいんだよな?」再びホドキン族がうなずく。「それなら宮殿を出て、ポンプ場に行かなくては。おれたちでドームをひらくんだ」

解体用の爆薬は、ドームを支える十二基の鉄塔とドーム頂上に仕掛けられている。順番に重ねてある起爆装置のスイッチを入れればいいだけだ。点火場所はドームから六百リスク離れたところに設置してあった。ドーム頂上の要石が吹き飛んで外壁面が離れ離れになったところで、爆発によっていっきに崩落させるのだ。

アレサンデルは窓に戻った。宮殿の入口を見張っているのは、シレ族ひとりだけだ。しかしカーゼ派、シカンダイルル派どちらの陣営なのか、たしかめようがなかった。

彼らは廊下に飛び出した。一階では銃撃戦が始まっていた。アパランタで内戦が……夢を打ち砕いたシカンダイルルを、シェタンは一瞬、恨めしく思った。でも、馬鹿げてるわ。そんな夢、本当に信じたことなどないのだから。

廊下の隅からキャスター付き自動ワゴンが飛び出してきた。

「戻るんだ！」とアレサンデルは叫んだ。

三人はあわてて部屋に飛びこんだ。

アレサンデルはドアをしっかり閉じた。

「ワゴンに銃がのっているのがちらりと見えた。シカンダイルルの仲間が宮殿のワゴンを戦車に改造したんだろう。出口をふさがれてしまったぞ」

シェタンは一瞬考えてから、アレサンデルの部屋に通じるドアに近よった。

「こちら側の部屋がみんな、こんなふうにつながっているなら、部屋を順番にたどって翼の端まで行って、隅の窓から飛び降りられるわ。二階なんだから大丈夫」

そうしたらあたりをまわって、なんとかポンプ場までたどり着けるだろう。

行けるところまで行かなくては。

まずはアレサンデルの部屋を忍び足で横ぎり、薄暗がりに沈む物置に入った。山積みになった箱のあいだをすり抜けると、隣はシカンダイルルの部屋だ。アレサンデルはドアをあけた。

目の前で、何かが動いた。

ほとんど床に伏せる間もなかった。頭の五、六センチ脇を銃弾がかすめた。

「危ない！」

「やめて！」

シェタンが、やられた？　アレサンデルは上半身をそらせるようにして、うしろをふり返った。叫んだのはシェタンだったが——倒れていたのはアメスだった。よじれた腕が胸を押さえている。その真ん中に、穴がひとつあいていた。逆むきに曲がった脚が、鶏みたいに持ちあがっていた。首のつけ根にある鼻孔から、緑がかった液体があふれていた。

シェタンとアレサンデルは視線を交わし、苦しみを確かめ合った。

半分壊れかけたドアが二人を救った。待ち伏せていたワゴンは標的が姿をあらわすのを待って、じっとしている。

暗い怒りがアレサンデルを呑みこんだ。彼は上着を脱ぐと、ワゴンの方向めがけて放り投げた。大きな銃声が部屋に鳴り響いた。アレサンデルは体を丸め、ワゴンから四リスクの脇まで転がった。ワゴンのアームに取りつけた連発式マスケット銃は、引き金に紐を絡めて手当たり次第に撃つ仕掛けだった。

カチッという音がした。

アレサンデルは体の下に丸めていた脚を伸ばし、ワゴンのモーターユニットを蹴った。ワゴンはぐらりと揺れ、天井目がけて弾を一発吐き出すと、横転して独楽のようにまわった。

すぐにシェタンが駆けよった。

「怪我はない？」

アレサンデルは上着を拾って起きあがった。

「大丈夫だ」

シェタンはワゴンのほうに身を乗り出し、正面のカバーをあけてスイッチを切った。キャスターが突然止まった。

アレサンデルはアメスに――というか、関節のはずれたアメスの死体に近よった。そして大げさなくらい注意深く手を顔にあて、怯えたイソギンチャクのようにほとんど引っこんでしまった四本の眼柄を押さえた。脇腹は小心臓の鼓動に合わせ、まだぴくぴくしている。それが完全に止まるまでに数分かかった。

「即死だった」と彼はこもった声で言った。

アメスはアイユールともその仲間とも、もう二度と話すことはない。

ホドキン族の遺体をこのままにしておくのは忍びなかった。できれば抱きかかえていきたかったけれど、アレサンデルはその気持ちを抑えた。どこに連れていけばいいんだ？　時間も切迫しているのに。

アレサンデルはワゴンからマスケット銃をはずした。

そして二人は黙ったまま、一階に続く階段へむかった。

34

慎重に行かねばならない。カーゼに忠実な衛兵を、傷つけたり殺したりしないようにしなければ。数のうえではカーゼ派が勝るようだが、シカンダイルルの仲間は迅速かつ的確に動いて、戦略拠点を押さえていた。

アレサンデルとシェタンは、建物の隅にある事務所代わりの部屋に着いた。ほかにはもう行く手をさえぎるワゴンはあらわれなかった。窓に目をやると、シカンダイルルの飛行船が近づくのが見えた。その影はドームにむかって、ゆっくりと這い寄ってくる。あと数分で、覆いかぶさってしまうだろう。

「ほら、見て」とアレサンデルが喘ぐように言った。

一斉射撃が始まった。衛兵たちがポンプ場を奪還しようとしている。一分足らずで攻撃は断たれたが、おかげで反乱軍が姿を見せた。アレサンデルは注意深くマスケット銃をかまえ、一秒の間を置いて二度引き金を引いた。半びらきになったドアの闇に、二つの影が呑みこまれた。

射撃がやんだ。

「二人ともしとめたようね」と言ってシェタンは指さした。「できるうちにおりましょう」

小砂利を敷いた地面まで、十リスクある。彼らは窓から飛びおりて、うまく着地できた。それから背中を曲げ、ポンプ場にむかって走り始めた。

三名のシレ族衛兵がさえぎった。

「カーゼが選んだ方ですね？」とひとりが声をかけた。

そうだ、アレサンデルは答えた。「あなたがたを護衛するようにと命令を受けています。わたしたちが状況を収拾するまで、避難していてください」

「いや、おれたちに手を貸してくれ。アイユールをすぐに解放しなければならない。彼の生死がかかっている」

「そういう命令は受けていません」ともうひとりのシレ族が言った。

「命令はどうでもいい。アイユールは何としてでも発たねばならないんだ。もしシカンダイルルが邪魔をしたら、取り返しのつかないことになる」

衛兵はまだ迷っていたが、やがて眼点を輝かせ、彼らに敬礼をした。

「何をいたしましょう?」

シェタンは進めるべき手順を簡単に説明した。衛兵たちの先導で、二人はポンプ場に入った。

死体が三つ、隅に積みあげられていた。そのうちひとりが突然起きあがって、体の下に隠していた武器をふりかざしたが、たちまち集中砲火を浴びた。

シェタンはポンプのひとつに立てかけてある表示板をたしかめた。空気を逆流させるのは、二つ目のポンプだった。

「どれくらいの時間がかかるのだろう?」アレサンデルがたずねる。

さあ、とシェタンは身ぶりで答えた。彼女は大きな計器盤をとんとんとたたいた。計器盤の針は最大値のところまで振れている。

「気圧計の数値は、少なくとも半気圧まであがっていないといけないわ。起爆装置を作動させるまで、一時間待ちましょう」

アレサンデルはうなずいた。でも一時間なんて、持つだろうか?

「シカンダイルルを説得しなくては」とアレサンデルは言った。「馬鹿なことをしているって、わからせるんだ。きみの言うことなら、聞くんじゃないか」

シェタンは短い笑い声をあげた。

「わたしがフェジイに勝ったから? そう思ってるの? あの試合は、とっくに終わったこと。そしてシカンダイルルは報復を始めた」

おれたちはもう、フェジイのゲームのなかにいるんじゃない、とアレサンデルは言い返しかけた。アメスは本当に死んだんだ。

けれどもさっきからの出来事で、筋道だった考えがまとまらなかった。

衛兵たちはメッセージをやり取りした。南と西で動きがあり、ポンプ場は混乱に乗じて銃撃された。シカンダイルルは飛行船によって攻勢をかけようとしているが、状況は反乱軍に不利に働いているとシェタンにはわかっていた。奇襲の効果はあがっていない。島民たちはクーデタに対抗するため、すでに態勢を固めているだろう。

ドーム内を監視するモニターがついていた。アレサンデルはちらりと目をやった。アイユールに食料を運ぶワゴンは小さな黒い点となって見えているが、ハンロルファイルの姿はどこにもなかった。

たった今、彼は何を考えているのだろう？

十五分後、三十名ほどの者たちが——大半はシレ族で、ヒト族が少し混ざっている——彼らが閉じこもるポンプ場を取り囲んだ。メガホンの声が、投降するようにと呼びかけた。

「一分待ってやるから、言われたとおりにしろ。そのあと、ガス弾を撃ちこむことになる」

シェタンは衛兵にむかい、早口で言った。

「わたしたちは残るわ。あなたがたは外に出て、わたしたちが誰なのかを伝えてちょうだい。そのあと出発のカウントダウンが始まって、もう誰にも邪魔できなくなる。できたらカーゼに連絡を取って、状況を説明して」

衛兵たちは指示に従った。

アレサンデルは小窓からようすを見ていた。攻囲軍は衛兵をとらえると、地面に押さえつけた。そのあと、短いが激しい口論が続いた。衛兵たちはその場で殺されてしまうのではないか、とアレサンデルは一瞬思った。けれども攻撃者たちは、彼らを立ち退かせただけだった。

アレサンデルはシェタンをふり返った。シェタンは反乱軍兵士の死体の下から、マスケット銃を引っぱり出していた。

「取り返しのつかないことを、しないほうがいい」と彼は言った。抑制が効いて自信に満ちた口調が、その言葉にいっそうの重みを与えていた。

「シカンダイルルはもう、取り返しのつかないことをしたわ」

「アメスを殺してしまうとは、シカンダイルルも予期していなかったんだ」

「でも、わたしたちの命を脅かす危険を冒した」

「シェタン、お願いだ……」

彼女は手にしていたマスケット銃を見つめ、不快そうな顔で床に落とした。アレサンデルはうなずくと、ポンプ場の入口に集まってくる反乱軍へ視線を戻した。

今度こそ、本当に終わりだな。

彼はいちばん近くにいる反乱軍兵士の頭上すれすれに銃を撃った。一斉射撃がそれに応えた。しかしポンプ場は安全な避難所だった。すぐに投降しなければ燻し出すと、メガホンの声が威嚇した。

「カウントダウンが始まるまで、あとどれくらいだ？」アレサンデルはたずねた。

「もう三十分を切ったわ」

アレサンデルはドアをあけてマスケット銃を放り投げ、それから両手をあげて外に出た。シェタンがあとに続く。

たちまち二人は乱暴に押さえられ、宮殿の前に引きたてられた。反乱軍のなかに、無線機を持って指示を出している男がいた。シカンダイルルの命令を皆に伝えているのだ。

「シカンダイルルと話をさせて」とシェタンは叫んだ。

いくら頼んでも、相手は無視していた。そうするように命じられているのだろう。しまいには、猿轡を嚙ませるぞとシェタンを脅した。

「あいつら、ポンプをもう一度逆流させるつもりだ。圧力がまた下がってしまう」

「アイユールを殺しかねないわ。どうしてもシカンダイルルと話さなくては」

アレサンデルも頼んでみたが、やはり聞いてはもらえなかった。

二人に銃を突きつけ、見張っていた反乱軍兵士が、突然崩れ落ちた。アレサンデルがはっと気づくと同時に、銃声が鳴り響いた。彼はシェタンの肩をつかみ、小砂利のうえに思いきり押し倒した。それから数分間、あたりは大混乱に包まれた。アレサンデルは枝を閉じた珊瑚樹《ダンドリ》のあいだに、人影が見えたような気がした。ほんの数リスクのところで、ガス弾が爆発した。二人は鼻や目を押さえたが、涙と咳が止まらず、喉に粘液が詰まった。

銃撃は収まり始め、やがて完全に止んだ。アレサンデルはうずくまったまま咳きこんでいた。まだ息がよくできなかったが、風がたちまち催涙ガスを吹き払った。みるみる晴れていく煙のなかから、背の高いがっちりした人影が近よってきた。シェタンはポンプ場の脇に取りつけた発電機を指さした。

「発電機！　あそこを撃って！」

シレ族の衛兵たちはすぐに理解した。一斉射撃が発電機の端子に命中した。火花が飛び散り、乾いた音がして、ポンプの唸り声が止んだ。

そのとき、頭上の飛行船から爆音が響いた。シェタンは飛行船のことをすっかり忘れていた。まわりの衛兵たちが次々に倒れていく。

アレサンデルがシェタンのほうへ這いよってきた。

「まだ終わりじゃない。アイユールを解放するため、ドームをひらく起爆装置を始動させなくては」

シェタンは乱れ髪の顔をふった。

「反乱軍の兵士が持ってた無線機、あれを見つけてシカンダイルルと話すのよ。本気でわたしたちを殺す気なら、とっくにやられてたはずよ……」

アレサンデルはシェタンの肩を押さえた。

「もう説得しても無駄だ。無線機のことはあきらめろ。点火場所は遠くない。急ごう」

アレサンデルは体を二つに折って走り始めた。身を屈めれば飛行船からの銃弾を避けられると、思っているかのように。今や飛行船は、ドームの真上にさしかかっていた。

シェタンも突進した。いつなんどき銃弾に撃ち抜かれるかもしれないと、覚悟を決めながら。こうして二人は宮殿の脇を抜け、やはり止まっている第二ポンプ場の前を全力疾走して、飛行船の影から抜け出した。吸いこんだガスで息が切れた。目の前に黒い蝶が踊っている。それでも二人は走り続けた。

のちにシェタンは思った。シカンダイルルはわざと見逃したのか、それとも気づかなかっただけなのだろうかと。結局、最後までわからなかった。彼女はアレサンデルのあとについてドームを迂回した。起爆装置の点火場所に着くと——半ば地面に埋まったトーチカだった——アレサンデルがなかに潜りこんだ。彼女も続いて入るのと同時に、アレサンデルはT字型のスイッチを押した。

一瞬、何も起きなかった。

そしてドームが吹き飛んだ。

シェタンは反射的に目を閉じた。半秒後に目をひらいたとき、ドームはもうなくなっていた。跡にはぽっかりと大きな穴がひらいている。その真ん中から、まばゆい光に包まれて細長い形のものがのぼってきた……

トーチカのおかげで衝撃波が和らげられ、鼓膜が破れずにすんだ。燃えあがる竜巻が周囲二十歩に散らばる死体を一掃し、草を焦がした。ポンプ場はなかにいた者ともども跡形もなくなった。宙に飛び散った残骸は宮殿の外壁を突き破り、窓ガラスをすべて吹き飛ばした。

まだ耳を聾する喧騒が続くなか、アレサンデルはアイユールがまっすぐ天にのぼっていくのを目で追った——厳かな、驚くべき解放の光景だった。

「ハンロルファイル」と彼はつぶやいた。

おまえは望みを果たしたんだ。おまえはあの高みからオマルを見る。おれたちのなかでいちばんついてたのは、間違いなくおまえだな。

いや、もしかしたら、彼はアイユールの腹のなかで息絶えてしまったかもしれない。疑問はいつまでも残るだろう。でも、そんなことはどうでもいい。空に憧れたシレ族は、進むべき道の果てまで行ったのだ。

白く伸びる煙の円柱は、アイユールの飛翔を跡づけていた。天上からこだまする轟が、まだ彼らのところまで伝わってきた。アレサンデルは立ちあがり、両手を目のうえにあてた。けれども空に見えたのは別の点だった。

「見てみろ、あそこ。シカンダイルルの飛行船だ！」

シェタンは、アレサンデルが手で指し示すほうを目で追った。飛行船はアイユールが飛び立つ衝撃をまともに喰らい、よろよろと流されていく。船尾から分厚い煙が出ていた。エンジンのひとつが火を噴いたのだ。一分もしないうちに火は外包《エンベロープ》に燃え移り、なかの内房《バロネット》もろとも呑みこんで、赤い金属の煤煙と灼熱した布片の航跡を残した。

そんな、やめてくれ！　とアレサンデルは思った。こんな大混乱を引き起こしたにもかかわらず、シカンダイルルのことは恨む気になれなかった。シカンダイルルがうまく切り抜けたら、たぶんおれは……

しかし、それももう遅すぎた。ゴンドラは炎に包まれている。やがて地上に激突したとき、飛行船はすでにほとんど原形をとどめてはいなかった。そこはアイユールがいた穴から、五百リスクも離れていないところだった。アレサンデルとシェタンはすぐに駆けつけた。あたりの気温が突然あがり、二人の顔を火照らせた。黒く焼けた地面に、犠牲者が散らばっていた。猛火のなかで内房《バロネット》がつぶれた。

「いたぞ」とアレサンデルが突然叫んだ。「むこうに投げ出されている」

燃えあがる炎を避けて、撤退しなければならなかった。二人は火の粉がかからぬよう円弧を描いて迂回し、すでに消えかけていた火災の跡に着いた。

シカンダイルルは積もった灰のうえに横たわっていた。体じゅう、火傷を負っている。乾いて黒ずんだ血が、脇腹と顔の下半分をかさぶたのように覆い、もう目は見えていないのだろう、眼点は色を失っていた。それでも独り子《ロシル》は、堂々たる外観を保っていた。今にもむっくり起きあがるのではないかと、一瞬期待をしたほどだ。シカンダイルルが死ぬはずないという思いは、そんなにも強かった。

アレサンデルはアメスにしたときと同じように、やさしく身を乗り出した。

「シカンダイルル、動くんじゃない。もういいんだ。馬鹿だな、みんなで暮らせたのに……でも、すべて……なにもかも駄目になった。ハンロルファイルはアイユールといっしょに、大気圏外《エーテル》へ行ってしまった。でも、おれたちがいる。おれと、シェタンと……」彼は唾を飲みこんだ。「アメスは……」

「もう聞こえていないわ」シェタンが彼の肩をつかんで言った。「死んでいる」

「死んでる……」

「カーゼを捜しに行きましょう」

アレサンデルは催涙ガスで赤くなった瞼に、涙が溜まっているのを感じた。驚きのあまり、彼は言葉を失った。カジュルが死んだときも、アメスが死んだときでさえ泣かなかったのに。どうして独り子《ロシル》のために……やっぱりヒト族には、何か理屈に合わないところがある！

そう思うと逆説的ながら、彼は励まされるような気がした。

二人は宮殿に戻った。島にはまだ混乱が続いていた。いくつもの小グループが徒歩で、あるいは電気自動車に乗りこんで、右往左往をしている。ときおり宙にむけて銃を撃つ者もいるけれど、銃撃戦は終わっているようだ。島民はみんな、アイユールが天にのぼったのと飛行船が墜落したのを目にしていた。シェタンはアレサンデルよりも少し早く歩いた。彼が斜め横から顔を見られるように。

残っているのはもう、おれたち二人だけだとアレサンデルは思った。こんなことがあったあとでも、カーゼは島に残っていいと言うだろうか？　いや、ありえない……

そもそもおれ自身、そうしたいと思っているのか？　おれにとっては、シェタンの答えも同じくらい重要だ。

島民たちが宮殿のほうへとむかっていく。ナイフを握りしめている者もいるが、戦う相手はもういなかった。飛行船の墜落で、反乱の終結は決定的なものとなった。

二人は群衆に呑まれて、宮殿のホールに入った。壁には銃撃戦の傷痕が点々としていた。島民たちのあいだを、ひとつの噂が駆け巡っていた。シェタンはそれを小耳にはさみ、慌てたようにアレサンデルをふり返った。

「ねえ、聞こえた？　カーゼが死んだらしいわ」

「いや……まさか、ありえない」

群衆は宮殿のなかで散り散りになった。シェタンとアレサンデルははぐれないよう手をつないで、カーゼの執務地区にむかった。

　そこは火事で焼けただれていた。二人は顔を見合わせた。群衆を追い返している衛兵を呼びとめ、たずねてみた。

「カーゼの死体は見つかったんですか？」

　衛兵はむこうに行けと合図したが、二人が誰か気づいて首をふった。

　秩序が完全に回復するには、夜を待たねばならなかった。シカンダイルルはひと握りの仲間たちだけで、島の政府を見事窮地に陥れたのだ。けれども今、反乱軍の大部分は死に、残りは監獄に代用した魚の倉庫に閉じこめられている。死亡者を数えて火葬に付し、負傷者の手当てをし、傷ついた心が癒えるまでには時間がかかるだろう。それでもやはり、独り子《ロシル》は計画のひとつを成功させたのだ。島の鎖国をやめさせるという計画を。ぬくぬくとして安逸な島の生活を支えていたカーゼがいなければ、外にむかって門戸をひらくしかない。

　カーゼのプライヴェートな居室だったところで、アンドロイドの体の残骸が確認された。しかしそれは古い予備の部品らしい。完全な胸部も、頭部も見つかっていない。カーゼは煙のように消え失せてしまった。

「反乱軍の兵士が彼のすぐ近くで、焼夷弾を爆発させたんだろう。だから灰すら残らなかったんだ」とアレサンデルは言った。「囚人たちの尋問をしなくては」

　シェタンは笑って首を横にふった。

「どうせ、何も出てこないわ。カーゼが死んだ状況については、あなたの言うとおりかもしれないけど。イブン・シャジャラットの伝説は、彼がいなくても生き続けるでしょうね」シェタンはアレサンデルの手を放さなかった。「そして、わたしたちも続いていく。たとえ彼がいなくても」

訳者あとがき

本書『オマル—導きの惑星—』*Omale*は、現代フランスSF界を代表する作家のひとり、ロラン・ジュヌフォールのライフワークとも言うべきシリーズの第一作である。

そもそもフランスのSFと聞いても、あまりぴんと来ない読者が大多数だろう。肝心の作品がほとんど訳されていないのだから無理もない。すでに三十年も昔、かのサンリオSF文庫からミシェル・ジュリやフィリップ・キュルヴァル、ピエール・プロなどが出て以来、ぱったりと紹介が絶えて久しかった。そんなわけで本書は、「フランスにもこんなSFがあったのか」と、わが国のSFファンにとって嬉しい驚きをもたらすに違いない。

なにしろスケールが大きい。時は遥か未来（らしい）。ところは銀河の彼方（と思われる）。舞台となる巨大惑星オマルには、ヒト族、シレ族、ホドキン族という三種類の知的生命体＝種族《レー》が住んでいる。彼らが暮らす地域は大棲域と呼ばれ、ヒト棲域《エリア》、シレ棲域、ホドキン棲域に分かれている。序文「オマルについて」にもあるとおり、ヒト棲域は地球の面積の二百倍、シレ棲域は三百倍、ホドキン棲域は五十倍にわたり、未開の地域も含めた大棲域の広さは地球の五千倍にものぼる。さらに大棲域の外には、広大な未知の世界が続いているというのだから、オマルの巨大さたるや想像もつかないくらいだ。

それゆえ住民たちは、オマルがひたすら続く平らな世界だと信じている。オマルに三種族が到着したのが、約千五百年前。かつては星間旅行もできるほどの科学技術を誇っていたと思われるが、今ではすっかり退行してしまい、自分たちの先祖がどのようにしてオマルへやって来たのかという記憶も失われてしまった。三種族は何世紀も抗争を続けてきたが、六十五年前に結ばれたロプラッド和平条約によって戦いに終止符が打たれた。これが『オマル』の物語が展開する背景である。

一読して気づくとおり、『オマル』には先行する英米のSF作品の影響が色濃くあらわれている。複数の亜人種族が共存する惑星という設定からまっさきに思い浮かぶのは、ジャック・ヴァンスの『冒険の惑星』だろう。謎めいた卵の殻の破片に記されたメッセージに応えて大棲域の各地から飛行船イャルテル号に集まった、種族も年齢も出自もまったく異なる六名の男女。彼らが自らの過去と密かなる願望を順番に語っていくという構成は、やはりヴァンスの大ファンだというダン・シモンズの『ハイペリオン』を彷彿させる。それにもうひとつ、ラリイ・ニーヴンのある作品とも密接に関連しているのだが、ネタばれにならないようここでは触れないでおこう。

造語が多用されている点でも、『オマル』はE・R・バロウズの火星シリーズに遡る異星SFの伝統を見事に受け継いでいる。動植物といった自然物から宗教や社会制度などの文化的事象や科学用語に至るまで、多種多様な造語がときには何の説明もなくあらわれるが、もちろんフランス人読者も単語だけ見たのでは何のことやらわかるわけもなく、原書の巻末には三百五十項目以上にもわたる用語集が付されている。

例えば、『オマル』のなかに何度も登場する三眼蜥蜴《オーニッド》は、次のように説明されている。「オーニッド：オーニッドソイムのヒト語名。セロフィズ科に属するシレの亜爬虫類。体長はヒト族ほどあり、しばしば乗用、あるいは荷物運搬に使われる。平均的体重は約二百二十キロで、寿命は二十年。車を引かせる場合は凶暴性をなくすよう、尾を切り落とす。額の真ん中にある第三の眼（飛び出た眼点）は、遠くを見るのに用いられるが、家畜化されたオーニッドの場合、この眼は最初の抜け毛の時期に潰されることが多い」こうした造語については、できるだけ字面で中身をイメージしやすい訳語を工夫したつもりだがどうだろうか。綿密に構築されたオマルの世界観が、うまく伝わっていればいいのだが。作者自身が運営するオマル・シリーズ公式ホームページ（http://www.omale.fr/）には前記用語集のほか、オマル世界の概説、年表、地図などが掲載されている。イャルテル号のイラストやシレ族の腕状突起を象った彫刻の写真も見られるので、興味のある方はアクセスしてみられたい。

いっぽう『オマル』に一貫するテーマには、いかにもフランスらしい特徴も見られる。六名の登場人物は、種族や宗教、科学真理の追究において何らかの差別や迫害を受け、アイデンティティの揺らぎに悩む者たちだ。彼らはそうした自己の再生を目ざして、イャルテル号に集まってきた。物語の終わり近くで、シェタンはこうつぶやく。「不寛容は、あらゆる種族の心につきものよ。不寛容と戦うことはできる。でもいつかそれは、気高い精神のあいだに入りこんでくる。舗石の隙間から生えるイラクサみたいに」（四百五十三ページ）と。偏狭な先入観や狂信を排し、自分と異なるものをいかにして受け入れるかという寛容の思想は、ルネサンス期に始まるフランス・ユマニスムの大きなテーマであり、同時にまた民族抗争や宗教対立に揺れる現代社会にも通じる問題でもある。壮大な宇宙空間が、われわれの生きるこの地球と二重写しになって浮かびあがるところに、『オマル』という作品の真骨頂がある。

それにしても作者のロラン・ジュヌフォールは本当にSFが好きなんだなあ、とつくづく思う。一九六八年、北フランスのモントルイユに生まれたジュヌフォールは、少年時代から英米やフランスのSFをむさぼり読んでいたという。ファンジン活動で注目され、十九歳のときに書いた第一作 *Le Bagne des ténèbres*（『闇の流刑地』、1988）が、当時フルーヴ・ノワール社から出ていたSF叢書《アンティシパシオン》から上梓され、同叢書の最年少作家となった。その後も年に二作、三作と発表するほどの旺盛な創作力を発揮して、ファンタジイ作品をふくめてすでに五十作近い長篇作品をものしている。代表作としては、フランスの主要なSF賞のひとつであるロニー兄賞を受賞した本書のほか、ロニー兄賞、月曜賞を受賞した *Points chauds*（『熱点』、2012）、イマジネール賞を受賞した *Arago*（『アラゴ』1993）などが挙げられる。

また創作活動と並行して大学では文学を修め、一九九七年には《アンティシパシオン》叢書の先輩作家ステファン・ヴュルを取りあげた論文で博士号を取得したというから、なかなか理論派の一面もあるようだ。

最後に、オマル・シリーズのリストをあげておこう。

長篇

Omale（2001）（本書）
Les Conquérants d'Omale（2002）（早川書房近刊）
La Muraille sainte d'Omale（2004）
Les Vaisseaux d'Omale（2014）

中・短篇

Un roseau contre le vent（2000）
Arbitrage（2002）
Aparanta（2006）
Patchwork（2007）（「ＳＦマガジン」二〇一四年五月号掲載）
L'Affaire du rochile（2008）
La septième Merveille d'Omale（2012）
Croisées（2012）
Arbitrage（2012）

二〇一四年三月

A HAYAKAWA SCIENCE FICTION SERIES No. 5014

平《ひら》 岡《おか》 敦《あつし》

1955年生，早稲田大学文学部卒，
中央大学大学院修了
フランス文学翻訳家，中央大学講師
訳書
『殺す手紙』ポール・アルテ
『ルパン、最後の恋』モーリス・ルブラン
『GATACA』フランク・ティリエ
（以上早川書房刊）他多数

この本の型は，縦18.4センチ，横10.6センチのポケット・ブック判です．

〔オマル　―導《みちび》きの惑星《わくせい》―〕

2014年4月10日印刷　　2014年4月15日発行

著者	ロラン・ジュヌフォール
訳者	平岡敦
発行者	早川浩
印刷所	中央精版印刷株式会社
表紙印刷	大平舎美術印刷
製本所	株式会社川島製本所

発行所 株式会社 **早川書房**
東京都千代田区神田多町2－2
電話 03-3252-3111（大代表）
振替 00160-3-47799
http://www.hayakawa-online.co.jp

（乱丁・落丁本は小社制作部宛お送り下さい
送料小社負担にてお取りかえいたします）

ISBN978-4-15-335014-4 C0297
Printed and bound in Japan